一个经济杀手的自白 第3版

CONFESSIONS OF AN ECONOMIC HIT MAN

3RD EDITION

[美] 约翰·珀金斯（John Perkins）—— 著
黄菊 杨睿 —— 译

华龄出版社
HUALING PRESS

北京市版权局著作权合同登记号　图字：01-2024-3531 号

图书在版编目（CIP）数据

一个经济杀手的自白 ： 第 3 版 / （美）约翰·珀金斯（John Perkins）著 ； 黄菊, 杨睿译. -- 北京 ： 华龄出版社, 2025. 1. -- ISBN 978-7-5169-2860-8

Ⅰ. F0-49

中国国家版本馆 CIP 数据核字第 2024A5A849 号

策　划	颉腾文化	**责任印制**	李未圻
责任编辑	貌晓星　梁玉刚	**装帧设计**	王建敏

书　名	一个经济杀手的自白（第 3 版）	**作　者**	（美）约翰·珀金斯（John Perkins）
出　版 **发　行**	华龄出版社 HUALING PRESS	**译　者**	黄菊　杨睿
社　址	北京市东城区安定门外大街甲 57 号	**邮　编**	100011
发　行	（010）58122255	**传　真**	（010）84049572
承　印	涿州市京南印刷厂		
版　次	2025 年 1 月第 1 版	**印　次**	2025 年 1 月第 1 次印刷
规　格	710mm × 1000mm	**开　本**	1/16
印　张	20	**字　数**	315 千字
书　号	ISBN 978-7-5169-2860-8		
定　价	99.00 元		

推荐序一

为世界开新天

温铁军

我跟国内西学中以教科书作为主要知识来源的专家之不同，在于有机会和海外社会团体及另类学者交流，也就借此得到了很多超过教科书和主流意识形态的多种知识来源。其中，也包括我和《一个经济杀手的自白》（以下简称《杀手》）作者、美国经济学家约翰·珀金斯先生的一次谈话。那时，我被他超乎一般的独特经历、对金融资本主义的忏悔意识和对生态文明的热望所感染。因此，尽管最近的文字工作严重积压，我还是愿意接下这个“加塞儿”的活，应珀金斯先生的邀请写这个推荐序。因为这次的更新版有三个亮点：首先，它一如既往地强调了资本主义的嗜血本质；其次，作者合乎逻辑地提出了“死亡经济”和“生命经济”概念；最后，作者认同中国新世纪以来先提出“生态文明”理念、继而推出生态文明的战略转型。

资本主义的嗜血本质

这些年在一些演讲和著述中，我曾多次提到列宁关于“帝国主义就是战争”的论断。《一个经济杀手的自白》一书，可说从一个非常独特的角度给列宁的论断提供了绝妙的佐证。因为战争需要士兵和杀手。本书的作者约翰·珀金斯先生就曾经是一位被金融资本主导的战争所需要的“经济杀手”。

所谓“经济杀手”，可以说是大资本财团的突击部队。他们领着高薪，披着经济学家、银行家、国际金融顾问之类的合法外衣，其实却肩负着建立美国全球霸权的战略任务，从世界各国骗取不计其数的美元流动性，通过世界银行、美国国际开发署和其他“援助”机构，装入美国各大集团公司的金库和少数显赫家族的口袋中。作为金融资本帝国的扩张手段，经济杀手奉命在全球扩张，兵不血刃地掠夺全球资源。经济杀手为达目的，可以说无所不用其极，其手段包括：伪造经济预测报告、操纵选举、敲诈勒索、威胁、贿赂、色诱乃至暗杀。尽管他们玩的是古往今来一切帝国都在玩的“套路”，但是在经济全球化时代，其规模之空前庞大，其使用的手段之百般变化，足以令一切被西方发达现象所障目、迷惑的善良之人触目惊心。经济杀手种种反人类、反自然、逆天理的所作所为，淋漓尽致地暴露了资本主义的嗜血本质。这不禁令人想起马克思在《资本论》中说的名言：“资本来到世间，从头到脚，每个毛孔都滴着血和肮脏的东西。”

超越“死亡经济”，走向“生命经济”

人们应该了解的更具本质性的经验是，金融资本借全球化扩张以来，经济杀手策略既是金融资本阶段“死亡经济”内生性的产物，也是“死亡经济”的一部分。所谓“死亡经济”，就是现行的金融资本在掠夺性的资本主义经济之上形成的更体现“寄生性”的、如同癌症般的、虚拟化的恶性扩张，这是一种建立在战争、债务、滥用自然资源之上的经济。其核心特征包括：奖励非生产性的工作（操纵股价、金融化）；忽视外部性（环境成本和社会成本）；不将税收视为对社会服务、基础设施等的投资；鼓励垄断；将自然归类为可消耗的资源；让几十亿人陷入贫困；引发全球变暖、物种灭绝和其他多种危机等。

在作者看来，这是一种双输的经济，一种既毁灭自己、也毁灭地球上一切生命的经济。因此，为了避免毁灭的命运，就必须超越“死亡经济”，走向一种“生命经济”。所谓“生命经济”就是一种谋求人与自然的长远利益最大化，创造所有人共赢局面的经济。其核心特征包括：奖励生产性的工作（教育、医疗保健、艺术等）；在金融和经济的衡量指标中纳入对外部性的考量；将税收看作对医疗保健、教育、可持续基础设施等的投资；鼓励本地企业、雇员所有制的企业（如合作社、共益企业等），奖励人们清理污染、回收利用、开发绿色技术和再生环境；为全世界的人们创造经济机会；逆转全球变暖和其他危机，保护濒危物种。

坦率地说，这些设想未必全面，更谈不上完美，但它们无疑有助于我们擘画生态文明所需要的生态经济。

告别资本文明，拥抱生态文明

如同我接触过的大多数海外另类学者高度认同中国生态化转型一样，作者也十分憧憬正在以举国之力推进“生态文明”的中国新战略。由于深恶“以资为本”的资本主义文明，在《一个经济杀手的自白》作者的眼里，生态文明是“谋求所有人和自然的长期利益最大化”的文明。他期待全世界人民团结起来“共同创造这样一种生态文明”。众所周知，在今日的西方特别是美国，“抹黑”中国是普遍的“政治正确”。在这样的大背景下，这位在美国颇有影响的畅销书作家居然像美国著名后现代思想家小约翰·柯布和英国舒马赫学院创始人萨提斯·库马尔等另类西方学者一样，拥抱中国倡导的以生态文明为主要内涵的人类命运共同体，实属难得。

我认为作者对中国的这种认同与他的著作讨论的必然逻辑是一致的。因为在旧文明即“工业化 + 城市化 = 发达资本主义文明”的框架下，东西方先后提出的气候暖化、碳排放与污染恶化等问题是无解的，只有走向“人与自然和谐共生”的生态文明才是人间正道！

借推介此书之际也希望读者理解，中国自2015年开始，在先后推进工业、农业、金融这三大“供给侧改革”的过程中，在先后遭遇“贸易战”“科技战”“金融战”等一系列冷战打压的同时期，确立了“以国内大循环为主体”的新阶段。由此，只有针对那些在旧阶段中强化了的“利益结构固化的藩篱”，深入开展“自觉革命”，才能凭借“新理念”打造“新格局”，转向“中国式现代化”要实现的“共同富裕”及“和平发展”。而今天中国在生态文明建设上所做出的努力之所以被称为“伟大斗争”，乃在于其不仅仅是面对现在的全球化挑战在经济上、政治上做出的应对之策，更是对人类公理和正义的一般性需求与向善有德的人性准则的回归，也是“中国式现代化”内在要求的“物质文明与精神文明协调发展”。

希望以上分析能够合理地解释作者对中国的心仪和对生态文明的憧憬。作为中国人，我们的任务就是像萨提斯·库马尔殷切期盼的那样，把生态文明的理念付诸实践，“落到实处”，以生态文明作为“中华民族伟大复兴”的内涵，为世界开出一条新路。

推荐序二

美国这个国家实在是太坏了

汪涛

2024年1月22日，我在微信上收到《一个经济杀手的自白》一书编辑老师发给我的初稿，问我是否可写一篇序言，我欣然接受。可是当我看完全书后，却迟迟下不了笔。虽然期间编辑一直耐心等待，只是偶尔委婉提醒，我只能以实在太忙为由表示歉意。其实真正写完一本书的序言对我来说可能只需要几个小时的工夫，之所以几个月时间都无法下笔，是因为作为持续推崇科学的人，我一直对作品资料的测量数据真实性给予最高级的关注。该书内容是作者约翰·珀金斯（John Perkins）的个人经历。如果是一般内容的自传作品，人们可能不会过于追究其内容的真实性，一方面自传是作者的第一手资料，其他人只能尊重，二是只有当其所写内容与其他历史数据出现足够明显的冲突时，我们才有机会去讨论其真实性。这本书也有类似的问题存在。

但是，因为这本书给出的证据将会得出的结论太过于重大了，所以我不得不对其真实性进行大量的艰难验证工作。但坦率地说，因为自传作品的作者是第一手资料的提供者，如果不能找到与其相左的历史证据，就无法去质疑其真实性，也无法证明其真实性。所以，我不能说100%肯定这本书写的内容都是真实的，最终却有足够的理由可以采信其提供资料的真实性。

首先，这本书最初出版时间很早，是2004年。此次华龄出版社推出的中文版本远不是第一次。我在网上查到在此之前至少有三家中国出版社出版该书。因此，我本来是并不需要对该书的基本评审问题去多花时间，但还是进行了大量验证的工作。

其次，美国故意坑害他国的公开证据、公开的战略计划和实际案例已经远不止一个两个：

斯诺登棱镜门事件。

阿桑奇揭开的大量美国机密。

希拉里邮件门事件。

与该书类似的作品《美国陷阱》揭秘的中情局联合美国企业坑害法国知名企业的案例。

美国对华公开的科技战、贸易战、金融战等。

美国人将苏联解体公开作为自己休克疗法等阴谋成功案例进行大肆宣扬。

阿拉伯之春。

以一小瓶洗衣粉为借口入侵伊拉克。

美国前国务卿迈克·蓬佩奥2019年4月15日，在美国得克萨斯州A&M大学（得州农工大学）进行公开演讲时炫耀："我曾担任美国中央情报局（CIA）的局长。我们撒谎、我们欺骗、我们偷窃，我们还有一门课程专门来教这些。这才是美国不断探索进取的荣耀。"

……

以上这些其实大家早已经熟知。

再次是作者所写内容与相应国家宏观发展的历史可以相互印证。

最后，美国的很多学者所提出的战略理论，就是如何控制他国，这并不是秘密。

……

还有很多证据可以支持我们采信本书的内容。问题只是：为什么我认为本书提供的证据有非常不同之处？

从法律上说，两个有相互竞争关系的对手之间采用了过火的手段，即使一个很强，另一个较弱，可能也很容易让人以“一个巴掌拍不响”的态度深入地追寻谁的责任更多，谁的责任更小。例如，美国入侵伊拉克，很多人认为是萨达姆领导的伊拉克推动石油交易的非美元化，触动了美国的根本利益。所以，这个本质上可能属于利益之争，只是谁的罪名更多、谁更少的问题。

但是，本书所展示给读者的，是美国对完全无辜、与美国没有任何威胁和利害冲突的国家所故意进行的经济杀戮，这个在法律责任上是最为严重的。两个人打架可能属于“斗殴”，结果有可能只是以行政拘留等进行较轻的处理。但对完全无辜的路人进行抢劫杀伤，则属于可能处以极刑的重罪。

在此之前的其他证据所展示的美国的坏，最多都属于“有期徒刑”的罪名范畴，但本书所展示的美国的坏，属于应当被判处极刑的罪名。美国作为一个国家的政治体制已经完全丧失了继续存在下去的人类基本的道德理由。

在过去，中国在外交和学术界，常常以“零和游戏”来批评美国，但本书所展示的证据表明：“零和游戏”这个词在道德上过于“粉饰”美国了。所谓“零和”应当说是大多数生意的常态。买卖双方就一个交易进行讨价还价，一方多一元钱，另一方就少一元钱，多和少的总量是一定的。这才是真正的“零和”。我个人做了几十年的国际市场工作。市场上只要是以商业利益为出发点，无论与客户、竞争对手之间进行何种商业上的斗智斗勇都是可以理解的。我实在无法理解这本书中美国采用这种经济杀戮行为的正常商业理由。这本书描写得太过真实了，真实得如同虚构的小说。

但美国的国际政治本质是“负和游戏”。就是即使对美国自己没有任何好处，甚至有相当大的坏处，也一定要坑害他国。这种国际政治本质不仅严重损害其他国家的根本利益，也会损害美国人民自己的利益。造成这种令人费解状况的原因在于，美国这个国家只是为很小一个群体的利益服务。一旦我们理解了美国的政治本质是“负和游戏”，就可以很容易透彻理解美国的大量行为。例如，它为什么一定要控制台湾，不允许中国完成统一？为什么要在中国南海不断地制造事端？它做这些对美国真有什么好处吗？其实并没有。但美国的政治本质就是要去坑害其他一切国家，对中国当然也不例外。

最能体现负和游戏的就是战争，战争的本质就是以自己一方一定程度的伤亡与经济损失，去换取对方更大程度的伤亡和经济损失，而美国是人类历史上最热衷于战争的国家。它也同样高度热衷于经济战争。

美国这个国家实在是太坏了。

2024 年 5 月 12 日晨 2 点 30 分

出版说明

本书系 *Confessions of an Economic Hit Man* 第 3 版的中文版，是美国经济学界的传奇人物约翰·珀金斯（John Perkins）的力作，2006 年由广东省出版集团和广东经济出版社引进版权并翻译出版，2011 年由重庆出版社再次引进、翻译出版中文版（第 2 版），2018 年广东人民出版社再推出“增订典藏版”。十几年中三易其版，充分说明本书不愧为经济领域的经典著作。

在第 3 版中，作者新增了关于中国的第七部分（内含八章），讲述了中国的战略执行者对美国经济杀手策略的替代，以及中国理念对亚洲、拉美、中东、非洲、欧洲、北美洲多个国家（包括美国）的影响，是中国如何影响世界、世界如何看待中国的集中表述。

本书文辞洗练，情节跌宕，引人入胜，但囿于作者的成长和经历，书中对我国的经济状况、制度设计、决策依据等的描述，不可避免带有西方的片面理解。对大多数不符合事实的用语和陈述，出版方已做了细致的纠正。未尽之处，还请读者在阅读时注意甄别。作为中国读者，我们宜秉持兼听则明、偏听则暗的态度，去其糟粕，取其精华。

2024 年 7 月 29 日

前言 PREFACE

"经济杀手"是高薪的专业人士，他们从世界各国诈取了数万亿美元。他们将来自世界银行、美国国际开发署和其他对外"援助"组织的资金，装入大公司的金库和少数控制地球自然资源的富裕家庭的口袋里。欺骗性的财务报告、选举操纵、贿赂、勒索、性和谋杀，他们无所不用其极。他们所玩的游戏古老得等同于帝国的存在历史，但在这个全球化的时代中，这样的游戏已经发展到一个令人胆寒的全新层面。

我早该想明白，我其实就是一名经济杀手。

这段话是2004年出版的《一个经济杀手的自白》的开场白，书中揭露了我作为美国一家大型咨询公司的首席经济学家，偕同隐藏在我身后、被称为"豺狼"（Jackal）的中情局特工们，所犯下的无法宽恕的罪行。那本书迅速成为《纽约时报》的上榜畅销书（持续了73周），在全球也同样畅销。

我上大学时的教授、畅销书《美国人民史》的作者霍华德·津恩（Howard Zinn）在读完那本书之后，邀我共进午餐。

我告诉他，我对自己的所作所为感到愧疚。

"我们每个人都是有罪的，"霍华德回应道，"我们任由自己遭受哄骗。我们必须承认，尽管大公司掌握舆论机器，但我们还是允许自己被欺骗。惯性是很强大的，会让我们不惜一切代价去维持一个辜负我们的体制。"

当我决定更新这本书的内容以涵盖中国、美国和世界其他国家之间不断变化的关系时，我认为有必要提出三个重大的新主题：首先，争夺全球主导权的竞争手段已经从武力转向了经济；其次，在中国的“新丝绸之路”（正式名称为“一带一路”倡议）和美国主导的世界金融结构等全球性计划的影响下，出现了一种要将世界团结起来的趋势；最后，我们所知的未来生活有赖于终止所有的经济杀手策略，并将一个正在失败的腐化系统——“死亡经济”，转变为一个可再生的系统——“生命经济”。然而，正当我酝酿这一新版本之际，两件改变世界的大事——新型冠状病毒的大流行和俄乌战争的发生，为这三大主题平添了新的视角。

这场新型冠状病毒大流行告诉我们，整个地球是一个容易遭受不可预测危机影响的大社区，而且在必要时，我们可以做出改变。俄乌战争让我们仿佛突然回到了冷战时期的军事对抗，并再次萌生了对于核浩劫的恐惧。这场战争还向我们展示了各国团结起来应对共同挑战的重要性，并同时为中国创造了新的机遇和新的障碍。

我在冷战期间的任务是在非洲、亚洲、拉丁美洲和中东地区实施美国的经济杀手策略。我们告诉全世界，也告诉自己人，我们所做的事情正在结束贫困、促进民主。但事实上，我们让有钱有势的人变得更富有、更强势，我们造成了气候灾难，我们加剧了人类的不平等、环境的破坏和物种的灭绝。

到了21世纪初，全新一代的经济杀手被散播到了全世界。2016年出版的《一个经济杀手的自白》（第2版）描述了这种新型经济杀手除了继续以低收入国家为目标之外，又是如何施加到美国以及其他高收入国家的。世界大部分国家都体会到了“社会（或政府）经济”政策的伤害——这些政策无视社会和环境的代价，鼓励物质消费和短期利润最大化。结合由此产生的文化价值观、法律、技术、制度和行动，这些政策导致了耗费资源的“死亡经济”——这是无法长期维持的。故第2版提供了一个方案，能将死亡经济转变为可持续的、可再生的“生命经济”——以人类和自然的长期利益最大化为目标。生命经济让人们得以从清理污染、恢复被破坏的环境、回收利用、开发为所有物种创造美好未来的技术和系统之中获利，而非为了赚钱去继续破坏和污染我们的地球。

这两本书影响了许多国家的人们。它们被翻译成38种语言，销量接近200万册，在全球各大经济峰会、环境会议和大学中被纳入讨论。我经常被邀请在这样的集会上发言。参会者们总是跟我讲，这些书揭露了他们曾经怀疑过但不敢相信竟然真的发生的那些事件——直到他们读到这些事件的亲历者写下的陈述。还有多个学生组织和积极人士的组织，包括某些宗教组织经济团体的参与者，也开始自称为“生命经济学家”。

我曾见过很多国家的元首和他们的高级顾问。两个特别重要的场合是2017年夏天分别在俄罗斯和哈萨克斯坦举行的会议，当时我受邀加入了包括俄罗斯总统弗拉基米尔·普京、联合国秘书长安东尼奥·古特雷斯和印度总理纳伦德拉·莫迪在内的一系列演讲中，描绘了关于终结不可持续的腐化系统，并用刚刚开始萌芽的可再生系统取而代之的必要性。在这趟旅行结束时，我倍感鼓舞。

但我发现了另一个新的问题。在与世界上最具影响力的一些政府、企业和思想领袖们以及参与中国新丝绸之路的法国、哈萨克斯坦、吉尔吉斯斯坦和波兰的前总理交谈时，我了解到中国的战略执行者正在实施一项创新的、强大的战略——本书通篇都在详细描述这一战略。要想阻止一个用了几十年的时间涅槃重生并正在主导世界的强国，这似乎开始变得不可能。然后，我又想到了霍华德·津恩。

霍华德对我说过：“惯性是很强大的，会让我们不惜一切代价去维持一个辜负我们的体制。”他为我提供了减轻内疚感的建议。“将出路指给人们，”他告诉我，“救赎来自改变这个体制。”

自那次午餐之后，我与霍华德交谈了很多次。他鼓励我曝光经济杀手策略的失败之处。他让我明白，几十年来，我们一直在被其中美好的一面所误导，使得我们相信：美国的战略给了我们现代的科学、医学和技术。如今，我们知道它也造成了许多威胁到我们生存的危机。

这是一个真实的故事。我亲历这些事件的每一分钟都是我生活的一部分——眼中所见、耳中所闻、鼻中所嗅、心中所感、所识之人、所遇之事以及所有的交流和对话。

尽管这些都是我的亲身经历，但它们发生在更宏大的全球背景之下——那些事件塑造了我们的历史，并将我们带入了今天的危机。正因为这些事件将会构成我们下一代的未来，我们必须了解其内在的成因，并着手做出合适的改变。我会尽一切努力来准确地呈现这些经历、人物和对话。每当我想要讨论近期和过去发生的事件或重现与他人的对话时，我都会借助一些工具，包括但不限于：公开发表的文献、个人的记录和笔记、我自己和他人的回忆、我过去的手稿，特别还有文史资料，也包括之前被列为机密但最近被解密的信息。有时候为了表述得更加顺畅，我还会将与同一个人的多次交谈合并成一段对话。全书的注释中提供了一些补充资料，方便有兴趣的读者更深入地了解这些主题。

必须明白，我们所有人都是经济杀手策略的受害者。非洲人、亚洲人、欧洲人、拉丁美洲人以及来自岛屿国家的人们（甚至地球上的所有生命），无论贫富都受到了威胁。我们可以在政治、政府、宗教和其他问题上存在分歧，但我们都必须同意，这些问题在一个死亡的星球上都不再重要——因为让经济杀手策略继续肆虐的结局将是地球的死亡。关键在于，中国的领导人（以及未来领导人）应继续将在中国深入人心的“仁爱”的儒家理念努力地推行到全球社会；美国的领导人（以及未来领导人）应团结美国的所有州以及全世界的所有国家，齐心协力抵御我们面临的危机；俄罗斯人要清楚，他们的安全取决于促成东西方之间的合作，而不是一味扩大防御纵深；全世界要有相当多的人联手终结经济杀手策略，将死亡经济转变为生命经济。

本书的目的是激励你们出手协助实现这一目标。

导读
INTRODUCTION

经济杀手以及中国所处的时代

为什么要写第 3 版

中国经济策略对全球经济杀手策略的替代已经变得如此普遍且成功，使它的机制得到了所有人的关注。中国现在是各个大洲上几乎所有国家的最大贸易伙伴。借用经济杀手策略的全部四大支柱，中国在能源、交通、通信和发展其他基础设施等方面已经完胜了美国（详见第七部分）。

无论人们如何看待中国，所有人都不能不承认，中国在国内取得的成功及其对美国经济杀手策略的调整给世界许多国家留下了深刻的印象。而直到受邀在俄罗斯和哈萨克斯坦举行的两场国际经济峰会（总计有 1.2 万多名世界上最具影响力的政策制定者出席）上发言，我才完全意识到这一点。一个接一个的演讲者将中国的成功与美国的失败进行了比较——其中一个经常被引用的例子是，自 1973 年以来，经通胀调整后的美国平均小时工资并没有增长，而且美国中产阶级的人口占比也从 60% 减少到 50%；而在同一时期，中国迅速提高的工资让数亿人摆脱了极度贫困，跻身中产阶级之列。[1]

随着我们越来越逼近生态、经济和社会三重毁灭的悬崖，我们必须认识到，我们一直生活在一种错误且危险的观念之中。短期利润和物欲消费的最大化以及经济杀手策略正在让我们一点点地走近灭亡。我之所以写这本书的第 3 版，是因为我觉得有必要重新分析经济杀手策略，以及它与我们所面临的众多日益严重危机的关系，并提出一些想法来帮助每个人从受害者成为变革的推动者。

经济杀手体系的运转

需要重点强调的是，全世界的人们都是经济杀手策略的受害者。我们所有人都被蒙蔽了。我们当中的许多人都相信一个理念，即自己的国家在做正确的事情。俄罗斯人、中国人、巴西人、尼日利亚人、美国人以及其他国家的人都是如此。虽然我们就是受害者，但我们也是帮凶。经济杀手策略之所以奏效，是因为我们都在有意或无意地支持它。

自波斯和罗马的帝国时代起，一个国家的根本战略就服务于那些谋求统治他人之人——无论被统治的人是本国的还是外国的。尽管几个世纪以来文化和技术出现了无数的变革，但这些战略始终聚焦于同一个目的——掠夺资源以满足短期的物欲消费，增加少数精英的财富和权势。

一个至关重要的因素掩盖了上述的统治目的，即在观念上认为被统治之人同样也能获得好处。在现代，经济杀手战术的正当性就在于，有人认为它为所有人带来了更好的生活，让低收入国家提升为高收入国家，并将最贫穷的人变成中产阶级。“我们都是好人”这样的叙述出现在大学讲授的许多经济学和商业课程上，还被写进了世界银行和国际货币基金组织的诸多报告之中。多年以来，正是因为相信这样的故事，我总是迫不及待地想要传播这种观念。就像许多加入发展经济事业的人们一样，我曾确信自己在做正确的事。我和我的助手们编制了引人注目的统计数据，创建了复杂的计量经济模型，用于“证明”我们的策略能够带来更多的繁荣、平等和民主。

最终我才意识到，我们都在助纣（一个谎言）为虐。

尽管经济学家们开发了极为复杂的模型，但一个简单的随手计算就能说明数字是如何被用于欺骗的。比如在美国，最富有的三个人拥有的财富相当于最穷的那一半人口的总和。如果在一年之内这三个人的财富增长了10%，而那最穷的一半人口总计损失了3%的资产，剩余的人保持不变，那么全美的人均财富还是体现为正增长。人们会觉得这个国家中的每个人都发达了，但事实却恰恰相反。因为，仅仅三个人就赚走了所有的钱。

得到电力供应、供水和污水处理，拥有电视及手机的统计人数，结合复杂的计量经济模型，似乎表明基础设施的巨额投资创造了经济的增长，从而转化为一个国家中每个人的成功。然而，正如本书中的众多例证所示，这类结论都是基于国内生产总值（GDP）、国民生产总值（GNP）以及推行经济杀手策略的机构所制定的其他指标而得出的。这类指标的升高并不意味着全球经济的繁荣。相反，诸如此类的增长往往会导致越来越多的权势和财富集中到少数人的手中，从而加剧了不平等，并导致环境破坏和气候变化。确实有更多的人拥有了手机，但他们往往生活在耀眼的摩天大楼阴影下的肮脏环境中；他们的家中确实通了电，但整座住宅却是由有毒的材料建造而成的；他们确实用上了供水和污水处理系统，但他们周围的空气和土地却被污染了；他们的食物缺乏营养，甚至可能含有致癌物质；许多人被逼无奈开始犯罪和吸毒。那些被宣扬——甚至被认为——是美好的事物，却对几十亿的人口和整个自然都是有害的。

现代的经济杀手策略可以被概括如下。

高收入国家找出一些拥有石油或其他资源的低收入国家，而这些国家缺乏足够的手段和政治意愿来开发这些资源。于是，高收入国家派出经济杀手，劝说低收入国家用尚未开发的资源作为担保获得大笔贷款。作为交换，必须要包含的一项重要条款是，这些资金将被用于雇用高收入国家的公司来建设能促进经济发展的基础设施项目，特别是在事关重大的能源领域（如今一般是电力行业)。这一安排让这些公司从中攫取了巨额利润。在这个过程中，也许有少数的当地企业家精英因更加完善的基础设施获得了成功，但其余的所有人都付出了代价，因为支付贷款利息的钱是从医疗服务、教育和其他公共部门腾挪而来的。债务的金额是如此巨大，以致这些国家完全无法偿清,结局是低收入国家发生了债务违约。这一过程有时也被称为“债务陷阱外交”。

作为解决违约问题的第一步，经济杀手要求低收入国家将其石油、矿产或其他可抵押的资源以“地板价”卖给高收入国家的公司，而且不能附加任何环境和社会法规(即便这些国家有这一类法规的话)的约束。如果一个国家可用于抵押的资源不足以偿还债务，则会被进一步要求实行所谓的“新自由主义”政策。这些措施包括为富人减税并削减其他所有人的工资和社会服务的紧缩计划，减少政府监管，将公共部门的企业私有化并出售给高收入国家的投资者，以及阻止劳资间的集体谈判——所有这些都有利于跨国公司的“自由”市场。新自由主义的拥护者们宣扬这样一种观念，即金钱将从大公司和精英阶层“涓滴”而下，流向其余人口；然而，这些政策几乎总是会导致更大的不平等。

这套体系是基于训练我的那个女人口中的经济杀手策略的“四大支柱”:恐惧、债务、对不足(如食物、住房等)的焦虑，以及分而治之。在过去，经济杀手严重依赖由军事恫吓引发的恐惧，由此为其他三大支柱的实施创造条件。比如，统治者 A 在一场战争中击败统治者 B，并将 B 的国家化为焦土；于是，A 将自己的女儿嫁给 B，借钱给 B 用于重建 B 的国家，还承诺促进 B 国人民的富裕，从而让 B 和 B 的国家负债累累；但这种“慷慨之举”有一个重要条件，那就是 B 会帮助 A 分裂和征服邻国。

使用不同支柱的侧重可能会因时而变，这要取决于具体情况，但在大部分有记载的历史中，经济杀手策略的总体思路都是基本一致的……直到 20 世纪 70 年代，它才在我担任经济杀手的时期发生了重大的变化。

世界上规模最大、装备最精良的美国军队未能打败北越[①]，再加上核浩劫的冷战幽灵，使得债务替代了向他人灌输恐惧的支柱，成为经济杀手的主要方略。军队和所有与之有关的商业行动都退居到了次要的位置。虽然从我加入经济杀手之列时开始，政变、暗杀和入侵始终都潜伏在阴影中蠢蠢欲动，但债务成了整套战略中最重要的工具。这种非常成功的改变是由第二次世界大战后的第一代经济杀手们推动的（详见本书第二至第五部分），本书中称他们为“第一代经济杀手”。他们的活动一直持续到 2001 年 9 月 11 日。

在世贸中心和五角大楼遭到袭击之后，美国军方重返全球舞台的正中央。生产或销售战争物资的企业以及为其提供融资、保险和其他服务的公司也活力大增。除了全球瞩目的伊拉克和阿富汗战争，美国在每一个被怀疑窝藏恐怖组织的国家都加大了军事行动的力度。中央情报局、国家安全局和其他美国机构同样加快了行动。在过去的 40 年中，在低收入国家由第一代经济杀手实施成功的债务项目也得以继续下去。与此同时，如本书第六部分所述，“第二代经济杀手”将这一战略提升到了新的高度，也在美国和其他高收入国家大显身手。

中国意识到，这是一个机会。中国领导人明白，如果让中国的战略执行者对四大支柱做出比美国经济杀手更多的调整，他们将会获得更大的优势。中国察觉到了将这些策略应用于美国因专注于中东而忽视的其他地区的好处（内容详见第七部分）。

那个至关重要的因素：观念

营销主管、心理治疗师和政治家们都知道，**观念塑造现实**。只有足够多的人们接受同一种驱使他们行动起来改变现实的观念，国家、文化、宗

① 北越，即越南民主共和国，成立于 1945 年，由胡志明领导的越南共产党（后更名为越南劳动党）掌权，奉行社会主义制度。

教和企业等才能存在于世。意图驾驭他人的国家也清楚，其战略的成功关键在于改变对方的观念。

“为了得到永恒的救赎，野蛮人必须被教化”“赤色大潮必须在它淹没全世界之前被制止”“成功与否是由短期利润、股票价格和贸易差额来衡量的”——这类观念已经被嵌入各个民族的心里。它们是霍华德·津恩所说的“舆论机器”的一部分，它们在学校里被传授，激发高尚的政治言论，影响媒体，鼓动士兵奔赴战场，它们也是一个国家关于种族和文化偏见的基础。它们赋予了经济杀手策略以正当性。

第一代和第二代经济杀手所推行的观念可以总结为：“如果你们想要你们的国家繁荣，就要接受华盛顿共识以换取贷款，雇用美国公司来建设基础设施项目，并服从于新自由主义政策。”“华盛顿共识”指的是世界银行、国际货币基金组织、美国财政部和其他相关机构的一致行为——这些组织提供贷款，并向他国强加新自由主义思想。

当美国政府由于中东问题无暇他顾，且许多国家对美国的不满情绪加剧之际，中国的战略执行者提供了一种与美国截然不同的观念。

中国调整了策略

中国于2013年开始携手非洲和拉丁美洲。中国的领导人和战略执行者强调，通过拒绝新自由主义和发展出自己的模式，中国实现了看似不可能的成就——30年以来，中国的年均经济增长率接近10%，7亿多人摆脱了极端贫困。中国涅槃重生，成为世界第二大经济体。在这些方面，没有哪个国家能够望其项背。

中国在国内表现为经济快速成功的典范，并大幅度地调整了对外的经济策略。

中国最新一代的领导集体让全球改变了那个至关重要的因素——观念。他们主张中国政府不需要对其他国家的政府政策施加影响；他们用“如果你们想要你们的国家繁荣，那就接纳中国成为全球贸易伙伴，我们不会干涉你们的政府，你们可以利用中国的贷款雇用中国的公司，来建设为繁荣创造条件的基础设施”，取代了美国的“如果你们想要你们的国家繁荣，就要接受华盛顿共识以换取贷款，雇用美国公司来建设基础设施项目，并服从于新自由主义政策”；他们用不干涉他国内政的承诺来取代新自由主义的限制条件，吸引那些见惯了债权国各式要求的国家首脑。

随着这些观念的改变，中国的战略执行者也调整了四大支柱。

恐惧

长久以来，中国并不会在其领土之外派驻军队或对大多数国家施以武力威胁。相反，中国的战略执行者重视各国对贫困和不发达的恐惧，还有对美国发动政变和暗杀的前车之鉴的恐惧。对于那些经历了欧洲军事殖民几个世纪的和二战后美国军队占领的民族来说，这些恐惧是真实存在的。然而值得注意的是，中国并非没有军事能力。似乎一夜之间，中国就建成了一支实力堪比美国的海军。它最近还在吉布提建立了一个保障基地，并开始协商在柬埔寨、缅甸、巴基斯坦、塔吉克斯坦和所罗门群岛等国家增加影响力的可能性。

债务

中国的债务支柱在几个重要方面有别于美国，既有优势也有劣势。

优势方面：（1）不同于美国，中国承诺不干涉借债国的政府政策；（2）中国鼓励当地官员自主决定其贷款资助的项目类型，而没有像美国那样执着于聘请“专家”——这些专家往往偏好其原有的“外国”思维方式。

劣势方面：（1）尽管中国声称不干涉债务国的内政，但常常希望这些国家支持中国的某些政策；（2）尽管鼓励当地官员决定贷款的用途在理论上是积极的，但也为腐败创造了便利，因为有些官员往往会在这个过程中上下其手；（3）中国优先使用中国的工人和零件，后者损坏后也只能由中国零件来替换，从而使援助国形成了对中国的路径依赖。

对不足的焦虑

美国和中国在推动“对不足的焦虑”上几乎如出一辙。“接受我们的贷款并雇用我们的公司，就能创造繁荣”是两国都在表达的意思。然而，中国战略执行者的优势在于，他们拥有这些年来中国一飞冲天的成功故事。此外，他们的新丝绸之路倡议天然自带与庞大的全球贸易网络连通的吸引力——这是美国从来都无法提供的。然而，这种吸引力也构成了一种危险。新丝绸之路的魅力也许会让一些国家猝不及防，因为这种互联互通可能被用来对付它们自己。交通网络的改善可能会为更严重的剥削提供便利，包括可能招致外国军队的入侵。[①] 通过债务融资的基础设施来结束对不足的焦虑，还会掩盖很多现实的问题，比如项目的缺陷、背地里的政治操纵和腐败。

分而治之

最后，对分而治之支柱的调整可以被认为是中国战略执行者带来的最重要变化。凭借将全世界团结起来、终结全球极端贫困的承诺，新丝绸之路彻底推翻了分而治之的理念。当我第一次听到这样的描述时，我的反应是：“为什么我们没有想到过这一点？”近年来，这一观念在世界大部分地区流行起来。它吸引了越来越密不可分的全球人民，也引来了对那条改变世界历史的古代商队贸易路线的浪漫憧憬（这就是我更喜欢“新丝绸之路”这个民间叫法，而非官方名称“一带一路”倡议的原因）。

---

① 这句话是霸权流氓典型的倒打一耙，不值一驳。中国往往视交通改善为致富的先决条件，故“一带一路”倡议对沿线国家的基建支持，是出于和平贸易而非军事侵略的目的。除了有限的对美、对印和对越的自卫反击战，中国何尝侵略过别国？这正是以小人之心度君子之腹，贼喊捉贼。——出版者注

请求帮助

美国最近发生的一系列事件，从白人至上主义的暴力及社会和种族的不公正行为，到破坏选举的企图，再到监狱和移民拘留营地的恶劣条件，都暴露了美国更为阴暗的一面。尽管这些被曝光出来的事件都是真实的，但一心关注对方的负面问题而产生的偏见，往往会妨碍在这个处处危机的世界中所迫切需要的合作。

我也意识到，作为一名美国白人男性，我从小就有一种偏见，认为自己天生便拥有其他性别、公民身份或肤色的人无法获得的机会。除此之外，我与许多在婴儿潮时期出生的同龄人从小就耳濡目染了对非洲、亚洲和中东血统之人带有偏见的电影、电视节目和漫画。足够多的旅行经历还让我了解到，无论什么地方的人都会对与自己不同之人怀有偏见。

我总能见识到这样或那样的偏见——当我写出中国模式可能对其他国家有吸引力时，有人指责我过于亲华；当我批评中国的战略时，有人说我反亚洲；而当我披露美国经济杀手策略所犯下的错误时，我又被视为反美的……

所以，我请求你们的帮助。

我一直孜孜不倦地从尽可能客观公正的角度来写作，但我确信，我并没有意识到自己的一些偏见，你们可能会在这本书中见到沾染这些偏见的陈述。如果是这样，我请求你们的原谅和理解。请放心，我的初衷并不是要冒犯任何人，也不是为中国模式做辩护，或者偏袒美国的模式，更多的诉求是想把经济杀手策略永久地抛入历史的垃圾箱。所有的经济杀手策略，最好永远也不会再出现！

我的希望是，当你们读完第 3 版的时候，有人会受到启发，积极加入一个全球合作的新时代——这将在这颗生命星球上重新定义作为成功人类的意义。

CONTENTS 目录

第一部分 未来之兆

美国经济霸权的崩塌

厄瓜多尔总统科雷亚反击美国经济杀手策略，通过转向中国贷款支持国家发展。他实施了一系列改革项目，包括基础设施建设和社会服务提升，但也因债务和腐败问题陷入困境。中国通过投资基础设施和矿产资源挑战了美国的传统影响力，引发了关于全球贸易和经济霸权的深思。

1 桀骜的总统 / 002

2 救世主的噩梦 / 006

3 笼中金丝雀 / 009

第二部分 一名经济杀手的诞生

(1963—1971)

主人公进入美因公司，经过培训和重塑，被派往印度尼西亚推动电力设施建设，实际上是掠夺当地资源并加剧贫富分化。通过一系列“未来发展”规划，他逐步认识到自己是在为美国少数利益集团洗劫全球财富。

4 肮脏的行当 / 016

5 一名经济杀手的诞生 / 024

6 终生无法脱身 / 032

7 印度尼西亚：经济杀手的第一课 / 041

8 幻想拯救一个国家 / 044

9 出卖灵魂 / 048

第三部分 摇摆与挣扎

(1971—1975)

在跨国公司操纵下，主人公继续在印尼、巴拿马等地推动美国利益，涉及政治操纵、经济剥削与资源掠夺。在此期间他反思了自己在帝国主义体系中的角色，触摸到全球化背后的黑暗面，以及普通民众的苦难与挣扎。

10 被视作督察员的我 / 056

11 文明经受考验 / 059

12 一生难求的机会 / 064

13 巴拿马的总统和英雄 / 070

14 运河区的美国殖民主义 / 075

15 与将军的交谈 / 076

16 来到经济史上一个邪恶的新时代 / 082

17 沙特阿拉伯洗钱事务 / 086

18 “皮条客”以及资助本·拉登 / 097

第四部分 掠夺与杀戮

(1975—1981)

主人公见证了伊朗内部隐藏的仇恨与动荡，并经历了国王的倒台，以及美国跨国公司如何利用资源掠夺与权力斗争影响拉美国家。

19 巴拿马运河谈判 / 104

20 伊朗的众王之王 / 108

21 遭折磨之人的坦言 / 112

22 国王的倒台 / 115

23 哥伦比亚：拉丁美洲的拱心石 / 118

24 美利坚合众国与全球帝国 / 121

25 唬人的简历 / 128

26 厄瓜多尔总统与石油巨头的斗争 / 134

27 金盆洗手 / 139

第五部分 痛苦与退却

(1981—2004)

主人公逃离美因公司后，揭露了美国在国际事务中的双重标准，特别是入侵巴拿马事件。他以闭口为代价在能源行业取得成功，但依旧感到痛苦，还警示了全球经济体系中的剥削与不公，呼吁人们改变现状。

28 厄瓜多尔总统之死 / 144

29 巴拿马：另一位总统的死亡 / 148

30 我的能源公司与小布什 / 150

31 我被收买了 / 154

32 美国入侵巴拿马 / 160

33 经济杀手在伊拉克的挫败 / 168

第六部分 豺狼出动

(2004—2016)

主人公在本书第 1 版出版后遭人下毒，开始深度思考经济杀手体系的深层运作。他剖析了经济杀手如何利用操纵、贿赂等手段在全球推行“死亡经济”，强调其对社会、环境的巨大威胁。他发现新一代经济杀手和豺狼仍在行动，呼吁公众共同对抗这种危机。

34 阴谋：我被下毒了？ / 178

35 伊斯坦布尔：死亡经济与生命经济 / 182

36 又一起经济杀手的银行丑闻 / 188

37 新一代经济杀手 / 192

38 新千年的豺狼 / 200

第七部分 崛起与复兴

（2016—2023）

主人公深入剖析了中国在全球经济中的崛起及其战略执行者的策略。中国通过金砖国家银行和亚投行等金融机构，以及新丝绸之路倡议，展现了其强大的经济实力和外交手段。中国战略注重受援国家的独立性，强调合作与共赢，与美国的“经济杀手”策略形成鲜明对比，揭示了中国力量的崛起及美国的衰落。

39　中国撼动平衡 / 206

40　中国的战略执行者 / 214

41　拉丁美洲 / 217

42　动荡的亚洲 / 227

43　非洲转投东方 / 237

44　中东地区：未来看东方 / 250

45　欧洲：美国鹰与中国龙 / 260

46　依存与斯杀的美国 / 267

结论　终结经济杀手策略 / 272

附录　死亡经济与生命经济 / 281

补充资料 / 286

约翰·珀金斯大事记 / 289

注释[①]

① 全书的“注释”部分，为了降低定价，改以电子方式呈现。有需要的读者，可在颉腾文化公众号键入书名后免费获取。

第一部分

未来之兆
美国经济霸权的崩塌

1 桀骜的总统

总统拉斐尔·科雷亚（Rafael Correa）独自站在厄瓜多尔总统府的阳台上，向在基多的“独立广场”上逐渐聚集的人群致以微笑。他们也向他招手，用手机对他拍照。还有不到一年，他将完成自己的第二个总统任期，并且按照厄瓜多尔的法律在2017年退休。他在离任时将会带着重大的胜利光环——他会见了中国的国家主席，并签署了“世纪大交易”。他在美国经济杀手们的游戏中击败了他们。

美国的政策影响了科雷亚的一生。早在他5岁时，他的父亲在进入美国监狱的高墙后就再无音信——他父亲为了养家糊口给有需求的美国人提供毒品，因而被判贩毒罪。当科雷亚刚满11岁时，一场美国中情局支持的政变导致他的偶像之一、智利民选总统萨尔瓦多·阿连德（Salvador Allende）的死亡。在他仍是少年时，我的两个经济杀手客户——厄瓜多尔总统海梅·罗尔多斯（Jaime Roldós）和巴拿马总统奥马尔·托里霍斯（Omar Torrijos）——对他产生了极大的影响。他钦佩这两人敢于反抗美国企业、政府和银行的首脑沆瀣一气地掠夺他们国家的资源。他特别牢记罗尔多斯为终结石油巨头的肆意妄为而付出的努力，以及托里霍斯收回巴拿马运河所有权的决心——运河主权的缺失让这条运河将巴拿马一分为二。这两位总统都拒绝了我个人贿赂他们的企图，也从未屈服于“豺狼”们的死亡威胁——在我和其他经济杀手未能成功拉拢两人之后，豺狼们就插手了。两人都受到了罗纳德·里根和很多有影响力的美国公司首席执行官们的厌恶。在科雷亚年满 18 岁、里根入主白宫的那一年，罗尔多斯和托里霍斯皆死于飞机失事——在后面的章节中我会详细讲述两场事故中无处不在的暗杀痕迹。

科雷亚父亲的受审和定罪，围绕三位英雄领袖死亡的中情局暗影、越南战争以及美国种族和社会的不和谐，让这个年轻人懂得，美国体制是有利于富有的白人和他们的公司的。他通过努力学习，在一所厄瓜多尔大学里获得了奖学金，又从比利时一所大学得到了硕士学位，最后在美国伊利诺伊大学取得了经济学博士学位。他亲身经历了屈辱、落魄和剥削，这激励他成为一名专家，精通于由经济杀手们推动的全球体系，而这个体系同样自诩为"资本主义"。

"我学到了，"科雷亚总统后来告诉我说，"你们经济杀手的游戏就是用债务奴役其他国家。之后，你们就掌控了我们。"他了解美国的经济杀手策略。他还希望找到一种方法，让他的国家成为更公正、更平等的全球经济运动的一部分。在读完《一个经济杀手的自白》后，他写信给我："我要感谢你做出的重大贡献，你为创新性的、更好的共存方式找到了新的通用方式。"在他的领导下，厄瓜多尔颁布了一部新宪法——这是世界上第一部将不可剥夺的"自然权利"写入法律的宪法；他还成立了"美好生活部"，为厄瓜多尔生活的方方面面带来社会、经济和环境的平衡。

有一天，在基多美丽的埃尔埃多公园里，我与美好生活部的部长弗雷迪·埃勒斯（Freddy Ehlers）一起散步，他向我总结道："这位总统了解世界正在发生什么，他还知道我们所有人都遇到了麻烦，现行的体制需要修正。科雷亚想让他的国家和环境受益，并在这个过程中让厄瓜多尔成为其他国家效仿的榜样。"

科雷亚向广场上快速聚集起来的民众举起了双臂。随着人们意识到美国的支配即将终结，他的受欢迎程度似乎也在与日俱增。但要想彻底打破这种支配地位，他感到除了转向中国别无他法。

科雷亚在2006年的大选中当选厄瓜多尔总统后的最初行动之一，就是调查我曾经协助实施的经济杀手策略。他任命了一个委员会，用于审查世界银行向非民选的军事独裁者提供的贷款。科雷亚的经济学教育背景让他明白，美国用于获取支配地位的经济杀手策略是以债务为根基的。这个委员会质疑，厄瓜多尔人民是否有义务为未经他们同意的债务支付利息和本金？根据该委员会的调查结论，科雷亚总统宣布厄瓜多尔100亿美元债务中的大部分是不合法的。[2] 在科雷亚做出决定后不久，在厄瓜多尔能源和矿业部长阿尔贝托·阿科斯塔（Alberto Acosta）的办公室里，他向我解释了这件事。“那些向未经选举的独裁者提供贷款的银行，”他说，“它们心知肚明自己所资助的项目只会让富有的少数人受益，而伤害贫穷的大多数人。它们必须为厄瓜多尔——以及世界上许多其他地方——的大部分问题承担责任。”[3] 阿科斯塔拥有德国科隆大学的经济学学位，他与科雷亚一样，都清楚摆脱经济杀手策略陷阱的重要性。

为了报复科雷亚的行为，标准普尔评级服务公司和惠誉评级大幅下调了厄瓜多尔的信用评分。它们决心释放一个信号——任何胆敢拒不偿付世界银行贷款和其他的美国债权、不接受经济杀手策略的国家，都将受到严惩。厄瓜多尔必须屈服！

但科雷亚并不打算让步。他认识到，现代资本主义的基础是利用经济杀手策略击败竞争对手，并获得垄断权力。他比大多数人更早地预见到，美国作为竞争领先者的地位正受到严重挑战。美国的垄断正在显露出崩溃的迹象。“中国龙”已经醒来，它根本不在乎什么评级服务。

中国带着10亿美元的贷款来拯救厄瓜多尔，紧接着又提供了10亿美元。[4] 厄瓜多尔的信用评级立即抬升。科雷亚拒绝了新自由主义和华盛顿共识，他成功地转向了中国的银行家——他们承诺在整个拉丁美洲及世界其他地区扩大贸易。为了能从这条“新丝绸之路”上获益，参与的国家必须建有电力系统、高速公路、港口和机场。所有这一切，再加上新建的学校和医院，将成就科雷亚作为厄瓜多尔领袖的历史丰碑——因为是他利用厄瓜多尔雨林下埋藏的海量石油作为抵押品，让这个国家摆脱了贫困，并成为给其他国家带来希望的榜样。

科雷亚倚在栏杆上，端详着在下面继续聚拢的围观人群。他们向他招手、微笑、大声问候，还不停地拍照。他干得很不错。除了新的宪法和美好生活部，他还为这个国家带来了前所未有的政治稳定——在他当选之前的十年里，厄瓜多尔经历过七任总统，还长期遭受政变和军事独裁之苦。在第一个任期内，科雷亚效仿他的偶像罗尔多斯总统，制服了外国石油公司。在第二个任期内，他修建基础设施，发展他认为对人民福祉至关重要的社会服务。厄瓜多尔正经历着持续的经济增长，即便在2008—2009年国际金融危机期间也是如此。该国的最低工资增加了一倍多，成为拉丁美洲国家的翘楚之一，让超过100万人摆脱了贫困。而这一切都是在他的领导之下实现的。[5]他举起一只手，向广场上的人们竖起了大拇指。中国与厄瓜多尔的伙伴关系已经获得了回报。

但有些问题一直困扰着科雷亚。记者们总在不停地追问："你认为中国人会比美国人更少地掠夺吗？"不只是记者，反对派的政客们这样问，科雷亚自己的顾问们这样问，他也总是这样问自己。然而，他宁愿相信中国宣布的扩大全球贸易的承诺。华盛顿对美、厄双边项目和贸易的关注力度相较于"新丝绸之路"的理念，高下立判。还有，中国国家主席也向他保证，中国不会利用债务将北京的意志强加给厄瓜多尔。此外，开弓没有回头箭，科雷亚一直在努力扭转他前任们过分亲美的政策。

截至2015年底，科雷亚从中国收到了近60亿美元的资金，约占厄瓜多尔外债总额的30%，[6]而且这个数字还在持续增长。《纽约时报》报道称：

> 中国的银行正在谈判为厄瓜多尔提供70亿美元的贷款，用于建设一

座炼油厂，这可能使厄瓜多尔成为汽油、柴油和其他石油产品的全球参与者。

在全国各地的村庄和城镇，中国的资金将用于修建道路、高速公路、桥梁、医院，甚至将监控摄像头的网络延伸到偏远的加拉帕戈斯群岛。国有的中资银行已经向厄瓜多尔投入了接近110亿美元，并且厄瓜多尔政府还在要求更多的资金。

厄瓜多尔只有1600万人口，在国际舞台上几乎没有什么影响力。但中国在这里迅速扩张的足迹充分说明了世界秩序的变化，因为北京正在迅速崛起，而华盛顿在逐渐丧失优势。[7]

中国的一笔贷款被用于支付中国水利水电建设集团（以下简称“中国水电集团”）建造一座大型水电站的费用，这座水电站有望为厄瓜多尔提供超过三分之一的电力，刺激国内工商业的发展，创造数十万个就业机会，并扩大国际贸易。科雷亚知道电力是厄瓜多尔未来发展的关键。这笔特别的交易似乎能为这位总统的成就锦上添花。

但利息成本也在不断上升。中国用更多的资金救助了厄瓜多尔。一次又一次的救助，让它的债务堆积如山。

2　救世主的噩梦

在2018年圣诞节的前一天，《纽约时报》发文提到了中国水电集团的项目：

这座位于丛林之中的巨坝是由中国出资并建造的，它本该用于彰显厄瓜多尔的巨大雄心，解决其能源需求，并帮助这个南美小国摆脱贫困，却成为一桩全国性丑闻的一部分，这桩丑闻将整个国家卷入了腐败和危如累卵的巨大债务，以及与中国绑定的国家未来中。[8]

在读到这篇文章之际，我很难想象科雷亚在情感上和政治上所经受的重创。他仿佛从高高的山巅瞬间坠入了深深的裂谷。

对科雷亚来说，中国国家主席数年前对厄瓜多尔的访问，仿佛是在报复美国对他父亲、他的家人、他的英雄们、他的国家和整个南美大陆的一切凌辱。不偿还世界银行的贷款是大胆且重要的一大步；从中国获得贷款，恢复厄瓜多尔在金融世界的地位，准备将该国从单纯的原油出口国打造为一个工业化的石油提炼国，也是更为重要的几大步——故科雷亚与中国达成的最终协议才被誉为进入新世纪、新千年的巨大飞跃。

2016 年 11 月，当中国国家主席走出飞机踏上厄瓜多尔的土地时，厄瓜多尔的总统和人民都在庆祝这一具有历史意义的重大时刻。厄瓜多尔从此结束了与美国早在 1823 年就形成的主从关系——当时詹姆斯·门罗总统提出了“门罗主义”。从那以后，《门罗宣言》一直被美国用来宣示其在整个西半球干涉行动的合法性。中国将厄瓜多尔从美国强加的信用评级崩溃中解救出来。如今，在中国领导人访问期间，两国元首签署了协议，就一系列重大的能源、交通、农业和制造业项目进行合作。终于，门罗主义撞进了“地缘政治的粉碎机”。[9]

特别令人鼓舞的是，中国领导人是在会见美国总统之前访问的厄瓜多尔。事实上，在中国领导人最终与唐纳德·特朗普总统握手之前，他不仅到访了厄瓜多尔，还去了阿根廷、巴西、智利、哥斯达黎加、古巴、墨西哥、巴拿马、秘鲁、特立尼达和多巴哥以及委内瑞拉，与诸国达成了一系列与中厄协议相似的协议。相比之下，特朗普在执政的四年中只到访过一个拉丁美洲国家，那就是 G20 峰会的主办国阿根廷。对于科雷亚以及其他拉美国家的总统们来说，这是一个明确的信号：中国对拉美很在意，并且它不会被门罗主义或美国吓倒；它打算把自己塑造成该地区新的“救世主”。但为实现这一目标，它将要借用贸易而不是新自由主义政策。

油价在 2014 年发生暴跌并持续保持低位，这件事有可能会令中国对厄瓜多尔望而却步，并终止正在达成的交易。毕竟，这些交易是以地底下的石油作为债务的抵押品。然而，厄瓜多尔与它的大多数邻国一样，还拥有其他的自然资源。对中国政府来说，这些也能为增加贷款、建设项目、开发厄瓜多尔的矿产资源、扩大贸易提供更多的机会。据《南华早报》：

> 米拉多矿业项目含有一座价值 14 亿美元的大型露天矿山，开采的金属主要是铜，但也有银和金……是由中国国有企业中铁建铜冠投资有限公司的子公司厄瓜多尔科里安特公司开发并运营的……
>
> 厄瓜多尔并不是一个传统的矿业国家，但在科雷亚执政期间，采矿业被赋予了更突出的作用……
>
> 虽然米拉多项目被认为是该国最重要的矿业项目，但近年来厄瓜多尔还批准了另几个重大项目的特许权，其中许多授予了中国公司。[10]

我非常了解这片矿区。20 世纪 60 年代末，我曾在那里担任和平队的志愿者——由于它地处安第斯山脉的东部，所以被当地人称为“奥连特”（意为东方地区），这里是舒阿尔人和其他土著民族的传统领地。该地区的诸多河流起源于安第斯山脉的冰川和高海拔湖泊，穿过厄瓜多尔的丛林进入秘鲁，在汇入亚马孙河后经巴西汇入大西洋。

中国已在当地建起了庞大的大坝，其正在开发矿山的地区非常重要，以至于环保人士将其称为“亚马孙河的神圣发源地”。

当科雷亚卸任并前往比利时（他妻子的家乡）居住时，该大坝工程已经成为一场全国性的灾难。《纽约时报》在 2018 年写道：

> 几乎所有参与大坝建设的厄瓜多尔高官都因收受贿赂的指控而被监禁或判刑……

而标价大约190亿美元的中国贷款，不仅要用于这座名为科卡科多－辛克雷（Coca Codo Sinclair）的大坝，还包括政府急于修建的桥梁、高速公路、灌溉系统、学校、诊所和其他六座大坝。

厄瓜多尔现在能否负担得起这笔钱的利息并不重要，因为中国得到了厄瓜多尔最有价值的出口产品——石油——的80%……

“中国占了厄瓜多尔的便宜，”厄瓜多尔能源部长卡洛斯·佩雷斯（Carlos Pérez）说：“中国人的战略是明确的，他们要控制各国的经济。”[11]

最终，科雷亚本人因腐败被缺席审判有罪，并处以8年的监禁。

3 笼中金丝雀

我向大卫转述了我与赋闲在比利时家中的前总统科雷亚的部分通话内容。“科雷亚告诉我，厄瓜多尔需要外国来资助和建设能够推动厄瓜多尔经济发展的项目。”

“政客们一直就是这样主张，”大卫回答说，“米拉多矿山被称为厄瓜多尔的‘十年采矿计划’中‘皇冠上的宝石’。厄瓜多尔希望从中获得45亿美元的资源权益金。”

挂断电话之后，我更多地想到，当我还是一名经济杀手时，欺骗所发挥的作用，其中有一件事尤其让我难以忘怀。在20世纪70年代推进美国的经济杀手策略时，我们声称苏联正在把拉丁美洲国家变成其卫星国。这个观点甚至演变为古巴就是苏联的傀儡，它正在向整个美洲大陆派出由切·格瓦拉（Chc Guevara）率领的恐怖主义军队。

这个说法完全是捏造的。即便是苏联政府曾经有过这样一个宏大的计划，那也止步于1962年的古巴导弹危机。1967年，当中央情报局的菲利克斯·罗德里格斯（Felix Rodriguez）在玻利维亚的丛林中监督格瓦拉被处决时，这支所谓的“古巴军队”被证实为仅仅是一群乌合之众——装备简陋、无人支持的几十个理想主义者而已。很明显，“赤潮”只不过是为了恫吓各国接受美国的新自由主义政策而编造的。然而，由于这样的捏造得到了舆论机器的大力支持，并有利于强大的跨国公司、当地家族和美国政府，它才得以毫无阻碍地甚嚣尘上。

在我看来，政客和权威人士们如今似乎正在传播另一类谎言——试图将中国的“扩张”与苏联在冷战期间的战略相提并论。然而，这并没有奏效——起码这在厄瓜多尔或大多数拉丁美洲国家行不通。因为这些国家的人们看到了巨大的区别，而且苏联的模式也没有多少可取之处。与中国不同的是，苏联在技术、产品或服务方面提供不了太多的东西，它也不是其他国家想要效仿的经济发展楷模，在对外投资和贸易方面更是乏善可陈，几乎从未取得过成功。也许最重要的是，俄罗斯的领导层从未理解经济杀手策略中那个至关重要的因素——观念——的重要性。中国现如今已经完成了涅槃重生，它所实现的成就和发展令人信服。

无论我们美国人如何看待中国，尽管中国存在个别失败的工程项目，但其他人将中国的成功故事视为中国能给各国带来的希望。《时代周刊》2021 年 2 月报道：

> 随着该地区（南美）的各个国家竭力应对自身作为“发展中经济体”所面临的一连串挑战，它们越来越多地把目光投向东方，而不是北方。中国如今是南美洲最大的贸易伙伴。2019 年，中国企业在拉美投资了 128 亿美元，比 2018 年增加 16.5%，主要集中于港口、公路、水坝和铁路等当地的基础设施项目。中国对矿产和农产品的购买帮助南美国家避开了 2008 年金融危机中最惨的境况。[12]

尽管有一些不足，但中国战略的成果超出了其领导人的预期。2015 年，中国的国家领导人制定了一个赶超美国的目标——到 2025 年将中国与拉美和加勒比地区的贸易总额提高到 5000 亿美元。而在 2019 年，这一数字已经达到 3150 亿美元。中国在美国的后院打赢了经济战争。[13]

与我那个年代的经济杀手所理解的一样，五角大楼也明白支配一国经济的关键在于控制该国的电力系统。并且，美国军方也对中国正在迅速接管整个拉丁美洲的能源网络深感担忧。美国陆军战争学院编制了一份中国项目的全面清单。其 2021 年报告的开篇是：

> 3 月 31 日，智利的监管机构无条件批准了将智利 CGE 公司以 30 亿美元的价格出售给中国国有的电力公司——国家电网。此前，中国南方电网于 2018 年用 13 亿美元收购了智利川斯莱科公司（Transelec）27.7% 的股权；中国水电集团购买了智利 Atiaia Energía 公司；国家电网以 22.3 亿美元收购了智利配电供应商 Chilquinta Energía 的全部股权。以上这些交易使得中国公司控制了智利 57% 的电力传输。

这份报告继续详述了“整个地区各式各样的水电、风能、太阳能和核能项目”，从中美洲的北部边境一直延伸到阿根廷南端。它在结论处警告称：

> 也许这里最大的担忧是，中国在发电和输电领域（包括新型的清洁能源和输电技术）争取主导地位的行动，使其能够支持全球其他地区的商业发展，并在相应地区一系列战略行业的增量部分上获得越来越大的份额……利用其在某些领域的市场主导地位，帮助中国企业向全球扩张。中国作为一个主要的区域电力供应商的角色，可以在未来支持中国的公司，允许中国针对电力供应和关键的基础设施建设做出战略性的选择，以图奖励合作者，并削弱反对者或竞争者。[14]

厄瓜多尔和智利是整个拉丁美洲正在转变的典型，而拉丁美洲又代表着世界上许多地区——这在大西洋的东西两岸尤其突出。中国对非洲的直接投资从2003年的7500万美元激增至2019年的27亿美元，远远超过了对美国或其他任何国家的投资。在同一时期，中国超过美国和欧盟成为非洲最大的贸易伙伴。[15]

美国消费者新闻与商业频道（CNBC）这样描述中国模式的效果：

> 中国企业在修建港口、公路和铁路方面尤为积极，这些工程将加强非洲国家之间的一体化和贸易往来——最近，具有里程碑意义的《非洲大陆自由贸易协定》（简称"非洲自贸协定"）在整个非洲大陆上体现了这一意图。非洲自贸协定近期启动了运营阶段，最终打算将非洲联盟的全部55个成员国纳入世界上最大的自由贸易区，总共涵盖12亿人口。
>
> 美非贸易近年来有所下降，而中国现在是非洲最大的贸易伙伴……2017年非洲与美国的贸易总额仅为390亿美元……2017年非洲与中国的贸易额为1480亿美元。[16]

某天下午，我坐在一家可以俯瞰基多的酒吧里，观赏落日隐入皮钦查火山背后的美景——长久以来，这座活火山噩梦般地威胁着厄瓜多尔的首都。我回想起了20世纪70年代末在华盛顿特区参加的一次会议，之后我就作为经济杀手被派到了这座城市。我当时的任务是说服罗尔多斯总统终止他的行动，不再督促美国石油巨头德士古公司向厄瓜多尔人民支付其从当地油井中获得的一部分利润。美国国务院一位官员称厄瓜多尔为"笼中金丝雀"——就像被带入矿井探测有毒气体的鸟儿一样，厄瓜多尔成了危险即将来临的警示。"如果罗尔多斯成功了，"那位国务院官员警告说，"美洲大陆上的其他国家也将投向苏联"（这个结论无视尽管罗尔多斯是一名社会主义者，但他厌恶苏联，而美国真正在乎的是石油，而不是意识形态）。当太阳最终消失在皮钦查火山之后，整座城市被投下了一片阴影，厄瓜多尔似乎再一次成了笼中的金丝雀。

如同这夜色，中国正在迅速席卷一个又一个国家——在非洲、亚洲、中东地区、欧洲以及拉丁美洲。我不禁要问，为什么这些国家如此热情地接纳中国，中国为什么会获得这么大的成功呢？

原因可能在于美国还没有向自己提出一些至关重要的其他问题。比如，美国国务院、中央情报局、世界银行、美国国际开发署、所有商学院和智库之中那些受过高等教育的聪明人，他们是如何说服自己相信美国的经济杀手策略从长远来看会取得成功？为什么他们当中没有人意识到，他们所兜售的观念早晚会反噬自身？他们（还有我们）是如何误导自己去相信其他人也能接受这样一种观点，即对富人减税、同时减少其他人工资和社会服务的政策会给所有人带来繁荣？与中国不同，我们为何未能在全球贸易体系中推行伙伴关系？苏联的解体是否让我们因得意忘形而变得反应迟钝？我们是否过于关注国内分裂的政治和中东的冲突，而忽视了中国新兴战略的力量？

这些问题的答案将在后面给出。但首先让我来讲述，一个来自新罕布什尔州农村的教师子弟是如何让自己沦入如此肮脏的行当的。

第二部分

一名经济杀手的诞生

（1963—1971）

4 肮脏的行当

当 1968 年从商学院毕业时，我就下定决心不参与越南战争。那时候我刚刚与安成婚。她也反对这场战争，并且她也爱冒险，愿意与我一同加入和平队。

同年，我们先是来到了厄瓜多尔首都基多。作为一名 23 岁的志愿者，我被派往亚马孙雨林深处的社区发展信贷储蓄合作。安的职责是向土著妇女传授卫生和育儿的知识。

安以前去过欧洲，但这是我第一次离开北美。我知道我们要飞往世界上海拔最高、最贫穷的国家首都之一——基多。我做好了会见识到一些跟以往截然不同的事物的心理准备，但现实的状况还是让我感到猝不及防。

当这架从迈阿密起飞的飞机降落到基多的机场时，我就被跑道旁那些破败的木质棚屋吓了一跳。我倾身越过坐在中间座位上的安，指着舷窗外向她身边靠过道座位上的厄瓜多尔商人问道："真会有人住在那里面吗？"

"我们是一个贫穷的国家。"他点了点头，严肃地回答说。

在乘大巴车进城的路上，扑面而来的景象更加令人震撼——人们衣衫褴褛地在人行道上乞讨，拄着自制的拐杖沿垃圾遍地的街道蹒跚而行，肚子肿胀得吓人的孩子们，骨瘦如柴的野狗，还有在贫民窟充当住所的纸箱。

大巴车把我们送到基多的一家五星级酒店——洲际酒店。这是在贫困海洋之中的一座奢华孤岛，我和大约 30 名和平队志愿者将在这里参加为期多日的厄瓜多尔国内环境推介会。我必须承认，走进酒店大堂的一瞬间，我就感到了一丝丝的解脱；这后来又变成了负罪感，并意识到一个美国白人男性的成长经历赋予了我一种虚妄的优越感。

我们在第一次讲座上就被告知，厄瓜多尔是封建制的欧洲和狂野的美国西部的结合体。我们的讲师也警告了我们所有的危险——毒蛇、疟疾、水蟒、致命的寄生虫和“充满敌意的猎头武士”。然后就是好消息——德士古公司在雨林地带发现了大量的石油矿藏，并且距离我们将要驻扎的地方不远。我们确信，石油将会把厄瓜多尔从西半球最贫穷的一个国家变成最富有的国家之一。

一天下午，在等待酒店电梯的时候，我与一个说话带着德州口音的高个子金发男人随口聊了起来。他是一位地震学家，正在担任德士古公司的顾问。当得知我和安是将要去热带雨林工作的和平队志愿者并且囊中羞涩时，他邀请我们去酒店顶层的精致餐厅吃饭。我简直不敢相信自己的好运气。我看过酒店的菜单，知道这一顿饭的花销超过了我们每个月的生活津贴。

那天晚上，当我透过餐厅的窗户看着皮钦查火山、抿着玛格丽塔酒时，我开始向往那个人和他的生活方式了。

他告诉我们，有时他会乘坐公司的喷气式飞机，直接从休斯敦出发降落到丛林中开辟出来的简易机场上。“我们无须忍受移民局或海关，”他吹嘘道，“厄瓜多尔政府给了我们特别许可。”他的雨林生活还有带空调的房车、香槟和盛在精美瓷器上的菲力牛排晚餐。他笑着说：“我猜，这跟你即将要体验的生活完全不同。”

他接着谈到了他正在撰写的一份报告，其中描述了“丛林下面的巨大石油海洋”。他说，这份报告将会让世界银行为该国提供的巨额贷款名正言顺，并说服华尔街投资于德士古公司和其他将从石油繁荣中受益的企业。

当我对开发的进展如此之快表示惊讶时，他面带古怪地看了我一眼。“他们在商学院究竟教会了你什么？”他反问道。

我不知道该如何回应这个问题。

“听着,”他说,“这是一个古老的游戏。我在亚洲、中东和非洲都见识过。现在，就在这里，地震学报告，加上一座好油井，就像我们刚刚找到的那个喷发口……”他笑了，“这又是一个淘金小镇的传奇！”

安接口提到了很多令人兴奋的事情，都是关于石油将如何给厄瓜多尔人带来繁荣的。

“只有那些足够聪明的人才能玩这个游戏。”他说。

我在新罕布什尔州的一个小镇上长大，这个小镇是以一个男人的名字命名的。他在山上建了一座豪宅，从高处俯瞰着其他人。他的财富出自从1849年起向去加利福尼亚的淘金者出售铲子和毯子。“是那些贸易商,”我说，“还有生意人和银行家。”

“你说对了。但在如今，还有那些大企业。”他向后靠在椅背上，“我们掌控了这个国家。我们得到的可不仅仅是允许飞机在没有海关手续的情况下降落。”

“比如说？”

“哦，天啊，你还有很多东西要学，不是吗？”他举起了马提尼酒向城市的方向致敬。“首先，我们控制了军队。我们支付他们的薪水，并给他们买了武器装备。他们向我们提供保护，对付那些不希望在其领地上出现石油钻井的印第安人。在拉丁美洲，谁控制了军队，谁就控制了总统和法院。我们可以制定法律——自行决定石油泄漏的罚款标准、工资水平，以及全部与我们利益相关的法律。”

“是德士古公司在支付这一切吗？”安问道。

“好吧,这么讲不完全正确……”他将手伸到桌子对面,拍了拍她的胳膊。“是你支付的，或者是你爸爸支付的。其实就是美国的全体纳税人。资金通过美国国际开发署、世界银行、中央情报局和五角大楼流入厄瓜多尔,”他挥舞着手臂指向窗外及下面的城市，“但这里的每个人只知道这一切都与德士古公司有关。记住，像这样的国家都长期经历频繁的政变。如果你们仔细观察会发现，其中大多数的政权更迭发生在这个国家的领导人不遵守我们的规则时。”[17]

“你是在说德士古会推翻政府吗？”我问道。

他大笑了起来。“我们只能说，不合作的政府正在被视为苏联的傀儡。它们威胁到了美国的利益和民主。中情局可不喜欢这样的局面。”

那一夜是我接受经济杀手体系教育的开始——这是我后来才逐渐意识到的。

我和安在接下来的 18 个月里一直常驻在亚马孙雨林地带。然后我们都被调往了安第斯山高地，在那里我被派去帮助一群农场的砖匠，安则负责培训残疾人，以便让他们能胜任当地企业的工作。

有人告诉我，砖匠们需要提高他们老旧砖窑的效率。然而，这群人一个接一个地找上我，向我抱怨那些拥有卡车和城里仓库的人。

厄瓜多尔是一个社会流动性很低的国家。几个富有的家族，如瑞卡斯家族，几乎掌控着一切，包括当地的商业和政治。他们的代理商以极低的价格从砖匠们那里购买砖块，再以大约十倍的价格转售。曾有一个砖匠去找市长诉苦，但没过几天，他就被一辆卡车撞死了。

恐惧笼罩了整个社区。人们信誓旦旦地跟我说那个砖匠是被谋杀的。警察局长宣布死者是古巴将厄瓜多尔赤化的阴谋分子（不到三年之前，切·格瓦拉被中情局在玻利维亚的一次行动中处决了），这就佐证了我对该传言真实性的猜测。警察局长还暗示，任何制造麻烦的砖匠都会被当作叛乱分子加以逮捕。

砖匠们恳请我去找瑞卡斯家族，想让我把事情摆平。如果能平息他们所惧怕之人的不满，他们愿意做任何事，包括自欺欺人地相信，只要自己服软，瑞卡斯家族就会保护他们。

我真的不知道该如何是好。我没有能力影响市长，并且我明白，如果我这个刚刚满 25 岁的外国年轻人插手的话，只会对事态火上浇油。我唯有倾听和表示同情。

最终，我意识到瑞卡斯家族的事情只不过是一大类战略的具体显现——那是一种自西班牙征服以来，一直通过恐惧压制安第斯人民的体制。我认为，我的怜悯只会让整个社区继续任由摆布。他们不需要我为他们挺身而出，他们需要自己反抗瑞卡斯家族。他们需要承认被自己压抑的愤怒，承认对自身遭受的不公正感到冒犯。

我告诉他们，他们必须采取行动。他们必须不惜一切代价——哪怕冒着被杀头的风险，才能在将来让他们的孩子健康成长，并过上平和的生活。

我意识到鼓舞这个社区对我来说意义重大。这让我明白，受害者也可能是不知情的同谋者，而采取行动则是唯一的出路。并且，这招的确管用。

砖匠们共同成立了一家合作社，每个家庭都捐出一些砖。合作社利用这些砖到城里租用了一辆卡车和一间仓库。瑞卡斯家族一直抵制合作社的生意，直到一个来自挪威的路德教会传教团与合作社签订了合同，为一所正在建造中的学校购买了合作社的全部砖块，价格大约是瑞卡斯家族付给砖匠们的五倍，却是瑞卡斯家族给路德教会报价的一半——除了瑞卡斯家族之外，所有人都受益了。从那以后，这家合作社开始蓬勃兴旺。

不到一年，我和安完成了我们在和平队的使命。那时我 26 岁，不再需要去服兵役了，却成了一名经济杀手。

在我刚刚加入这个行当的时候，我让自己确信我所做的事情是正当的。南越[①]已经被北越攻陷，如今西方的世界正遭受敌对阵营的威胁。我在商学院的教授们曾教导我，用从世界银行借到的巨额债务资助基础设施项目，能使低收入国家摆脱贫困，从而将它们从敌对阵营的魔爪中解救出来。世

① 南越，是“越南共和国”的简称，是越南战争爆发前夕美国在越南南部扶植的一个傀儡政权，总统吴庭艳，存续时间为 1955–1975 年。

界银行和美国国际开发署的专家们也强化了这种思维模式。

当我发现这些叙事中存在的谎言后，我感到自己已经深陷于这个体系而无法自拔。我从小就觉得自己很穷（当然只是相对而言），我父亲任教于新罕布什尔州的一所寄宿学校，该校只招收那些家庭非常富裕的男孩。但突然之间，我赚到了很多钱，乘坐头等舱到了一个又一个我在梦中向往的国度，住最好的酒店，享用最好的餐馆，还会见了许多国家的首脑。我好不容易才功成名就，怎么可能就此罢手？直到很久以后我才意识到，我之前的生活到底有多么幸运；有别于世界上的大多数人，我从来没有担心过食不果腹或居无定所，而且我接受的教育也专属于很少数的特权之人。

也许我在潜意识中多少能察觉到一些不对劲，因为我就是从那时候开始做噩梦的。

我经常会在漆黑的酒店房间里惊醒，满身是汗，脑海中萦绕着我曾亲眼见过的一幅幅景象——失去双腿的麻风病人被捆在带轮子的木箱上，沿着雅加达的大街蠕动；人们在绿油油的运河里洗澡，身旁就有人在肆意排泄；一具人类的尸体被遗弃在垃圾堆上，上面爬满了蛆虫和苍蝇；晚上睡在纸板箱里的儿童，白天要与成群的流浪狗抢食垃圾碎块。我意识到，自己从心理上已经与这些事情划清了界限。和其他美国人一样，我已经不把这些人当人看了；他们是“乞丐”、是“怪胎”——是“他们”。

有一天，载着我的印尼政府的豪华轿车在红绿灯前停下。一个患麻风病的人突然将一只被感染侵蚀的残手伸进了车窗。我的司机对他大声呵斥。麻风病人咧嘴一笑，露出光秃秃的牙床，然后把“手”收了回去。我们继续行驶，但他的形象一直纠缠着我。就好像是他找上我一样；他那血淋淋的残肢是一种警告，他的笑容是一条信息。“改过自新吧，”他似乎在说，“忏悔吧。”

从此，我开始更仔细地关注我周围的世界，关注我自己。我逐渐明白，尽管我具备了成功的所有外部标志，但我作为一个人却可怜至极。我每晚都要吃安定片，喝很多的酒。我早上还要爬起来，强迫自己喝咖啡、吃兴奋剂，然后摇摇晃晃地去洽谈价值数亿美元的合同。

我对那种生活已经习以为常了。我完全相信了连篇的鬼话。我举债来维持我的生活品质。我的行动是出于恐惧——害怕“赤潮”，害怕失去工作，害怕失败，还害怕得不到我想要的东西——尽管我想要的东西也是由别人来定义的。

一天晚上，我做了一个完全不同的梦。

我走进一国领导人的办公室，他的国家刚刚发现了丰富的石油。“我们的建筑公司将要从你兄弟的‘约翰迪尔’机械专营店租用设备。”我告诉他，“我们支付的租金将会是行价的2倍；你的兄弟可以与你分享利润。”在梦里，我继续向他解释，我们也会与他那些可口可乐灌装厂的经营者、其他食品和饮料的供应商以及劳务承包商的朋友们达成类似的交易。而他仅仅需要在世界银行的贷款合同上签字，用于雇用美国公司在他的国家建设基础设施项目。

接下来，我还会有意无意地提到，如果拒绝就会引来传说中的“豺狼”。“你还记得，”我说，“发生在……这些人身上的事故吧。”于是，我流利地说出了一大串人名，比如伊朗的摩萨台、危地马拉的阿本斯、智利的阿连德、刚果的卢蒙巴、越南的吴庭艳。“他们全都是被推翻的，”我说，“或者……”我用一根手指划过脖颈，继续说道，“都是因为他们不加入我们的游戏。”

我躺在床上，又出了一身冷汗，意识到这个梦正描绘着我的现实生活。梦中的一切我都曾干过。

向政府官员们提供令人印象深刻的材料，这对我来说很容易——就像在我的梦中一样。他们可以用这些材料向他们的人民证明，借贷是正当的。我手下的经济学家、金融专家、统计学家和数学家善于开发复杂的计量经济学模型，证明在电力系统、高速公路、港口、机场和工业园区等方面的投资将会刺激经济增长。

多年来，我也一直依靠这些模型来说服自己，我的行为是有益的。我为自己工作的正当性找到了事实上的依据，因为在这些基础设施建成之后，该国的GDP确实增长了。现在，我开始面对数字背后的真实现状。统计数据会有很大的偏差——它们会偏向于拥有工厂、银行、购物中心、超市、酒店等各式企业的富裕家族，而这些企业和家族又会因为我们建设的基础设施而更加生意兴隆。

他们更加兴旺。

其他人都遭殃。

原本预算用于医疗卫生、教育和其他社会服务的资金，被挪用来支付贷款利息。最终，贷款的本金并没有减少，而整个国家都被债务绑架。国际货币基金组织的经济杀手来了，要求政府将石油或其他资源打折交给我们的公司，并将电力、供水、污水处理和其他公共部门私有化，以便加入公司的版图。大公司成了大赢家。

这类贷款的一项关键条款往往是，这些项目须由我们的工程和建筑公司承建。大部分资金从未离开过美国，只不过是从银行在华盛顿的分支机构划入工程公司在纽约、休斯敦或旧金山的办公室。我们这些经济杀手也要确保，这些国家同意从我们的公司购买飞机、药品、拖拉机、计算机技术以及其他商品和服务。

尽管这些资金差不多当即就会回到公司王国的下属企业，但接受国（借债国）必须偿还全部的本金和利息。如果一名经济杀手的任务极为成功，那么贷款的金额将会十分巨大，以致债务国在几年之后不得不拖欠还款。如果发生这类的债务违约，我们就要痛下杀手，通常会采取下列一项或多项行动：掌握该国在联合国的投票权，在该国建立军事基地，或者获得石油等该国的宝贵资源。当然，借债国依旧欠着我们的钱，只不过是又一个国家被纳入了我们的全球帝国中。

那些噩梦让我明白，当下的生活并不是我想要的。我开始意识到，就像安第斯山高地的砖匠们一样，我必须为自己的生活负责，为我对自己、对那些人、对他们的国家所做的事负责。但在我能够抓住这个导致我内心开始躁动的现实的深层意义之前，我必须讲清楚是什么支配了我去接受这样一份工作。

5　一名经济杀手的诞生

起初，一切都很单纯。我是家中的独子，1945 年出生在一个中产阶级家庭。我的父母都出身于 300 年前从新英格兰地区迁移到此的北方家族，他们严厉的、说教式的、虔诚的共和党人观念体现了其世代清教徒的血脉。他们两人都是各自家族中第一个上大学的人——都是依靠奖学金。我母亲是一所高中的拉丁文教师，而我父亲作为海军中尉参加了第二次世界大战，在大西洋上一艘高度易燃的商业油轮上率领护卫的枪炮组。当我出生在新罕布什尔州汉诺威的时候，父亲因髋骨骨折，正在得克萨斯州的一家医院里休养。我直到一岁过后才见到他。

后来他获得了一个在提尔顿中学教语言的职位。提尔顿中学是一所位于新罕布什尔州乡下的男子寄宿学校，校园坐落在一座小山上，自豪地——但也有些人会说是傲慢地——俯视着同名的提尔顿市。这所特殊的预科学校每个年级（从 9 年级到 12 年级）只招收 50 人左右。这些学生大多是来自布宜诺斯艾利斯、加拉加斯、波士顿和纽约的富家子弟。

我们家没有多少现钱，然而我们绝对不认为自己算穷人。尽管学校的教师们薪资微薄，但我们的一切所需都是免费的——食物、住房、暖气和供水，另外还有工人为我们修剪草坪和铲雪。从 4 岁生日那天开始，我就在学校预科班的食堂里吃饭，为父亲执教的橄榄球队做球童，还在球队的更衣室里分发毛巾。

毫不夸张地说，这里的教师和他们的配偶们觉得自己在当地高人一等。我过去常听父母开玩笑说，他们就像是庄园的领主，统治着一群卑微的乡民——指的就是镇上的那些居民。我早就清楚，这并不纯粹是玩笑话。

我在小学和中学的朋友们就属于那个乡民阶层；他们都很穷，父母是农民、伐木工和磨坊工人。他们都很讨厌“山上的预科生”；反过来，我父母也劝我不要与他们来往，特别是那些“镇上的妹子”。

每年暑假，我们全家都要到我祖父在1921年建造的湖边小屋住上三个月。小屋被森林包围着，晚上可以听到猫头鹰和美洲狮的叫声。附近没有邻居，我是步行可及的范围内唯一的小孩。更小的时候，我把这些树想象成圆桌骑士和等待解救的少女来打发时光。

到了14岁，我获准免费入学提尔顿中学。在父母的敦促下，我回避一切与小镇有关的事务，也再未见过我的老朋友们。在我的新同学假期都回到他们的豪宅或顶层公寓时，只有我一个人还留在山上。他们的女朋友都是些婷婷少女，只有我还没有女朋友。我一个人形只影单，苦闷至极。

我的父母向我保证，我早晚一天会对有幸得到这样的机会心怀感激。我会找到一个完美的妻子，一个符合我家崇高道德标准的妻子。然而，作为一个青春期的男孩，我的内心却在经历着懵懂和煎熬。

然而，我非但没有叛逆，反而用争强好胜来掩盖我的愤怒、发泄我的失望。我是一名荣誉生，担任了两支校运动队的队长，还是校报的编辑。我决心从那些富有的同学当中出人头地，让提尔顿中学永远都配不上我的成就。毕业前，我收到了布朗大学的全额奖学金——尽管常春藤盟校不会公开为运动员提供奖学金，但这份奖学金明确表示将要让我专项从事足球运动。我也获得了明德学院（Middlebury College）纯粹的学业奖学金。我想选布朗大学，主要是因为我更想成为一名运动员，并且布朗大学坐落在城市里。但我母亲毕业于明德学院，我父亲也是从那里拿到的硕士学位，所以尽管布朗大学是常春藤盟校，他们还是倾向于明德学院。

“如果你把腿摔断了怎么办？”父亲问，“还是拿学业奖学金比较好。就去明德吧。”

我让步了。

在我的观念里，明德学院充其量不过是一所放大版的提尔顿中学——只不过从新罕布什尔州的乡下，换到了佛蒙特州的乡下。诚然，明德学院是男女生混招的，但相比这所大学里的几乎所有学生，我还是很穷。由于四年来一直待在那所不招收女学生的提尔顿中学，我缺乏自信，总感觉自己格格不入，很是难受。

我后来才逐渐想通，生活是由一连串的偶然事件造就的。我们如何应对这些“偶然”——即我们如何行使某些人口中的“自由意志”——决定了之后的一切；我们在命运的曲折中所做出的有限选择决定了我们是谁。我在明德学院遇到了两位影响我一生的重要偶然之人：一个是伊朗人，他的父亲是一位将军，还担任过伊朗国王的私人顾问；另一位是名叫安的年轻女子。

第一个人，我管他叫法哈德。法哈德曾在罗马踢过职业足球，他天生一副运动员的强壮体魄，卷曲的黑发，暗胡桃色眼睛，还有似乎让女人无法抗拒的家庭背景和个人魅力。他在很多方面都与我大相径庭。我努力赢得了他的友谊，他教会我的很多东西让我在将来受益匪浅。我还认识了安。虽然她当时正在与另一所大学的一个年轻人真心交往，但她还是很照顾我。我们的柏拉图式关系是我第一次从同龄人身上感受到真正的爱。

法哈德怂恿我喝酒、参加派对、无视我父母；我也有意疏于学习。我决定为报复父亲而断送自己的学业。我的成绩一落千丈，丢掉了奖学金。学院批给了我一笔贷款，这是我第一次感受到债务的压力。一想到毕业后我还要去还这么多的本金加利息，就让我感到仿佛沾上了什么不干净的东西。

大二的学期刚过一半，我就想辍学了。父亲威胁要与我断绝关系，而法哈德则在一旁煽风点火。我一时冲动就去了教务长的办公室，办理了退学。

这是我生命中的转折时刻。

我与法哈德一起在当地的一家酒吧庆祝我在学校的最后一晚。一个醉醺醺的高大农民指责我勾引他的老婆，把我提起来甩到了墙上。法哈德站到我们中间，抽出一把刀，在农夫的脸颊上割了一道口子。然后他拖着我穿过房间，把我从窗口推了出去。我们从水獭溪畔高高的平台上跳了下去，沿着河逃回到了宿舍。

第二天早上，当校警询问我时，我扯了个谎，对这件事情一问三不知。尽管如此，法哈德还是被迫面临两个选择——要么离开明德学院，要么面临犯罪指控。他选择了前者。我们两个一起搬到了波士顿，在那里合租一套公寓。我在赫斯特集团（Hearst）旗下的《美国人纪事报》/《星期日广告商周刊》找到了一份工作，担任《星期日广告商周刊》主编的私人助理。

那一年晚些时候，还是在1965年，我在报社的几个朋友被征召入伍了。为了逃避同样的命运，我入读了波士顿大学的工商管理学院。那时候安已经和她的前男友分手了，经常从米德尔伯里市来看望我。我也乐得接受她的关心。非常有趣的是，她帮我缓和了一些对越南战争的愤怒。她主修英语，也启发我写下一些短篇故事。在她1967年毕业时，我还要再读一年才能完成在波士顿大学的学业。她坚持婚前不与我住到一起。尽管我打趣说这就是勒索，并且事实上我也憎恶我父母那套封建教条式的道德标准，但我还是很开心能和她在一起，也想更进一步发展。所以，我们结婚了。

安的父亲是一位杰出的工程师，曾为一款重要型号的导弹设计了导航系统，并在美国海军部的高层任职。他有一个要好的朋友，安管他叫“弗兰克叔叔”（非本名）。他是美国国家安全局最高级别的执行官。国家安全局正是美国鲜为人知且规模最大的间谍组织。

与安成婚不久，军方就征召我去做体检。我通过了体检，但也因此面临毕业后被派往越南的可能。尽管战争一直令我着迷，但想到要去东南亚作战却让我感到非常抵触。我是听着我那殖民者先祖们的传奇长大的，他们当中就包括托马斯·潘恩（Thomas Paine）和伊桑·艾伦（Ethan Allen），并且我也访遍了新英格兰地区和纽约州北部所有的战场遗迹，既有法国印第安人战争的，也有美国独立战争的。我读遍了所有能拿到手的历史小说。事实上，当美国陆军特种部队刚刚进入东南亚时，我还是很渴望参军的。但随着媒体曝光了美国政策的残暴和前后不一致，我的想法发生了变化。我很想知道潘恩在此时此刻会如何抉择。我相信他会加入我们的敌人一方——越共。

弗兰克叔叔帮了大忙。他告知我，为国家安全局工作就有资格推迟服兵役，他还为我安排了一连串会面，包括整整一天在测谎仪监控下进行的紧张面试。他告诉我，这些测试将决定我是否适合国家安全局的招募和培训，并且如果我通过了，他们会制作一份关于我优缺点的档案，用于规划我的职业生涯。鉴于我对越南战争的态度，我确信自己无法通过审核。

在面试的过程中，我据实相告，作为一个爱国的美国人反对这场战争。让我感到不可思议的是，面试官并没有就这个问题追问下去。相反，他们更注重我的成长经历，我对父母的态度，以及我像个贫穷的清教徒一样在那么多富有、注重享乐的预科生之中长大的内心感受。他们还刨根问底地深挖，处于成长期的我在预科学校时对于缺少女人、性和金钱的挫败感，以及由此形成的幻想世界。我还惊讶于他们对我与法哈德关系的重视，以及对我为了保护他而甘愿向校警撒谎的兴致。

一开始我还以为，所有这些让我感到非常负面的事情都表明我被国家安全局拒之门外了，但继续深入的面试却显示情况可能并非如我所料。直到几年后我才意识到，从国家安全局的角度来看，这些负面因素实际上是值得利用的。他们想要评估的与其说是我对国家的忠诚，不如说是关于我在生活中的挫折。对父母的愤怒、对女人的迷恋以及对过上美好生活的渴望，都向他们展现了我的优势——我很容易被拖下水。我在学业上和运动中争强好胜的决心，我对父亲的极端叛逆，我与外国人相处的能力，以及我向警察撒谎的意愿，也正是他们想要的品质。后来我才发现，法哈德的父亲也为美国在伊朗的情报机构工作，因此我与法哈德的友谊无疑是一个加分项。

在接受国家安全局测试的几周之后，我得到了一份工作。再等几个月我从波士顿大学获得学位以后，我就可以开始接受间谍技术的培训。然而，还没来得及正式接受这份工作，我一时兴起参加了一位和平队招聘人员在波士顿大学举办的研讨会。其中一个吸引人之处是，与国家安全局的工作一样，和平队的任务可以让参与者有资格推迟军队的征召。

参加那个研讨会的决定，正是那些在当时看来微不足道，但后来被证实是影响我一生的“偶然”之一。招募人员讲述了世界上几处特别需要志愿者的地方，其中之一便是亚马孙雨林地带。他指出，那里土著居民的生活状态与欧洲人到来之前的北美印第安人非常近似。

我一直梦想着像我的祖先第一次殖民新罕布什尔州时居住在那里的阿巴基人一样生活。我想要学习那种深入他们骨髓的森林之爱。我在和平队的招募人员结束讲演之后就凑了上去，询问被分派到亚马孙地区的可能性。他向我保证，那个地区非常需要志愿者，我的机会非常大。我打电话将这件事告诉了弗兰克叔叔。

让我没想到的是，弗兰克叔叔也鼓励我考虑加入和平队。他透露说，在河内陷落之后（当时处于他这个地位的人认为这是必然的），亚马孙将成下一个热点地区。

“那里到处是石油，”他说，“我们需要在当地有好帮手，就是熟悉本地人的自己人。”他向我保证，和平队将是一个很好的锻炼机会，并且叮嘱我要学好西班牙语和当地的土著方言。他笑着说：“你很可能最终会为一家私人公司工作，而不是我们的政府。”

我在当时并不明白他这句话的意思。其实相当于我被一下子从间谍提升为经济杀手了，尽管我在那时候以及之后的很多年都从未听到过“经济杀手”这个称谓。我根本就没有想到，会有好几百人分散在世界各地，为一些咨询公司和其他私人公司工作——但他们从来没有从任何政府机构得到一分钱的工资，却都在为帝国的利益服务。我还想象不到，这一类有着更委婉头衔的新型特工，会在千禧年结束之际达到数千人之多，并且我将在打造这支不断壮大的军队过程中发挥重要的作用。

我和安申请加入和平队，并要求被派往亚马孙地区。当我们收到录用通知时，我的第一反应是相当失望，因为通知上说，我们将被派往厄瓜多尔。

我心想，天啊，不会吧，我申请的是去亚马孙，而不是非洲。

我找到一份世界地图册查找厄瓜多尔的情况。在非洲大陆上找不到这个国家更加让我感到失望。然而在目录中，我赫然发现它竟然位于拉丁美洲——抛开我的学历不谈，这表明我是如此缺乏全球地理的常识。我在地图上看到，从安第斯冰川发源的河流系统形成了壮丽的亚马孙河的源头。通过更多的阅读，我确信厄瓜多尔在某种程度上拥有世界上生物最多样化、最令人生畏的丛林，而当地的土著居民仍然像过去几千年一样生活着。我和安接受了这份差事。

我们在南加州完成了和平队的培训，并于 1968 年 9 月前往厄瓜多尔。我们和舒阿尔人一同生活在亚马孙河流域，他们的生活方式确实像殖民之前的北美土著；然后我们又转移到了安第斯山脉，在那里我和当地的土著砖匠一起工作，他们是印加人的后裔。这是我做梦都没想到还能保存下来的另一种世界。在那之前，我唯一认识的拉丁美洲人是在我父亲任教学校里的有钱预科生。我发现自己很同情这些土著人，他们靠打猎、务农、制砖为生——制砖用的是当地的黏土，然后放在原始简陋的砖窑里煅烧。我能感到自己与他们有一种奇妙的亲近关系。不知何故，他们让我想起了那些我早已忘怀的“镇上的人”。

一天，一个叫作艾纳·格列夫（Einar Greve）的男人，西装革履地降落在我们社区的简易机场。他是查斯 T. 美因有限公司（Chas. T. Main，以下简称“美因公司”）的副总裁——这是一家非常低调的国际咨询公司，正在负责研究世界银行是否应该向厄瓜多尔及其邻国提供数十亿美元的贷款，用于建设水力发电的大坝和其他基础设施项目。艾纳也是美国陆军的一名预备役上校。

他开始和我谈论在美因这样的大公司里工作的好处。当我提到我在加入和平队之前就被国家安全局接纳，现在正在考虑去他们那里时，他向我透露，他有时会担任国家安全局的联络官——意味深长的眼神让我不由得怀疑，他的任务之一就是评估我的能力。我现在相信他正在更新我的个人档案，特别是评估我在大多数北美人认为十分恶劣的环境中的生存能力。

我们一起在厄瓜多尔待了几天，之后就通过邮件联系。他让我给他发送评估厄瓜多尔经济前景的报告。我有一台小巧的便携式打字机，并且也喜欢写作，就很开心地答应了他的这个要求。在大约一年的时间里，我至少给艾纳寄了 15 封长信。在这些信中，我推测了厄瓜多尔的经济和政治前景，并评估了土著社区在与石油公司、国际开发署和其他试图将他们拉入现代世界的努力作斗争时不断加剧的挫败感。

在我的和平队任务结束之际，艾纳邀我去美因公司在波士顿的总部参加岗位面试。在我们的私下交谈中，他强调美因公司的主要业务是工程建造，但他最大的客户是世界银行。世界银行最近开始坚持要求美因公司招聘经济学家，以便生成用于决定工程项目可行性和规模的经济预测。他透露说，之前已经聘用了三位资历完美的高素质经济学家，其中两位拥有硕士学位，一位拥有博士学位。但不幸的是，他们都让公司大失所望。

“他们中没有一个人能够想出办法，对没有可靠统计数据的国家做出经济预测。”艾纳接着告诉我，这些人都被认为无法胜任这个岗位——合同要求他们能够前往厄瓜多尔、印度尼西亚、伊朗和埃及这样的偏远国度，访问当地的领袖，提供关于这些地区经济发展前景的个人评估。其中一人还在巴拿马一个偏僻的村庄里突发精神崩溃，然后被巴拿马警察护送到机场，送上了一架返回美国的飞机。

“你给我寄来的信件表明，即便没有确实的证据，你也勇于孤注一掷。并且鉴于你在厄瓜多尔的生活条件，我相信你几乎可以在世界上任何地方生存下去。”他告诉我，他已经解聘了其中一名经济学家；如果我能接受这份工作，他准备再解雇另外两人。

于是，在 1971 年 1 月，我得到了美因公司这个经济学家的职位。我已经 26 岁了，也超过了征兵局要求的服兵役年龄。我询问了安的家人，他们鼓励我接受这份工作，我想这同样代表了弗兰克叔叔的态度。我想起他曾提过，我可能最终会为一家私人公司工作。这事情从来没有被挑明过，但我毫不怀疑，我在美因公司的工作正是弗兰克叔叔在三年前各种安排的某个结果，当然这还要加上我在厄瓜多尔的经历，以及我乐意写下那个国家的经济和政治局势。

一连好几个星期，我一直有些不明就里，但也感到相当得意。我只有波士顿大学的本科学位——似乎不配让我在一家如此显赫的咨询公司担任经济学家。我知道，我有许多波士顿大学的同学在参军被拒后攻读了工商管理硕士和其他研究生学位，他们要是听说这件事肯定会妒火中烧。我把自己想象成一个风度翩翩的特工，身处异国他乡，举着一杯马提尼在酒店的游泳池边闲逛，周围都是穿着比基尼的漂亮女人。

虽然这不过是幻想，但后来我发现它包含有真实的成分。艾纳给我的职位是经济学家，但我很快就意识到，我的真正任务远不止于此。实际上，我的职责比原本猜想的更接近于詹姆斯·邦德（特工 007）。

6　终生无法脱身

在法律意义上，美因公司应该被视为一家内部人持股公司：总共 2000 名员工中大约 5% 的人持有股份。这些人被称为合伙人或合伙经理，他们的地位令人艳羡。合伙人不单单有着对其他人的支配权力，还赚着大把的钞票。但谨言慎行是他们的共同标签，因为他们要与各个国家的政要和其他的首席执行官们打交道，这些人都希望他们的顾问能严格遵守绝对保密的准则，就像他们的律师和心理治疗师一样。与新闻界打交道是禁忌，完全无法容忍。结果就造成，公司以外的人几乎就没听说过我们，但是很多人都熟知我们的竞争对手，如理特管理顾问公司（Arthur D. Little）、美国石伟公司（Stone & Webster）、布朗路特公司（Brown & Root）、哈里伯顿公司（Halliburton）和柏克德集团（Bechtel）。

“竞争对手”这个说法其实很不贴切，因为美因公司是独具一格的。我们的大多数技术职员都是工程师，但我们自己没有任何设备，甚至连一间储物的工棚都没建过。美因公司有很多员工是退伍军人，然而我们也没跟美国国防部或任何军事部门签订过合同。我们的惯用手法有些异于常规，以致我在入职后的头几个月里，甚至没有搞明白我们是干什么的。我只知道，我的第一个真正的任务会在印度尼西亚，我将成为一个 11 人小组中的一员，被派往爪哇岛制定一个能源的总体方案。

我还清楚，艾纳和其他跟我讨论过这项任务的人都急于说服我，爪哇的经济即将腾飞，并且如果我想要脱颖而出成为一名预测者（并因此得到晋升），我也得做出能展示这一结论的合理推测。

“绝对超出你的想象！”艾纳喜欢这样说。他用手指在空中做出滑翔的姿态，猛然越过了自己的头顶。“一个像鸟儿一样腾空而起的经济体！”

艾纳出差很频繁，而且通常只持续两到三天。没有人会提起或者隐约知道他的去向。当在办公室的时候，他经常叫我过去喝咖啡，和他一起坐几分钟。他会问起安、我们的新公寓，还有我们从厄瓜多尔带回来的那只猫。随着跟他越来越熟络，我变得更加大胆起来，总是想方设法多了解他一些，了解他对我工作的期望。但我从来没有得到过能让我满意的答案——他是转移话题的高手。有一次，他意味深长地看了我一眼。

“你不必担心，”他说，“我们对你有很高的期望。我最近在华盛顿……”他的声音逐渐变得低不可闻了，然后神秘地笑了起来。“不管怎样，你知道我们在科威特有一个大项目。现在距离你去印度尼西亚还有一段时间，我想你应该花点时间读读关于科威特的资料。波士顿公共图书馆是一个很好的信息源，并且我们还可以帮你搞到麻省理工和哈佛大学图书馆的借书证。”

自此之后，我在那些图书馆里花了很多时间，特别是仅在办公室几个街区之外并且离我在后湾的公寓也很近的波士顿公共图书馆。我开始了解科威特，还有联合国、国际货币基金组织和世界银行出版的许多关于经济统计的书籍。我知道，我要为印度尼西亚和爪哇岛建立一套计量经济模型，于是我决定先小试牛刀为科威特做一个。

然而，我的工商管理本科学位不足以让我成为一名计量经济学家，所以我花了很多时间才弄明白如何去做。我甚至报名参加了几门这方面的课程。在这个过程中，我发现被操纵的统计数据可以推导出各式结论，即便该结论是分析师先入为主的主观臆断。

美因公司是一家男性至上的组织。整个公司在 1971 年只有 4 名女性担任技术岗位。然而，大约有 200 名女性给各个层级的干部当秘书——每个副总裁和部门经理都有一名——和公共速记员，后者为我们所有人服务。我已经习惯了这种性别偏见，因此在波士顿公共图书馆参考书籍区发生的事情让我感到特别吃惊。

有一天，一位迷人的女士大步向我走来，隔着书桌坐到我的面前。她一身深绿色的商务套装，显得非常干练。我判断她比我年长几岁，但我尽量装作忙于其他事情而不去注意她。几分钟之后，她默默地将一本打开的书推向我，书页上赫然是我一直在查找的关于科威特的信息表格，外加一张名片——上面写有她的名字，克劳狄娜·马丁（Claudine Martin），还有她的头衔“查斯 T. 美因有限公司特别顾问”。我抬头看向她暗绿色的双眼，然后她向我伸出了一只手。

“有人让我帮忙训练你，”她说。我不敢相信这种事会发生在我的身上。

从第二天开始，我们在克劳狄娜位于比肯街上的公寓会面，那里距离美因公司在波士顿保诚中心的总部只有几个街区。在我们认识的头一个小时里，她向我解释了我的职位非比寻常，所以我们需要对一切高度保密。然后她下意识地笑了笑，向我透露她的任务是把我塑造成一个“经济杀手”。

正是这个称谓唤起了我的老派间谍梦。我被自己紧张兮兮的笑声弄得手足无措。她微笑着向我保证，幽默是他们用这个称谓的其中一个原因。“谁会当真呢？”她反问道。

我坦言自己对经济杀手的角色一无所知。

“并非只有你是这样。”有那么一瞬，我似乎看到她流露出了一丝不自信。“我们都是稀有品种，但这是一个肮脏的行当。不能让任何人知道你干这行，连你的妻子也不能发觉。”她立刻变得严肃起来，“在接下来的几周里，我将会对你非常坦诚，并把我的所知倾囊相授。然后就需要你做出决定。一旦决定了就无法更改。只要加入，你终生都别想脱身。”自那以后，她就很少使用“经济杀手”的完整称谓，而是用经济杀手的缩写“EHM”来指代；而我们只不过是为实施“EHM 策略”所打造的“EHM”。

我现在明白了我当时不知道的一件事——克劳狄娜最大限度地利用了在国家安全局档案中记录的我的性格弱点。我不清楚到底是谁给她提供了这些信息——艾纳、国家安全局、美因公司的人事部门，还是别的什么人，我只知道她将之利用得非常彻底。她用的所有方法，结合身体上的勾引和言语上的操纵，都是专为我量身打造的，但这又符合整套的标准操作规程——我后来见识到，在付出很大且达成利润丰厚的交易的难度很高时，形形色色企业的应对手段也都如出一辙。她和她的上级从一开始就知道，由于泄露我们的秘密活动会危及我的婚姻，我不会冒这个险。并且在谈到我要做的事情的阴暗之处时，她坦率得令人发指。

我不清楚到底是谁在给她发工资，但我没有理由去怀疑美因公司不是她的老板——因为她的名片上是这么写的。那时候的我实在是太天真、太惶恐、太困惑了，以至于从没有提出过现今看来如此显而易见的问题。

克劳狄娜告诉我，我的工作有两项主要目标。首先，我要为巨额的国际贷款找到正当的发放理由——通过大规模的工程和建设项目再将这些资金回流到美因公司和其他的美国公司（比如柏克德、哈里伯顿、石伟和布朗路特）。其次，我要努力让接受这些贷款的国家破产（当然是在它们向美因公司和其他美国承包商付完钱款之后）——只有这样，它们对债权人的亏欠才会永远还不清，只有这样当我们需要报答时（包括军事基地、联合国的投票权，或提供石油和其他自然资源），才会轻而易举地让它们听从摆布。我将要依靠她所定义的经济杀手策略的四大支柱：恐惧、债务、对不足的焦虑和分而治之。在归纳这些支柱的使用历史时，她强调最近的重点已从恐惧转向债务，但对不足的焦虑和分而治之仍然是重要的潜在手段。

她说，我的工作就是预测将数十亿美元投向一个国家会产生的效果。具体而言，我会进行研究，预测未来20到25年的经济增长，并评估各类项目的影响。举例来说，如果已经决定借给一个国家10亿美元，以此说服其领导人不要与苏联结盟，我就要去比较几个投资方向的孰优孰劣——是将这笔钱投资于发电厂，还是投资于新的国家铁路网或电信系统。或者，有人会跟我说，一个国家得到了一个机会能建成一套现代化的电力公用事业系统，我就必须要证明，这样一个系统可以给这个国家带来足够高的经济增长，以此证明大笔举债的合理性。无论如何，最关键的因素就是国民生产总值（GNP）。让国民生产总值的年均增长率最高的项目就会胜出。如果只能选某一个项目，那么我需要想方设法去证明，发展这个项目会给国民生产总值带来的好处最大。

这些项目皆有一个不可告人的共性，其本质就是为美国承包商创造巨额利润，并让接受贷款的国家中一小撮有钱有势的家族从中渔利，同时使该国长期无法摆脱（对我们的）经济依赖，从而让世界各国政府保持（对我们的）政治忠诚。贷款的金额越大越好。我们从不去考虑这样一个事实，即一个国家的债务负担会不会剥夺其最贫穷公民今后几十年的医疗、教育和其他社会服务。

有一次，克劳狄娜告诉我，当我会见那些能做主接受贷款并推动项目的当权者时，我应该告诉他们："如果你希望你们的国家繁荣，就要接受世界银行的贷款，并遵守世界银行和国际货币基金组织规定的条件。"在她的督促下，我将这些话写在笔记本上，并在接下来的几年里不断重复。后来，世界银行、国际货币基金组织、美国财政部和它们的姐妹组织将一起被统称为"华盛顿共识"机构，而它们所用的政策被归类为新自由主义。于是克劳狄娜的表述后来被改成："如果你们想要你们的国家繁荣，就要接受华盛顿共识以换取贷款，雇用美国公司来建设基础设施项目，并服从于新自由主义的政策。"

我和克劳狄娜开诚布公地探讨了国民生产总值的障眼法。比如，哪怕是只有一个人受益（比如一个人拥有了所有的公共事业公司），但大多数人都因此负债累累，国民生产总值也会增长。只不过越富的人越富，越穷的人越穷。然而，从统计的角度，这就被视为经济增长。国内生产总值也是同理。

就像美国的普通民众一样，美因公司的大多数员工都认为我们建造发电厂、高速公路和港口，就是在为其他国家谋福利。美国的学校和媒体都在引导我们，将自己的一切所作所为视作大公无私的表现。多年以来，我总是反复听到这样的言论："如果他们要焚烧美国国旗，在我们的大使馆门前示威抗议，我们为什么不能离开他们的国家，让他们在自己的贫困中越陷越深呢？"

我现在知道，说出这种话的人所持有的文凭往往能证明他们受过良好的教育。然而，这些人不知道的是，我们在世界各国建立大使馆的目的主要就是为我们的自身利益服务，在20世纪的后半叶这样做就意味着创建人类历史上第一个真正意义的全球帝国——由美国政府所支持和推动的一个企业帝国。尽管有些人自以为见多识广，但他们（我也是其中之一）就像18世纪的殖民地定居者一样无知——他们认为那些为保卫自己土地而战的印第安人就是魔鬼的仆人。

用不了几个月，我就要前往印度尼西亚的爪哇岛——那里在当时被称为地球上人口最稠密的居住地区。印尼碰巧也是一个盛产石油的伊斯兰国家，同时是左翼活动的温床。

“这是越南之后的下一张多米诺骨牌，”克劳狄娜如此形容这个国家，“我们必须赢得印尼人的支持。如果他们加入敌对阵营，那么……”她用一根手指划过自己的喉咙，然后甜甜地笑了。“这样说吧，你需要做出一个非常乐观的预测，即当所有新的发电厂和配电线路建成后，印尼的经济将会如何茁壮成长。这将帮助向美国国际开发署和跨国银行证明那些贷款的合理性。当然，你也会得到很好的奖励，之后就可以远走高飞去完成其他的项目。整个世界就像是你的购物车。”她接着警告我，我的工作没那么简单，“银行的专家们会抓着你不放。他们的工作就是在你的预测中鸡蛋里挑骨头——他们挣的就是这份钱。让你浑身不爽才能体现他们的价值。”

有一天，我提醒克劳狄娜，被派往爪哇的美因小组还包括另外十个人。我想知道他们是否都接受了同样的培训。她向我保证没有。

“他们都是工程师，”她说，“他们设计发电厂、输配电线路，以及输送燃料的海港和道路。你是唯一预测爪哇未来的人。你的预测决定了他们设计的系统的规模，还有贷款的规模。你要明白，你才是关键人物。”

每次我步行离开克劳狄娜的公寓时，我总是在琢磨自己是不是做了什么错事。在内心深处的某个地方，我是有所怀疑的。但前些年的挫败感始终挥之不去，而美因公司似乎能提供我原本生活中难以企及的一切——金钱、权力和女人。最终，我说服自己，只有学到的更多、经历的更多，才能在以后更好地揭露它——这是老套的“身在曹营心在汉”的自我辩护。

当我把这个想法告诉克劳狄娜时，她颇为不解地看了我一眼。“别犯傻。一旦加入，这辈子就别想脱身了。所以，你必须要在陷得更深之前做好决定。”我了解她，所以她的话更是吓了我一跳。离开公寓之后，我先是沿着联邦大道溜达，然后拐到达特茅斯大街——边走边向自己保证，我是与众不同的。

几个月后的一天下午，我和克劳狄娜坐在窗边的长椅上，欣赏比肯街上飘落的雪花。“我们是个小众的高等俱乐部，”她说，“我们拿着很高的薪酬——从全球各国诈取数十亿美元。你工作的很大一部分是鼓动各国领袖们加入一个促成美国商业利益的庞大网络；说服他们惧怕赤色分子，如果有必要，甚至让他们惧怕我们；告诉他们，出路就是接受来自我们银行的贷款并将之支付给我们的公司，用于建设可以终结贫困的基础设施。这很简单。最终，为确保他们（对我们）的忠诚，要让这些领袖们带着自己的国家陷入债务的泥潭。只有这样，才可以随时利用他们来满足我们的政治、经济或军事需要。即便没有做到这个程度，这些领袖们也能通过为他们的人民带来工业园区、发电厂和机场，来巩固自己的政治地位。与此同时，美国工程公司和建筑公司的所有者会变得非常富有。”

就在那天下午，惬意地坐在克劳狄娜田园风格的公寓的窗前，我一边观赏户外的雪片纷飞，一边了解我即将进入的这个行业的历史。克劳狄娜讲述了历史上的诸多帝国是如何凭借军事实力或武力的威胁一个又一个建立起来的。但随着第二次世界大战的结束、苏联的崛起和核浩劫的幽灵，武力的解决方式变得过于冒险了。

在 1951 年出现了一个决定性的时刻，当时伊朗毅然反抗英国一家剥削伊朗自然资源和人民的石油公司。它就是如今的英国石油公司（BP 公司）的前身。作为应对之策，备受爱戴的伊朗民选首相（也是 1951 年《时代周刊》的年度人物）穆罕默德·摩萨台（Mohammad Mossadegh）将伊朗所有的石油资产收归国有。于是，出离愤怒的英国向其在二战期间的盟友美国寻求帮助。然而，这两个国家都担心军事报复会刺激苏联为伊朗出头，从而升级为更激烈的对抗行动。

因此，美国政府并没有调遣海军陆战队进军伊朗，而是派遣了中央情报局的特工克米特·罗斯福（Kermit Roosevelt，美国总统西奥多·罗斯福的孙子）。他出色地完成了任务，通过贿赂、威胁和反共宣传赢得了一部分人的支持。接下来，在他的赞助下，这部分人组织了一系列的街头骚乱和暴力示威，给人们造成了摩萨台既不受欢迎又无能的印象。最后，摩萨台垮台了，他在软禁中度过了余生。亲美的国王穆罕默德·礼萨汗（Mohammad Reza）成了为所欲为的独裁者。克米特·罗斯福为一项全新的职业打开了大门，而我现在正在加入其中。[18]

克米特·罗斯福的棋局重塑了中东历史，然而它也凸显旧时的帝国打造战略已经跟不上形势了。与之同步的是美国“非核有限军事打击”尝试的开始——这也最终导致美国在朝鲜、越南和阿富汗的惨淡收场。到了1968年，正是我接受美国国家安全局面试的那一年，局势已经再明朗不过了——如果美国想要实现其全球帝国的梦想（正如约翰逊总统和尼克松总统等人所设想的那样），它就必须效仿罗斯福在伊朗实施的战略。这是唯一不触发核战争威胁就能打败苏联的方式。

然而，唯一的问题是，克米特·罗斯福是中情局的雇员。如果他被抓住，后果将不堪设想。他策划了美国第一次颠覆外国政府的行动，之后很可能还会有更多的类似行动，但重要的是，要找到一种不会直接牵扯到美国政府的方式。

对战略家们来说幸运的是，20世纪60年代还见证了另一种类型的革命——跨国公司和全球性组织开始崭露头角。后者诸如世界银行、国际货币基金组织等机构，并主要由美国和我们在欧洲的兄弟帝国建造者提供资助。于是，政府、公司和国际组织之间形成了一种共生的关系。

差不多在我刚进入波士顿大学商学院的那段时间里，关于“像罗斯福这样的人还是中情局特工”的麻烦已经找到了解决办法——即由美国情报机构（包括美国国家安全局）找出有希望成为经济杀手的人，然后让跨国公司雇用他们。这些经济杀手永远不会从政府那里得到报酬；相反，他们的收入将全部来自私营公司。最终，即便他们的肮脏勾当被曝光于世，也仅仅会归咎于企业的贪婪，而牵连不到政府的政策。此外，雇用他们的公司，虽然是由政府机构和它们的跨国银行同伙（用纳税人的钱）资助的，但它们可以逃避国会的监督和公众的审查，并受到越来越多的法律措施庇护——包括商标法、国际贸易法和信息自由法，等等。[19]

“所以你知道的，”克劳狄娜总结道，“我们只是一个值得自豪的传统行当中的新一代，这个行当恰好出现在你刚上一年级的时候。”

7 印度尼西亚：经济杀手的第一课

除了解我的新职业外，我还花了很多时间阅读有关印度尼西亚的书籍。“在到达一个国家之前，你对这个国家了解得越多，你的工作就会越容易。”克劳狄娜建议道。我把她的这句话也牢记于心。

当哥伦布在 1492 年启航时，他就是想前往当时被称为“香料群岛”的印度尼西亚。在整个殖民时代，那片土地被认为是远比美洲更有价值的宝藏之所。爪哇岛因其丰富的纺织品、传说中的香料和富饶的土地，既是皇冠上的宝石，也是西班牙、荷兰、葡萄牙和英国的冒险家们暴力争抢的目标。荷兰于 1750 年成为胜利者，但即便荷兰人已经掌控了爪哇岛，他们又花了 150 多年的时间才征服了周边的岛屿。

当日本在“二战”期间入侵印度尼西亚时，荷兰军队几乎没做出任何抵抗。印尼人，特别是爪哇岛上的居民，在战争中饱受荼毒。在日本投降后，一位极具魅力的领袖苏加诺振臂一呼，宣布印度尼西亚独立。之后印尼人经过四年的奋争，最终在 1949 年 12 月 27 日迫使荷兰降下了国旗，将主权交还给这个 300 多年来一心反抗其统治的民族。苏加诺当上了新成立的共和国的第一任总统。

然而，事实证明，统治印度尼西亚比击败荷兰人更具挑战性——这个由大约 17 500 个岛屿组成的群岛远远无法做到团结一心。这个国家是由不同的文化、操着数十种语言和方言，以及互相仇视了数百年的族群组成的，是一个部落主义盛行的沸水锅。国内的冲突频繁且残酷，而苏加诺唯一能做的只有严厉打压。1960 年，他解散了议会。1963 年，他被任命为终身总统。他与别的共产党政府结成了密切的联盟，以换取军事装备和训练。他派遣军队进入邻国马来西亚，企图在东南亚传播革命思潮，赢取全球社会主义阵营的认可。

反对派不断积蓄力量，最终于 1965 年发动了政变。苏加诺靠他情妇的急智才躲过了暗杀，而他的许多高级军官和他最亲密的助手们就没那么幸运了。这些事件以及美国对反苏加诺派系的支持，让人联想到了 1953 年的伊朗事件。在随后军队发起的大屠杀中，有人估计约 50 万人被杀——也有人说超过 200 万人。军队的首领苏哈托将军于 1968 年接任了总统。[20]

到 1971 年，美国引诱印尼远离敌对阵营的决心更加坚定了，因为当时美国似乎将要输掉越南战争。尼克松总统在 1969 年的夏天开始了一系列的撤军行动，美国的战略视角也表现得更加全球化。这时的战略重心是防止一个接一个国家倒向敌对阵营的多米诺骨牌效应，并将力量集中于少数几个国家，印尼是其中的关键。美因公司的电气化项目是确保美国在东南亚主导地位的全面计划的一部分。

美国对印尼外交政策的前提是，苏哈托会像伊朗国王一样听命于华盛顿。美国还希望这个国家能成为该地区其他国家效仿的榜样。华盛顿的战略部分基于这样一种假设，即在印尼的进展可能会对整个伊斯兰世界产生积极影响，尤其是在动荡的中东地区。并且，如果这些效应还不够的话，印尼还有石油。尽管没有人清楚印尼石油的储量和质量，但石油公司的地震学家对这种可能性非常乐观。

我在波士顿公共图书馆博览群书的同时，心中的兴奋感也在不断高涨，我开始憧憬未来的冒险。在美因公司的工作，让我从和平队朴素的生活方式，转而过上一种更加奢华迷人的生活。我与克劳狄娜在一起的时光，也实现了我的个人幻想——放纵不堪、不受婚姻约束的性行为：这样的生活似乎好得让人难以置信。至少我还在感慨，有这样的经历也不枉我在那所全男子预科学校受到的煎熬。

我的生活还出现了一些其他的变化——我与安相处得并不好，我们总是争吵。她抱怨说我变了，还说我再也不是她嫁给的那个男人，也不是那个和她一起在和平队同甘共苦的男人。现在回忆往事我才想明白，她一定能感觉到我正在过着双重的生活。

我为自己的行为找到了借口，因为一个合乎逻辑的解释是，我为她当初逼迫我成婚而感到难以释怀。我根本没有顾念她面对厄瓜多尔的挑战时给予我的照料和支持，仍然将我们的婚姻视为我一次又一次地屈服于父母的心血来潮的翻版。我现在毫不怀疑，在某种程度上，安察觉到在我的生活中还有另一个女人。不管怎样，我们最终决定分开居住。

1971 年的一天 ，大约是在预定启程前往印尼的前一周，我又去了克劳狄娜的住处，发现小小的餐桌上摆满了各式各样的奶酪和面包，还有一瓶上好的博若莱红酒。她举杯向我祝贺。

“你成功了。”她微微一笑，但不知为何，她的笑容似乎不那么真诚，“你现在是我们当中的一员了。”

我们随性聊了大约半个小时。在我们将红酒喝光之后，她用我之前从未见过的眼神看向我。“绝对不要告诉任何人我们的会面，”她的声音严厉起来，“我将永远无法原谅你那样做，并且，我也会否认曾经见过你。”她目不转睛地盯着我（也许这是唯一一次我感受到了她的威胁），随后她又冷冷一笑。

“谈论我们的事情将会危及你的生活。”

这话让我惊呆了。我一时感到糟糕透顶。但不久，当我独自走回保诚中心时，我不得不赞叹整个安排的高明之处。事实上，我们在一起的所有时间都是在她的公寓里度过的。没有任何蛛丝马迹能证明我们之间的关系，美因公司的人也完全置身事外。我在一定程度上也感谢她的坦诚，她并没有用我父母同样的方式误导我——就像他们为了让我去上提尔顿中学和明德学院的所作所为。

8　幻想拯救一个国家

我将要在印度尼西亚待上三个月的时间。我曾对这个国家有过一个浪漫的憧憬——在我读过的一些书中有许多照片特写，其中有身着艳丽莎笼裙的女子、巴厘岛的舞者、口吐火焰的萨满巫师，还有在烟雾缭绕的活火山脚下、碧蓝的海面上划着独木舟的战士。特别令人拍案的是一组关于臭名昭著的布吉海盗的照片，他们驾着庞大的黑帆战舰，如今仍航行在印尼群岛附近的海域。布吉海盗曾让早年的欧洲水手闻风丧胆，以至于在返回家园后还用他们的故事吓唬小孩子。“要是不听话，布吉人会找上门来。”天啊，光是这些图片就让我心潮澎湃。

这个国家的历史和传说孕育出许多丰富多彩的传奇形象——愤怒的神祇、科莫多巨蜥、部落苏丹，还有一些早在基督诞生之前就翻过亚洲山脉、穿越波斯沙漠、横跨地中海的古老传说，其中有很多早已深深地植入我们集体心理的最深处。那一座座传说中的岛屿——爪哇岛、苏门答腊岛、婆罗洲岛、苏拉威西岛——让人们产生了无限的向往。这里是一片充满神秘主义、神话和异域之美的土地，一处哥伦布苦苦寻找但从未发现的缥缈宝藏，一位被西班牙、荷兰、葡萄牙和日本追求但从未获取芳心的公主，一个幻想，一场美梦。

我的期望很高，我想其中可能投射了儿时心目中那些伟大探险家的影子。不过，和哥伦布一样，我早就明白要少一点胡思乱想。也许我可以猜到，目的地那闪闪发亮的灯塔永远赶不上我们在未到达前的想象。印度尼西亚蕴藏着宝藏，但它并不是我所期望的那一类聚宝盆。事实上，1971 年的夏天，我在印尼潮湿不堪的首都雅加达的头几天是满心震撼的。

美景确实是到处可见的。街上的人们穿着色彩鲜艳的蜡染衣服，郁郁葱葱的花园中各式的热带花卉争奇斗艳，“自行车的士”的乘客们斜靠在位于蹬车车夫前方、顶篷两侧绘有五彩斑斓奇幻风景的座椅里，还有随处可见的荷兰殖民风格小楼和圆顶清真寺。但这个城市也展现出丑恶、悲惨的一面：深受麻风病折磨的人们伸出只剩下了血淋淋断肢的手臂；陷入贫困的年轻女子不得不为了一口食物而出卖身体；荷兰人修建的、曾经辉煌的运河已经变成了污水坑；住在由纸板箱搭成的简易住房里的家庭挨着一条黑色恶臭河流，散布在堆积如山的垃圾之中；到处都是刺耳的喇叭声和令人窒息的烟雾。美丽与丑陋，高雅与低俗，神圣与亵渎——这就是雅加达。在这里，诱人的丁香和兰花香味交织着露天下水道的恶臭。

我以前见识过贫穷。我有一些新罕布什尔州的同学，全家住在由防水布搭成的棚子里，在零度以下的冬天，他们穿着薄薄的夹克和破旧的网球鞋上学，不经常洗澡的身体散发着汗臭和牛粪的气味。我也曾与安第斯山脉的农民一起住在土屋里，他们的食物几乎只有干玉米和土豆，在那个地方，似乎有一半的新生儿活不过一岁。我自以为了解贫穷是什么样子的，但雅加达的情形还是超出了我的认知。

当然，我们一行人住进了这个国家最豪华的酒店——印尼洲际酒店。与遍布全球的洲际连锁酒店一样，这家隶属于泛美航空公司的酒店迎合了有钱外国人的喜好，尤其是石油公司的高管及他们的家人。在我们到达第一天的晚上，我们的项目经理查理·伊林沃斯（Charlie Illingworth）在酒店顶层的高档餐厅为我们举办了一场欢迎晚宴。

查理是资深的战争爱好者——他的大部分闲暇时间都花在阅读历史书

籍和历史小说上，都是关于伟大的军事领袖和战役。他是纸上谈兵支持越战的典型代表。和往常一样，那晚他穿着卡其布的休闲裤和短袖衬衫，衬衫上还挂着军队式样的肩章。

在向我们致欢迎辞之后，他点起了一支雪茄。“祝美好的生活！”他吐了一口烟，举起了香槟。

我们也都举起了酒杯。“祝美好的生活！”一阵清脆的碰杯声响起。

在雪茄烟雾的萦绕中，查理环视了全场。“我们在这里将会得到很好的照顾。”他一边说，一边点头以示感谢，“印尼人会很好地照顾我们。美国大使馆的人也会这么做。但是，我们不要忘记自己需要完成的那项使命。”他低头瞥了一眼手中的笔记卡片，然后说道，“是的，我们到这里来是为了让爪哇岛实现电气化，我们要制定一个总体规划——这里是世界上人口最稠密的地方。但这只是冰山的一角。”

他的表情变得严肃起来，他让我想起了乔治·斯科特（George C. Scott）在电影中饰演的巴顿将军——查理心目中的英雄之一。“我们来到这里，就是为了将这个国家从‘敌对阵营的魔爪下’拯救出来。如你们所知，印度尼西亚有着漫长而悲惨的历史。如今，它又一次经受考验。我们有责任不让印尼步入它北方邻国的后尘——我指的是越南、柬埔寨和老挝。一套完整的电气系统是成败的一个关键要素。也就是说，这比任何其他单一因素（石油可能除外）都更能确保资本主义和民主的胜利。”

“说到石油，”他停顿了一下，又吸了一口雪茄，翻看了几张卡片，“我们都知道自己的国家是多么依赖石油。在这方面，印度尼西亚可以成为我们的一个强有力的盟友。所以，当你们在制定这个总体规划的时候，请尽一切努力确保石油工业和其他所有为之服务的行业——港口、管道、建筑公司——能在整个25年的规划期限内得到它们可能需要的电力。”

他的目光从笔记卡片上移开，然后直视着我一个人：“多多益善！你们可不想因为低估了增长而让印尼儿童的鲜血——或者我们自己的鲜血——

沾到你们的手上。你们也不想让他们生活在锤子和镰刀的旗帜下！”

那天晚上，在一间能俯瞰这座城市的顶级套房里，我躺在床上，脑海中闪现出克劳狄娜的身影。她那关于外国债务的谈话在我心中反复出现。我试图通过回忆在商学院宏观经济学课程上所学的知识来安慰自己。毕竟，我告诉自己，我来这里是为了帮助印尼走出中世纪经济，以便在现代工业世界中占据一席之地。但我也知道，等到清晨起床之后，透过酒店花园和游泳池的富丽堂皇，我会看到纸板箱和柏油布搭成的棚屋连绵几公里——这些棚屋是几千个家庭遮风避雨的居所。我也清楚，那里有很多婴儿正在因为缺乏食物和饮用水而死去，那里的幼儿和成人一样，都被可怕的疾病折磨着，都活在恶劣的环境中。

我在床上辗转反侧，找不到理由去否认查理和我们团队的其他人来这里都是出于自私的原因。我们正在推动美国的外交政策、企业利益和个人利益。驱使我们的是贪欲，绝不是想让大多数印尼人生活得更好。我的脑海中闪出了一个名词：“公司王国”（Corporatocracy）。我不确定我以前是否在什么地方听说过这个词，或者这是我刚刚编造出来的，但它似乎完美地刻画了那些下定决心企图统治这个星球的新一代精英们。

公司王国是一个关系紧密的兄弟会，由少数有着共同目标的男性组成。兄弟会的成员经常也很容易地辗转于各大公司的董事会和不同的政府要职之间。这让我想到了世界银行的现任行长罗伯特·麦克纳马拉（Robert McNamara）。他就是一个最好的例子——从福特汽车公司的总裁到肯尼迪总统和约翰逊总统的国防部长，现如今又在世界上最强大的金融机构占据着最高的职位。[21]

我还认识到，我的大学教授们并没有理解到宏观经济学的真正本质——在很多情况下，促进经济增长只会让金字塔顶端的少数人更加富有，但对底层的人而言，除了把他们压迫得更窘迫之外，其实并无很大的益处。实际上，在实现资本主义后往往会形成类似于封建社会的体制。即便我所有的教授清楚这一点，他们也不会承认——大概是因为大学都是由大公司和掌控大公司的人所资助的。揭露真相无疑会让教授们丢掉饭碗，就像揭露同样的事情会让我工作不保。

在印度尼西亚洲际酒店度过的几乎每一个夜晚，这些想法都在不停地扰乱我的睡眠。最后，我的主要辩护理由非常具有针对性——我全靠自己的打拼，好不容易走出了新罕布什尔州的小镇，离开了那所预科学校，逃避了兵役；由于种种机缘和自己的努力工作，我才得以过上如今的美好生活。此外，在美国文化中，我所做的一切事情都是正确的——这更是让我感到宽慰。我正在成为一名成功的、受人尊敬的经济学家，我正在把从商学院学到的知识付诸实践，我正在帮助推行一种得到了世界顶级智库中最优秀人才认可的发展模式。

尽管如此，我还是常常要在夜深人静的时候安慰自己，总有一天我会遵照自己的誓言将一切大白于天下。然后，我会读起路易斯·拉摩（Louis L'Amour）有关过去美国西部枪手的小说，好让自己容易入睡。

9　出卖灵魂

我们这个 11 人的团队在雅加达花了 6 天时间，用来在美国大使馆登记资料、会见不同的官员、增进团队内的协作、在游泳池周围放松。住在洲际酒店的美国人之多让我吃了一惊。我经常很惬意地看到漂亮的年轻女人——美国石油公司和建筑公司高管的妻子们：白天在酒店游泳池里打发时间，晚上流连于酒店里和周边的众多高档餐厅。

接下来，查理带着我们的团队转移到了山城万隆。那里的气候更温和，贫困不那么明显，但消遣活动也更少。我们住进了一处名为“威士马”（马来文“大厦”的意思）的政府宾馆，并配有一名经理、一个厨师、一个园丁和一群仆人。建于荷兰殖民时期的威士马就像一处天堂，从宽敞的阳台上可以一览遍布在连绵起伏的丘陵之上并延伸到爪哇火山山坡的无数茶园。除了住所，我们还配备了 11 辆丰田越野车，每辆车都有一名司机兼翻译。最后，我们每个人都获得了高档的万隆高尔夫及网球俱乐部的会员资格，并在国有的印尼国家电力公司（简称“PLN”）在当地的总部分得了一套办公室。

就我而言，在万隆的最初几天里，我与查理和霍华德·帕克（Howard Parker）参加了一系列的会议。霍华德 70 多岁了，是退休的“新英格兰电力系统公司”首席负荷预测员。他如今负责预测爪哇岛在未来 25 年所需的能源总量和发电能力（及负荷），并将之详细地拆解到岛上的每个城市和地区。由于电力需求与经济增长高度相关，他的预测有赖于我对未来经济的推算。我们团队的其他人将围绕这些预测制定总体规划，然后根据规划尽可能最大效率地选址和设计发电厂、输配电线路和燃料运输系统。查理不断强调我工作的重要性，并不厌其烦地告诫我，我的预测必须非常乐观。克劳狄娜没说错，我是整个总体规划的关键所在。

“来这里的头几周，”查理解释说，“我们要做的就是数据收集。”

我们三人坐在查理豪华的私人办公室里的大藤椅上。墙壁的装饰品是几幅蜡染挂毯，上面绘制的是古印度经文《罗摩衍那》（*Ramayana*）中的史诗传说。查理嘬了一口短粗的雪茄。“工程师们将把当前的电力系统、港口容量、公路、铁路以及这一类的全部事项详细地汇总到一起。”他用雪茄指着我说，“你得加快行动了。到第一个月结束时，霍华德需要对新电网上线后将会出现的经济奇迹有一个相当充分的认识。到第二个月结束时，他需要敲定更多的细节，就是分解到各个地区。最后一个月将用来查漏补缺。最后一点至关重要！到时候需要我们所有人一起集思广益。所以，在离开这里之前，我们必须确保获取了一切将会用到的信息。回家过感恩节！这是我的目标。记住，我们没有返工的机会。”

霍华德表面上看起来像一位和蔼可亲的老爷爷，但其实是个一肚子怨气的糟老头，总觉得自己遭受了生活的不公平对待。他从未能进入新英格兰电力系统公司的核心，并一直对此愤愤不平。“我被无视了，”他总是向我唠叨，“因为我不买公司的账。”他被强制退休，然后由于无法忍受和妻子待在家里，就接受了美因公司的咨询工作。这是他的第二次任务，但艾纳和查理都提醒我要提防他。他们形容霍华德是个顽固、刻薄、睚眦必报的家伙。

而事后证明，霍华德是我最高明的老师之一，尽管在那个时候我还不愿意接纳他。他从未接受过克劳狄娜给我的那种训练。我猜测，他们认为他年纪大了或者是过于固执。也有可能，他们认为让他加入只是权宜之计，直到能吸引到像我一样更有可塑性的全职员工。无论如何，从美因公司的立场来看，他早晚会是个麻烦。霍华德对这个状况了然于胸，他清楚他们要他扮演的角色，但是他也绝不愿被人当枪使。艾纳和查理用在他身上的形容词并不为过，但至少他的一部分固执出自他不甘听命于人的坚持。我不知道他之前是否听过“经济杀手”这个说法，但他知道艾纳和查理他们打算利用他来推动一种他不愿意接受的帝国主义形式。

在一次与查理的会议之后，他把我叫到一旁。他戴上助听器，用手指拨动着衬衫下控制音量的小盒子。

“这些话只限于你我之间，”霍华德的声音低到几不可闻。我们一同站在共用的办公室的窗前，望着那条几乎被垃圾阻塞的运河，蜿蜒流经印尼国家电力公司的大楼。我看到一个年轻女子正在污浊不堪的河水中洗澡。“他们会试图让你相信，这个国家的经济将要腾飞。”他说，“查理这个人很冷血。别让他把你拖下水。”

他的话让我感到心里沉甸甸的，但也激起了我要说服他相信查理的斗志；毕竟，我的职业成败取决于能否取悦美因公司的老板们。

“经济当然将会繁荣，”我的目光被运河里的女人所吸引，“看一眼正在发生的事情就知道了。”

“原来如此，”他喃喃自语，似乎并没有注意到我眼中的那一幕。“你已经完全相信了他们的说辞，对吧？”

运河上的新情况突然引起了我的注意。一位老人走到岸边，脱下裤子，直接蹲在水边方便。洗澡的女人看到了他，但似乎没有受到惊吓，反而继续沐浴。我从窗口转头看向霍华德。

“我曾亲身经历过很多。”我说。“也许我还很年轻，但我刚刚在南美待了三年才回来。我目睹了当石油被发现之后会发生什么。这个世界瞬息万变。”

“天啊，我也曾亲身经历过很多。”他不无讽刺地说道，“我走过的桥也许比你走过的路都多。让我告诉你一件事情，年轻人。我不在乎你的石油发现或是别的什么。我这一辈子都在预测电力负荷，其中经历过大萧条、二战、经济的繁荣时期和萧条时期。我见识过 128 号公路给波士顿带来的所谓‘马萨诸塞奇迹’。并且,我可以肯定地说,在任何一个持续较长的时期，电力负荷的年增长率都不会超过 9%。任何地方从来都没有出现过！何况这还是在最好的时期。6% 还差不多。”[22]

我直勾勾地盯着他，对他的说法感到将信将疑，但我必须为自己辩护。我知道我必须说服他，因为只有这样才能让我的良心好过。我想起克劳狄娜让我牢记于心的那个说法——我来就是为了提供一份报告，以说服印尼的领导人，“如果你想让你的国家繁荣，就要接受世界银行的贷款，并遵行世界银行和国际货币基金组织规定的条件。”

“霍华德，这里可不是波士顿。在这个国家，时至今日，甚至还有人从没用过电。这里的情况完全不同。”

他转过身去，摆了摆手，仿佛要把我赶出去似的。

“那就继续吧，”他咆哮着说，“去出卖灵魂吧！我才不管到底你能想出什么办法，”他一把将椅子从桌子后面拽了出来，猛地坐了上去，“我将会根据我的所知来预测用电量，而不是参照什么无中生有的经济研究。”他拿起铅笔，开始在一叠纸上写写算算。

这是一个我无法忽视的挑战。我走过去，站在他的办公桌前。

“如果我得出的结论——一场堪比加州淘金热的繁荣——符合所有人的预期，而你所预测的电力增长速度仅仅比肩于60年代的波士顿，你会显得相当愚蠢。”

他把铅笔甩到了桌子上，怒视着我说：“太没良心了！就是这么一回事。你和你们所有人——”他挥舞着双臂，指向墙后的其他办公室，“你们把灵魂出卖给了魔鬼。你们干这个就是为了钱。那么现在，”他勉强挤出了笑容，把手伸到衬衫下面，“我要关掉助听器，继续工作了。”

这件事让我彻底动摇了。我步履沉重地走出房间，想去查理的办公室。走到一半，我停住了，没想清楚这样做到底是出于什么目的。于是，我转身下楼，走出大门，来到了午后的阳光中。那个年轻女子正从运河中往上爬，她的莎笼裙紧紧地裹在身体上。那个老人不见了。几个男孩在运河里嬉戏，拍打河面溅起水花，互相嘶喊着。一位老妇人站在齐膝深的水里刷着牙齿，还有一位老妇人在水中洗衣服。

我的喉咙仿佛被什么东西哽住了。我坐在一块断开的水泥板上，尽量无视从运河飘来的刺鼻恶臭。我强忍住泪水——我需要弄清楚为什么我会感觉如此痛苦。

“你们干这个就是为了钱。”霍华德的话在我的耳边一遍又一遍地回响。他戳中了我的痛处。

那些小男孩继续互相拍打着水花，空气中充满了他们欢快的声音。我想知道我能做什么。有一个问题困扰着我——究竟有什么能让我像他们一样无忧无虑呢？我就这样坐在那里，看着男孩们快乐单纯地嬉闹着——他们显然没有意识到在恶臭的水中玩耍所要冒的风险。就在这时，我认识到了其中蕴含的讽刺——我这样一个白人男性，天生就得到了这么多不劳而获的特权，也已经实现了早年的很多幻想，此时竟在嫉妒几个深受由我所推动体制的剥削、在排污运河中洗澡的男孩子。

一个年老的驼背男人拄着一根粗糙的手杖，一瘸一拐地沿着运河边走着。他停下来看向孩子们，绽开的笑容将掉光了牙齿的嘴巴暴露出来。

可能我应该向霍华德寻求建议，或许我们可以共同找到一个解决问题的办法。想到这儿，我立刻感到如释重负。我捡起一块小石子，将它抛进了运河。然而，随着涟漪的渐渐消散，我的欣喜也荡然无存了。我知道我无法做到这一点。霍华德这个人又老又刻薄。他显然已经放弃了让自己的事业更上一层楼的机会。他现在肯定不会屈服。我还年轻，事业刚刚起步，绝对不想落得像他一样的下场。

凝视着腐败变质的运河水，我仿佛又看到了新罕布什尔那座山顶上的预科学校，又看到了假期里的自己孤零零地守在学校里，而其他男孩子都去出席女孩们的成人礼舞会。慢慢地，自怨自艾的事实在内心中深深地扎根。这时候，我又一次陷入了无人可以倾诉的境地。

那天晚上，我躺在床上，一个个地回想起我生命中遇到的那些人——霍华德、查理、克劳狄娜、安、艾纳、弗兰克叔叔。设想自己如果从未遇到他们，我的人生会成什么样子——肯定不会来到印度尼西亚。我还想知道我的未来，我到底在走向何方。我苦苦思索如何对眼前的事情做出决定。查理曾明确表示，他期望我和霍华德能够得出每年至少17%的增长率。我到底要怎么预测呢？

突然，一个念头让我平静下来。为什么我以前没有想到呢？这个预测的结果根本就不是我能够做出来的。霍华德说过，无论我的结论如何，他只会给出他自己认为正确的预测。我仅仅需要给出很高的经济预测就能取悦我的老板们，而他的决定根本影响不到我；我的工作也动摇不了那份总体规划。人们总是强调我的重要作用，但那是因为他们全然没有搞清楚状况。一副重担被解除了，我深深地进入了梦乡。

几天后，霍华德患上了严重的阿米巴病。我们赶紧把他送到天主教教会的医院。医生给他开了药，并强烈建议他立即返回美国。霍华德向我们保证，他已经得到了所需的全部数据，在波士顿就可以很容易地完成用电负荷的预测。他对我的临别赠言重申了他先前的警告。

“没有必要伪造数字，”他说，“不管你是如何讲述这个经济增长奇迹的，我绝不会成为骗局的一分子！”

第三部分

摇摆与挣扎

（1971—1975）

10 被视作督察员的我

根据我们与印度尼西亚政府、亚洲开发银行和美国国际开发署的合同，我们团队必须派人到访那份总体规划中包含的所有主要人口中心。我被指派去履行这项条款。正如查理所说："无论如何，你在亚马孙雨林都能活下来，你知道如何适应蛇虫鼠蚁和穷山恶水。"

在一名司机兼翻译的陪同下，我去了很多地方，包括爪哇海沿岸风景秀丽的渔村，也领略过一些能让美因公司团队的其他成员心惊胆寒的居所。我会见了很多当地的政商领袖，听取他们对经济增长前景的看法。然而，我发现他们中的大多数人不愿意对我敞开心扉。我的到来似乎震慑住了他们。通常的结果是，他们会让我询问他们的上司、政府机构或在雅加达的公司总部。我有时甚至会怀疑，是不是有人想要对我图谋不轨。

这些外出的时间都很短暂，一般不超过三天。不出差的时候，我就回到万隆的威士马。经营威士马的女人有一个比我小几岁的儿子，名叫拉斯蒙（Rasmon）。不过除了他母亲，大家都叫他拉斯。作为当地一所大学经济学专业的学生，他很快对我的工作产生了兴趣。事实上，我猜测以后他可能会向我讨份工作。他还开始教我印度尼西亚语。

拉斯有一辆小摩托，并主动要带我熟悉他的城市和这里的居民。一天晚上，他向我许诺，"我要带你领略一下你从未见识过的印度尼西亚"，然后催促我坐上小摩托的后座。

我们一路上看到了皮影戏、演奏传统乐器的音乐家、喷火术士、杂耍表演者，以及出售各式商品的街头小贩——从违禁的美国录音带到罕见的土著工艺品等。最后，我们来到了一家聚集着年轻人的小咖啡馆。拉斯把我介绍给围坐在一张桌子旁的一群人，然后我们也坐了下来。

他们都会讲英语，只不过流利程度不等，但他们都赞赏并鼓励我学习印尼语的努力。他们不加避讳地谈论这个问题，并问我为什么美国人从不学习他们的语言。我回答不上来。我也无从解释为什么我是这个城区里唯一的美国人或欧洲人，尽管欧美人在当地的高尔夫及网球俱乐部、奢侈餐厅、电影院和高档超市里并不少见。

拉斯和他的朋友们把我当成了自己人。我喜欢那种愉悦感——就这样待在那里，听他们分享他们的城市、美食和音乐，与这群年轻人说笑玩闹，丁香味烟草和其他一切属于年轻人的气味挑动着我的嗅觉神经。这仿佛让我又一次回到了和平队的岁月。我发现自己在质疑，坐到头等舱并让自己脱离那些来自不同文化和背景的人到底是图什么？他们也越来越有兴致探究，我是如何看待他们的国家以及我的国家在越南进行的那场战争。他们中的每个人当初都为这场“非法入侵”感到大为震撼，但当他们发现我有着同样的感受时，便全都松了一口气。

那一夜，还有与拉斯和印尼年轻人一起度过的其他时光，以及我在这个国家各地的旅行，共同改变了我。我开始用不同的眼光来看待我的美国同胞。年轻的妻子们似乎没那么风情万种了。连我以前几乎没有注意到的游泳池周围的铁链栅栏和较低楼层窗户外的钢制护栏，都沾染上了阴霾的气息。饭店里雅致餐厅的食物相比于浓郁芳香的本地菜肴，也显得索然无味。

我还注意到另外一件事。在与政界和商界领袖会面时，我开始意识到他们对待我的方式十分微妙。我之前从未发现这一点，但现在明白了他们中的很多人都讨厌我的出现。比如根据我的印尼语词典，当他们把我介绍给其他人时，他们对我的印尼语称谓往往可以近似地翻译为“督察员”和“审判官”。我故意不让他们知道我能听懂一点印尼语——即便是我的翻译，也只知道我会说几个日常用语。我还买了一本很好的英语印尼语词典，并且我总在背地里查词典。

这一称谓难道只是语言上的巧合吗？还是我的词典有误？我其实在内心中也希望如此。但我跟这些男人（那个时代没有女性担任这类职位）相处的时间越长，就越能确信我被视为外来的闯入者，并且他们除了合作也别无他法。我不清楚是不是政府官员、银行家、将军或者美国大使馆下达过这样的命令。我只知道，尽管他们邀我去他们的办公室、请我喝茶、礼貌地回答我的问题，并且用尽一切公开的方式来表示对我的欢迎，但他们在心底却充斥着任凭摆布甚至恨之入骨的心思。

这也让我拿不准他们对我的回复以及他们数据的真实性。比如，我绝对无法做到带着翻译径直到他们的办公室找人，因为凡事都必须提前预约。由于电话很少能接通，我们不得不驱车穿过交通阻塞的街道——这里的街道规划得杂乱无章，以致去几个街区外的一栋楼往往要用上一个小时。到达之后我们还被要求填写很多份表格。最终，会有一位男性秘书出来接待我们。他会礼貌地询问我需要的信息类型，再定下一个会面的时间。

几乎毫无例外，约定的会面时间最少要排在几天之后，而每次在这样的会议中，我都会拿到一沓预先准备好的资料。企业老板们给我的是未来5-10年的经营规划，银行家们拿出来的是金融图表，政府官员提供的是项目清单——都是些仿佛一落地就能成为经济增长引擎的大项目。他们提供的每一项资料和他们口中的一切都预示着，爪哇岛可能会迎来人类有史以来最大的经济繁荣。没有一个人对这一假设提出质疑，或者向我提供任何负面信息。

然而，当我返回万隆的时候，我会萌生一种印象，即我在印度尼西亚所做的一切更像是一场游戏，而不是现实的经历。每个人都相互提防。我们无法信任彼此，更不能指望给我们分享的信息有多么可靠。然而，这是一个非常严肃的游戏，它的结果将在未来几十年影响到数百万人的生活。

11　文明经受考验

“我要带你去看一位达郎的表演。”拉斯喜笑颜开地说，“你知道，‘达郎’就是印度尼西亚对知名木偶大师的称号。”他明显很高兴看见我回到了万隆。“今晚城里就来了一个非常厉害的达郎。”

他骑着小摩托载着我，到了一些我在城里从未听说过的地方，还途经了一片全是爪哇岛传统房屋的区域——这些房子看起来就像穷人版的瓦顶小庙。与我的期待不同的是，这里根本看不到宏伟的荷兰殖民时期的豪宅和办公大楼。显然这里的人都很穷，但他们也自得其乐。他们穿着破旧但干净的蜡染纱笼裙、色彩鲜艳的上衣，戴着宽沿的草帽。无论小摩托开到哪里，迎接我们的都是欢声笑语。每当我们的车停下来，孩子们就冲上来触摸我，感受我的牛仔裤的材质。一个小女孩还在我的头发上插了一朵芬芳的凤仙花。

我们将小摩托停在了一家路边剧场的附近。剧场里已经聚集了好几百人，有些人站着，有些人坐在折叠椅上。那天的夜空晴朗又美丽。尽管我们是在万隆最古老地区的中心地带，但这里没有路灯，所以能看到星星在我们头顶上不停闪烁。空气中充满了木柴燃烧、热花生酱和丁香花的香气。

拉斯忽然消失在人群之中。没过多久，他就带回来很多我曾在那间咖啡馆里见过的年轻人。他们给我带来了热茶、小蛋糕和“沙嗲”——裹着花生调料的小块烤肉。在接到烤肉的时候我肯定表现出了犹豫，因为其中一个女人看到后指着旁边的一堆小火，“非常新鲜的肉食，”她笑着说，“刚烤熟的。”

这时候音乐声响起来了——一种能让人联想到寺庙钟声的印尼乐器“佳美兰”奏出了萦绕心弦的神奇声音。

“所有的音乐都是由达郎一个人演奏的，”拉斯低声说，“他还操控着所有的木偶，并给它们配音，讲不同的语言。让我们来给你翻译。”

这是一场结合了古代传说和当今时事的精彩表演。我后来才得知这位达郎其实是个萨满巫师，他在表演时已经进入了“通灵”的状态。他有一百多个木偶，他为每一个都配上了不同的声音。那是一个我永远不会忘记的夜晚，是对我余生产生影响的夜晚。

在表演完《罗摩衍那》古诗篇的经典选段后，达郎拿出了一个理查德·尼克松的木偶，长着尼克松招牌式的大鼻子和突出的下巴。这位“美国总统”的衣着打扮就像“山姆大叔”，头戴一顶星条旗礼帽，身穿燕尾服。而陪同他的还有一个木偶，他穿着一身三件套的细条纹西装。第二个木偶一只手拿着一个印有美元符号的水桶，另一只手在“尼克松”的头顶上方挥舞着一面美国国旗——看上去就像是一个为主人打扇的奴才。

一幅中东和远东的地图出现在这两个木偶的身后，各个国家被挂在地图的相应位置上。“尼克松”立刻靠近地图，从钩子上取下越南，塞进了口中。他咆哮着吼出了一通言论，翻译过来就是：“太苦了！垃圾！我们不能再要这种东西了。”接下来他把越南扔进了水桶，继续对地图上的其他国家做出同样的举动。

然而，让我惊讶的是，他接下来的选择并不是可能会产生多米诺骨牌效应的东南亚国家。相反，它们全都是中东地区的国家——巴勒斯坦、科威特、沙特阿拉伯、伊拉克、叙利亚和伊朗。之后，他又转向了巴基斯坦和阿富汗。“尼克松”木偶每取下一个国家都会尖声地给这个国家取一个“绰号”，而且他的每一次咒骂都包含侮辱性的词汇。然而，我没有料到我的国家在印尼人眼中竟然是如此种族主义和冥顽不灵，这让我深感羞愧。

人群变得非常兴奋，每当水桶里被扔进一个新的国家，巨大的压迫感也持续攀升。他们的情绪似乎在欢笑、震惊和愤怒之间不停地切换。有些时候，我感觉他们被操控木偶者的话语激怒了。我的羞耻心也变成了恐惧——我比其他人都要高，站在人群中显得鹤立鸡群，而且我也担心自己会被当成泄愤的对象。通过拉斯的翻译，“尼克松”接下来说出的话让我感到头皮一阵阵发麻。

“把这个国家交给世界银行。看看它能做点儿什么，好让我们能从印尼捞一些钱。”他把印度尼西亚从地图上取下来，想把它也扔进水桶里，但就在这时，又一个木偶从阴影中跳了出来。这个木偶看上去像是一个印尼人，穿着蜡染花色的衬衫和卡其布的宽松长裤，身上还挂着一个清晰地写有姓名的牌子。

“这是一位深受欢迎的万隆政治家。”拉斯解释道。

这个木偶飞扑到了“尼克松”和拿桶人之间，举起了一只手。

“住手！”他大喊道，“印度尼西亚是一个主权国家。”

人群中爆发出热烈的掌声。拿桶人举起他手中的旗子，像长矛一样刺向那个印尼人，印尼人蹒跚扑倒，夸张地死去了。观众们发出嘘声、怒吼、尖叫，挥舞着拳头。“尼克松”和拿桶人顿时立在当场，目光看向我们。

然后，它们鞠了一躬，离开了舞台。

“我想我该走了。”我对拉斯说。

他伸出手，保护式地搂住我的肩膀。“别担心，”他说，“他们并不是针对你个人。”我内心可没那么笃定。

后来我们又到了以前去过的那间咖啡馆。拉斯和其他人向我保证，他们事先并不知晓会有“尼克松”与世界银行的那一出闹剧。“你永远不会提前想到，从达郎那里会看到什么。”其中一个年轻人表示。

我不禁深深地怀疑，这一幕难道不是特意演给我看的？有个人笑着说我太自以为是了。“典型的美国人。”他还亲切地拍着我的背补充了一句。

“印尼人非常在意政治，”坐在我旁边椅子上的那个人说，“美国人不看这样的表演吗？”

坐在我对面的是一个主修英语的大学生，她敏锐地问道：“但你确实在为世界银行工作，对吧？”

我告诉她，我目前的任务来自亚洲开发银行和美国国际开发署。

“难道它们不是一回事吗？”她没等我回答就连续发问，“那不就像今晚上演的那一出剧吗？难道你们的政府不是把印尼和其他国家仅仅看成是一串……”她想找出一个合适的词汇。

“葡萄！”她的一个朋友提醒道。

“没错，一串葡萄。你们可以挑肥拣瘦。留下英格兰，吃掉日本，抛弃印尼！”

“在你们拿走我们的全部石油之后！”另一个女人也补充道。

我想为自己辩解，但根本无能为力。我想从我的行动中找回自信，因为我来到了城中的这片区域，并留下来观看了整场的反美表演——即便我可能会将之理解为对我个人的攻击。我很想让他们见识到我表现出来的勇气，让他们知道我是11人团队中唯一愿意花时间学习印尼语或想要了解他们文化的人，并指明我也是唯一观看这场演出的外国人。但我决定还是谨慎为好，暂时不要提起这些。相反，我试图转移话题。我问他们如何理解那个达郎挑中的国家除了越南以外都是伊斯兰国家。

那个学英语的女大学生对此嗤之以鼻："因为那是美国的计划。"

“越南只是一个牵制行动，”有一个男人插了一句，“就像纳粹入侵荷兰。垫脚石而已。”

“真正的目标，”女人继续说道，“是整个伊斯兰世界。”

这个问题由不得我不予回应。“当然，”我抗议说，“你不能认为美国是反伊斯兰的！”

“哦，难道不是吗？”她反问道，“从什么时候开始不是的？你该读一读英国历史学家汤因比（Amold Joseph Toynbee）的著作。早在50年代，他就预言下个世纪的真正战争将不是在共产主义者和资本家之间，而是在基督徒和穆斯林之间。”[23]

“阿诺德·汤因比讲过？”我大吃一惊。

“是的。读一读《文明经受考验》（*Civilization on Trial*）及《世界与西方》（*The World and the West*）吧。”

“但是为什么穆斯林和基督徒有这样的敌意呢？”我问道。

围坐在桌边的人们面面相觑，他们似乎很难相信我会问出这么愚蠢的一个问题。

“因为，”她一字一顿地回答，仿佛是在说给一个反应迟钝或听力欠佳的人，“西方——尤其是西方的领袖国美国——决心要控制整个世界，决心要成为历史上最伟大的帝国。它已经非常接近成功了。苏联是它眼前的绊脚石，但苏联是不会长久的。汤因比预见到了这一点。苏联人没有宗教，没有信仰，在他们的意识形态背后没有实质。历史表明，信仰——灵魂，对神的信仰——是必不可少的。我们穆斯林有信仰。我们比世界上任何人都拥有更深刻的信仰，甚至比基督徒更虔诚。所以，等着瞧吧，我们会变得强大。”

“假以时日，”又有一个男人插话，“我们早晚会像蛇一样反击。”

“多么可怕的想法！”我几乎无法保持淡定，“我们做什么才可以改变这种状况呢？”

主修英语的女大学生直视着我的双眼。“不要再这么贪婪和自私下去了。”她说，“要认识到世界远比大房子和高档商店重要得多。人们正在忍饥挨饿，你们却在为自己的车子操心那点儿汽油。婴儿正在死于缺水，你们却在为了追求潮流而找寻时尚杂志。像我们这样的国家正深陷贫困，而你们的人甚至不想听到我们求助的哀鸣。你们对那些想要告诉你们真相的人视而不见。你们把这些人打上极端主义者或敌对者的标签。你们必须向遭受贫困和蹂躏的人们敞开你们的心扉，而不是落井下石，让他们在贫困和奴役中越陷越深。剩下的时间不多了。如果你们不立即做出改变，你们的好日子就要到头了。”

几天之后，那位颇受欢迎的万隆政治家——就是那个挺身反抗“尼克松”并被拿桶人刺穿的木偶所代表的人物——被一辆肇事逃逸的汽车撞死了。

在那之后不久，我返程回家了。

我和安在巴黎会合，并试图修好。然而，我们还是争吵不休。在我们彻底断绝关系的前一天，她问我是不是有了外遇。在我坦白之后，她说自己一直对此有所怀疑。我们坐在一张能俯瞰塞纳河的长椅上，一直谈了好几个小时。当我们登上飞机的时候，我们已经有了定论——我们长期以来的愤怒和怨恨已经成为一个太大的障碍，因此我们还是各奔东西为好。

12 一生难求的机会

在很多方面，印度尼西亚的任务是对我的一项考验，而在波士顿还有更多的考验等着我。

回到波士顿之后，我一早就去了位于保诚中心的公司总部。当我与其他几十名员工站在电梯里时，我得知美因公司谜一样的、年届 80 岁的董事长兼首席执行官麦克·霍尔（Mac Hall）已经提拔艾纳为俄勒冈州波特兰市办事处的总裁。这样一来，我现在需要直接向布鲁诺·扎姆波蒂（Bruno Zambotti）汇报工作。

布鲁诺有着加里·格兰特（Gary Grant）一般的潇洒外表。他绰号“银狐”，这来自他银白色的头发以及能够智取所有敢于向他挑战之人的神奇能力。他口才很好，并拥有工程学士和工商管理硕士两个学位。他通晓计量经济学，是分管美因公司电力分部和大部分国际项目的公司副总裁。等到他的导师、年老的杰克·道伯（Jake Dauber）退休之后，他明显就是继任公司总裁的最佳人选。与大多数美因公司的雇员一样，我对布鲁诺·扎姆波蒂是又敬又畏。

就在午饭之前，我被叫到了布鲁诺的办公室。在一番关于印尼的热烈讨论之后，他说出的一番话吓得我险些从椅子上摔下来。

“我要炒掉霍华德·帕克。除了说他已经与现实完全脱节之外，你不需要知道其他的细节。”他的笑容带着一股令人不安的愉悦感。他一边用手指轻轻地敲击着办公桌上的一叠文件，一边说道：“每年 8% 的增长？这就是他的负荷预测。你能相信吗？这种事会发生在印尼这样一个有潜力的国家里！”

他的笑容渐渐隐去，然后盯着我的眼睛说：“查理·伊林沃斯告诉我，你的经济预测恰恰符合目标，并能保证 17%—20% 的负荷增长是合理的。是这样吗？”

我向他拍着胸脯打了包票。

他站起身，向我伸出了右手。“恭喜！你刚刚得到了晋升。”

也许，我应该与美因的同事一起去一家高档餐厅庆祝，独自放纵一下也好。然而，我的心思都在克劳狄娜身上。我急不可耐地想让她知道我的升职，我在印尼的一切经历，以及我与安的事情。

她曾警告过我，不要从国外给她打电话，我照做了。但我绝望地发现，她的电话竟无法拨通，也没有留下呼叫转移。于是，我直接上门去找她。

一对年轻的夫妇搬进了她的公寓。尽管此时正好是午饭时间，但我猜想自己可能是打扰了他们的美梦——他们明显压制着怒气，声称根本不认识什么克劳狄娜。我又装成她的表亲去拜访了房地产的中介。他们的文件显示，他们从未将房子出租给任何名为克劳狄娜的女人，这套公寓的前任租客是一位特意交代不能透露姓名的男子。回到保诚中心，美因公司的人力办公室也表示查无此人，但他们承认存在一份不能供我查阅的“特别顾问”文件。

那天下午的晚些时候，我感到筋疲力尽，情绪低落。最严重的是，难受的时差反应开始了。回到空荡荡的公寓，我体会到了极度孤独和被遗弃的感觉。我的晋升似乎变得几乎毫无意义——不过是甘心出卖自己的一项印记。我瘫软在床上，几乎被绝望压垮。我被克劳狄娜利用了，然后又被她抛弃了。为了不向痛苦屈服，我隔绝了自己所有的情感，就这样木然地盯着光秃秃的墙壁，似乎躺了好几个小时。

最后，我终于让自己振作起来。我从床上起身，一口气灌下了一整瓶啤酒，然后把空瓶子砸碎在桌上。接着，我凝视着窗外。我朝远处的街道望去，仿佛看见她正在朝我走来。我一下子冲到了房门口，但接下来，又回到窗前想再确认一眼。

那个女人走近了。我可以看到她的打扮同样精致，她自信的走路姿势让人想起克劳狄娜，但她并不是。我的心碎了，我的情绪从愤怒和厌恶变成了害怕。我不知道她是否还活着，也许被人杀死了。我吃了两片安定，喝着酒昏沉沉地睡着了。

第二天早上，美因公司人事部门的电话把我从昏睡中吵醒。该部门的负责人保罗·莫米诺（Paul Mormino）在电话中说，尽管他清楚我需要好好休息，但还是强烈要求我当天下午就来公司一趟。

“恭喜你，”他说，“得到了不断超越自己的绝佳机会。”

我听从了召唤，并得知布鲁诺果然没有夸下海口。我不仅被提升到原先霍华德的职位，还被授予了首席经济学家的头衔，并得到了加薪。这确实让我的心情好了些许。

我请了一下午的假，独自拎着一升的啤酒沿查尔斯河漫步。我坐了下来，一边看着往来的帆船，一边忍受着时差和宿醉的折磨。最终，我想通了：克劳狄娜已经完成了她在这里的工作，恐怕现如今正在着手进行下一个任务。她一贯强调保密的必要性，所以我确信她早晚会给我打电话的。莫米诺没说错，我需要不断超越自己。于是，我的时差反应和焦虑一并消失了。

在接下来的几周里，我尽量不去想克劳狄娜。我要集中精力完成关于印尼经济的报告，并修改霍华德的负荷预测。我终于拼凑出了我的老板们想要看到的那一类研究——在新的电力系统建成之后的头 12 年里，电力需求的增速平均为每年 19%；在之后 8 年的时间，逐渐下降到 17%；并在 25 年的预测期结束之前，继续维持在 15% 的水平。

在与国际信贷机构的正式会议上，我展示了我的结论。他们的专家团队对我进行了细致且不留情面的反复盘问。到那时，我已心如铁石，但也有别于我在预科学校时驱使自己出人头地而不是表现出叛逆的那种心态。但无论如何，我对克劳狄娜的思念之情一直挥之不去。当一个想在亚洲开发银行内部扬名立万、年轻无礼的经济学家不知疲倦地拷问了我一个下午的同时，我想起了克劳狄娜在几个月前坐在比肯街的公寓里给我的忠告。

“有谁能预料到未来25年后的情形呢？”她反问道，“你的猜测不比任何人的差。信心高于一切。”

我让自己相信，我就是个专家；我还提醒自己，我在发展中国家的生活经历比许多坐在那里评判我工作的人要多得多——尽管他们中有些人的年龄是我的两倍。我曾生活在亚马孙地区，也到访过爪哇岛上许多没人想去的地方。我研修过许多门面向高管们讲授计量经济学妙用的精深课程。我对自己说，我就是以统计学为导向、崇尚计量经济学的新一代“神奇小子”中的一员——连保守的世界银行行长、福特汽车公司的前总裁、约翰·肯尼迪的国防部长罗伯特·麦克纳马拉都对我们这类人青睐有加。我们这种人能够脱颖而出，靠的是数字、概率论、数学模型，还有自命不凡加上大吹大擂——当然，最后一点是我的个人猜测。

我尽量模仿麦克纳马拉和我的上司布鲁诺。我照搬前者的讲话方式，也学会了后者拎着公文箱、趾高气扬的走路姿态。回想当初，我也想不到自己竟然能如此胆气十足。实际上，我的专业知识非常有限，但我用初生牛犊的勇气弥补了我在训练和知识上的不足。

这招确实奏效。最终，专家团首肯了我的报告。

在接下来的几个月里，我参加了在德黑兰、加拉加斯、危地马拉城、伦敦、维也纳和华盛顿特区举行的会议。我认识了一些知名人士，包括伊朗国王、几个国家的前总统，还有罗伯特·麦克纳马拉本人。就像在之前的那所预科学校一样，这是一个男人的世界。我惊讶地发现，我的新头衔以及最近面对国际贷款机构所取得的成功，让其他人对我的态度发生了巨大的改变。

起初，如此多的关注一下就冲昏了我的头脑。我开始把自己想象成梅林一样的魔法师，法杖轻轻一挥便点亮了一个国家，一座座工厂像雨后春笋般突然拔地而起。接下来，我的幻想很快就破灭了。我开始质疑自己以及所有与我一起共事的人的动机。似乎耀眼的头衔或博士学位并不能帮助一个人理解生活在雅加达粪坑旁的麻风病人的窘境，而且我也怀疑，掌握了操纵数据的技巧能否让一个人看清未来。我对那些有能力改变世界的决策者了解得越多，我就越是对他们的手段和目的生疑。

我也不相信有限的资源能让整个世界过上美国那样的富裕生活，即使在美国，现在也有数百万公民生活在贫困之中。此外，我并不完全确定其他国家的人是否也想要过上跟我们同样的生活。我们关于自己国家暴力、抑郁、吸毒、离婚和犯罪的统计数据表明，尽管美国社会是有史以来最富有的社会之一，但它也许同样是最不幸福的社会之一。我们为什么要求别人效仿我们呢？看看我参加的这些会议上的一副副嘴脸，我发觉我的怀疑常常会变成对伪善的无言怒火。

然而，我的怒气最终还是消散了。我逐渐意识到，他们中的大多数都认为自己在做正义的事情。就像查理一样，他们相信让整个世界皈依资本主义是他们对自己的国家、子孙后代和上帝负有的责任。他们还笃信“适者生存”的法则。如果他们有幸出生在一个享有特权的阶级，而不是一个纸板搭成的棚子里，那么将这份遗产传给后人在他们心目中就是一项至高义务。

我的内心摇摆不定，不知道该将他们视为真正的阴谋家，还是看作为了统治世界而不惜沆瀣一气的兄弟会成员。无论如何，随着时间的推移，我开始把他们看作美国内战爆发前的南方种植园主。他们是基于一致的信仰和共同的私利而聚集在一起的松散联盟，而不是一个执意要图谋不轨的特殊团体。种植园的“土皇帝”们从小到大长于仆人和奴隶之手，耳濡目染地相信自己有天赐的权利甚至有义务照顾这些“异教徒”，让他们皈依奴隶主的宗教和生活方式。哪怕奴隶制度有悖于自己的人生哲学，他们［比如托马斯·杰斐逊（Thomas Jefferson）］也要证明这种制度存在的必要性和合理性，推翻奴隶制会导致社会和经济的混乱。现代寡头政治的领导者，也就是如今我眼中的公司王国，似乎也可以归入同类。

我开始想弄明白，谁能从战争和大规模的武器生产、从筑坝截断河流及破坏土著环境和文化中受益？或者说，谁又能从成千上万的人死于食物不足、水源污染或缺医少药中受益？我开始慢慢地认识到，长远来说，没有人能受益，但在短期内，站在金字塔顶端的人们——我的上司和我——至少得到了物质上的好处。

这就引出了更多的问题：为什么这种局面还能存在？为什么它能持续这么长的时间？答案是否单纯体现在“强权即公理”的格言之中，即那些拥有权力的人愿意让这样的体制长久化？

单凭权力就能让这种状况维持下去？这样的解释似乎是不充分的。虽然这种观点可以解释很大一部分原因，但我感觉个中一定还有另一股力量在起作用。我想起了在商学院上学时一位来自印度北部的老师讲过的关于有限的资源、关于人类需求的持续增长、关于奴隶劳动的原则。根据这位教授的观点，一切成功的资本主义制度都具备执行严格指挥链条的等级制度，包括极少数人在最高位层层控制下属的顺位等级，以及底层数量庞大的工人——从经济学的层面，他们确实可以被归类为奴隶阶层。最终我想通了，我们之所以鼓励这种制度，是因为公司王国想让我们相信，上帝赋予了我们权利，让我们中的一些人生于资本主义金字塔的顶端，并向全世界推行我们公司王国的体制。

当然，美国人并非始作俑者。从北非、中东和亚洲的古代帝国皇帝，一直到波斯、希腊、罗马、基督教国家的十字军，以及后哥伦布时代的所有欧洲帝国的缔造者，都在这个理念的实践者名单之中。帝国主义的这种欲求已经并将继续成为大多数战争、污染、饥饿、物种灭绝和种族灭绝的根源。而且它往往对这些帝国公民的良知和健康造成了严重的伤害，引发了社会动荡，导致了盛行于人类历史上最富有国家中的自杀、吸毒和暴力问题。

我对这些问题进行了深入的思考，但我不愿意去揣摩自己在这一切中所扮演的角色。我试图把自己看成一位首席经济学家，而不是一个经济杀手。这样想似乎天经地义，并且我的工资单也提供了佐证——我的所有薪水都来自美因公司。这是一家私营企业！我没有从国家安全局或其他任何政府机构得到过一分钱。所以，我越来越相信自己的解释。我几乎要被自己说服了！

一天下午，布鲁诺把我叫到他的办公室。他走到我的椅子后面，拍了拍我的肩膀。“你做得非常好，”他低声说，“为了表达我们的感谢，我们给你这个一生难求的机会，即便那些年龄比你大一倍的人也很难有同样的机会。”

13 巴拿马的总统和英雄

1972 年 4 月的一个深夜，我搭乘的飞机在一场热带暴雨中降落到巴拿马的托库门国际机场。就像往常一样，我与几位高管同乘一辆出租车，而且由于我会讲西班牙语，就坐在了司机旁边的副驾驶位。我的目光茫然地穿过出租车的挡风玻璃盯着前方。透过大雨，车灯照亮了一幅广告牌，这是一位天庭饱满、目光如炬的英俊男子肖像，男人头上戴着的宽边帽帅气地卷起了一侧的帽檐。我认识他，他就是当代巴拿马的英雄——奥马尔·托里霍斯（Omar Torrijos）。

出发之前，我按照一贯的方式为这次旅行做了准备——浏览波士顿公共图书馆的参考资料区。我知道托里霍斯在其人民中深受爱戴的一个原因是，他坚决捍卫巴拿马的国家自决权以及巴拿马人民对巴拿马运河的主权要求。他决心领导这个国家不再重蹈过去的耻辱历史。

当曾指导苏伊士运河建设的法国工程师斐迪南·德·雷赛布（Ferdinand de Lesseps）决定建造一条穿过中美洲地峡、连接大西洋和太平洋的运河时，巴拿马还是哥伦比亚的一部分。从1881年开始，法国人付出了巨大的努力，偏逢厄运连连。最终在1889年，这个项目因遭受财务灾难而终止了——但它又勾起了西奥多·罗斯福的梦想。在20世纪的最初几年里，美国要求哥伦比亚签署一项条约，将地峡地带交给一个北美财团。哥伦比亚拒绝了。

1903年，西奥多·罗斯福总统派出了军舰纳什维尔号。美国士兵在登陆后抓捕并杀死了当地一名颇受欢迎的民兵指挥官，并宣布巴拿马为一个独立国家。傀儡政府成立了，第一个运河条约签订了——该条约规定，等到未来水道建成后，将在两岸建立管辖区，使美国的军事干预合法化，并让华盛顿真正掌控这个新成立的“独立”国家。

有意思的是，这份条约的签署者是美国国务卿约翰·海伊（John Hay）和法国工程师菲利普·布诺-瓦里亚（Philippe Bunau-Varilla），最初运河挖掘团队的成员之一，却没有一个巴拿马人在条约上签名。从本质上讲，巴拿马为服务美国的利益而被迫脱离了哥伦比亚，并且靠的是一个美国人和一个法国人达成的协议——回过头来看，这就是个不祥的开始。[24]

在超过半个多世纪的时间里，巴拿马一直由与华盛顿关系密切的富裕家族组成的寡头集团所统治。这些寡头都是右翼独裁者，他们愿意为了力保美国的利益而在国内采取任何他们认为必要的措施。跟其他大多数与美国结盟的拉美独裁者一样，巴拿马的统治者们将美国的利益理解为，镇压任何与社会主义沾边的社会运动。他们还支持美国中情局和国家安全局在西半球的反共活动，并不遗余力地帮助诸如洛克菲勒的标准石油公司和联合果品公司［老布什的扎帕塔石油公司（Zapata）曾试图收购后者］等美国的大公司。连续多届政府明显感到，改善那些极度贫困或在大种植园和大公司里近乎卖身为奴之人的生活，并不见得能够促进美国的利益。

巴拿马的统治家族因他们提供的帮助而获得了很好的奖赏——从巴拿马宣布独立到1968年，美国军队有十几次为他们强行出头进行武力干预。然而，就在我还身为厄瓜多尔和平队志愿者的那一年，巴拿马的历史进程突然发生了改变。一场政变推翻了一连串独裁者中的最后一位——阿努尔福·阿里亚斯（Arnulfo Arias），而没有积极参与政变的奥马尔·托里霍斯成了新的国家元首。[25]

托里霍斯获得了巴拿马中下层阶级的极大敬重。他本人成长于巴拿马的农牧业城市圣地亚哥，父母都是当地的教师。他在国民警卫队中的晋升很快——这个巴拿马的主要军事机构在20世纪60年代获得了越来越多穷人的支持。托里霍斯因善于倾听无产者的声音而声望日隆。他亲自走上棚户区的街道，在政治家们不敢深入的贫民窟里召开会议，帮助失业者找到工作，还经常将自己微薄的收入捐助给陷入疾病或悲剧的家庭。[26]

他对生活的热爱和对人民的同情甚至超越了巴拿马的国界。托里霍斯努力将他的国家变成让流亡者免遭迫害的避风港，给在政治观念上水火不容的各式难民提供庇护——无论是智利皮诺切特（Pinochet）的左翼政敌，还是右翼的反卡斯特罗（Castro）游击队。许多人将他视为和平的使者，这种看法为他赢得了整个西半球的赞誉。作为国家领导人，他还获得了善于解决不同派系间分歧的声望——派系分歧曾使洪都拉斯、危地马拉、萨尔瓦多、尼加拉瓜、古巴、哥伦比亚、秘鲁、阿根廷、智利和巴拉圭等拉美国家四分五裂。巴拿马这个只有200万人口的小国是社会改革的典范，鼓舞了理念大相径庭的各地领导者。[27]

就在我来到巴拿马的第一天晚上，坐在等红绿灯的出租车里，透过惹人心烦的雨刷，我被这个在广告牌上向我微笑的男人感动了——他英俊、富有魅力、勇气十足。在波士顿公共图书馆的阅览让我得知他始终坚守自己的信仰。巴拿马在历史上第一次摆脱了华盛顿或其他任何人的控制。托里霍斯也从未委身于苏联的诱惑；他深信社会改革，也愿意帮助那些出身贫寒的人，但他从不提倡意识形态。托里霍斯决心从美国手中赢得巴拿马的自由，但他与卡斯特罗不同，他不想仰仗与美国敌人的结盟。

我在图书馆的书架上偶然发现了一本内容晦涩的学术期刊，其中有篇文章称赞托里霍斯将会成为改变美洲历史的人，因为他扭转了美洲长期受到美国统治的趋势。作者借用“美国天命论”作为文章的出发点——早在19世纪40年代，美国天命论的学说在许多美国人当中大行其道，它认为对北美的征服是神的旨意，是上帝而非欧洲人决定了印第安人的种族灭绝、森林的破坏、北美野牛的近乎灭绝、沼泽的干涸、河流的改道，以及依赖于持续压榨劳动力和自然资源的经济发展方式。

这篇文章让我想到了美国对全世界的态度。最初由美国总统詹姆斯·门罗（James Monroe）于1823年提出的门罗主义，在之后的19世纪50年代和60年代被用于强化美国天命论，也被用来主张美国对整个西半球拥有特殊的权力，包括有权入侵任何拒不支持美国政策的中美洲或南美洲国家。泰迪·罗斯福（Teddy Roosevelt）援引门罗主义粉饰美国对多米尼加和委内瑞拉的干预行动，以及从哥伦比亚手中“解放”巴拿马。随后的一连串美国总统——特别突出的是塔夫脱（Taft）、威尔逊（Wilson）和富兰克林·罗斯福（Franklin Roosevelt）——都依靠门罗主义扩张华盛顿推行的泛美活动，并一直持续到第二次世界大战的结束。最后，在20世纪的后半叶，美国又打出意识形态的旗号，合理合法地将门罗主义式的扩张延伸到世界各国，包括越南和印度尼西亚。[28]

现如今，似乎有一个人成了美国扩张之路上的绊脚石。我知道他并不是有史以来第一个这么做的人——像卡斯特罗和阿连德（Allende）这样的领袖已然走在了前面，但托里霍斯的独特之处在于他没有借助意识形态，也从未声称他的运动是一场革命。他只是直白说出巴拿马也有自己的权利——对其人民、土地以及将其国土一分为二的水道拥有主权，这些权利与美国享有的权利一样正当和神圣。

托里霍斯还反对“美洲学校”① 和美国南方司令部的热带战争训练中心。这两处设施都位于巴拿马的运河区。多年以来，美国的武装部队一直在邀请拉丁美洲的独裁者和总统们将自己的儿子及军队首脑送到这些营地——这两处都是北美之外规模最大、装备最精良的设施。在那里，他们学会了刑讯逼供和秘密行动的技巧，还有用于对抗敌对阵营、保护自家资产以及石油公司和其他私人公司利益的军事战术。此外，他们也有机会与美国的高层人物建立联系。

拉美人都深恶痛绝这些设施——除了少数能从中受益的富人。众所周知，这些训练中心培养了许多右翼行刑队和刑讯人员——他们将不少国家变成了极权主义政权。托里霍斯明确表示，他不希望将这些训练中心置于巴拿马，认为运河区应该被纳入他的国土管辖之内。[29]

看着广告牌上的这位英俊将军，读到他脸旁的标语——“自由是奥马尔的理想；能扼杀理想的导弹还没有被制造出来”，我感觉沿着脊柱窜出一股寒气。我有一种预感，20 世纪巴拿马的故事远未结束，托里霍斯即将进入一段更加煎熬、甚至远比之前悲惨的时期。

热带风暴猛烈地敲打着汽车的挡风玻璃，绿色的交通灯亮起，而司机对着我们前面那辆停着不动的汽车按着喇叭。我也想到了自己的处境。我被派到巴拿马，就是为了完成美因公司首个真正全面的总体发展规划。这个方案给世界银行、美洲开发银行和美国国际开发署提供理由，投资数十亿美元于这个举足轻重的小国，发展该国的能源、交通和农业等产业。当然，这不过是暗度陈仓，实际上是为了让巴拿马永远债台高筑，从而让其重新变回傀儡。

当出租车在夜色中行驶时，一股罪恶感突然从我心中涌出，但被我压住了。我在乎什么？我在爪哇时就沉沦了，就出卖了自己的灵魂，现在，

① 其前身是位于巴拿马的“美国陆军加勒比海训练中心”，后迁往美国本土的本宁堡军事基地并正式命名为“美洲学校”，2001 年再次更名为“西半球安全合作学院”。

正如布鲁诺所说的，我得到了这个一生难求的机会——我从此可以一举获得财富、名望和权势。

14　运河区的美国殖民主义

第二天，巴拿马政府派了一个人带我参观。他名叫菲德尔（Fidel）。我很快就被他吸引了。他长得又高又瘦，并且明显带有对自己国家的自豪感。他的曾曾祖父在赢得从西班牙独立的战争中曾与玻利瓦尔（Bolívar）并肩作战。我告诉他，我是托马斯·潘恩（Tom Paine）的后人，并对菲德尔读过西班牙语版的《常识》（*Common Sense*）感到很兴奋。他会讲英语，但当他发现我能流利地说他的母语时，他也很是激动。“很多你们国家的人在这里生活了很多年都不想学。”他说。

菲德尔驾车带我驶入了一片令人印象深刻的繁华地区，他称那里为新巴拿马城。当我们经过一栋栋由钢铁和玻璃构成的现代化摩天大楼时，他解释说，巴拿马的国际银行比格兰德河以南的任何一个国家都多。

“我们常常被称作美洲的瑞士，”他说，“我们从来不对客户刨根问底。”

回到城里后，菲德尔又带我驶过了一片被他称为贫民窟的区域。

“这里还不是我们最差的地方，”他说，“但你能从中感受到一丝味道。”

街道两边是木头棚屋和满是积水的明沟，摇摇欲坠的房子让人想到了在臭水坑里即将沉没的破船。行驶的车中充满了腐烂和污水的气味，还有肚皮肿胀的儿童跟在车子旁边奔跑。每当我们减速时，他们就聚集在我的身侧，口中喊着“叔叔”，伸手向我要钱。这个场面让我想起了雅加达。

很多墙上画满了涂鸦。有一些是常见的心形图案，里面潦草地写着情侣的名字，但大多数的涂鸦是表达对美国憎恨的各式口号：“外国佬，滚回家！”“停止糟蹋我们的运河！”“山姆大叔就是奴隶主！”以及“告诉尼克松，巴拿马不是越南”。然而，最让人胆寒的一条是：“为自由而亡是通向基督的道路。”墙上还散乱地贴着一些奥马尔·托里霍斯的海报。

“现在，我们要去另外一个世界，”菲德尔说，“我有官方的公文，你是美国公民，所以我们都能够进入。”在紫红色的天空之下，他开车带着我们进入了运河区。[30]尽管自以为已经做好了思想准备，但现实还是超出了我的意料。我简直不敢相信这个地方的富裕程度——一栋栋巨大的白色建筑物，修剪整齐的草坪，堪称豪华的住宅、高尔夫球场、商店和剧院。

“这就是现实，”他说，“这里的一切都是美国的财产。所有的工商企业——超市、理发店、美容院、餐馆，一切的一切——都豁免于巴拿马的法律和税收。这里有 7 家 18 洞的高尔夫球场，遍布着美国邮局、美国法院和学校。这里是名副其实的‘国中之国’。”菲德尔盯着我说，“而在那一边，”他指着巴拿马城的方向，“人均的年收入不到 1000 美元，失业率高达 30%。当然，在我们刚刚参观过的那个小型棚户区里，甚至没有一个人能挣到接近 1000 美元，也几乎没人有份工作。”

“美国殖民主义的最恶劣表现，”我说，“那你们能怎么办呢？”

他转过身来，看了我一眼，似乎从愤怒变成了悲伤。

“我们能怎么办？”他摇了摇头，“我不知道，但我要说，托里霍斯正在努力尝试。我想这代价可能是他的生命，但他肯定会全力以赴。他会为他的人民抗争至最后一刻。”

15　与将军的交谈

这是一次完全出乎我意料的邀请。在 1972 年访问期间的一个早晨，我正坐在巴拿马国有电力公司水力资源和电气化研究所的一间办公室里仔细研究一份统计数据，这时一个男人轻轻地敲了敲我办公室敞开大门的门框。

我很高兴地邀他进来，因为这样就能休息一下，不再去关注那些数字了。他自称是将军的司机，说他是来带我去将军的一栋小平房。

一个小时之后，我与奥马尔·托里霍斯将军面对面地坐在桌子的两旁。他的穿着很随意，典型的巴拿马风格——卡其色的休闲裤和扣子扣得整整齐齐的短袖衬衫，衬衫是浅蓝色的，上面还有精致的绿色图案。他体型匀称，又高又帅，一绺黑色的头发垂落在他那饱满的前额上。对一个身负重任的人物来说，他显得格外地放松。

他问了我最近到印度尼西亚、危地马拉和伊朗的情况。这三个国家令他着迷，但他似乎对伊朗国王穆罕默德·礼萨·巴列维（Mohammad Reza Pahlavi）特别感兴趣。这位伊朗国王的父亲被指控勾结希特勒，因而被英国和苏联推翻，于是他从 1941 年开始执掌大权。[31]

“你能想象吗？”托里霍斯问道，“一个人参与了废黜自己父亲的阴谋？”

这位巴拿马国家元首对伊朗这样一个遥远国度的历史了如指掌。我们聊到了伊朗国王的命运是如何在 1951 年发生逆转的，以及他的首相穆罕默德·摩萨台是如何逼迫他流亡的。与世界上大多数人的观点相同，托里霍斯知道是美国中情局给这位首相贴上了共产党人的标签，并插手帮助伊朗国王重新掌权。然而，他所不知道的是（或者至少他从未提到过）克米特·罗斯福的高明手腕，以及这个事件标志着帝国主义新时代的开始，并引燃了让美国成就全球帝国的熊熊大火——后半部分是克劳狄娜告诉我的。

“伊朗国王复辟成功之后，”托里霍斯继续说，“他启动了一系列的改革计划，为的是发展工业并将伊朗带入现代社会。”

我问他怎么会对伊朗如此了解。

“我特别看重的一点是，”他说，“我并不欣赏伊朗国王的政治作为——他甘愿推翻自己的父亲，并成为美国中情局的傀儡。但在我看来，他似乎也为自己的国家做了些好事。或许，我能从他身上学到一些东西，如果他能够继续活下去的话。”

“你认为他有生命危险吗？”

“他的敌人很强大。”

“他还有世界上最好的保镖。”

托里霍斯面带不屑地说：“都知道他的秘密警察‘萨瓦克’（SAVAK）是一群冷血的暴徒。那般行事不会为他赢得很多朋友。他撑不了太久的。”他停顿了一下，翻了个白眼。“说到保镖？我自己也有几个。”他挥手指向门口。“如果你的国家决定除掉我，你认为他们能救得了我的命吗？”

我再次向他求证，他是否真的认为有这种可能。

他挑了挑眉毛，让我发现问出这样一个问题有多么愚蠢。

“我们有巴拿马运河。它可比危地马拉的阿本斯①和联合果品公司重要得多！”

我去过危地马拉，明白托里霍斯的言下之意。对于危地马拉的政治来说，联合果品公司的重要性相当于巴拿马运河。联合果品公司成立于19世纪后期，很快就发展成为中美洲最强大的力量之一。20世纪50年代初，在一次被整个西半球誉为民主进程典范的选举中，改革派候选人雅各布·阿本斯当选为危地马拉总统。当时，不到3%的危地马拉人拥有全国70%的土地。阿本斯承诺帮助穷人摆脱饥饿，并在当选后实施了一项全面的土地改革计划。

“整个拉丁美洲的穷人和中产阶级都为阿本斯喝彩，”托里霍斯说，“从个人角度，他是我心中的英雄之一，但我们也很担心。我们知道联合果品公司反对这些措施，因为它是危地马拉最大且压榨行为最恶劣的地主之一。它还在哥伦比亚、哥斯达黎加、古巴、牙买加、尼加拉瓜、多米尼加和我们的巴拿马都拥有大型种植园。阿本斯敢为人先的做法会让我们这些人动心思的，这一点是联合果品公司根本无法承受的。”

---

① Arbenz，危地马拉前总统（1951—1954）。

剩下的事情我都知道——联合果品公司在美国发动了一场大规模的公关运动，目的是让美国公众和国会相信阿本斯所为是俄国人阴谋的一部分，并且危地马拉已经成了苏联的卫星国。1954年，中央情报局策划了一场政变。美国飞行员轰炸了危地马拉城，民众选出的阿本斯被推翻——一个残忍的右翼独裁者卡洛斯·卡斯蒂略·阿马斯（Carlos Castillo Armas）上校取而代之。

新的危地马拉政府将这一切归功于联合果品公司。为了表示感恩，新政府放弃了土地改革的进程，取消了外国投资人在利息和股息上的税费，废除了不记名投票并监禁了数千名批评者。任何胆敢公开反对卡斯蒂略的人都遭到了迫害。历史学家将在20世纪剩下的大部分时间里笼罩危地马拉的暴力和恐怖主义归咎于联合果品公司、中央情报局与上校独裁者领导下的危地马拉军队之间欲盖弥彰的联盟。[32]

“阿本斯遭到了暗算，”托里霍斯继续说道，“他在政治上和人格上都被抹杀了。”他停顿了一下，皱起了眉头。“你们国家的人怎么会相信中情局的鬼话？我就不会这么轻易放弃。这里的军队都是我们的人。政治暗杀在这里行不通。”他突然笑了起来，“但中情局会亲自动手干掉我！”

我们在沉默中坐了很长一段时间，各自沉浸在自己的想法之中。然后，托里霍斯首先开口。

“你知道谁拥有联合果品公司吗？”他问道。

“扎帕塔石油公司，乔治·布什的公司。他是我们的驻联合国大使。”我说。

“这是个有野心的人。”他身体前倾，压低了声音。“现在我正要对付他在柏克德工程公司的密友们。”

这话让我大吃一惊。柏克德集团是世界上最有实力的工程公司，与美因公司经常在项目上有合作。就巴拿马的总体规划而言，我曾认为它是我们的主要竞争对手之一。

“你这话是什么意思？”

“我们一直在考虑修一条新的运河，一条齐平于海平面、不需要船闸的运河。它能够通行更大的船只。日本可能有兴趣为此提供资金。”

“日本人是巴拿马运河最大的客户。”

“没错。当然，如果让他们提供资金，他们还会进行施工建设。”

这让我感到不可思议。

“柏克德会被晾在一边的。”

“这将是近代史上规模最大的工程。”他顿了一下说，“柏克德里面可是有很多尼克松、福特和布什[①]的密友。”

曾经有人告诉我，柏克德家族操纵着共和党。

这次谈话让我感到很不舒服。我是让托里霍斯如此鄙视的体制长久化的背后人物之一，我清楚他知道这一点。我的工作是说服他接受国际贷款，交换条件是雇用美国的工程和建筑公司，但这个企图似乎碰了壁。于是，我决定与他正面交锋。

“将军，”我问，“为什么你要邀请我来这里？”

他看了一眼手表，然后笑着说：“是的，现在该商谈我们的正经事了。巴拿马需要你的帮助。我需要你的帮助。”

我又吃了一惊。“我的帮助吗？我能为您做些什么？”

“我们将夺回运河，但这还不够。”他很放松地坐到椅子上。“我们还必须成为标杆。我们必须表明，我们关心自己国家的穷人。我们必须明确无误地展示，我们赢得独立的决心并非受到了俄罗斯、中国或古巴的左右。我们必须向全世界证明，巴拿马是一个开明的国家。我们的目的不是想跟美国作对，而是要争取本国穷人的权利。”他告诉我，他已经做过研究并得出了结论，而我是一个能听取他意见的人。我在和平队帮助贫困群体的经历、流利的西班牙语以及对拉丁美洲的热爱给他留下了深刻的印象。

---

① 当时布什是美国驻联合国大使，福特是众议院少数党领袖和共和党全国代表大会主席，托里霍斯熟知二人都是共和党的权力掮客。

他跷起了二郎腿。“为了实现这个目标，我们需要打造这个半球前所未有的经济基础。电力就很好，我们需要连最穷的人都用得上的电，我们需要增加用电补贴。交通和通信也一样，农业尤其重要。做这些事情都需要用钱——你们的钱，世界银行和美洲发展银行的钱。”

他再次向前探身，直视着我。“我清楚你们公司想要得到更多的工程，以前通常要借助夸大项目的规模——更宽的高速公路、更大的发电厂、更深的港口。不过，这一次有所不同。请告诉我什么东西对我的人民最好，我会交给你所有你们想要的工程。”

他的提议完全出乎我的意料，让我既震撼又激动。这显然违背了我在美因公司学到的一切。托里霍斯当然知道外国援助的游戏就是个圈套——他不可能不知道这一点。这个游戏的存在就是为了让他这种人致富，让他的国家陷入债务的枷锁。只要欠下债务，巴拿马就永远有求于美国和公司王国，拉丁美洲就会不断地被裹挟追随“美国天命”，并永远臣服于华盛顿和华尔街。我能确定，他了解这个体系的成立前提是所有掌权之人都会接受贿赂，但他没有利用权势来谋取个人利益的决心将被视为一种威胁——因为这会形成一系列新式的多米诺骨牌，可能会引发新的连锁反应，最终推翻整个体制。

我望着咖啡桌对面的这个男人——他显然很清楚，由于运河的存在，他享有一种非常特别且独一无二的权力，但这同样让他处于一种特别危险的境地。他必须格外小心。他已经确立了自己在低收入国家之中“领袖中的领袖”的地位。如果他像他的英雄阿本斯一样，下定决心表明立场，那么全世界都会关注这里。那个体制会如何反制呢？更具体地说，美国政府将做出什么样的反应呢？拉丁美洲历史上的任何时期都不缺少死去的英雄。

我也知道，托里霍斯打碎了我为自己的行径所找到的一切“正当”借口。这个男人当然有他的个人弱点，但他绝非亨利·摩根（Henry Morgan）或弗朗西斯·德雷克（Francis Drake）之流的海盗——那些海盗都是恃强凌弱的冒险家，拿着英国国王的私掠特许证狐假虎威，将海盗的行径合法化。广告牌上的照片也绝非老生常谈的政治欺诈。“自由是奥马尔的理想；能扼杀理想的导弹还没有被制造出来！”托马斯·潘恩难道不也写下过意思相同的文字吗？

但这让我感到好奇。也许理想不会泯灭，但拥有理想的人呢？切·格瓦拉、阿本斯、阿连德——阿连德是其中唯一还活着的，但他还能活多久呢？这也引出了一个新的疑问：如果托里霍斯成了殉道者，我又会如何反应呢？

当我告别托里霍斯的时候，我们双方都明白美因公司已经得到了这份总体规划的合同，而我将确保我们会依照托里霍斯的这场豪赌行事。

16 来到经济史上一个邪恶的新时代

作为首席经济学家，我不仅掌管美因公司的一个部门并负责我们在全球开展的研究工作，还被期望能熟知当前的经济趋势和理论。毕竟20世纪70年代初是国际经济发生重大变化的一个时期。

20世纪60年代，一群国家成立了“石油输出国组织”（简称“欧佩克”），即由产油国家组成的“卡特尔”，主要是为了抗衡大型炼油公司的影响力。伊朗也是其中一个重要的成员国。尽管伊朗国王将自己的权势（乃至自己的生命）都归功于与摩萨台斗争过程中美国的秘密干预，也许正是因为这个事实，他敏锐地意识到，形势随时有可能对他不利。其他产油国的首脑也意识到了同样的问题，并随之产生了无端的恐惧。他们还知道，被称为“石油七姐妹”的主要石油公司为了获取更多的暴利，正在串通一气压低石油价格，以减少它们向产油国支付的费用。欧佩克就是为了反击才将产油国组织起来的。

这些行动在20世纪70年代初达到了顶峰，那时候的欧佩克让所有的石油产业巨头都屈服了。以 1973 年“石油禁运”为结束标志的一系列协调行动，使得美国的加油站前排起了汽车长龙，并险些带来一场堪比大萧条的经济灾难。这是对发达国家经济的一次系统性冲击，其程度之严重在当时几乎无人能够理解。

对美国来说，石油危机的到来恰似屋漏逢雨。彼时的美国正处于混乱之中，到处充斥着恐惧和自我怀疑，正在晕头转向地消化着丢人的越南战争和即将辞职的总统。尼克松的问题并不限于东南亚和水门事件。回顾那段历史，在他风头正盛的年代，恰好世界政治和经济的新纪元遇到了瓶颈。在那段日子里，似乎像欧佩克组织这样的“小人物”正在占据上风。

世界大事让我着迷。尽管服务于公司王国让我的生活品质蒸蒸日上，然而在我内心的一些隐秘之处却乐得见到我的主人们被打回原形。我猜想，这种状况也许可以减轻我的一些负罪感。

当石油禁运发生时，我们中没有人能够想清楚它的全面影响。我们当然有自己的理论解释，但我们无法理解从那时起开始变得清晰的一些事。事后看来，我们知道石油危机之后的经济增长率只有 20 世纪五六十年代常见数字的一半，并且是在远高于五六十年代的通胀水平下实现的。经济增长的结构也有很大的变化，并且几乎无法创造同等数量的就业，所以导致失业率飙升。最糟糕的是，国际货币体系受到了打击，自第二次世界大战结束以后一直通用的固定汇率制基本上崩溃了。

在那段时间里，我经常在午餐时或工作之余与朋友们一起讨论这些事情。他们中有些人为我工作（我的属下有些非常聪明的人，大多数都很年轻，并且在大部分时间里思想自由，至少用传统的眼光来看，他们就是如此），另一些人是波士顿各大智库的经理们或当地大学的教授，还有一位是州议员的助理。这都是一些非正式的聚会，人多的时候可能会有十几个人参加，少的时候甚至连我在内只有两个人。无论如何，聚会的气氛总是活跃而激烈。

每当我回忆起那些讨论，我就对自己那时的自命不凡感到尴尬不已。

因为，我了解一些无法分享的内情。我的朋友们有时候也会吹嘘自身的资历——他们与各个州的政府或华盛顿的关系、教授的职位、以及智库的博士头衔，而我表面上只是一家大型咨询公司的首席经济学家，能够坐上头等舱周游世界。然而，我不能谈及我与像托里霍斯这类人的私人会面，更不能谈论我所知道的我们如何操纵各个大洲上的国家。

当我们谈到那些“小人物”的力量时，我必须强忍着不去高谈阔论。我知道他们之中谁也不可能了解到的一股力量——公司王国，它的那帮经济杀手，以及守在幕后的“豺狼”们，其中的任何一方永远都不可能放任小人物得到掌控权。我最多也就聊聊阿本斯和摩萨台的例子，还有最近在 1973 年中情局推翻智利民选总统萨尔瓦多·阿连德的事件。事实上，我明白，尽管有欧佩克的存在，或者说正是在欧佩克的帮助之下（正如我当时有所怀疑，并且后来才得到证实的那样），全球帝国的掌控力正在变得越来越强大。

我们的谈话经常聚焦于 20 世纪 70 年代早期与 30 年代的相似之处。后者代表了国际经济史上的一个重要分水岭，对那个时代的研究、分析和理解方式也是如此。在那十年里开启了凯恩斯主义经济学的大门，也开启了政府应该在管理市场及提供医疗、失业补偿和其他形式的福利等服务方面发挥主要作用的理念。

大萧条导致了罗斯福新政，并催生了一系列经济监管、政府金融调控和财政政策广泛应用的政策。此外，大萧条和第二次世界大战共同催生了世界银行、国际货币基金组织和“关税及贸易总协定”等组织的成立。而 20 世纪 60 年代则是关键的十年，正是在这十年里，主流经济学从新古典主义完全倒向了凯恩斯主义。这发生在肯尼迪和约翰逊的执政时期，而罗伯特·麦克纳马拉也许是对此影响最大的个人。

麦克纳马拉现在成了我们讨论中的常客——当然，这不是指他本人的到场。我们都知道他从规划和财务分析经理到福特汽车公司总裁的火箭般升迁，然后是国防部长，现在是世界银行的总裁。

麦克纳马拉成为凯恩斯主义政府管理方法的坚定拥趸，他利用数学模型和统计方法来决策在越南的部队数量、资金调配和其他策略。他所倡导的“进取型领导力”不仅成为政府管理者的标志，也深刻影响了企业的高管们。此外，它也成为美国顶级商学院所教授的管理学新型哲学方法的基础之一，并最终造就了新一代的首席执行官——他们后来成了美国冲刺全球帝国的排头尖兵。[33]

当我们围坐在一起讨论全球大事的时候，我的朋友们公推麦克纳马拉开创了军工复合体（也被称为“军工铁三角”，是由军队、军工企业和部分国会议员组成的庞大利益集团）的原始形态。这种对三权分立的公然违背让我的很多朋友感到恐惧，而我可能是唯一对此毫不吃惊的人。

我现在认为，罗伯特·麦克纳马拉对历史最伟大也最邪恶的贡献就是，诱使世界银行成为美国全球帝国的马前卒，其规模之大前所未见，从而开创了一个危险的先例。他提倡的理念是：“如果你们想要你们的国家繁荣，就要接受世界银行的贷款，雇用美国公司来建设基础设施项目，并服从于它和国际货币基金组织的条件，”还把这一理念上升到全新的高度。麦克纳马拉打通了公司王国的各个主要组成部分之间的诸多隔阂，他的继任者们还在此基础之上不断精进。

这些进程出现在我还是一名经济杀手的时期，并一直延续到今日。比如，乔治·舒尔茨（George Shultz）曾经是尼克松当政时期的财政部长，也担任过柏克德工程公司的总裁，最后在里根政府担任国务卿。卡斯帕·温伯格（Caspar Weinberger）曾是柏克德工程公司的副总裁兼总法律顾问，后来担任里根政府的国防部长。理查德·切尼（Richard Cheney）曾在老布什（老布什本人也曾经是石油大亨、美国驻联合国大使和中央情报局局长）政府担任国防部长，后任哈里伯顿公司总裁，并在小布什政府担任副总统。比尔·克林顿政府的财政部长罗伯特·鲁宾（Robert Rubin）曾是高盛集团的联席主席。这份名单是非常惊人的，而且在奥巴马、特朗普和拜登的领导下，还在继续添加新的名字。

回顾历史，我会感叹自己在担任经济杀手的那个年代是多么纯真——同期麦克纳马拉也在执掌世界银行。在很多方面，我们仍旧被旧有的帝国打造方式所束缚。当克米特·罗斯福推翻了一位伊朗的民主人士并用专制的国王取而代之的时候，他为我们指明了一条更好的路径。我们这些经济杀手在印度尼西亚和厄瓜多尔等国达成了许多目标，但在越南的失败仍是一个惊人的例证，表明我们很容易再次倒退回老路上。

只有依靠欧佩克的领导国沙特阿拉伯，才能改变这一局面。

17 沙特阿拉伯洗钱事务

1974 年，一位来自沙特阿拉伯的外交官向我展示了首都利雅得的照片。这些照片上有一群山羊在政府大楼外堆积如山的垃圾中翻找食物。当我向这位外交官问到这群山羊时，他的回答令我吃了一惊。他告诉我，它们是这座城市的主要垃圾处理系统。

“沙特人自尊心很强，我们是不会去收拾垃圾的。”他说，“于是我们把垃圾留给了畜生。”

垃圾！山羊！在世界上最大的石油王国的首都！这看上去似乎让人无法置信！

在那个时候，我正是一个顾问团队中的一员，我们刚开始着手拼凑出一个解决石油危机的方案。这些山羊让我想到了这个解决方案将会如何演化，特别是考虑到沙特在过去三个世纪的发展模式。

在 18 世纪，穆罕默德·伊本·沙特（Mohammed ibn Saud）联合了来自瓦哈比教派中的一些派别，组成了一个强大的联盟。在接下来的 200 年里，沙特家族和他们的瓦哈比派盟友征服了阿拉伯半岛的大部分地区，其中包括伊斯兰教的圣地麦加和麦地那。

沙特的社会体现了其立国者处处遵行戒律的理想主义，并且强制推行对《古兰经》信仰的严格解释。宗教警察保证人们遵守每天祈祷五次的教令。妇女必须把自己从头到脚包裹得严严实实。对犯罪的惩罚十分严厉。在我第一次到访利雅得的时候，我惊诧于司机告诉我可以将照相机、公文包甚至钱包放在车中显眼的地方，停放在露天市场附近而无须锁车。

“在这里，”他告诉我，“没人会有偷窃的想法。小偷是会被砍掉双手的。”

那天的晚些时候，他还询问我是否想去参观所谓的“砍头广场”，观看罪犯的斩首。瓦哈比教派对于我们认为的极端伊斯兰教义的遵守，让小偷从大街上绝迹，并要求对违法者施以最严厉的肉刑。我谢绝了他的邀请。

沙特人将宗教视为政治和经济的一项重要元素，这一观念促成了动摇西方世界的石油禁运。1973 年 10 月 6 日（当天是犹太人最神圣的节日——赎罪日），埃及和叙利亚同时对以色列发动了袭击，打响了“十月战争”——即第四次中东战争，也是五次阿以战争中最具破坏性、对世界影响最大的一次。埃及总统萨达特（Sadat）施压沙特阿拉伯的国王费萨尔（Faisal），要求他动用萨达特口中的“石油武器”，以报复美国与以色列的串通一气。10 月 16 日，伊朗联合包括沙特阿拉伯在内的五个海湾阿拉伯国家宣布将挂牌的石油价格提高 70%。

阿拉伯国家的石油部长们齐聚科威特城，酝酿更进一步的行动选项。伊拉克的代表全力赞成将美国当作目标。他呼吁其他国家的代表将美国在阿拉伯世界的企业收归国有，对美国和其他所有与以色列交好的国家实行全面的石油禁运，并从所有美国的银行中撤出阿拉伯国家的资金。他指出，阿拉伯国家在美国银行的存款金额极为巨大，这一行动可能导致不亚于 1929 年的恐慌。

其他阿拉伯国家的部长们不愿意认同这么激进的方案，但在 10 月 17 日，他们确实下决心推进一个更温和的禁运方案——从每月减产 5% 起步，然后每过一个月再多减产 5%，直到他们的政治目标得以实现。他们一致认为，美国该为其亲以色列的立场受到惩罚，所以要对美国实施最严厉的禁运。参加会议的一些国家还宣布，它们将要削减 10% 的产量，而不是 5%。

10 月 19 日，尼克松总统要求国会向以色列提供 22 亿美元的援助。第二天，沙特阿拉伯和其他阿拉伯的产油国对输往美国的石油实施了全面禁运。[34]

这场石油禁运于 1974 年 3 月 18 日结束。它的持续时间很短，影响却非常巨大。沙特石油的销售价格从 1970 年 1 月 1 日的每桶 1.39 美元飙升至 1974 年 1 月 1 日的每桶 8.32 美元[35]。未来的政治家和政府永远不要忘记 20 世纪 70 年代初的这些教训。从长期来看，那几个月的伤痛却造成了公司王国的强盛，使它的三大组成部分——大公司、跨国银行和政府——之间实现了空前紧密的结合，而且这种结合一直维持到现在。

石油禁运导致了态度和政策的重大转变。这让华尔街和华盛顿相信，类似的禁运再也不能被容忍。保护我们的石油供应本来一直就是优先事项，但在 1973 年之后，它更是变成了一种执念。禁运也提高了沙特阿拉伯作为世界政治玩家的地位，并迫使美国政府承认沙特王国对我们自身经济的战略重要性。此外，这次事件还刺激了美国公司王国的领导者急于找到让石油美元回流美国的方法，并考虑解决这样一个现实——当时的沙特政府缺乏合适的行政和制度框架，用于管理其快速增长的财富。

油价上涨带来的额外收入对沙特阿拉伯来说好坏参半。一方面，这给国库带来了数十亿美元的收入；而另一方面，它也削弱了瓦哈比教派一些严格的宗教信仰。富有的沙特人周游世界。他们就读于欧洲和美国的中小学和大学。他们购买豪车，用西方式的商品装饰他们的房子。保守的宗教信仰被一种新形式的物质主义所替代——正是这种物质主义为消除人们对未来石油危机的担忧提供了一种解决方案。

差不多在石油禁运刚结束时，华盛顿就立即开始与沙特进行谈判，向他们提供技术支持、军事装备和培训、现代商业的管理和投资方法，以换取石油美元——最重要的是确保再也不会发生石油禁运。谈判的结果是创建了一个最违背常规的组织，即“美国—沙特阿拉伯联合经济委员会”（简称“联合委员会”）。这个委员会体现了一种与传统对外援助项目相左的创新理念——依靠沙特的资金聘请美国公司来建设沙特阿拉伯。

尽管该委员会的总体管理和财权被委托给了美国财政部，但它却是完全独立运作的。最终，它将要在超过 25 年的时间里花掉数十亿美元，而且彻底脱离了美国国会的监督。由于不涉及美国的资金，美国国会在这件事上没有任何掌控力，尽管是由美国财政部在操盘。大卫·霍尔顿（David Holden）和理查德·约翰斯（Richard Johns）在深入地研究“联合委员会”之后得出结论：“在美国与发展中国家达成的同类协议中，这是影响最为深远的。它有利于让美国根植于沙特王国之内，同时加强两国之间彼此依存的观念。”[36]

美国财政部在刚起步的阶段就邀请美因公司担任顾问。我被征召了，并被告知我的工作事关重大，我所做的和所知的一切都应被视为高度机密。从我的角度来看，这像是一次秘密行动。当时，有人故意引导我认为，美因公司是整个进程中的首席顾问；我后来才意识到，美因仅是提供专业技能的几家咨询公司中的一个。

由于一切都是在极度保密的情况下进行的，我对财政部与其他顾问的讨论并不知情，因此我也无法确定自己在这一开创先河的交易中所发挥作用的重要性。但我确实清楚，这项安排为经济杀手们创立了新的标准，启动了能促进帝国利益的创新性方案——很有可能替代传统的方式。我还知道，从我的研究中演化出来的大多数情景最终都得到了实现，所以美因公司获得了沙特阿拉伯首批重大合同中的一部分，而且利润极其丰厚——那一年我也得到了一大笔奖金。

我的工作是做出预测，如果在沙特阿拉伯的基础设施上投入大量资金可能会出现怎样的演变，并规划出如何使用这笔资金的各种情景假定。简而言之，我被要求尽可能地发挥我的创造力，证明向沙特经济注入数亿美元是合理的，但条件是美国的工程和建筑公司也要参与进来。我还被要求独自完成这项工作，不得将任何信息透露给我的下属。我一个人被圈在一间小会议室里，就位于我部门的楼上几层。有人告诫我，我的工作关乎国家安全，但有可能给美因公司带来非常丰厚的利润。

我当然明白，这次的主要目标不同于以往——这个富有且政治强大的国家并不需要贷款。关键在于找到一种方法，以确保大部分的石油美元有渠道回流到美国。在这个过程中，沙特阿拉伯将会越陷越深，它的经济将与我们的经济交织得越来越紧密，也越来越依赖于我们的经济，而且它有可能变得更加西方化，这样就会对融入我们的体系产生更多的共鸣。

刚一入手我就意识到，游荡在利雅得街头的山羊是一个具有象征意义的关键所在——它们是那些乘着喷气式飞机往来于全球各国的沙特人的一个痛处。对于这个渴望加入现代世界的沙漠王国，它迫切地需要一些更体面的东西来替代那些山羊。我还知道欧佩克的经济学家也在强调，石油资源丰富的国家需要从自产的石油中获得更多的高附加值产品。这些经济学家竭力主张，这些产油国与其直接出口原油，不如发展自己的石油工业，以便用石油生产炼化产品，然后以比原油本身更高的价格销往全世界。

这种双重认识为我开启了一扇通往“每个参与者都能成为赢家”战略的大门。当然，这些山羊仅仅是切入点。石油收入可以拿来聘请美国的公司，用世界上最现代化的垃圾收集和处理系统来取代山羊，并且让沙特人为能够用上这项世界上最尖端的技术感到非常自豪。

我逐渐意识到，替代山羊只不过是一种范式的具体表现，这种范式同样可以应用于沙特王国的大多数经济部门，从而获得沙特王室、美国财政部和美因公司老板们心目中的成功。依照这种范式，资金将专门用于创建一个以将原油转化为出口成品为核心的工业部门。大型的石油化工综合体将从沙漠中拔地而起，在它们周围还配备大规模的工业园区。在这样的方案中，自然还需要建设数千兆瓦的发电能力、输配电的线路、高速公路、管道、通信网络和运输系统，包括新的机场、改扩建的海港、大量的服务行业，以及维持所有这些工业齿轮运转不可或缺的基础设施。

我们都对这个计划寄予厚望，希望它能演变为让世界其他国家“照本宣科”的样板。走遍全球的沙特人会为我们大唱赞歌，他们将会邀请很多国家的领导人来到沙特阿拉伯，见证我们所取得的奇迹；之后，那些领导人将会请求我们去帮他们的国家谋划类似的方案——它们大多都是非欧佩克的国家。但不管是用世界银行的资金，还是别的融资方式，资助这样的方案都会让它们债务缠身。最终，全球帝国的胃口得到了满足。

当我在梳理这些想法时，我想到了山羊，也想起了“沙特人自尊心很强，我们是不会去收拾垃圾的”这句话——不光是那位外交官这样说，我那个沙特司机也常常提起，而且我在很多场合也听到过类似的表述。很明显，沙特人不打算让自己的人民从事粗重的劳作，无论是成为工业设施的劳动者，还是充当任何落地项目的建筑工人。当然首要的问题是，他们的人口太少了。此外，沙特王室也已经明确承诺，为其公民提供与体力劳动者有着云泥之别的高水平教育和生活方式。沙特人可以成为管理者，但他们绝对没有打算或意愿变成产业工人和建筑工人。因此，沙特有必要从其他国家——那些劳动力便宜、人们急需工作的国家——进口劳动力。如果条件允许的话，他们更希望从其他中东或伊斯兰国家引进劳动工人，比如埃及、巴勒斯坦、巴基斯坦、也门等。

这样的预期甚至为沙特的开发方案创造了更大的新机遇。沙特必须为这些劳工建造海量的住所，同时需要配套购物中心、医院、消防和警察部门、供水和污水处理的工厂、电力、通信和交通网络——事实上，最终的目标是在曾经只有沙漠的土地上建起一座座现代化的城市。这里同样也存在探索新兴技术的机会，比如海水淡化工厂、微波系统、医疗保健综合体和计算机技术。

沙特阿拉伯是一个让规划制定者们梦想成真的所在，也是任何与工程和建筑业务有关的人能大展宏图的梦幻之地。这是历史上任何其他国家都无法比拟的经济机会——一个拥有几乎无限财力的不发达国家渴望以一种宏大的方式非常迅速地融入现代。

我必须承认，我非常热爱眼前的这份工作。然而，无论在沙特阿拉伯、波士顿公共图书馆或者其他任何地方，都无法找到可靠的数据，能证明在当前的背景下使用计量经济学模型是可行的。事实上，这项工作的困难性——让整个国家发生彻底并迅速的转变，是一项前无古人的壮举——意味着即便有历史数据的存在，也没有什么实际的参考价值。

确实也没人指望得到定量的分析，至少在当前的这个阶段不可能。我只是让我的想象力尽情发挥，写出一些报告展望这个王国的辉煌未来。我有一些用于估算的经验法则，比如生产一兆瓦的电力、修建一公里的道路或为一名劳动力提供充足的供水、污水处理、住房、食物和公共服务的大致成本。我用不着去改进这些估算或者得出明确的最终结论。我的工作只是简单地描述一系列可行的方案（更准确地说，也许是“愿景”），并粗略地估计出相应的成本。

我一直牢记于心的是我们的真实目标——最大限度地增加美国公司的收入，并让沙特阿拉伯越来越依赖美国。没过多久，我就意识到这两个国家的关系到底有多么紧密：几乎全部的新开发项目都需要持续地升级和维护，并且这些项目的科技含量相当高，必须由当初开发它们的公司对其进行维护和现代化改造。事实上，随着我工作的推进，我开始为我预想中的每一个项目整理出两份交易清单——其中一份是我们公司所期望的设计和施工合同，另一份是长期的服务和管理协议。美因、柏克德、布朗路特、哈里伯顿、石伟以及许多其他美国工程公司和承包商将在未来的几十年里能一直赚得盆满钵满。

除了纯粹的经济因素，沙特阿拉伯还在另一个意想不到的方面需要仰仗我们，尽管这个方式有些异乎寻常。这个石油丰富的王国的现代化将会引发一些副作用。比如，保守的穆斯林会极其愤怒；以色列和其他邻国会感到威胁。这个国家的经济发展很可能催生另一个产业的增长——保护阿拉伯半岛。专门从事此类活动的私营公司及美国的军事和国防产业，同样可以期待得到慷慨的合同，以及类似的长期服务和管理协议。这类产业的出现也将促成新一阶段的工程和建筑项目，包括机场、导弹发射场、军事人员基地以及与这些设施有关的一切基础设施。

我将这份报告置于密封的信封之中，通过内部的邮递系统发送给财政部的项目经理。我偶尔会与团队的其他几个成员会面，其中包括美因公司的几个副总裁和我的上司们。由于这个项目还处于研究和开发阶段，并且尚未被“联合委员会”采纳，所以我们对它并没有一个正式的称谓，只是称它为“SAMA”。从字面上看，我们半开玩笑地将SAMA当作“沙特阿拉伯洗钱事务”的缩写；实际上沙特王国中央银行的正式名称为“沙特阿拉伯货币管理局”，其首字母缩写恰好也是SAMA。

有些时候，一位财政部的代表会加入我们的会议。在这些会上，我几乎没提过什么问题。主要因为，我只是将自己的工作范畴限定在回应他们的意见，并尽力解决任何需要我做的事情。副总裁们和财政部的代表被我关于长期服务和管理协议的想法打动了。这促使公司的一位副总裁创造了一个我们后来常用的说法，将沙特王国形容为“一头可以让我们挤奶到退休的奶牛”。就我个人而言，每次听到这句话，我总是能联想到山羊，而不是奶牛。

正是在这些会议上，我逐渐意识到我们有几家竞争对手也加入了类似的任务，毕竟大家都期望能通过自己的付出，最终捞到油水丰厚的合同。我觉得美因和其他公司都在自掏腰包负担前期的工作，为了能以小博大而冒着短期的投入风险。我还发现，为我个人工作时间每天付费的似乎是一个日常管理的综合账户——这就进一步证实了我的猜测。这种费用支出的方式通常发生在大部分的可行性研发和处于开发/提案准备阶段的项目上。在这种情况下，初期投入肯定远远高于正常水平，但那几位副总裁似乎对投资回报信心十足。

尽管我们知晓竞争对手也加入进来，但一致认为那个国家需要的工程量足够所有人一起分享。我干这行的时间也足够久了，相信我们能够得到的奖励取决于财政部对我们所做工作的认可程度，而那些提出方法并最终得以实施的顾问公司将会得到其中最肥美的合同。我将之视为个人的挑战，尽全力设想出能够进入设计和施工阶段的场景。我在美因公司的升迁已经够快的了。但只要这次我们能成功，我作为 SAMA 项目的关键参与者肯定又要平步青云了。

在这些会议上，我们还公开探讨了 SAMA 和联合委员会开创先河的可能性。它体现了一种创新性的方式，即一些国家可以不需要从国际银行举债，就能创造出有利可图的工程。说到这里，我即刻想到两个同类的国家——伊朗和伊拉克。此外，有鉴于人类的天性，我们认为这些国家的领导人很可能有效仿沙特阿拉伯的动力。毫无疑问，1973 年的石油禁运——最初显得是如此负面——最终给工程和建筑行业带来许多意想不到的礼物，并有利于进一步扫清通往全球帝国的道路。

我为这个“空想的阶段”付出了大约 8 个月的时间，尽管在此期间多是一连几天的紧张工作——要么躲在我的私人会议室里，要么回到我能俯瞰波士顿公园的公寓。虽然我会定期询问下属们的情况，但他们基本都有其他任务在身或者在处理自己的事务。随着时间的推移，围绕我工作的神秘感也逐渐减少了。更多的人开始意识到肯定有关乎沙特阿拉伯的大事要发生。一时间群情激动，谣言四起。副总裁们和财政部的代表也变得更加公开——我觉得部分原因在于，随着这个巧妙计划的细节浮出水面，他们也都掌握了更多的信息。

在这个不断演变的方案中，华盛顿希望沙特人能确保石油的供应和油价的稳定——油价可以波动，但要一直保持在美国及其盟友们可以接受的价格水平。如果伊朗、伊拉克、印度尼西亚或委内瑞拉等其他产油国威胁要实施禁运，那么沙特阿拉伯将依靠其大量的石油供应，挺身而出填补缺口；从长远看，单凭了解到沙特可能做出这样的举动，就会让其他国家在考虑禁运前不得不再三斟酌。作为对这项保证的交换，华盛顿向沙特王室开出了其无法抗拒的诱人条件——美国承诺提供全面且明确的政治支持，必要时还会提供武力支援，从而确保沙特王室能继续成为他们国家的统治者。

鉴于沙特的地理位置、缺乏军事实力，以及相对于伊朗、叙利亚、伊拉克和以色列等邻国的不堪一击，这样的条件让沙特王室几乎难以拒绝。因此，华盛顿就自然而然地利用自己的优势地位又强加了一个苛刻的条件——这个条件重新定义了经济杀手在全世界的角色，并成为我们后来试图在其他国家（尤其是伊拉克）应用的范本。回想起来，我有时很难理解沙特阿拉伯怎么能接受这样的条件。当然，当大多数的相关国家发现协议的条款以及沙特王室对华盛顿要求的屈服方式时，它们全都震惊了。

这个交换条件就是沙特阿拉伯将使用石油换来的美元购买美国政府债券，而从这些债券上所赚取的利息将由美国财政部支配，让沙特阿拉伯从一个过时的旧社会转型为工业化的现代世界。换句话说，由沙特王国数十亿美元石油收入所滚动产生的利息将被用来支付给美国公司，以实现我（可能还有我的一些竞争对手）提出的愿景，即将沙特阿拉伯改变成一个现代化的工业强国。美国的财政部会雇用我们，由沙特出钱，在整个阿拉伯半岛建设基础设施项目，甚至是一座座完整的城市。

尽管沙特人保留了对这些项目的总体方向提出意见的权利，但现实情况是，由外国人组成的精英团队（在穆斯林的眼中，他们大多数是异教徒）将会决定阿拉伯半岛未来的面貌和经济构成。将要发生这种情况的沙特王国立国于保守的瓦哈比教派信条之上，并且已经遵照这些信条延续了几个世纪之久。而现在的情况对沙特人来说，似乎是一个巨大的信仰飞跃，但在当时的局势下，加上明确来自华盛顿的政治和军事压力，我怀疑沙特家族也觉得自己除此之外别无选择。

从我们的视角看来，其中可获取巨额利润的机会似乎是难以尽数的，而且将是一笔有可能开创惊人先例的“甜心交易”。锦上添花的是，任何参与者都不需要国会的批准——国会的程序才是企业最讨厌的，特别是像柏克德和美因这样的私人企业，因为它们不愿意公开自己的账目或与他人分享自己的秘密。美国中东研究所的兼职学者、前记者托马斯 W. 李普曼（Thomas W. Lippman）不容置疑地总结出了这桩交易的突出点：

> 腰缠万贯的沙特阿拉伯将要交给财政部数亿美元，后者把控这些资金，直到将其支付给所需的供应商或雇员。这样的体系确保了沙特的钱会被回收到美国的经济之中……也确保了联合委员会的管理者可以从事任何他们和沙特人认为有利的项目，而无须向国会说明这些项目的合理性。[37]

为这一深具历史意义的事业确定交易要素所用的时间，比任何人想象的都要短。然而在那之后，我们必须想方设法将方案落地。为了启动这一进程，政府最高层必须派人前往沙特阿拉伯——这是一项高度机密的任务。尽管始终无法得到确切的信息，但我相信这位特使就是亨利·基辛格（Henry Kissinger）。

无论特使是谁，他的首要任务是提醒沙特王室，当摩萨台试图剥夺英国的石油利益时，邻国伊朗到底发生了什么。接下来，他将提出一个十分有吸引力的方案，让他们无法拒绝——实际上就是向沙特人传递一条信息，即他们别无选择。我毫不怀疑沙特人已经获得了一个清晰无误的印象——要么接受我们的提议，从而得到我们的保证，支持并保护他们作为沙特的统治者；要么拒绝——重蹈摩萨台的覆辙。当特使返回华盛顿时，他带回了沙特愿意接受条件的消息。

剩下的还有一个微小的障碍，即我们必须说服沙特政府中的关键人物。有人告诉我们，实际上这属于家族内部事务。沙特阿拉伯并非民主国家，但似乎在王室内部也要达成某种程度的共识。

1975年，我被派到其中一个关键人物的身边。我一直认为他就是“W王子”，虽然我从来没能确定他到底是不是王储。我的工作是说服他，“沙特阿拉伯洗钱事务”有利于他的国家和他个人。

这件事并不如一开始看起来的那般容易。W王子自称是一个虔诚的瓦哈比派信徒，并坚称不想看到自己的国家走上西方重商主义的老路。他还声称，他理解我们提议的阴险本质。他说，我们与一千年前的十字军有着相同的目的：让整个阿拉伯世界基督化。事实上，他所说的这句话至少有一半是正确的。在我看来，我们与十字军只是存在程度上的差别。欧洲中世纪的天主教徒声称，他们的目标是将穆斯林从炼狱中拯救出来；而我们宣称，我们想要帮助沙特人实现现代化。平心而论，我相信十字军与公司王国一样，主要都是为了扩张他们的帝国。

撇开宗教信仰不谈，W王子有一个弱点——他喜欢漂亮的金发美人。这样说似乎让人有些啼笑皆非，因为这一点如今已经成为世人对沙特人不公平的刻板印象。但我应该澄清的是，W王子是在我认识的所有沙特人中唯一有这种癖好的人，或者至少是唯一愿意让我看到这一点的人。然而，这个癖好在构建这一历史性协议的进程中发挥了重大作用，也表明了我为了完成工作是多么自甘堕落。

18 “皮条客”以及资助本·拉登

W王子从一见面就告诉我，只要他来波士顿找我，就希望得到一个他喜欢类型的女人的招待，而他希望她能发挥比单纯的陪伴更多的作用。但他绝对不想见到一个职业的应召女郎——那种人他在大街上或鸡尾酒会上随手都能找到。我与W王子的会面是秘密进行的，这让我更便于去满足他的意愿。

“莎丽”是一位住在波士顿地区的女人。我清楚 W 王子将会被她的金发和蓝眼睛所吸引。她的丈夫是美国联合航空公司的飞行员，无论是在工作期间还是下班后经常出远门，他也从不试图掩饰自己对婚姻的不忠。在我看来，莎丽对她丈夫的行径表现得并不上心。她看重的是他的收入、波士顿的豪华公寓，以及当时作为飞行员配偶享有的优待。她同意与 W 王子见面，但有一个条件——她坚持他们关系的未来走向完全取决于王子的表现以及对她的态度。

对我来说幸运的是，他们二人各取所需，简直是“天作之合”。

“W 王子与莎丽的风流韵事”只是“沙特阿拉伯洗钱事务”的一个小插曲，但这给我带来了不少的麻烦。美因公司严格禁止其合伙人从事任何非法勾当。从法律的角度来看，我这就是在当皮条客，这在马萨诸塞州可是违法的，所以我需要想其他办法给莎丽支付服务费用。幸运的是，公司的会计部门在报销方面给了我很大的自由权限。我给小费总是很大方，所以能够设法说服波士顿一些最高档餐馆里的服务员为我提供空白的收据——那个年代还需由人来填写收据，而不是电脑打印。

渐渐地，W 王子的胆子越来越大。最终，他想让我安排莎丽住到他在沙特阿拉伯的私人别墅里。这在当时并不是一个闻所未闻的过分要求，在某些欧洲国家和中东之间存在着一些活跃的年轻女性交易。这些女人签下一份特别的合同，等合同期满后，她们就能带着一笔数目不小的钱回家。在中情局行动指挥处工作了 20 年的老情报官员、中东问题专家罗伯特·贝尔（Robert Baer）总结说：“在 20 世纪 70 年代初，当石油美元开始大量涌入，唯利是图的黎巴嫩人也开始为王子们将妓女走私进入沙特王国……由于王室家族的成员个个挥金如土，这些黎巴嫩人变得富得流油。”[38]

我对这种状况并不陌生，甚至认识可以安排这类合同的人。然而，对我来说还存在三个主要的障碍——莎丽、报酬以及我正在做一件违法且不道德的事情。我确信莎丽不想离开波士顿，不打算搬去中东的沙漠豪宅。

同样显而易见的是，单凭空白的餐馆收据不足以覆盖这笔费用。

W 王子出手打消了我在财务上的担忧，他向我保证，他会为他的新情妇买单，而我只需要把事情安排好。当他继续向我坦言沙特阿拉伯的那位“莎丽”未必就是在美国陪伴他的同一个女人时，我也松了一口气。我赶紧给几个身在伦敦和阿姆斯特丹并且有黎巴嫩熟人的朋友打去电话。没过几周，“替身”莎丽签下了一份合同。通过身处英国和荷兰的人达成交易让我消除了对合法性问题的担忧。我试图安慰自己说，所有参与其中的人都是成年人，每个人都要为自己做出的决定负责。我又凭什么去评判别人？然而，我现在明白了自己良心挣扎的原因在于，我知道自己卷入了一个压榨女性的体系，并且身陷其中的女性在生活中几乎无力选择。

W 王子是个复杂的人物。莎丽满足了他的欲望，而我在这方面的帮闲能力则赢得了王子的信任。然而，这还不足以让他相信，SAMA 是自己想要推荐给国家的一项战略。我必须加倍努力才能成功。我花费了无数的时间给他展示统计数据，帮助他分析我们为其他国家做过的研究，包括我在去印度尼西亚之前的几个月里接受克劳狄娜培训时为科威特开发的计量经济模型。最终，他不再反对了。

我不太清楚我的经济杀手同行和其他关键的沙特人之间发生的具体细节。我只知道，沙特王室最终批准了整套方案。美因公司也因此获得了由美国财政部管理的首批高利润合同之一。我们受命对该国混乱且老旧的电力系统进行全面调查，并设计出一个符合美国同等标准的新系统。

像往常一样，我的工作是派出首个小组，为沙特全国每个地区制定经济预测和电力负荷预测。当我手下的三个人——都有丰富的国际项目经验——正准备出发前往利雅得时，公司的法务部门传来消息，根据合同条款，我们必须在几周之内在利雅得建成一个设施齐全的办公室，并且投入使用。在超过一个月的时间里，显然没有一个人注意到这个条款。而我们与财政部的协议进一步限定，所有的设备必须在美国或沙特阿拉伯制造。由于沙特没有能够生产这些物品的工厂，所有东西都要从美国运过去。更让我们气急败坏的是，我们发现大量的油轮已经堵在阿拉伯半岛的港口外排起了长队，将物资运送到沙特王国可能需要好几个月的时间。

美因公司可不打算因为几个房间的办公家具，就失去一份如此有价值的合同。所有的合伙人集中起来开会，我们进行了几个小时的头脑风暴。最后定下的解决方案是租一架波音 747 飞机，装满从波士顿地区的商店里找到的物资，然后空运到沙特阿拉伯。我记得我当时好像在想，如果这架飞机属于美国联合航空公司，并且由某个特定的飞行员驾驶，而他的妻子在说服沙特王室的过程中发挥了如此关键的作用，那就再巧合不过了。（后来我对自己在其中扮演的肮脏角色感到悔恨，但当时我却尽力让自己感觉清白。）

美国与沙特阿拉伯的交易几乎在一夜之间改变了这个王国。200 辆美国产的明黄色压缩式垃圾卡车替代了那些山羊，这些车子是由美国废物管理公司根据 2 亿美元的合同提供的。[39] 通过类似的方式，沙特经济中的各个行业都实现了现代化，从农业、能源到教育和通信。正如托马斯·李普曼在 2003 年做出的评论：

> 美国已经按照他们自身的形象改造了在广阔大地上散布着游牧民族的帐篷和农民的泥屋的荒凉景观，细致到街角的星巴克和最新公共建筑里的残疾人无障碍坡道。如今的沙特阿拉伯拥有了高速公路、电脑、装有空调的购物中心（里面全是与繁华的美国城郊相同的光鲜商店）、豪华的酒店、便利的快餐店、卫星电视、现代化的医院、高层办公大楼和主打旋转木马的游乐场。[40]

我们在 1974 年设想的方案成了以后与其他产油国家谈判的标杆。在某种程度上，SAMA 或联合委员会代表了继克米特·罗斯福在伊朗成功之后的又一个新阶段。它让全球帝国的新一代士兵所使用的政治经济武器库升级至一种革命性的复杂程度。

“沙特阿拉伯洗钱事务”和联合委员会也为国际法学界创造了新的先例。这一点在伊迪·阿明（Idi Amin）的案件中尤为突出。当这位臭名昭著的乌干达独裁者在1979年流亡国外时，沙特阿拉伯为他提供了庇护。尽管他是公认的嗜杀暴君，要为10万到30万人的死亡负责，但他下野后仍过着奢侈的生活，拥有由沙特王室提供的汽车和佣人。美国悄悄地表示反对，但由于担心破坏与沙特的关系，拒绝针对这个问题向沙特公开施压。阿明的晚年用钓鱼和在海滩上散步打发时间。2003年，他因肾衰竭在吉达去世，安然地活到了84岁。[41]

更微妙、最终也更具破坏力的是沙特阿拉伯被默许资助阿富汗的游击队。20世纪80年代，美国毫不掩饰自己希望沙特王室为乌萨马·本·拉登（Osama bin Laden）在阿富汗进行的反苏战争提供资金。据估计，利雅得和华盛顿一共向游击队提供了35亿美元的资金。[42]然而，美国和沙特的插手远远不止于此。

2003年下半年，《美国新闻与世界报道》杂志进行了一项名为“沙特人的关系网”的详尽研究。该杂志查阅了数千页的法庭记录、美国和外国的情报报告以及其他文件，并采访了数十名政府官员和恐怖主义及中东问题的专家。其调查结果包括：

> 无可争辩的证据表明，沙特阿拉伯，这个美国的长期盟友和世界上最大的石油生产国，正如一位美国财政部的高级官员所说——不知何故成了为恐怖主义融资的“中心地带”……
>
> 从20世纪80年代末开始，在伊朗革命和苏联对阿富汗战争的双重冲击之下，沙特阿拉伯的准官方慈善机构成为快速壮大的圣战运动的主要资金来源。在大约20个国家里，这些钱被用来开办准军事部队的训练营、购买武器和招募新成员……
>
> 一些资深的情报官员说，沙特的慷慨足以让美国官员睁一只眼闭一

只眼。数十亿美元的合同、拨款和薪水流向了与沙特打过交道的众多前美国官员，包括对外大使、中央情报局的站长甚至内阁部长……

电子截获的谈话内容暗示，王室成员不仅支持基地组织，还支持了其他的恐怖组织。[43]

在2001年的世贸中心和五角大楼恐袭之后，出现了更多关于华盛顿和利雅得之间存在秘密关系的证据。2003年10月，《名利场》杂志在一篇题为《拯救沙特人》的深度报道中披露了此前从未公开的信息。这篇揭开布什家族、沙特王室和本·拉登家族之间关系的故事并没有让我感到特别惊讶。我知道，这些关系至少可以追溯到始于1974年的“沙特阿拉伯洗钱事务”，直至老布什担任美国驻联合国大使（1971年至1973年）和中央情报局局长（1976年至1977年）期间。真正让我吃惊的是，真相这么久之后才为媒体所知。《名利场》总结道：

布什家族和沙特王室，这两个世界上最有权势的王朝，20多年以来一直在个人、商业和政治上存在着密切的联系……

对于私营企业，沙特人支持了陷入困境的石油公司哈肯能源公司（Harken Energy），小布什则是该公司的投资人之一。最近，前总统老布什和他的长期盟友、前国务卿詹姆斯·艾迪生·贝克三世（James A. Baker Ⅲ）在凯雷集团（Carlyle Group）的筹款活动中一同出现在沙特人面前——凯雷集团可以称得上是世界上最大的私募股权公司。如今，前总统小布什继续担任该公司的高级顾问，据称该公司的投资者中有一名沙特阿拉伯人被指控与支持恐怖主义的组织有联系……

就在“9·11”事件刚刚发生的几天之后，包括本·拉登家族成员在内的一些富有的沙特人乘坐私人飞机迅速离开了美国。没有人会承认自己放行了这些飞机，乘客们也没有接受任何问询。难道是布什家族与沙特的长期关系促成了这一切的发生吗？[44]

第四部分

掠夺与杀戮

（1975—1981）

19 巴拿马运河谈判

沙特阿拉伯让很多人成就了自己的事业。我的事业在此之前就已经蒸蒸日上，但我在这个沙漠王国的成功无疑为我打开了一扇新的大门。到1977年，我已经在公司内部建立了自己的小小王国，拥有常驻在波士顿总部的大约20名专业人员，以及来自美因公司其他部门和分布在全球各地办事处的一群顾问。我是公司创建百年以来最年轻的合伙人。除了首席经济学家的头衔，我还被任命为“经济和区域规划部”的经理。我需要到哈佛大学和其他的场合讲课，还有很多报纸向我征稿时事文章。[45]我有一艘风帆游艇，就停靠在历史悠久的宪法号战舰旁边——这艘别名“老铁壳”的风帆护卫舰因在独立战争后不久制服了巴巴里海盗而出名。我的薪水非常丰厚，而且我持有的公司股权能保证我在40岁之前就跻身百万富翁。诚然，我的婚姻失败了，但这也让我有了空闲在各大洲流连不同的女人。

这种种的好处，再加上我作为教师儿子在一所富人寄宿学校的成长记忆以及早年在女人面前的自卑感，一同让我在这份工作中无法自拔。我现在明白了，由于我的肤色、性别和国籍，我获得了只有少数人才能企及的机会。我完全以自我为中心，不愿意承认像我这样背景的人其实被给予了德不配位、不劳而获的特权。长久以来，我对拥有这些特权感到心安理得。

我很快又得到了一个新的机会。我的老板布鲁诺提出了一个创新的预测方法：基于19世纪末到20世纪初的一位俄罗斯数学家的著作，开发一套全新的计量经济模型。这个模型涉及在预测中加入主观的概率，从而在一个经济体中推算某些特定行业的未来增长。这似乎是一个巧妙的工具，可以证明我们乐于为获得高额贷款展示的虚高增长反而是有理有据的。布鲁诺让我考虑一下能用这个概念做些什么。

我将麻省理工学院的一位年轻数学家纳迪普兰·普拉萨德（Nadipuram Prasad）博士招入自己的部门，并给了他一笔预算。不到六个月的时间，他开发出了一套用于计量经济建模的马尔可夫方法。我们联合撰写了一系列的技术论文，将马尔可夫方法描绘成一种革命性方法，用于预测基础设施投资是如何推动经济发展的。

这正是我们一直渴求的工具——可以从科学上“证明”我们帮助一些国家借到它们永远无法偿还的债务，实际上是在为它们着想。另外，只有那些非常专业且拥有大量时间和大把金钱的计量经济学家，才有可能理解马尔可夫方法的复杂性或质疑其结论。这些技术论文由几家久负盛名的组织发表，同时我们也在一些国家的会议上和大学里做出了正式的展示。这些论文——还有我们这群人——在整个业界也一时声名鹊起。[46]

在此期间，我和奥马尔·托里霍斯继续履行我们的秘密约定。我确保在我们的研究中没有注水，并在提供的建议中考虑到穷人的利益。尽管我听到有人在抱怨说，我对巴拿马的预测并没有达到以往的虚增标准，甚至带上了一丝社会主义的味道，但现实是，美因公司还在不断地从托里霍斯政府那里赢得合同。这些合同还包括我们首次涉足的一类创新性总体规划——涉及农业以及更传统的基础设施行业。与此同时，我还在一旁见证到，托里霍斯和吉米·卡特开始重新谈判“运河条约”。

对于运河的谈判在全球引发了极大的关注和热情。世界各国的人们都在翘首以待，到底美国会做出世界上大多数人认为正确的事情（允许巴拿马人拿回运河的控制权），还是企图在全球范围重新打造“美国天命”的观念，因为后者已然被我们在越南的溃败动摇了根基。对很多人来说，一个通情达理、充满激情的人似乎在恰当的时候当选了美国总统。然而，华盛顿的保守派堡垒和右翼的宗教人士爆发出愤怒的声音：我们怎么可能放弃这样一个军事要冲，这处美国聪明才智的象征，这条将南美的财富与贪得无厌的美国商业利益捆绑到一起的水道？

“福特是一个软弱的总统，他不可能获得连任。”奥马尔·托里霍斯在1975年就是这样预言的，他当时正在对一群有影响力的巴拿马人讲话。在被邀请到那家优雅的老牌俱乐部的人当中，我是为数不多的外国人之一。伴着老式吊扇的嗡嗡声，他说道：“这就是我决定加快解决运河问题的原因。现在是发动一场破釜沉舟的政治斗争，把它赢取回来的好时机！”

这次演讲鼓舞了我。我回到酒店房间之后，便草草地写下一封信，寄给了《波士顿环球报》。回到波士顿以后，一位编辑给我的办公室打电话，要我为他们写一篇专题评论。我知道干这种事情有些冒险，但我对运河问题抱有强烈的个人感情，并且回头看来，我发现这有助于缓解我在工作上日益增长的挫败感。此外，我还告诉自己，托里霍斯会感激我的，并且我可以靠它来帮助美因公司在巴拿马拿到更多的业务。

一篇题为《殖民主义在1975年的巴拿马没有立足之地》的社论占据了1975年9月19日《波士顿环球晚报》近半的对开版面。

这篇文章列举了将运河移交给巴拿马的三个具体原因。首先，“现状是不公正的——这是做出任何改变的好理由”。其次，“现有条约产生的安全隐患，远比向巴拿马人交还更多控制权所带来的风险严重得多”。我引用了“国际运河委员会”进行的一项研究，该研究的结论是“在加通大坝一侧放置一枚炸弹就可以让运河的交通中断两年——这样的事情只要一个人就能做到”，托里霍斯将军本人也曾公开强调过这一点。最后，“当前的局势正在对本已十分紧张的美国与拉美关系造成更严重的问题”。

我在文章的结尾处总结道：

确保运河继续有效运营的最佳方式是帮助巴拿马人获得对运河的控制权，以及让他们对此承担相应的责任。这样做，我们就可以自豪地发起一项行动，重申我们在200年前曾对民族自决运动做出的承诺……

殖民主义在世纪之交（20世纪初）如同在1775年一样大行其道。也许在当时的背景下，我们能理解这样一项条约的批准。但在今天，这是毫无道理的。殖民主义在1975年就不该有立足之地。当我们在庆祝美国建国200周年之际，也应该认识到这一点，并采取正确的行动。[47]

写那篇文章对我来说是一个大胆的举动，尤其是我刚刚成为公司的合伙人。美因公司的合伙人被要求回避媒体，更别提在新英格兰地区最负盛名报纸的社论上发表言辞激烈的政治评论。我通过办公室内部的邮递系统收到了一大堆钉在我那篇社论复印件上的骂人便条——大部分是匿名的。我能够确认，其中一张便条上的笔迹属于查理·伊林沃斯。他是我在美因公司第一个项目的经理，已经进入公司十多年了（相比之下，我来了还不到五年），而且到那时还没有被晋升为合伙人。一副恶狠狠的"骷髅头和交叉骨"图案醒目地画在便条上，便条上的文字也很直白："这样一个赤色分子配当我们公司的合伙人吗？"

布鲁诺把我叫到他的办公室，对我说："你会因为这篇文章背上不少的骂名。美因公司是个相当保守的地方。但我想让你知道，我觉得你很精明。托里霍斯会喜欢这篇文章的，我真希望你给他寄一份。好吧，办公室里的这群小丑们，他们这帮人现在都认为托里霍斯是社会主义者，但只要有源源不断的工程，他们才不会在乎呢。"

布鲁诺是一如既往的正确。现在是1977年，卡特入主白宫，正式的运河谈判正在进行之中。美因公司的许多竞争对手都站错了队，被赶出了巴拿马，而我们的工程量却成倍增加。

然而，这些进展让我想到了一个问题。这个问题可能与1972年的那一天有关系，当时我与托里霍斯隔一张咖啡桌而坐。我当时非常肯定，他清楚外国援助的游戏是为了让他发财，但同时让他的国家债务缠身。我也确信他清楚地知道，这个体系需要掌权之人容易被拉拢、被腐蚀，而他的决定——不是为了寻求个人利益，而是利用外国援助真正帮助国内的人们——将被视为一种会颠覆整个体系的威胁。整个世界都在关注这个男人，他一举一动的影响范围将会远远超出巴拿马的国界，因此绝对不容小觑。

我曾想知道，如果投入巴拿马的贷款帮助了穷人而没有造成无法还清的债务，公司王国会如何反应？现在我想知道，托里霍斯是否后悔他和我在那一天达成的交易——我真的没有想清楚，自己该对那笔交易作何感想。可以说，我在那一刻并没有进入经济杀手该有的角色。我加入的是他的游戏，而不是我的，我为了换取更多的合同而接纳了他始终如一的诚恳初心。从纯粹的生意角度来看，这是美因公司的一个明智的商业决策。然而，这却有悖于克劳狄娜曾向我灌输的那些原则，也无益于推进全球帝国。现在是不是该放出“豺狼”呢？

那天在离开托里霍斯的小平房的时候，我还在想着，拉丁美洲历史上的任何时期都不缺少死去的英雄。一个以腐败的公众人物为根基的体制绝不会对拒绝腐败的公众人物心慈手软。

后来，在 1977 年的下半年，托里霍斯成功地与卡特总统商定了新的运河条约，将运河区和运河本身交还给巴拿马人控制。接下来，白宫还需要争取美国国会的正式批准。一场漫长而艰苦的斗争随之而来。在最后的计票中，运河条约以一票的优势堪堪通过，但保守派发誓要反攻倒算。

20　伊朗的众王之王

在 1975 年到 1978 年之间，我经常到访伊朗。有时候，我会直接从拉丁美洲或印度尼西亚到访德黑兰。沙阿中的沙阿[①]治下的状况与我们以往工作过的国家完全不同。

伊朗有着丰富的石油储量，而且它与沙特阿拉伯一样，并不需要举债来资助其雄心勃勃的建设清单。然而，与沙特显著不同的是，伊朗的庞大人口并非阿拉伯人，尽管他们绝大部分是中东人，也是穆斯林。而且，他们还都是什叶派，而非逊尼派；大多数的伊朗妇女不戴面纱。此外，这个国家在历史上有政治动荡的传统——无论在国内，还是在与邻国的关系上。因此，我们也采用了不同的手段：华盛顿和美国商界联手将伊朗国王塑造成社会进步的象征。

我们付出了巨大的努力就是为了向全世界展示，一个符合美国企业和政治利益的强大且民主的友邦能够发展到什么程度。我们既不在乎伊朗国王有这么一个显然不民主的尊号，也罔顾在美国中情局的策划下，他曾实施过一场针对碍事的民选首相的政变。华盛顿及其欧洲的伙伴们下决心将伊朗国王的政府模式复制到伊拉克、利比亚和韩国以及其他反美主义暗流涌动的国家。

就表面而言，伊朗国王是弱势群体的进步派朋友。1963 年，他启动了“白色革命”，其中就包括了广泛的社会经济改革议程。与此同时，伊朗也把自身打造成了中东地区最强大的军事力量之一。[48]

美因公司参与的项目分布在伊朗的大多数地区，从北方里海沿岸的旅游区，一直到南方俯瞰霍尔木兹海峡的秘密军事设施。我们的工作主要是设计为军事、工业和商业的发展提供能源的电力系统——除了为美因公司和其他美国公司创造巨额利润。

表面上，伊朗似乎是基督徒与穆斯林合作的典范。然而，我很快就认识到，平静的外表下可能隐藏着深深的憎恨。

---

① 字面意思是“众王之王”，为伊朗国王的正式称谓。

1977年的一天深夜，我回到酒店房间后发现有人从门缝下面塞进来一张字条。我震惊地发现这张字条的署名是一个名叫“亚明”的男人。我从未见过他，但在一次政府的简报会上，有人提到过他的名字，并将其形容成一个从事颠覆运动的极端分子。字条传达的意思是邀请我去一家指定的餐馆与他见面。然而，字条上面还有一个特别的警告——仅当我有兴趣探索大多数“像（我）这类”人从未见过的另一个伊朗时，我才需要去赴约。

出租车把我放在一堵高墙的一扇小门前，这堵墙确实很高，我甚至看不到墙后的建筑物。一个伊朗女人将我引入大门，然后带着我穿过一条走廊。走廊低矮的屋顶上垂着华丽的照明油灯，墙壁上镶嵌着不太珍贵的宝石和珍珠母贝，雕刻有精致青铜枝形的吊灯上插着的巨大白色蜡烛照亮了整个餐馆。

一个留着黑色长发的高个子男人，穿着一套剪裁考究的海军蓝西装，迎面走上来与我握手。他自称亚明，听口音似乎曾在一所英国的学校里接受过教育。他看上去一点儿也不像是个从事颠覆活动的极端分子。他带着我经过了几张餐桌——在桌旁静静吃饭的人几乎都是情侣，一直来到一个非常私密的卡座。他向我保证，我们的谈话将是完全保密的。我有一个明显的感觉，这间餐馆是专为秘密幽会打造的，而我们二人很可能是当天晚上唯一不那么浪漫的一对。

在我们的交谈中，很明显亚明只把我当成了一个单纯的经济顾问，而不是一个别有用心之人。他解释说，之所以他会挑中我，是我曾经当过和平队的志愿者，并且他还听说，我在利用一切机会了解他的国家、与当地人交往。

“相对于大多数干你这行的人，你非常年轻。”他说，“你对我们的历史和当前的问题怀有真正的兴趣。你代表了我们的希望。”

亚明问我是否听说过“沙漠开花”计划。[49]“国王相信我们的沙漠曾经是一片肥沃的平原，生长着茂密的森林。至少，这是从他的口中说出来的。根据这个理论，在亚历山大大帝统治的时期，庞大的军队带着数百万的山羊和绵羊横扫了这些土地。那些动物吃光了所有的草和其他植被。这就造成了干旱，并且最终让整个地区变成了沙漠。所以，我们现在唯一要做的——或者是国王想要做的——就是几百万棵接着几百万棵地去种树。这么做之后——可能很快——雨水将会重新降临，沙漠也会再现花海。当然，在这个过程中，我们将不得不花掉几亿美元。”他优雅地笑了笑说，“而像你们这样的公司将会赚得盆满钵满。”

“我认为你不太相信这个理论。”

“沙漠不过是个象征。将它变成绿色所需要的也不仅仅是农业。”

几个服务员端着一盘盘摆放精致的伊朗食物向我们走来。

“我想问一个问题，珀金斯先生，请恕我冒昧。是什么毁灭了你们国家土著居民的文明？我说的是印第安人。”

我回答说有很多因素，其中包括人的贪欲和先进的武器。

“没错，所有这些都有影响，但其中最严重的不是对环境的毁坏吗？”他接着解释，一旦森林被破坏，像北美野牛这样的动物被灭绝，一旦印第安人被迁往保留地，那么文化的根基就崩塌了。

“你看，我们这里也是一样的。‘沙漠开花’计划威胁到的不只是我们的社会结构。我们怎么能放任这种事情发生呢？”

我告诉他，我对此的理解是，这个计划背后的想法出自他们自己的人。他报以轻蔑的一笑，说这个想法是美国政府植入国王的头脑中的，伊朗国王就是个傀儡。

“一个真正的波斯人决不会允许这样的事情发生！”然后，他开始滔滔不绝地讲起他的民族——贝都因人和沙漠之间的关系[50]。他强调说，许多城镇化的伊朗人会去沙漠里度假，搭起足够全家人居住的大帐篷。

“我们——我的人民——是沙漠的一部分。国王声称要用他的铁腕统治人民，而不仅仅是沙漠。沙漠其实就象征着我们的人民。”

之后，他又给我讲起了自己在沙漠中的个人经历。夜深的时候，他陪我走到在外面等候的出租车旁。他再次称赞了我的年轻和开明，以及我能担当这样的职务带给他对未来的希望。

“我很高兴能与像你这样的人度过这段时光。”他继续握紧我的手，说道，“我只想请求你再帮我一个忙。我不是随口说说。我能讲出来只是因为，经过了今晚的交谈，我知道这对你来说是有帮助的，你会从中获益良多。我想把你介绍给我的一位好朋友，他能告诉你很多关于我们的众王之王的事情。他也许会让你感到震撼，不过我向你保证，去见他绝对不虚此行。”

21 遭折磨之人的坦言

几天之后，亚明驱车带我离开了德黑兰。穿过尘土飞扬的贫民棚户区，沿着一条骆驼古道，我们来到了沙漠的边缘。在渐渐消失在城市后面的落日余晖下，亚明将车停在棕榈树环绕的几栋小泥屋前。

“这是一片非常古老的绿洲。”他带我来到其中的一栋棚屋前。“里面住着的男人从你们国家最负盛名的一所大学获得了博士学位。由于某些即将真相大白的原因，他没办法透露姓名。你可以先称呼他为博士。”

他敲了敲木门，然后听到里面传来了一个低沉的回应。亚明推开门，将我带进屋内。小屋里没有窗子，仅靠角落里一张矮桌上的油灯照明。一个男人的身形从阴影中逐渐显现。他坐在油灯前，让人看不清他的面容。我只能看到他裹着毯子，头上似乎包着什么东西。他坐在轮椅上——除了桌子，这是房间里唯一的家具。亚明示意我坐在地毯上。他走了过去，轻轻地与那个人拥抱，对他耳语了几句，然后又回来坐在我身边。

“这就是我曾经跟您提起的珀金斯先生，”他说，“我们两个人都很荣幸能有机会拜访您，先生。”

“欢迎你，珀金斯先生。”一个低沉、沙哑的声音响起，我几乎分辨不出任何口音，“你看到了，在你面前的是一个废人。我以前不是这样的。我也曾经像你一样强壮。我以前是深受国王信任和亲近的顾问。”接下来是很长一段时间的沉默，我发觉自己的身体在不由自主地前倾，无意间拉近了我们之间的距离，“沙阿中的沙阿，众王之王”。我感觉，他声音中包含的悲伤超过了愤怒。

“我以前与很多的世界领导人有私交，像艾森豪威尔、尼克松、戴高乐。他们信任我能帮助这个国家进入资本主义阵营。国王信任我，我也信任国王。我确信伊朗将引领整个伊斯兰世界进入一个新时代。”

轮椅转动了一点。我看清了那个男人的侧脸，他那蓬乱的胡子，还有——我突然被吓到了——某样东西不见了。他没有鼻子！我打了个寒战，几乎无法呼吸。

“不太美观，对吧，珀金斯先生？可惜你没能在充足的光线下看到这副模样。真的是很丑陋。但我相信你能理解，我必须保持匿名。当然，如果你刨根问底的话，你会知道我的身份，但你可能会发现我早就死掉了。在官方的记录上，我已经不存在了。但我相信你不会尝试的，你和你的家人最好不要知道我是谁。国王和他在‘萨瓦克’的间谍们爪子伸得很长。”

轮椅转回到了原来的位置。我感到了少许的轻松，仿佛没有看到那张侧脸就能抹去曾经发生过的暴力。我当时并不知道在一些伊斯兰文化中有这种习俗。一个人如果被认为给社会或其上司带来耻辱，他将被割掉鼻子以示惩罚。从这个男人的脸上可以清楚地看到，这是终身的烙印。[51]

“我确信，珀金斯先生，你在好奇为什么我们要邀请你过来。”不等我回答，他就继续说道，“你要明白，这个自封为‘众王之王’的人在现实中就是个魔鬼。在我的帮助之下，他父亲被你们的中情局赶下了王位——我羞于提起这件事——因为有人说他想与纳粹合作。接下来便是摩萨台的厄运。如今，我们的国王在邪恶程度上即将超过希特勒。他这样做也是得到了你们国家的全力认可和支持。”

“为什么会这么讲？”我问道。

"很简单。他是你们在中东地区唯一的真正盟友，而且整个工业世界运转的核心就是石油，而石油又来自中东。当然，你们有以色列，但那个国家实际上是你们的拖累，而不是财富，并且那里也没有石油。但你们的政客必须要讨好犹太人的选票，需要他们的钱来资助竞选。所以，恐怕以色列对你们来说是个难题。然而，伊朗是个关键。你们的石油公司需要我们。你们需要我们的国王——或者你们是这样认为的，就像你们认为美国需要那些南越的腐败领导人一样。"

"伊朗就相当于越南？"[52]

"可能要更糟。你看，这个国王撑不了多长时间了。整个伊斯兰世界都恨他。不光是阿拉伯人，还有全世界的穆斯林——印度尼西亚的、美国的，但主要还是这里的、他自己的波斯人民。""砰"的一声，我发现他正用力地拍打轮椅的一侧，"他就是个魔鬼！我们波斯人都恨他！"接着就是沉默。我能听到他重重的呼吸声，最后的发泄似乎让他已经用尽了力气。

"博士和毛拉①们的关系很亲近，"亚明对我说，他的声音低沉而平静，"在这里的各个宗教派别中有一股巨大的暗流，并已经传导到了我们国家中的大部分地区，除了少数从伊朗国王的资本主义中得利的商业阶层群体。"

"我不是怀疑你的说法，"我说，"但我已经来伊朗四次了，我从未发现过任何的迹象。每个与我交谈的人似乎都热爱他们的国王，也感激经济的腾飞。"

"因为你不会讲波斯语，"亚明反驳道，"你只能听到那些从中受益最深的人所讲的那一面。那些从美国或英国学成归国的人最终都在为国王效力。这位'博士'是个例外——至少他现在是。"

他停顿了一下，似乎正在斟酌接下来的言语。"你们的媒体跟你一样。他们只能访谈到少数人，那都是国王的亲信和朋友们。当然，更重要的部

① 伊斯兰国家中对教士的敬称。中国的穆斯林称"毛拉"为"阿訇"。

分在于，你们的媒体也被石油公司控制了。所以它们只能听到石油公司自身想听的声音，写下它们的广告客户想读的内容。”

“你知道我们为什么要告诉你这些吗？珀金斯先生。”博士的声音比之前更沙哑了，“因为我们想要让你罢手，说服你的公司远离我们的国家。我们希望能向你示警，尽管你们可能认为自己能在这里赚到很多钱，但这不过是一种错觉。这个政府快要完蛋了。当它不存在时，取代它的新政府不会对你和你的同类有任何的怜悯。”

“你的意思是说，我们将拿不到报酬？”

一阵咳嗽打断了博士的话。在咳嗽停止后，他用波斯语与亚明交谈了一阵。

“我们不得不结束这场谈话了，”亚明对我说，“让我来回答你的问题：是的，你们不会得到报酬的。你们将要完成所有的工作，等到收钱的时候，国王已经不在了。”

在回去的路上，我问亚明，为什么他和博士想让美因公司避免像他所预言的那种金融灾难。

“我们很乐于看到你们的公司破产。然而，我们更希望你们能离开伊朗。只要有一家像你们这样的公司离开伊朗，就可能开启一种趋势。这正是我们所希望看到的。你要明白，我们不希望这里发生流血事件，可是国王必须下台，我们会想尽一切办法让他尽早消失。所以，我们向真主祈祷，让你能说服你们的扎姆波蒂先生离开伊朗。趁现在还来得及！”

22　国王的倒台

1978 年的一个晚上，我正独自坐在德黑兰洲际酒店大堂外的奢华酒吧里，忽然有人拍了拍我的肩膀。我转过身来，看到一个身材魁梧、穿着西装的伊朗人。

“约翰·珀金斯！你不记得我了？”

这位前足球运动员明显发福了很多，但他的声音没有变。这是我在明德学院的老朋友法哈德，我已经有十多年没见过他了。我们互相拥抱，然后一起坐了下来。很快，我就明显感觉到他对我和我的工作了如指掌；而同样明显的是，他并不打算过多地分享自己的工作情况。他告诉我，有一些“危险”的事情即将在伊朗发生，他觉得自己有责任保护我离开这个国家。从这一点来看，我认为法哈德在为中央情报局或其他某个美国机构工作。

“我们直入正题吧，”他说，“我明天要飞往罗马。我的父母住在那里。我给你准备了一张同航班的机票。”他递给了我一张飞机票。对此，我一点都没有怀疑。尽管我还有工作要做，但到现在为止，我明白他话中的一部分意思是：远离麻烦——活下去。

到了罗马，我们与法哈德的父母共进晚餐。他的父亲，那位退休的伊朗将军，尽管曾挺身为伊朗国王挡过杀手的子弹，救了他一命，但还是对自己的前任老板表示失望。将军指责是美国的政策——尤其是它对以色列、腐败领导人和专制政府的支持——导致了席卷中东的仇恨，并预言伊朗国王将在几个月之内下台。

“你要知道，”他说，“当你们在50年代初推翻摩萨台的时候，就播下了这场叛乱的种子。你们在当时认为那样做很聪明——我当时也那么想。但如今它又回来缠上了你们——还有我们。”[53]

我被他的论断吓到了。我曾经从亚明和博士口中听到过类似的话，但从这个老人口中说出，却又有了别样的味道。但我们却让自己相信，伊朗国王在他的大多数子民中深受爱戴，因为他在政治上稳如磐石。然而，这位将军的态度非常坚决。

“记住我的话，”他严肃地说，“国王的下台只是一个开始。这是伊斯兰世界未来走向的一次预演。我们的愤怒被压在地下太久了，它很快将会爆发。”

在晚餐的过程中，我听到了很多关于阿亚图拉·鲁霍拉·霍梅尼（Ayatollah Ruhollah Khomeini）的事迹。尽管法哈德和他的父亲明确表示，他们不支持霍梅尼的什叶派信仰，但显然对他反抗伊朗国王取得的成就感到印象深刻。他们告诉我，这位神职人员1902年出生于德黑兰附近一个村庄，一个虔诚的什叶派宗教学者家庭，他的名字“鲁霍拉”的意思就是“真主的谕旨”。

在20世纪50年代初，霍梅尼就曾明确表示不参与摩萨台和国王之间的争斗，但他在60年代却开始积极地反对伊朗国王。由于坚决地批评统治者，他被迫流亡到土耳其，后来又去了伊拉克的什叶派圣城——纳杰夫。在纳杰夫，他成为公认的伊朗反对派领袖。他寄出信件、发表文章和讲话录音，敦促伊朗人站出来推翻国王。

在我们会餐的两天之后，伊朗传来了爆炸和骚乱的消息。霍梅尼和毛拉们开始了他们的攻势，并很快控制了局面。在那之后，事态发展得非常迅速。法哈德父亲所提到的愤怒在一场猛烈的起义中爆发了。伊朗国王于1979年1月逃往埃及，后来又因被诊断出癌症，住进了纽约的一家医院。

霍梅尼的追随者们要求他立即返回国内。1979年11月，一群激进的伊斯兰学生强占了美国驻德黑兰大使馆，将52名美国人质扣押了长达444天。[54]卡特总统试图通过谈判解救人质。当这一努力失败之后，他授权了一项军事救援任务，并于1980年4月启动。这场失败的营救成了一场军事史上的灾难，最终变为终结卡特总统政治生涯的最后一根稻草。

美国商业和政治团体施加的巨大压力迫使癌症缠身的伊朗国王离开了美国。从他逃离德黑兰的那天起，他就很难找到容身之所——他过去的朋友都躲着他。然而，托里霍斯将军表现出了他一贯的同情心，在巴拿马为国王提供了庇护——尽管他个人从不喜欢这个国王的政治手腕。伊朗国王抵达了巴拿马，并在刚刚举行新“巴拿马运河条约”谈判的度假村获得了一处避难的居所。

毛拉们要求伊朗国王回国，以换取被扣押的美国大使馆人质。这给了华盛顿那些反对运河条约的人一个借口，他们指责托里霍斯腐败，并与伊朗国王合谋，危及美国公民的生命。他们也同样要求将伊朗国王移交给霍梅尼。具有讽刺意味的是，就在几周前，这群人还是伊朗国王最坚定的支持者。这位曾经骄傲的众王之王最终回到了埃及，并在那里因癌症离世。

博士的预言成真了。美因公司在伊朗损失了数百万美元，我们的许多竞争对手也好不到哪里去。卡特竞选连任失败。里根联手老布什入主白宫，他们承诺解救人质、打垮毛拉、将民主还给伊朗，并解决巴拿马运河的问题。

就我而言，这些教训是无可狡辩的。伊朗事件毫无疑问地表明，美国这样一个国家一直在竭力掩盖自己对这个世界造成的真正影响。令人似乎百思不解的是，我们对伊朗国王的真实面貌和反对他的仇恨浪潮竟然所知甚少。就连像美因公司这样在伊朗驻扎有办事处和人员的组织，我们这些身在其中的员工都丝毫不了解真实的状况。早在1972年我与托里霍斯会面时，美国国家安全局和中央情报局就已经预见了连托里霍斯都看得一清二楚的事态，但出于某种我永远无法理解的原因，我们自己的情报机构却故意大力鼓励所有人对任何不安迹象都视若无睹。

23 哥伦比亚：拉丁美洲的拱心石

尽管对沙特阿拉伯、伊朗和巴拿马的研究让人感到不安，但它们都有独树一帜的方面。由于前两个地方巨大的石油储量以及第三个国家的运河，它们的国情并不符合常规。哥伦比亚的情况则更为普遍：在那里，美因公司是一个庞大的水力电力网络的设计者和主要工程公司。

一位哥伦比亚大学的教授曾告诉我，西奥多·罗斯福将哥伦比亚形容为“南美拱门上的拱心石”。从地图上看，哥伦比亚位于南美洲大陆的最北端，仿佛是把握整片大陆上所有国家的一处抓手。近两个世纪以来，美国一直将哥伦比亚视为进入南半球的门户——无论是从经济上还是政治上。

这个国家有着上天恩赐的天然美景：秀丽的棕榈海滩、雄伟的山脉、媲美北美大平原的潘帕斯草原和物种繁多的广袤雨林。哥伦比亚在拉丁美洲的历史上发挥了至关重要的作用。在殖民时代，它是从秘鲁以北到哥斯达黎加以南的全部西班牙领地的总督府驻地。庞大的黄金船队正是从哥伦比亚的卡塔赫纳启航驶向西班牙。在南美争取独立的战争中，许多关键的战役都发生在哥伦比亚。

在现代，哥伦比亚贡献了一些拉丁美洲最杰出的作家、艺术家和哲学家，同样还有遵守财政纪律并多少体现民主的政府。不同于其他拉美国家，包括强大的巴西和阿根廷，哥伦比亚一直是美国的可靠盟友，尽管其国内的贩毒集团是个抹不去的污点。[55]

然而，哥伦比亚的辉煌历史不足以消除仇恨和暴力。西班牙总督的驻地同样也是宗教裁判所的所在地。被奴役的印第安人和非洲人建造了一座座宏伟的堡垒、庄园和城市。土著文明彻底被征服者的刀剑和疾病湮灭了。近些年来，革命分子、毒品贩子、镇压环保和土著运动的准军事组织、高贫困率，以及少数富人与众多穷人之间存在的巨大差距，已经造成了无尽的苦难和难以计数的死亡。

尽管存在种种不利因素，但华盛顿和华尔街皆认为哥伦比亚对美国的经济至关重要，它既是在美国销售的许多商品的来源地，如咖啡、香蕉、纺织品、祖母绿、鲜花、石油和可卡因，也是美国商品和服务的一个输出市场。

20 世纪后期，我们对哥伦比亚最重要的销售之一是工程和建筑专业知识。哥伦比亚在我工作过的许多国家之中非常典型。我可以相对比较容易地证明，这个国家负担得起巨额的债务，项目的收益和国家的自然资源足以偿还债务。在电网、高速公路和电信等方面的巨额投资，让这个国家开放了其丰富的天然气和石油资源以及大部分未开发的亚马孙地区，最终获得了用于偿还贷款（再加上利息）的必要收入。

理论上这是可行的。然而，现实也正符合我们对全世界的真实意图——我们就是要征服波哥大，以进一步扩充全球帝国。我在这里的工作，与在很多国家一样，就是为了争取到异乎寻常的巨额贷款。

除了工作上偶尔的负罪感，哥伦比亚成了我个人的避风港。20 世纪 70 年代初，我和安曾在那里住过几个月。我们还想购买加勒比海沿岸山上的一个小型咖啡农场，甚至为此交了首付款。然而，在那之前的几年里，我给她造成的痛苦太深了。我们渐行渐远，直到我们的婚姻结束之后，我才开始真正认识这个国家。

1977 年，我在沿海城市巴兰基亚开设了一家办事处，并在那里认识了一位哥伦比亚女性。一见面，她就立即吸引了我，并在之后成为改变我生活的强大推动者。

宝拉（Paula）是一位政治活动家，她有着金色的长发和迷人的绿眼睛——这并不符合大多数外国人对哥伦比亚人的印象。她的父母是来自意大利北部的移民，并且为了继承家族传统，她当了一名时尚设计师。然而，她并不满足于此，自己开办了一家小工厂，将她的设计作品转化为服装，然后放到全国各地的高档精品店出售，并扩展到巴拿马和委内瑞拉。她是一个极富同情心的人，帮助我走出了婚姻破裂带来的感情创伤。她也让我认识到了有关我工作的很多后果。

正如我在前文中所说，生活是由一系列我们无法掌控的“偶然”组成的。对我来说，这些偶然包括在新罕布什尔州农村的一所全男子预科学校成长，认识安和她的弗兰克叔叔，越南战争，以及我与艾纳·格列夫的关系。然而，每当遇到这样的偶然，我们就必然面临选择。我们如何应对、采取什么样的行动，所产生的后果完全不同。比如说，在那所学校里取得优异成绩，与安结婚，加入和平队，选择成为一名经济杀手——所有的这些决定共同让我的生活成了现在的样子。

宝拉是又一个偶然，她的影响改变了我的人生轨迹。在我遇到她之前，我经常质疑自己，我到底在做什么，有时为此感到内疚，但我总能找到某种方法来让自己再次甘之如饴地屈从于那个体系。也许宝拉只是出现在正确的时间。也许无论她是否出现，我都有可能下决心冒险一搏——因为我在沙特阿拉伯、伊朗和巴拿马的经历已经压得我无法呼吸。但我确信，虽然有一个女人——克劳狄娜——在说服我加入经济杀手的行列时发挥了重要的作用，但另一个女人——宝拉——也是我在此时此刻最需要的催化剂。她说服我去反省自己的内心，并认识到，只要我继续做同样的事，我就永远无法快乐。

24 美利坚合众国与全球帝国

“开诚布公地讲，”有一次我们坐在巴兰基利亚的一间咖啡店里，宝拉对我说道，“印第安人，连同居住在你要筑坝的河边的所有农民，都恨你。即便是城里的人，他们并不会受到直接的影响，也会同情那些袭击你们施工营地的游击队。你们的政府管这些人叫‘恐怖分子’和‘毒品贩子’，但事实上，他们只不过是有家庭的人，他们就生活在你们公司正在摧毁的土地上。”

我刚刚跟她提起了曼纽尔·托雷斯（Manuel Torres）遇到的事情。他是美因公司雇用的一名工程师，最近在我们位于西努河的大坝建筑工地上遭到了游击队的袭击。曼纽尔是哥伦比亚的公民，他能得到这份工作，是因为美国国务院的规定禁止我们把美国公民送到那个地方。我们将之称为“哥伦比亚人可消耗法令”，它代表着一种排外的、“美国人独享特权”的态度——这种态度让我越来越感到厌恶。我对这些政策的感受，让我越来越难以接受自己。

“据曼纽尔说，他们用 AK-47 突击步枪射向天空和他的脚下。”我告诉宝拉，“他给我讲起这件事的时候，他表现得很平静，但我知道他几乎进入了歇斯底里的状态。他们没有射杀任何人，只是给了他们一封信，让他们坐船顺流而下。我问他感觉是不是‘哥伦比亚革命武装力量’或M–19组织干的（二者都是名头最臭的哥伦比亚游击队组织）。”

“然后呢？”

“他说都不是。但他告诉我，他相信他们在信中所说的话。”

宝拉拿起了我带来的报纸，大声读起在报纸上转载的那封信。

> 我们都是一些为了谋生需要每日劳作的人。我们以祖先的鲜血发誓，决不允许在我们的河流上建造水坝。我们只是平凡的印第安人和麦士蒂索人（混血儿），但我们毋宁死，也不愿在我们的土地被洪水淹没时置身事外。我们要警告我们的哥伦比亚人兄弟们：不要再为这些建筑公司工作了！

她放下报纸问我：“你怎么对他讲的？”

“我必须服从公司的规定。我还问他，是否觉得这封信像一个农民写的？”

她静静地坐着，耐心地看着我。

“他只是耸耸肩。”我们的目光碰撞到了一起，“宝拉，我讨厌自己扮演的这个角色。”

“那接下来你又做了什么？”她想知道更多。

“我用拳头砸向了桌面。我恐吓了他。我问他，知不知道拿着AK–47的农民对他来说意味着什么。然后我又问他是否了解谁发明的AK–47。”

“他知道吗？”

“他知道，但我几乎无法听清他的回答。‘一个俄国人。’他小声对我说。我肯定了他的答案，发明者是一个名叫卡拉什尼科夫（Kalashnikov）的人，苏联红军中一名功勋卓著的军官。我想办法让他相信，写这封信的人就是敌对阵营的。”

“你自己相信吗？”她问我。

她的问题让我一时语塞。我该怎么回答呢？据实吗？我回想起了伊朗，想起了亚明那时把我描述成一个夹在两个世界中间的人——进退维谷。在某种程度上，我希望在游击队袭击的时候能身处那个营地，或者我也是游击队的一员。这种古怪的念头渐渐占据了我的内心，这是一种对亚明、博士和哥伦比亚叛军的羡慕之情。他们都是信念坚定的人。他们选择了真实的世界，而不是在两个世界之间摇摆不定。

“我需要完成我们的工作。”我最后说。

她温柔地笑了。

“我讨厌这样。”我想起了那些多年来常常浮现在我脑海中的人物，托马斯·潘恩及其他独立战争的英雄们、海盗和拓荒者。他们坚定地站在某一边，而不是像我这样摇摆不定。他们立场鲜明，尽管有时候残忍、自私，但他们勇于为自己的所作所为担当责任。“我一天比一天更恨我们的工作。”

她握住我的手说：“是你们的工作吗？”

我们彼此凝视着对方的眼睛。我清楚她的言下之意。“是我自己的。”

“那你想要怎么做呢？约翰。”

我无言以对。那一丝丝的解脱瞬间转变成了自我防卫。我结结巴巴地说出了那套老生常谈的托词：我正在努力做一些好事，我想要找到从内部改变体制的办法，以及——还是那个陈词滥调——如果我辞职，就会有更坏的人顶替我的位置。但我从她看我的眼神中能明白，这些话并不能取信于她。更糟糕的是，我知道连我自己也不相信。她逼迫我明白了一个基本的事实：应该谴责的不是我的工作，而是我自己。

“那你呢？”我最后问她，“你又相信什么？”。

她轻轻地叹了口气，松开了我的手，反问道：“你在转换话题？”

我点了点头。

“那好吧。”她没有表示反对。她拿起了一把勺子，似乎在仔细检查。“我知道有些游击队员在俄罗斯等国家接受训练。”她把勺子伸到杯中的牛奶咖啡里搅了一下，然后慢悠悠地舔起了勺子。“他们还能怎么办？他们需要学会使用现代武器，学会如何与你们学校训练出来的士兵作战。有时候他们会出售可卡因以换取购买武器的资金。不然怎么可能买得起枪支？尽管没有胜算，他们也要挺身而出。你们的世界银行不会帮助他们保护自己。事实上，正是它将他们逼到这步田地的。”她抿了一口咖啡。“我相信他们的事业是正义的。电力只能帮助到少数人，那些最富有的哥伦比亚人。但会有成千上万的人死去，因为在你们建成大坝之后，水源和鱼类都会遭到污染。”

听到她如此同情地说起那些反对我们（我）的人，我感到起了一身的鸡皮疙瘩。我发觉自己的手在小臂上挠痒。

“你怎么对游击队有这么多了解？”即便我问出了这个问题，我还是有一种窒息感，因为我预感到自己明明不想听到答案。

“我和他们中的一些人是同学，”然后她犹豫了一下，把杯子推到一边。“我的兄弟参加了这个运动。”

原来如此。我感到非常泄气。我以为我了解她的一切，但这……我脑海中闪过这样一个画面：一个男人在回到家中时，发现妻子正和另一个男人躺在床上。

“你怎么从来也没有告诉过我？”

“似乎这关系不大吧。我为什么要告诉你呢？这不是什么值得炫耀的事情。”她顿了一下，“何况我已经有两年没见过他了。他必须非常小心。”

“你怎么确定他还活着？”

“我不清楚，不过政府最近把他列入了通缉名单。这个是好兆头。”

“他是怎么成为他们中的一员的？”我感到一阵难以名状的嫉妒。

所幸她一直盯着咖啡杯。“他曾在一家石油公司办事处的外面示威——我记得是‘西方石油公司’。他和几个好朋友一起抗议在土著居民的土地上钻探——是一个面临灭绝的部落所在的森林地带。他们遭到了军队的攻击和毒打，并被扔进了监狱——他们没有做任何违法的事。别忘了，他们只是站在大楼外挥舞标语和唱歌。”她透过附近的窗子眺望远方，“他们把他关了将近6个月。他从没有告诉过我们他在里面遭遇了什么，但他在出狱后就完全变成了另外一个人。”

这是我第一次与宝拉聊到这些事情，类似的谈话在那之后还发生了很多次。我如今知道，那些讨论为接下来要发生的事情做了铺垫。我的灵魂已经被撕得粉碎，但对金钱的欲望以及其他的弱点仍在左右着我——10年前，也就是1968年，国家安全局在为我建档时识别出了这些弱点。通过强迫我看清这些弱点，并让我直面对于海盗和其他反叛者的迷恋所代表的更深层次情感，宝拉帮助我走上了救赎之路。

除了我个人所面临的进退两难境地之外，我在哥伦比亚的时光还帮助我理解了老派的美利坚合众国和新型的全球帝国之间的理念之别。

美利坚合众国理想的一面为全世界带来希望，其根基似乎是在道德上和哲学上的，而非物质的。它自称是基于人人平等和处处公正的理念。然而，它也有阴暗的一面，包括在长达一个多世纪里剥夺了没有土地的人、妇女和少数族裔的投票权，并反复以种族暴力、偏见政治和警察暴行的形式爆发。老派的美利坚合众国可以张开双臂庇护受压迫者，然后强迫他们的孩子在工厂里像奴隶一样工作，并将同样的工作环境输出到海外的血汗工厂。它可以同时担当和平的希望和军事的力量——它可能会像二战时那样迅速投入战争。有些人还寄希望于那些会威胁到美利坚合众国理想的机构——大公司、银行和政府的官僚机构，它们有可能被重新引导去发动彻底的变革，从而以最好的形式呈现共和国。至少在理论上，这些机构所拥有的通信网络和运输系统，是消除疾病、饥饿甚至战争所必需的——只要它们能被说服去选择这样的道路。

另一方面，全球帝国推翻了美利坚合众国所宣称的大部分理念，这是一个以重商主义为基础，自私自利、贪婪无度和物欲主义的体制。与之前的所有帝国一样，它张开双臂只是为了积攒资源，攫取眼前所见的一切，填饱它那贪得无厌的胃口。它会无所不用其极地帮助其统治者获得更多的权力和财富。

当然，在理解这种理念之别的过程中，我还逐渐生出对自己角色的更清晰认知。克劳狄娜早就警告过我这一点。从一开始，她就大概讲述了如果我接受美因公司提供的工作，我会变成什么样的人。然而，直到经历过在印度尼西亚、巴拿马、伊朗和哥伦比亚等国家的工作，我才敢于正视这其中更深远的影响，同时还需要像宝拉这样一个人的耐心、爱情和个人故事。

我忠于美利坚合众国的理念，但我们通过这种新型的、极其微妙的帝国主义形式所犯下的罪行，相当于用金融手法替代了军事行动，实现了我们曾经在越南可望而不可即的目标。如果东南亚带来的教训是我们的军队有其局限性，那么经济学家会为此设计出一个更好的方案，而且外国援助机构和“为其服务”的私人承包商（或者更确切地说，是“被其服务”的私人承包商）也会变得更熟练于执行这一方案。我常常会想到在波士顿的那一天——就在那一天，克劳狄娜向我传授了整个经济杀手策略的四大支柱：恐惧、债务、对不足的焦虑和分而治之。

在各大洲的许多国家里，我都见识了人们是如何为美国公司工作的——尽管这些公司并不是经济杀手网络的正式组成部分，但它们参与的勾当远比阴谋论所设想的任何事物都要险恶得多。它们会尽一切办法让我们这些经济杀手所拥护的体制长存——一半是出于它们自己想这样做，也有一半是因为有人告诉它们要这样做。就像很多美因公司的工程师一样，他们对自身行为的后果毫不知情，还天真地相信血汗工厂和制造厂为自己公司所生产的鞋子和汽车零件，正在帮助穷人们摆脱贫穷，而不是使他们像欧洲中世纪庄园的农奴和美国南方种植园的奴隶一样，生活越来越难以为继。[56]正如很多剥削的早期表现形式一般，现代农奴或奴隶已经为社会所接纳，他们相信自己比那些活在边缘地带、欧洲黑暗的洞穴、非洲的丛林或美国边境的荒野里的不幸灵魂过得更美好。

关于我是应该继续留在美因还是要辞职的挣扎，已经变成了一个公开的战场。毫无疑问，我的良心驱使我想要离开，但另一方面——就像我在商学院时钟爱的那种思考模式——却不那么肯定。我自己的王国正在不断扩张，不断增加的下属人数、工作过的国家和公司股权膨胀了我的各类投资组合，也膨胀了自我。除了金钱和生活方式的诱惑，除了权力带来的成瘾性高潮，我还常常想起克劳狄娜的警告："一旦加入，此生都别想脱身。"

我告诉宝拉，克劳狄娜在很多事情上都说对了。

"那是很久以前了，"宝拉说，"生活在改变。无论如何，这又能怎样呢？你现在是无法心安理得。不管什么人对你造成过影响，还能有比这更糟的吗？"

这是宝拉不断重复的问题，而我也最终想通了。我向她和自己坦然承认，金钱、冒险和欲望越来越无法平息混乱、内疚和压力。作为公司的主要合伙人，我变得越来越富有，但我知道，如果我继续留下去，我真的将永远无法脱身。

一天，当我们沿着卡塔赫纳的西班牙古老堡垒附近的海滩散步时，在这个经历了无数次海盗袭击的地方，宝拉突然想到了一个我从未想到的主意。"要是你永远不说出你所知道的事情，又会怎样呢？"她问道。

"你是说……让我保持沉默？永远不要透露我所知道的？"

"没错。不要给他们找你麻烦的借口。事实上，给他们充分的理由让他们不来打扰你，不需要把水搅浑。"

这很有道理——我奇怪为什么自己以前从来没有想到过。我不会写书或做任何其他事来曝光我所掌握的真相。我不会成为一个圣徒战士，相反，我会专注于享受生活，去旅行，甚至可能再婚、组建家庭。我已经受够了，我只是想离开。

"你所熟知的一切都是谎言，"宝拉说，"你的生活就是一个谎言。"她还问，"你最近看过自己的简历了吗？"

我承认我没有。

"看一下吧，"她建议道，"前几天我读了西班牙语的版本。如果这份简历和英文版的内容一样，我想你会觉得非常有意思。"

25　唬人的简历

当我还在哥伦比亚时，有传闻说杰克·道伯已经从美因公司总裁的位置上退休了。不出所料，董事会主席兼首席执行官麦克·霍尔很快任命布鲁诺为道伯的继任者。波士顿和巴兰基利亚之间的电话沟通异常繁忙。所有人都认为我很快也会被提升，毕竟我是布鲁诺最信任的门徒之一。

这些变化和谣言足以让我重新审视自己的位置。当我还在哥伦比亚的时候，我听从宝拉的建议，读了我的西班牙语版本的简历。它让我很是吃惊。回到波士顿总部后，我又调出了英文的原版以及 1978 年 11 月刊的公司内部杂志《美因观点》。那一期上有一篇名为《为美因客户提供新型服务的专家》的文章重点介绍了我。

我曾经对自己的那份简历和那篇文章非常自豪，但如今用宝拉的眼光看它们，却让我不禁怒火中烧。这两份文件在选材上体现了刻意的欺骗。尽管我对其中陈述的基本事实并无异议，但事实背后的许多重要内容被省略了。并且，这两份文件也反映出一个更深刻的重要内涵——不仅折射了我们时代的现状，也触及了我们当前正在走向全球帝国的核心观念：它们就是一种战略的具象化，即通过精心传递出的假象来掩盖根本的现实。它们以一种奇怪的方式，象征着我直到那一刻的生活故事只不过是金玉其外败絮其中。

当然，得知我要为自己的履历承担大部分责任后，更是让我对看到这样的东西感到沮丧。根据公司标准的操作程序，我需要持续更新最基本的简历，并备份有关被服务的客户和所做工作类型的信息。如果市场人员或项目经理想要在自己的提案中加入我的名字，或者以其他方式利用我的专长，他们可以依照其项目侧重的特殊需求来篡改这些基本数据。

比如说，某人可能会选择性地强调我在中东的经历，或者在世界银行和其他多国论坛上发表过的演讲。一旦需要这样做，那个人首先应该得到我的准许，然后才能真正公开修改后的简历。然而，我与美因的其他许多员工一样，需要频繁出差，所以也经常有先斩后奏的情况。因此，宝拉建议我看的那份简历和它的英文版本都是我未曾见识过的，尽管这些信息肯定早就包含在我的档案之中。

约翰M.珀金斯

工作经历

约翰M.珀金斯是电力和环境部辖下的经济研究部经理。

自从加入美因公司以来，珀金斯先生一直负责公司在美国境内、亚洲、拉丁美洲及中东地区的主要项目，其工作内容包括发展规划、经济预测、能源需求预测、市场研究、发电厂选址、燃料调度分析、经济可行性研究、环境及经济影响研究、投资规划和管理咨询。此外，公司许多涉及培训客户的项目用到了珀金斯及其职员开发的技术。

近期，珀金斯先生正在负责一个开发计算机程序包的项目，该程序包可用于：1）推算能源需求以及量化经济发展与能源产量之间的关系；2）评估项目的环境及社会经济影响；3）国家和区域经济规划中的马尔可夫和计量经济学模型。

在加入美因公司之前，珀金斯先生曾在厄瓜多尔进行了3年的市场研究，创立并管理过一家建筑材料公司。他还在整个厄瓜多尔进行组建信贷和储蓄合作社的可行性研究。

教育背景

商业管理专业文学士
波士顿大学
研究生方向：
模型构建、工程经济学、
计量经济学、概率方法

语言

英语、西班牙语

所属专业协会

美国经济协会
国际开发协会

出版著作

《一种马尔可夫过程在预测中的应用——电力需求》
《能源预测中的一种马尔可夫方法》
《用于描述经济与环境之间直接和间接相互关系的一个模型》
《互联系统的电力需求》
《马尔可夫方法在规划中的应用》

专长

预测研究
市场研究
可行性研究
选址研究
经济影响研究
投资规划
燃料供应研究
经济开发规划
培训课程
项目管理
布局规划
管理咨询

客户案例

- 阿美石油公司（沙特阿拉伯）
- 亚洲开发银行
- 博伊西加斯凯德公司
- 城市服务公司
- 代顿电力和照明公司
- 通用电气公司
- 科威特政府
- 国家水电公司（巴拿马）
- 美洲开发银行
- 国际复兴开发银行（世界银行）
- 伊朗能源部
- 纽约时报
- 纽约州电力署
- 印度尼西亚国营电力公司
- 南卡罗莱纳电力燃气公司
- 纸浆和造纸工业技术协会
- 联合坎普公司
- 美国财政部及沙特阿拉伯王国

主页

Specialists offer MAIN's clients new services

by Pauline Ouellette

Looking over the faces behind the desks, it's easy to tell that Economics and Regional Planning is one of the most recently formed and rapidly growing disciplines at MAIN. To date, there are about 20 specialists in this group, gathered over a seven-year period. These specialists include not only economists, but city planners, demographers, market specialists and MAIN's first sociologist.

While several people were influential in getting the economics group started, it basically came about through the efforts of one man, **John Perkins**, who is now head of the group.

Hired as an assistant to the head load forecaster in January, 1971, John was one of the few economists working for MAIN at the time. For his first assignment, he was sent as part of an 11-man team to do an electricity demand study in Indonesia.

"They wanted to see if I could survive there for three months," he said laughing reminiscently. But with his background, John had no trouble "surviving." He had just spent three years in Ecuador with a Construction Materials Co-op helping the Quechua Indians, direct descendants of the Incas. The Indians, John said, were being exploited in their work as brick makers so he was asked by an Ecuadorian agency to form a co-op. He then rented a truck to help them sell their bricks directly to the consumers. As a result, profits rapidly increased by 60%. The profits were divided among the members of the co-op which, after 2½ years, included 200 families.

It was during this time that John Perkins met **Einar Greve** (a former employee) who was working in the town of Paute, Ecuador, on a hydroelectric project for MAIN. The two became friendly and, through continual correspondence, John was offered a position with MAIN.

About a year later, John became the head load forecaster and, as the demands from clients and institutions such as the World Bank grew, he realized that more economists were needed at MAIN. "While MAIN is an engineering firm," he said, "the clients were telling us we had to be more than that." He hired more economists in 1973 to meet the clients' needs and, as a result, formed the discipline which brought him the title of Chief Economist.

Perkins

John's latest project involves agricultural development in Panama from where he recently returned after a month's stay. It was in Panama that MAIN conducted its first sociological study through **Martha Hayes**, MAIN's first sociologist. Marti spent 1½ months in Panama to determine the impact of the project on people's lives and cultures. Specialists in agriculture and other related fields were also hired in conjunction with this study.

The expansion of Economics and Regional Planning has been fast paced, yet John feels he has been lucky in that each individual hired has been a hard working professional. As he spoke to me from across his desk, the interest and support he holds for his staff was evident and admirable.

Frank Fullerton participant in MIT program for executives

Frank M. Fullerton, Vice President and Division Manager of the Power Systems Division, is attending the MIT Sloan School of Management Program for Senior Executives.

The program is designed for senior level management and it seeks to develop in them a broad understanding of the major forces which will influence the future of a firm. Areas of study such as policy formulation, management information and decision systems, organization behavior and the business environment form the basic content of the program. Also included are specific seminars in marketing, finance, human resources management, system dynamics and corporate strategy.

The program is attended by 28 participants selected from applications received from all over the world. The group is staying at the MIT Endicott House in Dedham, Mass., and, except for one four-day weekend break, participants are expected to remain in residence.

During Mr. Fullerton's nine-week absence (Sept. 17 – Nov. 17), **Edward J. Fitzsimmons**, Chief Discipline Engineer of the Structural Department in the Pulp and Paper Division, is Acting Division Manager of the Power Systems Division.

为美因客户提供新型服务的专家

作者：保利娜·欧莱特（Pauline Ouellette）

看着桌子后面的一张张面孔，明显体现了“为美国客户提供新型经济和区域规划”已成为美因公司最新形成且快速发展的学科之一。迄今为止，我们用了7年时间在这个小组中汇集了20位专业人士。他们当中不但有经济学家，还包括城市规划师、人口统计学家、市场专员，以及美因公司的首席经济学家。

尽管很多人对启动这个经济小组发挥了影响力，但主要贡献还是来自一个人的努力，约翰·珀金斯。他现在是该小组的负责人。

1971年1月，他被聘为首席负荷预测师的助理。约翰是美因公司当时为数不多的经济学家之一。他的第一次任务是随同一个11人小组奔赴印度尼西亚，研究当地的电力需求。

“他们想知道，我是否能在那里挺过3个月。”他笑着回忆道。但以他的经历来说，“挺住”对他来说毫无压力。他曾经在厄瓜多尔的一个建筑材料合作社工作了3年时间，帮助当地的盖丘亚人——他们可是印加人的直系后裔。据约翰讲述，这些印第安人都是些砖匠，他们烧出的砖块遭到了严重的盘剥，所以一家厄瓜多尔机构要求他帮助组建一家合作社。于是，约翰租用了一辆卡车，帮他们将砖直接卖给顾客。结果，他们的利润率飙升了60%，该利润由合作社的成员平分。两年半之后，这家合作社的成员增加到了200个家庭。

就是在这段时间里，约翰·珀金斯结识了艾纳·格列夫（我们曾经的员工），他当时正在厄瓜多尔的保特镇建设美因公司的一处水电项目。二人成了好朋友，并凭借长期的书信交流，约翰得到了一份美因公司的工作。

大约一年之后，约翰成了首席负荷预测师，并且随着像世界银行这类客户的需求增长，他意识到美因公司需要更多的经济学家。“尽管美因是一家工程公司，”他说，“但我们的客户告诉我们，需要我们做的绝对不止于此。”1973 年，他为了达到客户的要求而雇用了更多的经济学家，并因此形成了一个学科，从而为他赢得了首席经济学家的头衔。

约翰的最新项目涉及巴拿马的农业开发，他在那里待了一个月才回来。也正是在巴拿马，美因公司进行了其首个社会研究项目。这是公司的首位社会学家玛莎·海耶斯完成的。玛莎在巴拿马用了一个半月的时间，归纳出项目对人们生活和文化的影响。美因也聘用了农业和相关领域的专家，共同进行这项研究。

经济和区域规划的发展步伐很快，然而约翰却认为，他的幸运在于每一个受聘的人都是努力工作的专业人士。当他坐在办公桌后面对我亲口讲述这些时，他对下属的关心和支持溢于言表。这一点着实令人钦佩。

乍看上去，我的简历似乎是相当的清白。在“工作经历”一项中，一开始就是我“一直负责公司在美国境内、亚洲、拉丁美洲及中东地区的主要项目”，并提供了一份项目类型的流水账：发展规划、经济预测、能源需求预测，等等。在这一项的最后又讲述了我在厄瓜多尔和平队的工作，却没有提到和平队的名字——这给人的印象是，我是一家建筑材料公司的职业经理人，而不是一名小小的志愿者，在安第斯山脉高处的一个偏远村庄里协助一家由安第斯砖匠们合伙的小型合作社。

两份文件中的每一处表述都非彻头彻尾的谎言，然而，它们所传达的观念如今被我认为是被歪曲的、过滤的。在一个看重官方文件的文化中，这样做是犯下了更加邪恶的罪行。彻底的谎言很容易被戳穿，但像这样的两份文件却难以被识破，不仅因为它们内容的半真半假，而且因为制作它们的公司在过去还赢得过其他公司、国际银行和政府的信任。

我反复回看简历上列出的最后一个客户。很多读者可能也要问：美国的财政部与沙特阿拉伯有什么关联吗？你们可能永远无法猜到，这一行文字只有世界上那些身在核心圈内的人才看得明白。这表明了我曾效力的场景，包括我所在的团队精心设计了改变世界历史进程的交易，参与了永远不会在报纸上公之于众的大事——我帮助敲定的契约保障了美国源源不断的石油供应，它维护了美元继续成为世界货币的地位以及沙特王室的统治，让美国公司得利，帮助本·拉登获得资助。寥寥的几个字显示了美因公司的首席经济学家是何等的“神通广大”。

这两份文件就放在我办公桌最上层的抽屉里，我会经常翻阅它们。后来，我有时会不自觉地走出办公室，徘徊在我下属们的办公桌之间，为我们在扩大贫富差距方面所发挥的作用而深感内疚。我想到了那些每天忍饥挨饿的人们，而我和我的员工却住在最高档的酒店里，在最好的餐厅里用餐，积聚个人的金融资产组合。

我不得不承认，我一手培养的这些人如今也成了经济杀手。但如今的这个行当与我当初加入时发生了很大的变化。世界在变迁，而正如我后来逐渐明白的，公司王国也在与时俱进。我们的工作更为精进了——或者说，更为祸人间了。为我工作的人是全新的一代，他们的生活中没有国家安全局的测谎仪，也没有克劳狄娜，更没有人会给他们讲清楚，为了完成全球帝国的使命他们该怎么做。他们只不过跟着我有样学样，依照我的奖惩制度行事。他们只知道，自己需要做出我想要的研究和结果。他们的薪水、圣诞节的奖金——事实上，他们的工作饭碗——都取决于如何取悦我。

我当然要尽我所能来欺骗他们。我发表论文、做演讲，抓紧一切机会，就是为了让他们相信乐观的预测、巨额贷款、资本注入的重要性——但这些只会刺激国民生产总值的增长，让富人变得更富。如今，这些坐在我俯瞰波士顿后湾的办公室外面一张张办公桌前的男男女女，即将走向全世界去推进帝国的事业。但是，与我不同的是，他们一直被蒙在鼓里。

在无数辗转反侧的夜晚，我思考、担忧的就是这些事情。宝拉提及我的简历仿佛打开了一个潘多拉魔盒，我也常常嫉妒下属们的“懵懂”。我一直在刻意欺骗他们，但这样做却保护了他们免受自己良心的谴责——他们不必纠结于困扰我的道德问题。

我也思考了很多关于商业诚信的问题，关于外表与实质之间的对比。我现在明白了，我们的欺骗已经达到了一个新的高度，以至于让我们相信要不惜一切代价，通过恐惧、债务、对不足的焦虑和分而治之这四大支柱，推行一个加大贫富差距的腐败体系。四大支柱构成了经济杀手策略的基础，而这个策略似乎越来越有可能导致我们自己的毁灭——不仅是道德上的，而且是肉体上的，同样也在文化上——除非我们能尽早洗心革面。

我意识到，所有这一切都是一个体系的一部分，这个体系就是为了推行帝国主义的一种微妙形式，而每一家主要的跨国公司都有自己的经济杀手同类。他们从纽约、旧金山、伦敦、北京和东京的公司总部扩散到每一片大陆，说服腐败的政客们让自己的国家落入全球企业王国的圈套中，并引诱绝望的人们卖身于血汗工厂和生产线。

令人不安的是，在我的简历和《美因观点》文章的文字背后暗藏了很多不能明说的细节，这些细节定义了一个镜花水月般的世界，刻意将我们所有人都困在一个道德上令人反感、最终要自我毁灭的体系之中。通过让我领会到这些言外之意，宝拉推动我在最终改变人生的道路上又迈出了一步。

26　厄瓜多尔总统与石油巨头的斗争

我在哥伦比亚和巴拿马的工作让我有了许多机会，能更多地了解和接触这个当初成为我“第二故乡”的国家——厄瓜多尔。在一长串受美国政治和商业利益操纵的独裁者与右翼寡头的统治下，厄瓜多尔多年以来一直饱受折磨。在某种程度上，这个国家也是典型的香蕉共和国——像都乐食品公司（Dole Food）这样的巨头在这个国家的影响力极其庞大。

对厄瓜多尔亚马孙盆地的大量石油开采始于20世纪60年代末，这引发了一场收购盛宴。在这轮收购中，一小撮家族掌控厄瓜多尔的方式完全符合跨国银行的心意——这些家族依仗未来的石油收入，让自己的国家背上了沉重的债务。[57]这个国家如同雨后春笋般在各地建起了公路、工业园区、水电大坝、输配电系统和其他电力工程。国际工程和建筑公司又一次在这里发了大财。

此时，有一个人成了这个安第斯山脉国家中冉冉升起的明星，他在政治腐败丛生以及与公司王国共谋的陈规陋习之中是一个异类。这位海梅·罗尔多斯（Jaime Roldós）年近40岁，是一位大学教授和律师，我们在不同的场合见过几次面。他气质非凡，也很有个人魅力。有一次，我一时冲动向他表示愿意飞到基多，提供随叫随到的免费咨询服务。我这样说部分是在开玩笑，但也因为我乐意在自己的假期里这么做——不光是我对他颇有好感，而且我也一直在寻找一个好借口可以经常往来于厄瓜多尔。他笑了，并回报给我一个同等的约定，说我可以随时找他商量石油开发的利益分配。

罗尔多斯树立自己的名望靠的是民粹主义，因为他坚信穷人的权利，相信政治家有义务谨慎利用一国的自然资源。1978年，当他开始竞选厄瓜多尔总统时，他得到了厄瓜多尔国民的看重，也受到了别的很多国家公民的关注——这些国家要么遭到外国利益集团掠夺石油资源，要么希望摆脱强大的外部势力的影响。罗尔多斯是难得一见的现代政治家，他从不畏惧对抗不公正的现状。他的目标是石油公司以及在背后支持石油公司的若隐若现的体制。

最好的例证就是，我曾听说他谴责来自美国的福音派传教团体“国际语言暑期学院”与石油公司沆瀣一气。自从我加入和平队，我就很熟悉国际语言暑期学院的使命。该团体打着研究、记录和翻译土著语言的旗号，已经扎根于厄瓜多尔以及许多其他国家。

在亚马孙盆地石油勘探的早期阶段，国际语言暑期学院就与当地的瓦奥拉尼人进行了全面的合作。于是，一种模式悄然出现。虽然这也可能只是一个巧合（确实没有任何证据能表明两者之间存在联系），但在许多亚马孙社区都流传着同样的故事——当地震学家向某公司总部报告某地的地表下有很高的可能性蕴藏石油的时候，一些国际语言暑期学院的成员就进驻到该地区，鼓励居住在此处的土著居民从这片土地上搬到传教士的保护区，并在那里得到免费的食物、住所、衣服、医疗和传教士式的教育——交换条件是必须允许石油公司进入他们的土地。

还有传言说，国际语言暑期学院的传教士们还用各式不光彩的手段来劝说人们舍弃自己的家园，搬到他们传教团的驻地。另外一个耳熟能详的传说是，传教士捐赠的食物中含有大量的泻药，之后他们会派人提供治疗腹泻流行的药品。据说在整个瓦奥拉尼地区，国际语言暑期学院会空投底部暗藏微型无线电发射机的食品篮；驻扎在贝壳城军事基地的美国军事人员会操控高精密的通信接收器，接收这些无线电发射机的信号。每当有社区的成员遭到毒蛇咬伤或身患重病时，总会有国际语言暑期学院的一名代表带着抗蛇毒血清或适当的药物迅速到达——通常是乘着石油公司的直升机从天而降。虽然我没有办法核实这些谣传，但我还是从国际语言暑期学院那里听说了一些别的故事。

有一次，还是在石油勘探的早期阶段，五名传教士被发现死于瓦奥拉尼人的长矛贯穿伤。在厄瓜多尔的一些人认为，这一事件所传递的信息就是让传教士们滚出去。但杀戮却起了相反的效果。其中一名被杀者的妹妹蕾切尔·森特（Rachel Saint）在美国各州巡回演说，在全国的电视节目上为国际语言暑期学院筹集资金、争取支持，她还声称该团体正在帮助“野蛮人”变得“文明”和“有教养”。

根据一些消息来源，国际语言暑期学院接受了洛克菲勒慈善机构的资助。而洛克菲勒家族的后裔约翰 D. 洛克菲勒创立了标准石油公司，该公司后来被分拆为几个大型石油公司，其中包括雪佛龙、埃克森和美孚。[58]

罗尔多斯能感动我的是，他正在追随托里霍斯开拓出的道路。二人都挺身而出，反抗世界上最大的超级强权。托里霍斯想要收回运河，而罗尔多斯对于石油问题带有强烈的民族主义立场，威胁到了世界上最有影响力的公司。与托里霍斯一样，罗尔多斯也在争取其国家决定自己命运的权利。正如人们对托里霍斯的看法一样，权威人士预测，大企业和华盛顿永远不会容忍罗尔多斯成为厄瓜多尔总统；如果他能当选，他将面临与危地马拉的阿本斯或智利的阿连德相似的命运。

在我看来，托里霍斯和罗尔多斯可能会共同在拉丁美洲引领一场新的政治运动，而这场运动也许会形成让地球上每个国家发生变革的基础。他们既不是卡斯特罗，也不是卡扎菲。他们与俄罗斯或中国没有结盟，也不像阿连德那样与国际社会主义运动有关联。他们是受人爱戴的、智慧的、充满魅力的领导人；他们务实而不教条；他们是民族主义者，但并不反美。如果说公司王国的建立需要三大组成部分——大公司、国际银行，以及与前二者狼狈为奸的各国政府，那么罗尔多斯和托里霍斯的出现带来了打破政府勾结的可能性。

罗尔多斯施政纲领的一个重要部分后来被称为“碳氢化合物政策”。这一政策的前提是，厄瓜多尔最大的潜在资源是石油，今后对这一资源的所有开采都应让最大比例的人口获得最大化的利益。罗尔多斯坚定地相信国家有义务扶助穷人和无所依靠的人们。他期望“碳氢化合物政策”实际上可以被用作实现社会改革的工具。然而，他必须如走钢丝般地小心行事，因为他知道，在厄瓜多尔，就像在许多其他国家一样，他至少需要一部分最有影响力家族的支持，才可能当选；而且，即便他能够在不依靠他们的情况下获胜，如若没有他们的支持，他也将永远无法看到他的计划实施。

让我感到欣慰的是，在这个关键时刻，卡特还在白宫。尽管有来自德士古和其他石油利益集团的压力，华盛顿基本上还是置身事外。我清楚，如果是其他人执掌白宫——无论是共和党还是民主党，情况大概率不会如此。

我认为，正是这项“碳氢化合物政策”比其他任何事项都更容易说服厄瓜多尔人将罗尔多斯送入基多的总统府——他成为一长串独裁者之后的第一位民选总统。罗尔多斯在1979年8月10日的就职演说中勾勒了采取这一政策的缘由：

> 我们必须采取有效措施保卫这个国家的能源资源。国家（必须）维护其出口的多元化，也不能丧失经济的独立性……我们的决定将完全基于国家利益，以及不受限制地捍卫我们的主权。[59]

刚一上任，罗尔多斯势必就盯上德士古，因为它那时已经成为这场石油游戏中的主要玩家。双方的关系势同水火。这家石油巨头不信任新总统，也不想参与任何可能开创先河的政策，因为它非常清楚，这些政策早晚会被其他国家所效仿。

罗尔多斯的一位重磅顾问何塞·卡瓦加尔（José Carvajal）在一次演讲中总结了新政府的态度：

> 如果有合作伙伴（德士古）不愿意承担风险，不愿投资于勘探，或者不愿意在石油特许区域内采油，那么其他合作伙伴有权参与这些投资，然后作为所有者取而代之……
>
> 我们认为，我们与外国公司的关系必须是公平的；我们在斗争中必须保持强硬；我们必须准备好应对一切形式的压力，但不应该在与外国人的谈判中表现出畏惧或自卑心态。[60]

在1980年的元旦，我做了一个决定。那是新的十年开始的那一天，再过28天，我就年满35岁了。我决心在接下来的一年里，做出我生命中的重大改变，并在未来努力以海梅·罗尔多斯和奥马尔·托里霍斯等当代英雄为楷模。

此外，几个月前还发生了一件令人唏嘘的事。单看盈利数据，布鲁诺是美因公司历史上最成功的总裁。然而，在毫无征兆的情况下，麦克·霍尔突然解雇了他。

27 金盆洗手

麦克·霍尔解雇布鲁诺的事件就像是一场地震，引发了整个公司内部的混乱和争吵。布鲁诺固然有他的敌人，但纵然是这帮人，也有不少对此感到失望。对许多员工来说，这显然是出于嫉妒。在午餐桌上或咖啡车旁的讨论中，人们经常吐露，认为霍尔感受到了比他年轻15岁的布鲁诺对他造成的威胁，因为这个人把公司的盈利能力带入了一个前所未有的高度。

“霍尔是不会让布鲁诺继续风光下去的，”一个人说，“他肯定清楚，布鲁诺迟早会全面接手，到时候他这个老家伙就要出局了。”

仿佛为了证实这些流言，霍尔任命保罗·普里迪（Paul Priddy）为新总裁。保罗很多年以来一直是美因公司的副总裁，他是位对人和善、工作一丝不苟的工程师。但在我看来，他这个人平平无奇，对董事会主席的突发奇想总是唯唯诺诺，从不拿利润相逼。公司很多人都与我有着相同的看法。

对我来说，布鲁诺的离开是一场灾难。他是我的导师，我们国际工程业务的关键人物。普里迪跟他相反，一直专注于国内的工作，对我们在海外扮演角色的真实本质知之甚少。我不禁要问，公司未来将要何去何从？我打电话给回了家的布鲁诺，发现他对事态的掌握洞若观火。

“是的，约翰，他自知理亏，”他在谈到霍尔时说，“所以我提出了一笔非常丰厚的遣散费，我也得到了。麦克控制着大量有表决权的股票，一旦他采取行动，我就无能为力了。”布鲁诺表示，他正在考虑几家跨国银行高级职位的邀约，这些银行一直是我们的客户。

我请教他我该怎么办。

“处处留心吧，”他建议说，“麦克·霍尔已经脱离了现实，但没有人会告诉他——尤其不会是在现在，因为他如此对付我。”

1980 年 3 月下旬，解雇事件对我的打击还没有消退，我就操船去维尔京群岛度假。出乎我在选择这个地方时的意料，此处的历史竟然成为我开始践行新年决心的一个推动因素——直到现在我才想明白这件事。

当我逆着风，沿着德雷克海峡走“Z”字形的时候，一只挂着彩虹旗的木船向我驶来，它的风帆在船的两侧鼓起，顺风驶过海峡。船上六个穿着色彩鲜艳围裙的年轻嬉皮士一边呼喊一边挥手。很明显，他们就生活在这艘船上——这是一个公社，他们是现代的“海盗”，自由放荡、无拘无束。

我不由地感到一阵阵嫉妒——我一直想得到这种自由。接下来，我就想明白了。我的怨恨和愤怒与我的父母毫无干系，也不是针对他们没能给予我比预科学校的朋友们更好的优势。我在那一刻意识到，我一向贬低我的父母给我的恩赐。我亏欠父母良多，因为他们所做的一切都是为了准备和激励我走上这条道路，并一直走到现在。我还必须为我所犯下的全部错误承担个人责任。像过去那样将一切归罪于我的父母，这种行为不单单是愚蠢和不公平，更是自暴自弃的表现。

不久，我驶入了被圣约翰岛环抱的伦斯特湾，当年曾有一支海盗舰队停泊在这里等待黄金舰队的经过。我将锚推下了船身，铁链哗啦一声落入清澈的海水中，船也慢慢地停了下来。

安顿下来之后，我划着小艇来到岸边，并将小艇拖上海滩，置于一个破败的甘蔗种植园的废墟之下。我在海边坐了很长时间，尽量什么也不去想，集中精力清空自己所有的情绪。但这是徒劳的。

临近傍晚，我费力地爬上陡峭的小山，发现自己站在这个古老种植园那摇摇欲坠的外墙上，俯视着我停泊在海湾里的单桅帆船。我观赏太阳落入加勒比海。这场景似乎很有诗意，但我清楚，我身处的这座种植园曾经有过惨绝人寰的压榨。数百名被奴役的非洲人在这里死去——他们在枪口下被迫建造这座宏伟的豪宅，种植并收获甘蔗，还操作机器将原糖转化为朗姆酒的基本原料。这个地方此刻的宁静掩盖了它的残暴历史。

太阳消失在一座竦峙的山岛之后，一道巨大的紫红色弧光横跨天际。大海渐渐地暗淡下去，我开始想起一个令人不寒而栗的事实——我也是个奴隶贩子，因为我在美因公司的工作不单单是用债务引诱穷国将自己献身给全球帝国。我那些夸大的预测数字并不单纯是一个工具——当我的国家需要石油时，它确保我们能分到一杯羹，而且我作为合伙人也不光是提高公司的盈利能力。我的工作所针对的是活生生的人和他们的家庭——他们就像这些为了修建我脚下这堵墙而丧命的那群人，而我一直在冷血地榨取他们。

十年以来，我继承了早年奴隶贩子的所作所为。我用的手段更现代，也更加隐蔽：我用不着亲身查看死去的肉体，闻到血肉腐烂的恶臭，或听见痛苦的哀号——但我犯下的是同等的罪行。并且，由于我总能想方设法为自己开脱——因为我个人不用直接参与其中，也接触不到尸体、恶臭和哀号——所以究其根本，也许我才是更大的罪人。

我转过身去，不再看向大海、海湾和紫红色的天空。我闭上眼睛，感受着那些从非洲家园背井离乡来到此地的奴隶们所建造的那些墙。我试着不去思考这一切。当我睁开眼睛的一瞬间，突然瞥见了一根粗糙的大棍子——大概有寻常棒球棒那么粗，两倍的长度。我跳了过去，一把抓住棍子，开始猛砸那些石墙。我不停地砸着墙壁，直到力竭后瘫软在地。之后我躺在草地上，盯着云朵在天空中飘过。

终于，我设法回到了放置小艇的所在。我站在海滩上，望着那艘停泊在蔚蓝海面上的帆船，我知道我必须做点什么，我必须承担责任。我知道，如果我再回到以前的生活，回到美因公司以及它所代表的一切，我将会永远迷失。加薪、养老金、保险和津贴、股权……我待得越久，就越难以自拔。我可以继续像猛砸那些石墙一样一直折磨自己，或者我现在就可以脱身。

两天后，我回到了波士顿。在 1980 年 4 月 1 日，我走进保罗·普里迪的办公室，向他提交了辞呈。

第五部分

痛苦与退却

（1981—2004）

28 厄瓜多尔总统之死

离开美因公司可不是一件容易的事。保罗·普里迪无法相信我的决定。“这是愚人节的玩笑吗？”他对我挤了挤眼。

我向他保证我是认真的。我牢记宝拉的建议，不想得罪任何人，或者让别人怀疑我可能会曝光自己的经济杀手工作，所以我再三强调十分感激美因公司为我所做的一切，但我需要有所改变。我一直想用文字记录下那些因在美因公司工作而结识的全球人士，但我会避免谈及政治。我还说，我想成为《国家地理》和其他杂志的自由撰稿人，并继续四处旅行。我表达了对美因的忠心，也信誓旦旦只要有机会就一定会为公司歌功颂德。在那时，连我自己都几乎相信了我所说的一切。我只是想离开。我不想再当奴隶贩子了。最终，保罗同意了我的辞职。

从那以后，所有人都劝我不要离开。经常有人提醒我，我现在的生活有多美好，我甚至被人指责为神志不清。我逐渐明白，至少在一定程度上，没有人愿意接受我自愿离开的事实，因为这迫使他们也去审视自身。如果我的离去不是出于疯狂的一时冲动，他们可能也要考虑自己留下来的理性。人们更希望把我视作一个失去理智的家伙。

特别让人感到困扰的是我下属的反应。在他们的眼中，仿佛是我抛弃了他们，而且我也没有留下强有力的接班人。然而，我已经做出了决定。经过这么多年的摇摆不定，我这次下定决心要做个彻底的了断。

不幸的是，事情的发展并不如我所愿。诚然，我已经没了工作，但由于我的合伙人期权远远没有全部解除锁定，我能从股票上兑现的资金还不足以养老。如果我能在美因公司再多待几年，我很可能就会成为我曾经梦想的40岁百万富翁；然而，35岁的我在如今这个状况下要想实现那个目标，还有很长的路要走。这一年4月的波士顿显得格外寒冷而阴郁。

后来有一天，保罗·普里迪打来电话，请我去他的办公室一趟。“我们有一个客户威胁要换掉我们，”他说，“他们当初雇我们的原因就是想让你成为他们的专家证人。”

我思考了良久。当我隔着办公桌直面保罗的时候，我已经做出了决定。我开出了自己的价码——一份比我在美因的工资高出两倍多的预付报酬。令我惊讶的是，他同意了。

从此，我开始了一段新的职业生涯。

在接下来的几年里，我受聘成为一名拿着高薪的专家证人——主要协助美国电力服务公司获得“公共事业委员会”关于新发电厂的建设许可。我的一个客户是新罕布什尔州公用事业服务公司。我的工作是证明备受争议的西布鲁克核电站的经济可行性——这需要非常严肃的宣誓证词。而且在刚开始的时候，我确实相信事实就是如此。

虽然我不再直接参与拉丁美洲的事务，但我仍继续关注那里发生的事件。作为一名专家证人，我在出庭的间歇有很多的时间。我和宝拉保持着联系，也与我在厄瓜多尔和平队时的老朋友们重新建立了联系——此时，厄瓜多尔突然成为国际石油政治的焦点。

海梅·罗尔多斯继续高歌猛进。他认真地对待自己的竞选承诺，对石油公司发起了全面的打击。他似乎清楚地看到了很多人——无论是在北美还是在南美——可能遗漏或故意视而不见的一些事情。他理解当前暗流的真正含义，这股暗流可能会让整个世界纳入全球帝国的掌控，让自己国家的公民沦为无关轻重的角色，甚至近乎奴仆。每当我在报纸上读到关于他的文章时，我不仅为他的奉献精神所感动，也钦佩他对更深层次问题的洞察。这些更深层次的问题显示，我们正在进入世界政治的新纪元。

1980 年 11 月，卡特在美国总统大选中败给了罗纳德·里根。他与托里霍斯商定的“巴拿马运河条约”以及伊朗的局势——特别是被扣留在美国大使馆的人质和营救行动失利——都是他未能连任的重要原因。然而，更加微妙的变化也正在出现。一个以世界和平为最大目标并致力于减少美国对石油依赖的总统，正在被一个相信美国本该位于世界金字塔顶端的人所取代，而且这位新总统相信无论哪里有油田，控制油田都是“美国天命”的一部分；一位在白宫屋顶上安装太阳能电池板的总统，被另一位将在搬进椭圆形办公室后立即拆除电池板的总统所取代。

卡特也许是一个不称职的政客，但他对美国的远景规划符合我们在独立宣言中的定义。现在回想起来，他看起来就是一个天真的老派人士，一个坚守过去理念的老古董——尽管同一个理念在历史上塑造了这个国家，并吸引了我们的无数先辈来到大洋此岸。若是我们将他与其前任和继任者进行比较，卡特无疑是一个异类。他的世界观与经济杀手的理念格格不入。

里根与他截然相反，这位新总统绝对是一个全球帝国的建设者，也是公司王国的忠实奴仆。在他当选的时候，我就认为他是一名货真价实的好莱坞演员，服从于懂导演技巧的大亨们传下来的指令——这就是他的个人标签。他善于迎合那些往返任职于公司首席执行官的办公室、银行的董事会和政府大厅之间的人物。他服务于那些表面上为他服务、但实际上掌控政府的人，比如副总统老布什、国务卿乔治·舒尔茨、国防部长卡斯帕·温伯格、理查德·切尼、理查德·赫尔姆斯（Richard Helms）和罗伯特·麦克纳马拉等。他拥护那些人的一切需求——控制全世界及所有资源的美国，听命于美国的世界，只要美国定下规则就坚决执行的美国军队，以及支持美国作为全球帝国首席执行官的国际贸易和银行体系。

当我展望未来时，我发现，似乎我们正在进入一个非常有利于经济杀手大展拳脚的时期。我选择在这个历史时刻退出仿佛是命运的又一次转折。然而，我反思得越多，就越是感觉良好——我知道我所选择的时机是正确的。

至于长期来看这意味什么，我并不能未卜先知；然而，我从历史中得知，正所谓“盛极必衰”，任何帝国都是无法长久的。在我看来，像罗尔多斯这样的人带来了希望。我确信这位厄瓜多尔的新总统洞悉当前形势的许多微妙之处。我知道他是托里霍斯的仰慕者，也称赞卡特在巴拿马运河问题上的勇敢立场。我可以确定罗尔多斯不会动摇。我只希望他的坚韧能为其他国家的领导人点燃一根蜡烛——他们正需要他和托里霍斯的鼓舞。

1981 年初，罗尔多斯政府正式向厄瓜多尔国民代表大会提交了新的“碳氢化合物法案”。如果能实施，它将改革国家与石油公司的关系。从当时的许多标准来看，它被认为是革命性的，甚至是激进的。它的目的当然是改变整个产业的运作方式。它的影响将远远超出厄瓜多尔，延伸到拉丁美洲的大部分地区，甚至到达整个世界。[61]

石油公司的反应不出所料：它们真的使出了浑身解数。它们的公关人员开始竭力诋毁海梅·罗尔多斯；它们的说客蜂拥到基多和华盛顿，大肆威胁和贿赂；它们将厄瓜多尔当代的首位民选总统描绘成另外一个卡斯特罗。但罗尔多斯并未屈服于恐吓，他的反击是谴责政治、石油和宗教之间的合谋。尽管他没有提供任何确凿的证据，但他公开指控国际语言暑期学院与石油公司互相勾结，并在接下来采取了一个极其大胆的行动——他责令国际语言暑期学院离开厄瓜多尔。[62]

就在他将立法方案提交给国民代表大会的数周之后，也就是他驱逐国际语言暑期学院的传教士几天之后，他又警告包括但不限于石油公司的所有外国利益集团，除非它们实施的方案有利于厄瓜多尔的人民，否则它们也会被强制要求离开厄瓜多尔。他在基多的阿塔瓦尔帕奥林匹克体育场发表了重要的讲演，然后乘飞机前往厄瓜多尔南部的一个小型社区。

1981 年 5 月 24 日，他在那里死于一场惨烈的飞机失事。[63]

全世界为此震惊。拉丁美洲更是群情激愤。整个半球的各大报纸上醒目的“中情局暗杀行动”标题比比皆是。除了华盛顿和石油公司憎恨罗尔多斯这一事实之外，许多情况似乎也支持这些指控，而且随着更多的事实被公之于众，这种怀疑也越来越强烈。一切都没有得到证实，但有目击者声称，罗尔多斯事先收到了警告——有人企图危害他的生命，并采取了预防的措施，包括在出行时使用两架飞机。据说，就在他登机前的最后一刻，他的一名安保官员说服他登上了那架作为诱饵的飞机。后来，这架飞机发生了爆炸。

尽管全世界反应强烈，但这条新闻几乎没有出现在美国的媒体上。

奥斯瓦尔多·乌尔塔多（Osvaldo Hurtado）继任了厄瓜多尔总统。在他任职期间，国际语言暑期学院在厄瓜多尔继续活动，其成员也被授予了特别签证。到那一年的年底，乌尔塔多已经启动了一项野心勃勃的计划，增加了德士古和其他外国公司在瓜亚基尔湾和亚马孙盆地的石油钻探活动。[64]

奥马尔·托里霍斯给罗尔多斯的悼词中称他为“兄弟”。他还坦言在噩梦中也见到自己被暗杀：他看见自己身处一个巨大的火球之中，从天空坠向地面。

谁能想到，他竟然一语成谶！

29 巴拿马：另一位总统的死亡

罗尔多斯的死亡令我震惊，但这也许仅仅说明我的见识太浅了。我本来还觉得自己根本算不得“单纯”。我知道阿本斯、摩萨台、阿连德的事情——还有许多别的人，他们的名字可能从未上过新闻或者历史书，但他们因挺身反抗公司王国而家破人亡。尽管如此，我还是感到了震惊。距离里根就任美国总统才仅仅过了 4 个月，这一切就来得如此明目张胆。

我曾经总结过，我在沙特阿拉伯取得了无与伦比的成功之后，此类肆无忌惮的公开行为已成为过去时。我以为豺狼已经被“兔死狗烹”了。现在我发现，我错了。我丝毫不怀疑罗尔多斯的死亡绝非意外，中情局策划暗杀的各种痕迹无处不在。而且我明白，这种光天化日之下的处决就是为了传递一条强烈的信息。新上任的里根政府，配上其“不服就干”的好莱坞牛仔形象，正是传递此类信息的理想载体。豺狼们回来了，他们想让奥马尔·托里霍斯以及其他所有可能考虑反对公司王国的人都看清这一点。

但托里霍斯没有屈服。与罗尔多斯一样，他绝不会被吓倒。他同样驱逐了国际语言暑期学院，并强硬地拒绝了里根政府关于重新谈判“运河条约”的要求。

在罗尔多斯死亡后的两个月，奥马尔·托里霍斯的噩梦成了现实——他同样在一场飞机失事中丧生，那一天是 1981 年 7 月 31 日。

拉丁美洲和整个世界一片哗然。托里霍斯的大名举世皆知；人们尊敬他，因为他逼迫美国将巴拿马运河还给其合法的拥有者，并且他还继续反抗罗纳德·里根。他是人权的捍卫者，是伸出双臂欢迎包括伊朗国王在内一切政治派别避难者的国家元首，他是富有魅力的社会正义的代言人——许多人认为他迟早会获得诺贝尔和平奖的提名。如今，他去世了。“中情局暗杀行动”又一次占据了各国新闻和社论的头条。

全世界的人们都大声疾呼，要前往华盛顿对中央情报局的活动展开调查。然而，这样的事情并没有发生。有人恨透了托里霍斯，其中就包括一些权势滔天的人物。在他在世的时候，美国总统里根、副总统布什、国防部长温伯格、参谋长联席会议的成员以及许多大公司的首席执行官们都曾公开地表达过对他的憎恶。

柏克德集团便是私营企业勾结美国政府的一个典型例子。我很熟悉柏克德：我在美因公司时经常与这家公司有密切合作，而且其首席建筑设计师也成了我的好朋友。柏克德是美国最具影响力的工程和建筑公司。该公司过去的总裁和高管，包括乔治·舒尔茨和卡斯帕·温伯格，他们都讨厌托里霍斯，因为托里霍斯竟“明目张胆”地支持日本的一项方案，用一条效率更高的新运河取代巴拿马现有的运河。[65]这样的举动不仅会让运河的所有权从美国转给巴拿马，还会将柏克德集团排除在20世纪最令人兴奋并且潜在利润最大的工程项目之外。

托里霍斯锋芒毕露地反抗这些家伙。如今他死了，取而代之的是他的追随者曼纽尔·诺列加（Manuel Noriega）。诺列加缺少托里霍斯的风趣、魅力和智慧，许多人都不相信他有能力跟里根、布什和柏克德之流相抗衡。

假使托里霍斯尚在人世，毫无疑问他会设法平息那些困扰着很多中美洲、南美洲和加勒比国家的日益增长的暴力活动。基于他以往的行事风格，我们可以假设他定会设法阻止国际石油公司破坏在厄瓜多尔、巴西、哥伦比亚和秘鲁等国的亚马孙雨林。他的作为也许能缓和许多可怕的冲突——华盛顿将这些冲突定义为恐怖主义和毒品战争，但托里霍斯将之视为绝望和愤怒之人迫不得已的抗争，是美国和其他国家腐败的政客和执法官员的行为后果。最重要的是，我确信他会成为美洲、非洲新一代领导人的楷模——这样的人绝对会被中央情报局、国家安全局和经济杀手们视为“眼中钉”。

30　我的能源公司与小布什

直到托里霍斯去世时，我已经有好几个月没与宝拉见面了。那段时间我正在与别的女人交往，其中就有温妮弗蕾德·格兰特（Winifred Grant）。她是美因公司一位年轻的环境规划师，她的父亲正好是柏克德公司的首席建筑设计师。宝拉那时正和一位哥伦比亚的记者谈恋爱，但我们仍旧是朋友。

我对专家证人的工作感到有些纠结，特别是在为西布鲁克核电站辩护的时候。我常常感觉又像是在出卖自己，仿佛又变回那个见钱眼开的“旧我”。

温妮弗蕾德在这段时间给了我极大的支持。她自认是一个环境保护主义者，但她也理解电力需求不断增长的现实。她生长于旧金山东湾的伯克利地区，毕业于加州大学伯克利分校。她是一个独立思考者，她对生活的看法与安及我的清教徒式父母截然不同。

我们的关系更近了一步。温妮弗蕾德向公司请了长假，我们一起驾着帆船沿着大西洋海岸向佛罗里达驶去。我们一路走走停停，经常把船留在不同的港口，以便我能够搭飞机回去提供专家证词。最终，我们航行到了佛罗里达州的西棕榈滩，并租下了一间公寓。我们结婚了，我们的女儿杰西卡于 1982 年 5 月出生。我和安没有孩子。我已经 36 岁了，比准爸爸训练营的其他男人都要老得多。

在西布鲁克的案子中，我的一部分工作是说服新罕布什尔州公共事业委员会，同意核能是州内最好、最经济的发电选项。具有讽刺意味的是，我研究这个问题的时间越久，我越怀疑自己论点的正确性。当时的文献观点也在不断变化，反映了随着研究的持续深入，越来越多的证据表明，许多替代能源在技术上更优越、更经济，还比核能安全得多。

一天，我通知新罕布什尔州公用事业服务公司的老板，我无法再为他们出庭作证了。我放弃了这个待遇优厚的职位，决定自己创办一家公司，以便将一些新技术落地，将一些新理论付诸实践。

在杰西卡出生几个月后，我成立了这家“独立电力系统公司”（简称“IPS”）。该公司的使命包括开发对环境有益的发电设施，并借此激励其他人的仿效。这是一项高风险的业务，而且大多数竞争对手最终都失败了。然而，“偶然”又一次挽救了我们。事实上，在很多时候，每当有人向我伸出援手的时候，我都相信这是对我过去的服务和保持沉默的奖励。

布鲁诺接受了美洲开发银行的一个高层职位。他同意加入 IPS 的董事会，并为这家羽翼未丰的公司提供资金。我们获得了不少机构的支持，包括信孚银行、美国海军能源服务公司、保诚保险公司、查德本·派克律师事务所①和莱利·斯多克公司②。我甚至得到了美国国会的支持，单独对IPS司免除了一个特定的税项——这让我们比竞争对手有明显的优势。

1986年，IPS和柏克德几乎同时开始建造以煤矸石为燃料的先进发电厂——双方是各自独立进行的。发电厂所使用的创新性尖端技术不会产生酸雨。当时，人们更在意酸雨（由二氧化硫、氮氧化物和特殊的颗粒物造成的），而不是碳排放。到20世纪90年代末，这两座发电厂一劳永逸地证明很多所谓的废料能够转化为电力，以及煤的燃烧可以不产生酸雨，从而彻底地改变了公用事业行业，并直接促成了新的全国反污染法，最终推翻了很多公用事业公司长期以来的相反主张。我们的那座发电厂还证明，借助华尔街和其他传统的途径，未经验证的、最尖端的技术也可以由一家小型的独立公司资助兴建。[66]作为一个附带的好处，IPS的发电厂将余热用于一个占地3.5英亩（约合14 164平方米）的水培温室，而不是依照常规排放至冷却池或冷却塔中。

就任IPS的总裁让我对能源行业加深了了解。我常年与各行各业中一些最有影响力的人士打交道：律师、说客、投资银行家和大公司的高层管理人员。我还拥有岳父在柏克德公司工作30多年的资源优势——他早就升任首席建筑设计师的高位，如今正负责在沙特阿拉伯建造一座城市。这座城市可算得上是我在70年代初的“沙特阿拉伯洗钱事务”中所付出努力的直接结果。

能源行业正在经历着重大的重构。大型工程公司竞相谋求接管在过去享有地方垄断特权的公用事业公司——或者至少做到能与之竞争。放松管制是当时的口号，并且规则时刻都在变化。法院和国会对这种局面一筹莫展，

---

① Chadbourne and Parke，华尔街一家大型的律师事务所，前美国参议员、总统候选人、前国务卿埃德蒙·马斯基（Ed Muskie）是该所的合伙人。

② Riley Stoker，阿什兰石油公司（Ashland Oil Company）旗下的工程公司，该公司设计并建造高度复杂的独创性发电厂动力锅炉。

但在野心家的眼中却不乏从中牟利的机会。业内权威人士将这段时期称为“能源的狂野西部”时代。

在这个生机勃勃的进程中，美因公司反倒成了一个受害者。正如布鲁诺的预见，麦克·霍尔已经脱离了现实，而且没有人胆敢向他明言。保罗·普里迪从未建立对公司的掌控，故美因公司的管理层非但未能利用这场席卷整个行业的变革，反而犯下了一系列致命的错误。在布鲁诺交出了创纪录的利润仅仅几年之后，美因公司就失去了其经济杀手的职能，陷入了可怕的财务困境中。合伙人们只得把美因公司卖给一家乘势而起的大型工程与建筑公司。

在我 1980 年卖掉美因公司的股票时，每股的价格将近 30 美元，而在大约四年之后，其余合伙人的卖断价格还没到 15 美元。就这样，引以为傲的“百年服务”最终灰溜溜地收场了。我为那些留下来的朋友们感到神伤，却再次证明我及时脱身的正确性。美因的名号被新的所有者沿用了一段时间，但后来还是被舍弃了。这个曾经在各个国家中响当当的名号最终被世人遗忘了。

仍旧对石油和国际舞台抱有极大兴趣的我们,还有一个经常讨论的话题:副总统的儿子乔治 W. 布什（小布什）。小布什创立的第一家能源公司“阿布斯托”（Arbusto,西班牙语中的“布什”）倒闭了,最终靠着 1984 年与“光谱 7”公司(Spectrum7)的合并得以挽救。之后,光谱 7 也发现自己濒临破产,并于 1986 年被哈肯能源公司收购。小布什最终保留了董事会成员和顾问的职位，年薪为 12 万美元（相当于 2022 年的 31.5 万美元）。[67]

我们都认为，有一位曾担任过美国副总统的父亲是促成这一聘用决定的一个因素，因为小布什作为石油公司高管的“成就”乏善可陈。哈肯能源公司恰好利用这个机会在公司历史上第一次进入国际领域，并开始积极寻找中东的石油投资，这似乎也不是巧合。《名利场》（*Vanity Fair*）杂志报道说:“自从小布什加入董事会后，奇妙的事情开始出现在哈肯身上——

新的投资、意想不到的融资来源、喜从天降的开采权。”[68]

1989年，阿莫科公司（Amoco）正在与巴林政府协商其领海的油气开采权。同一年，副总统老布什当选为美国总统。此后不久，负责向新任命的美国驻巴林大使查尔斯·霍斯勒（Charles Hostler）介绍情况的国务院顾问迈克尔·阿曼（Michael Ameen），安排了巴林政府与哈肯能源公司的会面。转眼之间，哈肯取代了阿莫科。尽管哈肯此前从未在美国东南部以外的地区进行过钻探，也从未在海上进行过施工作业，但它从巴林获得了独家开采权，这在阿拉伯世界是前所未有的。几周之内，哈肯能源公司的股票价格上涨了超过20%，从每股4.50美元涨到了5.50美元。[69]

即使是见多识广的能源人士也对在巴林发生的事情感到震撼。“我希望小布什所做的事情不需要由他父亲来买单。”我的一位律师朋友说，他专长于能源行业，并且是共和党的重要支持者。我们在离华尔街不远的世贸中心高处的一家酒吧里喝着鸡尾酒，他表达了担忧。“我不知道这样做是否真的值得，”他难过地摇了摇头，继续说道，“为了儿子的事业，值得拿总统的位子冒险吗？”

我并不像我的朋友们那么吃惊，这是因为我有一个独特的视角。我曾为科威特、沙特阿拉伯、埃及和伊朗的政府工作过，我熟悉中东地区的政治，并且我知道布什家族是我和经济杀手同行们建立起来的网络的一部分——他们就是“封建领主”，就是“种植园主”。[70]

31 我被收买了

在我生命的这段时期里，我逐渐意识到我们的确进入了世界经济的一个新纪元。曾被我视为楷模的罗伯特·麦克纳马拉在出任国防部长和世界银行行长时启动的事件已经升级恶化，超过了我最大程度的担忧。麦克纳马拉受凯恩斯主义启发的经济方式和他对强势领导的倡导依然大行其道。第二次世界大战后的第一代经济杀手正在“吸纳”各行各业的形形色色高管——尽管他们可能没有被国安局招募和记录在案，但他们正在履行类似的职能。

唯一的区别在于，这些公司高管级别的经济杀手不一定要使用由国际银行体系提供的资金。尽管老一辈的经济杀手——我们这一代——还能继续呼风唤雨，但新的一代却已经暴露出更加邪恶的嘴脸。在20世纪80年代，信奉“为达目的可以不择手段”的年轻人从公司中层脱颖而出——底线随之发生了变化。全球帝国纯粹变成了增加利润的一条路径。第二代经济杀手正蓄势待发。

在我所从事的能源行业里，这个趋势非常明显。国会在1978年通过的《公用事业监管政策法》（PURPA），在历经了一系列对其合法性的挑战之后，最终于1982年颁布施行。国会的最初设想是为了鼓励像我们这样的小型独立公司发展可替代燃料和其他创新性的发电方式。根据这项法律，大型公用事业公司必须以公平且合理的价格（“可替代成本”，即电力公司新增同类发电源的边际成本）购买小型公司生产的能源。这项政策体现了卡特总统减少美国对石油（指所有的石油，而不单单是进口石油）依赖的愿望。该法律的目的显然是鼓励可替代能源和独立公司的发展，体现了美国的创业精神。然而，现实中却事与愿违。

20世纪的80年代到90年代初，美国社会的重心经历了从创业到放松管制的转变。芝加哥经济学派的米尔顿·弗里德曼（Milton Friedman）获得了诺贝尔经济学奖，他的观点是，企业的唯一目标应该是利润最大化，而无须考虑社会和环境成本，同时政府的监督通常是不必要的，并且往往适得其反。加之麦克纳马拉对强势领导力的推崇，受此鼓舞的首席执行官们强迫整个公司仅仅关注底线思维。能源行业中最富有的公司将这些思潮理解成，这相当于授权它们为了提高利润、为了更多地获取控制权和市场份额可以无所不用其极，而无须再遵行《公用事业监管政策法》的初衷——即发展创新性的方法和开发新式的能源。

我不无惊恐地看到，大多数的小型独立公司被大型的工程和建筑公司或公共事业公司所吞并。尤其后者利用了法律漏洞，得以设立持股公司，用于同时持有受监管的公用事业公司和不受监管的独立能源生产公司。许多公司启动了咄咄逼人的计划，让独立公司陷入破产的境地，然后再去收购它们；还有一些公司从零开始发展自己的独立能源公司。

降低我们对石油依赖的理念被束之高阁。里根承接石油公司的不少恩惠，老布什就是靠石油生意发的财：这两届政府中的大多数关键人物和内阁成员，要么来自石油产业，要么出身于跟石油业关系密切的工程和建筑公司。此外，说到底，石油业和工程行业的本身并无党派倾向，很多民主党人也同样从中获利，并且对它们心存感激。

尽管如此，IPS公司继续心怀愿景，坚持开发对环境有益的能源。我们仍旧致力于实现《公用事业监管政策法》的最初目标，并且我们的日子过得似乎如有神助。我们成了少数不但存活下来、并且欣欣向荣的独立能源公司。我丝毫不怀疑，部分原因正是我当初曾为公司王国效过力。

能源领域发生的事情代表了一种正在影响全世界的趋势。米尔顿·弗里德曼“利润最大化”的信条正在为每一个大陆上的政商领袖们所大肆推崇。对社会福利、环境保护和其他生活质量问题的关注在贪婪面前都相形见绌了，而促进私营企业的发展被提高到了无以复加的重要程度。起初，这只是在理论上被证明是合理的，然而最终，连这样的证明都不需要了。人们只是先入为主地单纯认定，由富有的投资者掌握的项目天然就比政府做的项目更好。像世界银行这样的国际性组织也接受了这一观念，主张放松管制，并将供水和污水处理系统、通信网络、公用电网和其他此前由政府管理的设施一并私有化。

结果，经济杀手的概念很轻易地就渗入更多的社会群体，各行各业的高管们也开始被派去执行以前只有我们这些少数的“天选之子”才能完成的任务。这些高管们散布到全球各地。他们寻求最廉价的劳动力、最容易获得的资源和最广阔的市场。他们行事冷酷残忍，就像在他们之前来过的经济杀手一样，想方设法为自己的错误行径洗白，让一个又一个的国家、一个又一个的社区落入圈套。他们承诺带来富裕，这是各国发展私营企业以摆脱债务的一种方式；他们修建学校和高速公路，捐赠电话、电视和医疗设施。然而，一旦能在其他地方找到更廉价的劳动力或更容易获取的资源，他们就会尽快抽身离开。当他们遗弃了一个刚被点燃希望的社区或国家时，后果往往是灾难性的，但他们这样做的时候明显不会有片刻的犹豫，也从不需要自己良心上的认可——第二代经济杀手的火苗正在迅速蔓延。

但我难免感到好奇，这一切难道不会对他们的心理造成负担吗？他们是否也有过像我一样的怀疑时刻？他们是否曾经站在一条污浊不堪的运河旁，同时看到一个年轻女子在下游洗澡而一个老人在上游排泄？难道现如今就找不到像霍华德·帕克这样敢于直言尖锐问题的人了吗？

尽管我很享受 IPS 公司的成功，也享受爱家男人的快乐生活，但我还是无法承受时常会涌出的严重失望感。我现在是一个小女孩的父亲，我担心她将要继承的未来世界。我被过去自己的作为所产生的负罪感压得喘不过气来。

我还通过回忆过去预见了非常令人不安的一种历史趋势。现代国际金融体系创立于第二次世界大战即将结束之际，就发生在我的家乡新罕布什尔州的布雷顿森林举行的一次多国领导人会议上。世界银行和国际货币基金组织的成立是为了重建遭受重创的欧洲，并且取得了卓著的成功。之后，该体系迅速扩张，没过多久就遭到了美国各主要盟友的抵制，被各国谴责为打压他国的万能工具。但我们那时竟然还在坚信，它会让我们免于落入敌对阵营的魔爪。

但我不禁想知道，这一切会引领我们走向何方。到 20 世纪 80 年代末，随着苏联濒临垮台，很明显，阻止敌对阵营不再是这个体系的目标；同样明显的是，植根于资本主义的全球帝国也失去了制约。

当我在揣摩这些问题的时候，我在1987年决定写一本公开一切的书，书名计划就叫作《一个经济杀手的良知》，但我并不打算悄无声息地完成这本著作。我不是那一类能够“独立”创作的写手，我需要找人讨论我正在酝酿的部分内容。我能从旁人身上获得灵感，于是我打电话让他们帮我回忆，帮助我正确地看待过去的事件。在那本书中，我还想纳入其他经济杀手和豺狼的故事，于是我开始联络过去认识的人。

接下来，我就接到了一通匿名电话，对方用我和我宝贝女儿杰西卡的生命相威胁。接着又有了第二通同样的电话。我害怕极了。我见识过这些豺狼的能耐。然而，我却不知该如何是好。克劳狄娜关于“终生无法脱身”的示警在我的脑海中记忆犹新。我还有什么更好的选择吗？

就在我接到第二通电话的第二天，有一位美因公司的前合伙人联系我，并代表石伟工程公司向我提供了一份出价不菲的顾问合同。那时候的石伟是全球首屈一指的工程和建筑公司，它也想要在环境不断变化的能源行业中抢占一席之地。联系我的人向我说明，我需要向石伟公司一家子公司汇报工作——这是一家新设立的独立能源开发公司，仿照的是我所在的IPS公司。得知我不会被要求参与任何国际项目或经济杀手类型的密谋后，我松了一口气。

事实上，联系人还告诉我，根本没有人指望我要在那里发挥很大的作用。我是为数不多的、曾成功地创立并管理过一家独立能源公司的人，并且我在行业内的口碑极佳。石伟公司看重的主要是我的简历，将我这样的人才纳入其顾问名单既合法合规，也是通行的业内做法。这份邀约对我特别具有吸引力，因为基于当时的一大堆情况，我正在考虑出售IPS公司。我此刻当然愿意加入石伟公司，并领取不错的报酬。

在我正式被聘用的当天，石伟公司的首席执行官私下约我在外面共进午餐。我们闲聊了一阵，在谈话的过程中，我有些意动，渴望回归咨询行业并放弃继续经营一家复杂能源公司的重担——我们为了建设一处设施需要管理一百多人，并且还要承担所有与建设和运营发电厂相关的责任。我知道他要给我一笔可观的聘金，而且我也勾勒好了这些钱的用途。我还决定用花不完的部分创建一家非营利性组织。

在甜点上桌之后，主人提及了我已经出版的一本书《无压力的习惯》(*The Stress-Free Habit*)。他告诉我，他听到过很多不错的评价。然后，他直视我的双眼，问道："你还打算写其他的书吗？"

我闻言心头一紧。突然，我意识到，这一切到底是怎么回事。我想到了之前受到的威胁。不带一丝的犹豫，我赶紧回答："没有！当下我还没有任何出版新书的想法。"

"听你这么讲我很高兴，"他说，"在我们公司，我们很重视隐私，就像在美因公司一样。"

"我明白这一点。"

他把身体靠到椅背上，面带微笑，似乎很是轻松。"当然，像你上一本关于如何应付压力之类的书是完全可以接受的。有时候，这样的书能对男人的事业有所帮助。作为石伟公司的一名顾问，你完全可以自由出版这一类的东西。"他看着我，仿佛在等着我的答复。

"明确这一点很有帮助。"

"是的，完全可以接受。然而，不用说你也该知道，你非但不能在书中提到我们公司的名字，更不能涉及我们这里业务的实质或你在美因所做的工作。你不能触碰任何政治话题，或者与国际银行和开发项目有关的任何交易。"他凝视着我，继续补充道，"单纯出于保密的目的。"

"不用你提我也懂的。"我向他保证。有那么一瞬间，我的心脏仿佛停止了跳动。我又有了一种似曾相识的感觉，就像我在印度尼西亚跟着霍华德·帕克经历过的，就像随菲德尔驱车穿过巴拿马城时感受到的，还像与宝拉坐在哥伦比亚的那家咖啡店里体会到的。我出卖了自己，又一次被收买了！我这次收受的并不是法律意义上的贿赂——这家公司出钱把我的名字列入它的公司名册，向我征求意见或不定期要求我出席会议，这些都是光明正大且合法的行为——但我也清楚自己被雇用的真实原因。

他向我提供了一份等同于公司高管年薪的顾问聘金。

那天下午的晚些时候，我坐在机场里，木然地等候回佛罗里达的航班。我觉得自己像个妓女。更糟糕的是，我觉得背叛了我的女儿、我的家庭和我的国家。然而，我还是安慰自己，我别无选择。我知道，如果此时我不接受这笔贿赂，豺狼们就会毫不犹豫地杀死我和我的女儿，以及任何胆敢曝光经济杀手体系的人。我受到“打击”的方式，将会与我在经济杀手职业中对一些国家元首和其他人使用的手段并无二致。

32　美国入侵巴拿马

托里霍斯死了，但巴拿马依旧在我的心中占据着一个特殊的位置。住在南佛罗里达，我能接触到许多与中美洲时事有瓜葛的信息源。托里霍斯的精神得以延续，即便那些没有受到他富有同情心的个性和人格力量所感化的人们，也无法彻底抹去他的存在。在他死后，解决这个半球各种争端的努力仍在继续，而且巴拿马也决心逼迫美国履行“新运河条约”的条款。

曼纽尔·诺列加成为托里霍斯事实上的继承人。起初，他似乎决心紧跟自己导师的脚步。我从未面见过诺列加，但据其他人说，他最初还在不遗余力地推进帮助拉丁美洲穷人和受压迫者的事业。他最重要的项目之一便是继续摸索建造一条由日本人资助和施工的新运河。不出所料，他感受到了来自华盛顿和美国私营企业的巨大阻力。正如诺列加亲笔所书：

国务卿乔治·舒尔茨是跨国建筑公司柏克德的前高管；国防部长卡斯帕·温伯格也曾担任过柏克德的副总裁。柏克德集团希望从运河的建设中得到不少于几十亿美元的收入……里根—布什政府担心，日本可能会主导最终的运河建设项目；这不仅仅出于对安全的过度担忧，还有商业竞争的问题。美国建筑公司很可能会损失数十亿美元。[71]

但是，诺列加不是托里霍斯，他不具有前领袖那样的感召力或正直的品格。随着时间的推移，他因为腐败问题和毒品交易而声名狼藉，甚至被怀疑与中央情报局一起参与了对托里霍斯的暗杀，还亲手安排了对其政治对手雨果·斯帕达福拉（Hugo Spadafora）的人间蒸发。

诺列加最初作为统领巴拿马国防军G2部队的上校而名声大噪——G2是负责在全国范围内配合中央情报局行动的军队情报机构。在这个职位上，他与中央情报局局长威廉·凯西（William J. Casey）建立了亲密的联系。中央情报局也利用这层关系在整个加勒比海和中南美洲大力推行其秘密目标。比如，在1983年美国入侵格林纳达之前，里根政府想要给卡斯特罗发出警告时，凯西就找上了诺列加，让他给卡斯特罗传话。这位上校还帮助中央情报局打入哥伦比亚和其他国家的贩毒集团。

到1984年，诺列加升迁为将军和巴拿马国防军总司令。据报道，当凯西在那一年到达巴拿马城并在机场与当地中央情报局负责人见面时，他就问道："我的好小子在哪里？诺列加在哪里？"而在诺列加将军访问华盛顿时，他们二人又在凯西的家中私下会面。很多年以后，诺列加承认他与凯西的亲密关系让他觉得自己不可战胜。在他眼中，中央情报局和G2机构相似，都是两国政府的最强势部门。即便诺列加对"巴拿马运河条约"和美国在运河区军事基地持反对立场，他也相信凯西会庇护他。[72]

因此，尽管托里霍斯在国际上树立了公正和平等的形象，诺列加却成了腐败和堕落的代名词。1986年6月12日，《纽约时报》在头版刊登了一篇题为

《据称巴拿马强权人物在从事毒品和非法资金交易》的文章，算是坐实了他在这方面的恶名。这篇由普利策奖获奖记者撰写的报道曝光，这位将军在几家拉美公司中非法担任匿名的合伙人；他在美国和古巴之间充当某种意义上的双面间谍，分别为二者刺探对方的情报；G2 机构依照他的指令斩首了雨果·斯帕达福拉；诺列加亲自指挥了“巴拿马最主要的贩毒行动”。这篇文章附上了一幅让人无法恭维的将军肖像，并且在第二天的后续报道中还添加了更多的细节。[73]

除了以上这些问题，诺列加还让一位美国总统的形象饱受困扰——记者们称老布什在他的问题上体现了“懦弱的一面”。[74] 更为这个说法盖棺定论的是，诺列加强硬地拒绝考虑将美洲学校的期限延长 15 年。这位将军在回忆录中提到了一个有意思的内幕：

> 尽管我们坚定并自豪地秉承托里霍斯的遗志，但美国并不希望这一切发生。他们希望延长使用或重新谈判这处设施（美洲学校），理由是随着他们在中美洲日益强化的战争准备，他们仍然需要它。但那所美洲学校让我们很是为难。我们不希望在我们的土地上有一个行刑队和右翼武装力量的训练场。[75]

因此，当美国在 1989 年 12 月 20 日突袭巴拿马时，全世界也许不应该感到惊讶。据称，这是自第二次世界大战结束以后对一个城市进行的最大规模的空降突击。[76]但巴拿马及其人民绝无可能威胁到美国或任何其他国家。全世界的政治家、政府和媒体都谴责美国的单方面行动明显违反了国际法。

如果这次军事行动是针对一个犯下大规模屠杀或其他人权罪行的国家——比如皮诺切特（Pinochet）的智利、斯特罗斯纳（Stroessner）的巴拉圭、索莫扎（Somoza）的尼加拉瓜、德阿武因松（D’Aubuisson）的萨尔瓦多或萨达姆（Saddam）的伊拉克，全世界都可能会给予一定程度的理解。但是巴拿马并没有做过这一类的事情，它只不过是胆敢违抗少数有权势的政客和企业高管的意愿——它坚持“运河条约”要被遵守，它与社会改革派进行了磋商，它与日本的融资人和建筑公司探讨建造一条新运河的可能。结果，它承受了毁灭性的后果。正如诺列加所说：

> 我想要非常清晰地阐明：美国在1986年发动的破坏稳定运动一直持续到1989年入侵巴拿马，这全是因为美国拒绝将巴拿马运河的未来控制权交还给一个独立、自主的巴拿马——由日本支持的巴拿马……与此同时，舒尔茨和温伯格伪装成服务于公众利益的官员，利用人们对他们所代表的强大经济利益的普遍不知情，正在逐渐完成一场势必打倒我个人的宣传运动。[77]

华盛顿对发动这次攻击的官方说法就是针对诺列加一个人。美国派遣国内的年轻人冒着生命危险，承受着良心的谴责，去巴拿马杀害无辜的人们，其中包括未公开人数的死亡儿童，到巴拿马城四处放火——而唯一的目标就是诺列加。他被描绘成一个魔鬼、人民的敌人和贩毒的怪物，因此他为这届美国政府大举入侵一个拥有200万人口的主权国家提供了借口——巧合的是，这个国家坐拥世界上最有价值的水道资产。

这次入侵让我深感不安。我们知道诺列加有保镖，但我禁不住会联想豺狼们会把他除掉，就像对付罗尔多斯和托里霍斯那样。我怀疑，他的大多数保镖是由美国军事人员训练的，并且很可能会被买通而袖手旁观，甚至亲自动手行刺。

因此，我对这次入侵事件想得越多，读到的内容越多，我就更加确信，这标志着美国的政策回归了传统的帝国建造方式，而且布什政府已经下决心比里根政府更强硬，并向世界展示它将毫不犹豫地使用大规模武力来达到目的。除了扶植一个倒向美国的傀儡政府来抹去托里霍斯遗留的功绩，美国在巴拿马似乎还有一层目的，那就是恐吓伊拉克等国，让它们主动称臣。

《纽约时报杂志》周刊的特约编辑、好几本书的作者大卫·哈里斯（David

Harris）发表了有意思的评论。他在2001年出版的《反败为胜》（*Shooting the Moon*[78]）一书中写道：

> 在美国于全世界各个角落与之打交道的数千名统治者、权贵、强人、军政府和军阀当中，曼纽尔·诺列加将军是唯一遭受美国如此对待的。在其正式作为一个国家的225年历史中，美国只有一次入侵另一个国家并将其统治者抓回了美国，只因此人在本国领土上违反美国法律，他就要在美国面临审判和监禁。[79]

在轰炸巴拿马之后，美国突然发现自己陷入了一种棘手的境地。有一段时间，似乎整个事件会出现事与愿违的后果。布什政府也许粉碎了关于"懦弱"的谣言，但它现在面临着合法性的问题，它成了实施恐怖主义行动的恶霸国家。有消息透露，美国军队连续三天禁止媒体、红十字会和其他外部观察员进入遭到猛烈轰炸的地区，以便士兵们有时间焚烧和掩埋死亡人员。媒体想知道有多少犯罪和其他不当行为的证据被销毁了，有多少人由于被拒绝及时救治而死掉了，但这些问题从来没有被正面回答过。

我们永远无法得知有关入侵的许多真相，也无从了解大屠杀的真实程度。彼时的国防部长理查德·切尼声称死亡人数在500至600人之间，但独立的人权组织估计死亡人数在3000至5000人之间，另有25 000人无家可归。[80]诺列加遭到了逮捕，被用飞机押送到美国，并判处了40年的监禁。在当时，他是美国境内唯一被官方列为战俘的人。[81]

全世界都为这种违反国际法的暴行感到愤怒，对这个地球上最强大的军事力量对手无寸铁的民众进行不必要的伤害的行径而感到愤怒，但美国国内的人几乎感受不到这种愤怒，或意识不到华盛顿所犯下的罪行。在美国国内，相关的新闻报道少之又少。造成这种局面的因素有很多，包括政府政策、白宫给发行商和电视台高管的电话"指导"，国会议员的唯唯诺诺（以免"懦弱"的名号反倒落在自己的头上），以及记者们认为公众此时需要英雄而非了解客观事实。

彼得·艾斯纳（Peter Eisner）是一个特例，这位《纽约日报》的编辑、美联社的记者报道了巴拿马入侵事件，并持续很多年对其进行分析。艾斯纳在1997年出版的《美国囚徒曼纽尔·诺列加回忆录》中写道：

> 以反抗诺列加的名义造成的死亡、破坏和不公正，以及围绕这一事件的种种谎言，是对美国民主基本原则的威胁……士兵们受命在巴拿马杀人，他们是在被告知必须将一个国家从残忍、堕落的独裁者手中解救出来后才这么做的；一旦他们开始行动，他们祖国（美国）的人民就紧随其后，为他们摇旗呐喊。[82]

经过长时间的研究，包括采访关押在迈阿密牢房中的诺列加，艾斯纳阐述道：

> 在关键的要点上，我不认为能有证据表明诺列加犯下了他被指控的罪名。我不认为他作为外国军事领导人或主权国家元首的作为，能够证明入侵巴拿马的正当性，也不认为他对美国的国家安全构成了威胁。[83]

艾斯纳还总结道：

> 根据我对巴拿马政治局势的分析以及我在入侵前、中、后的报道，我得出的结论是，美国入侵巴拿马是一次极其恶劣的权力滥用行径。入侵行动主要服务于自大的美国政客及其巴拿马盟友们的目标，而代价是丧尽天良的流血惨剧。[84]

从巴拿马脱离哥伦比亚直到托里霍斯掌权前始终是美国傀儡的阿里亚斯家族（Arias family）和政治寡头们重新掌控了这个国家。新的“运河条约”成了一个悬而不决的事项。从本质上讲，华盛顿再次掌控了这条水道，尽管这一点从未在任何官方文件中写明。

当我反思这些事件以及我在美因公司工作期间的全部经历时，我会一遍又一遍地问自己相同的问题：到底有多少个体所做出的决定——包括具有重大历史意义的、影响到数百万人命运的决定——是由私人动机驱动的，而非出于想要做正确事情的渴望？有多少我们的政府高官受到私人贪欲的驱使，而非满怀对国家的忠诚？有多少我们发动的战争是因为一位总统不想让他的选民认为他是个懦夫？

尽管我对石伟公司的总裁做出了承诺，入侵巴拿马对我的震撼和由此产生的无力感，鞭策我再次拿起笔恢复了写作，只不过我现在将重点放在了托里霍斯身上。我将他的故事视为曝光整个世界所染上的诸多不公正的一个窗口，也是摆脱自己愧疚感的一种方式。然而，这一次我决心自己默默地埋头写作，不再从朋友和同行那里寻求建议。

当我开始写这本书的时候，我才惊诧于我们这些经济杀手们的所作所为的规模之大、染指的地方之多。我想要集中在几个比较突出的国家，但光是我工作过并且之后情况恶化的国家的清单就让人心寒。我还为自己的腐化程度感到害怕。我对自己做了大量的心灵探索，但我意识到，那时的我过于专注自己的日常活动，以致无法看到更宏大的全景。因此，在印度尼西亚时，我会因为与霍华德·帕克讨论的事情或年轻印尼朋友们提出的问题而感到烦恼；在巴拿马工作时，菲德尔介绍贫民窟、运河区和迪斯科舞厅时的所见所闻让我深受触动；在伊朗，与亚明和博士的交谈也深深地困扰着我。如今，这本书的写作让我得以纵览全景。这让我明白，如果不能看到大局的话，是多么容易错过我行动的真正重要意义。

这听起来多么简单，看上去多么不言自明，但整个过程却是一步步地潜移默化的。对我来说，这让人联想到一名士兵的成长经历。一开始，他们都是单纯的青年。他们可能会质疑杀害他人是否道德，但在大多数情况下，他们必须消除自己的恐惧，一心只为保住性命。当他们杀死第一个敌人之后，他们就会为情绪所左右。他们或许会想到死者的家人并感到自责。但随着时间的推移，他们参加了更多的战斗，杀死了更多的人，他们变得铁石心肠起来。于是，他们蜕变成职业士兵。

从某种意义上说，我已经是一名“职业士兵”了。承认这一事实，就能更好地理解我犯下的罪行与建立帝国的关系。我现在明白了，为什么会有这么多人犯下暴行——例如，善良、热爱家庭的伊朗人为何会为国王残暴的秘密警察工作？善良的德国人为何会听从邪恶元首的命令？善良的美国人为何会轰炸巴拿马城？

作为一名经济杀手，我从未直接在美国国家安全局或任何其他政府机构拿过一分钱。我明明是一个普通的美国公民，受雇于一家私营公司。明白这一点有助于我看清企业高管作为经济杀手的新角色。全新的一类士兵正出现于世界舞台之上，这些人对自己的所作所为已经变得麻木不仁。我写道：

> 今天，男人们和女人们正前往泰国、菲律宾、博茨瓦纳、玻利维亚和其他国家，他们想要找到一些急需工作的人们。他们去这些地方带着明确的目的，就是为了剥削那些子女严重营养不良，甚至在忍饥挨饿的人们，那些生活在棚户区，对美好生活失去了所有希望的人们，那些甚至不再梦想明天的人们。这些男男女女们离开他们位于曼哈顿、旧金山或芝加哥的舒适办公室，乘坐豪华喷气式飞机跨越大陆和海洋，入住一流的酒店，并在各个国家能提供的最好餐厅用餐。然后他们出发去寻找绝望的人们。

现代的奴隶贩子不再需要深入非洲的丛林，使用枪支、锁链和运奴船上的可怕牢笼将人们绑架到查尔斯顿、卡塔赫纳和哈瓦那的拍卖区。相反，他们剥削绝望的人们，建立工厂来生产夹克、蓝色牛仔裤、网球鞋、汽车零部件、计算机零部件，以及几千种能卖到他们心仪市场的商品。他们甚至可能选择自己不持有工厂，而是雇用一位当地商人替他们做尽所有的肮脏勾当。

这些人自以为是正直的。他们回到家的时候会给自己的孩子展示新奇景点和古老遗迹的照片。他们会参加展会，互相鼓励，交换如何对付遥远国度的古怪客户们的一些心得。他们的老板会聘用律师，为的是让他们放心，他们所做的一切都合法合规的。他们配备了心理治疗师和其他人力资源专家，让他们相信自己正在帮助那些绝望的人们。

旧时的奴隶贩子也告诉自己，他们正在对付的物种完全不算是人类，他们为奴隶提供了成为基督徒并获得永恒救赎的机会。他们也明白，奴隶是自己所在社会的生存基础，是经济的基石。现代的奴隶贩子让自己确信，绝望的人们每天能挣一两美元总比没有挣到一分钱要好很多，那群人正在获得融入更大的国际社会的机会。现代的奴隶贩子明白，绝望的人们是公司王国立足的根本，他们是现代奴隶主们维持自己生活方式的垫脚石。他们从不停下来思考自己所作所为的更大影响——这一过程背后形成的经济体系——或者思考这最终将如何影响到全球儿童的未来。我极为痛苦地承认，我就是现代奴隶贩子中的一员。

33 经济杀手在伊拉克的挫败

我在20世纪80年代担任IPS公司的总裁、80年代末至整个90年代的大部分时间里作为石伟公司的顾问，这些经历让我得以接触到大多数人无法获得的有关伊拉克的信息。事实上，彼时大多数美国人对这个国家所知甚少。然而，我对那里发生的事情非常着迷。

我与在世界银行、美国国际开发署、国际货币基金组织或其他国际金融组织工作的老朋友们一直保持着联系，也经常接触柏克德、哈里伯顿和其他主要工程和建筑公司的人员，包括我的岳父。很多曾受雇于IPS的分包商和独立电力公司的工程师大都参加过中东地区的项目。我非常清楚，经济杀手策略被用到了伊拉克。

里根—布什政府决心将伊拉克变成另一个沙特阿拉伯。有很多难以抗拒的理由能让萨达姆·侯赛因愿意仿照沙特王室，他只需要了解到沙特人从“洗钱事务”中获得的好处就足够了。自从这笔交易达成以来，沙特的沙漠中一座座现代化的城市拔地而起，利雅得街头吃垃圾的山羊变成了威风凛凛的压缩式卡车，如今的沙特人享受着一些世界上最尖端技术的成果，包括最先进的海水淡化厂、污水处理系统、通信网络和公共电网。

萨达姆·侯赛因无疑很清楚，沙特在触犯国际法时还享有特殊的待遇。沙特人在华盛顿的好朋友对他们的许多做法视而不见，包括资助狂热团体——其中有很多被世界大部分国家认定为近乎恐怖主义的极端组织，还窝藏国际逃犯。事实上，美国主动寻求并接受了沙特阿拉伯从财务上支持本·拉登在阿富汗的反苏战争。里根—布什政府不但在这方面鼓励沙特人，也施压其他许多国家去做同样的事——或者至少，对此睁一只眼闭一只眼。

20 世纪 80 年代，经济杀手在巴格达的存在感非常强烈。他们相信萨达姆早晚会想通的，我也非常同意他们的设想。毕竟，如果伊拉克能与华盛顿达成一项类似于沙特的协议，萨达姆基本上就可以随心所欲地统治他的国家，甚至可能扩大他在中东地区的影响力。

至于萨达姆是不是一个暴君，手上沾满了谋杀的鲜血，或者他的举止和残暴行为让人联想到德国纳粹——这一切都无关紧要。美国以前曾屡次容忍甚至支持同一类人。我们很乐意用美国政府证券换取石油美元，只要他能承诺保障我们的石油供应，达成协议将这些证券的利息用于雇用美国公司改善整个伊拉克的基础设施系统，打造新的城市，将沙漠变成绿洲。我们愿意向他出售坦克和战斗机，并为他建造化工厂和核电站，就像我们在许多国家做的那样，即使这些技术可以被用于生产先进的武器。

伊拉克对我们来说极其重要，其程度远比明显暴露在表面上的那些原因重要得多。不同于普通民众的看法，伊拉克不仅仅有石油，它还掌握了水源，具有重大的地缘政治价值。底格里斯河和幼发拉底河都流经伊拉克，所以相比于该地区的其他大多数国家，伊拉克控制着在当代愈发重要的水资源。在20世纪80年代，水的重要性——无论在政治上还是经济上——对我们这些在能源和工程领域的人来说越来越明显。在私有化的热潮中，很多曾一心要接管小型独立电力公司的大型企业，现在也把目光放到了非洲、拉丁美洲和中东地区的供水系统的私有化上。

除了石油和水，伊拉克的地理位置也非常具有战略意义。它与伊朗、科威特、沙特阿拉伯、约旦、叙利亚和土耳其接壤，有濒临波斯湾东侧的海岸线。在它的领土上部署导弹可以轻而易举地打击以色列和俄罗斯。军事战略家将现代的伊拉克比作美国独立战争时期的哈德逊河谷。在18世纪，法国人、英国人和美国人都知道，谁控制了哈德逊河谷，谁就控制了北美大陆。如今众所周知，谁控制了伊拉克，谁就掌握了中东的一张王牌。

最重要的是，伊拉克为美国的技术和工程专业知识提供了巨大的市场。伊拉克拥有世界上最大的油田之一（据估计，甚至比沙特阿拉伯的油田还要大），能够确保为庞大的基础设施和工业化项目提供所需的资金。所有主要参与者——工程和建筑公司，计算机系统供应商，飞机、导弹和坦克制造商，以及医药和化工公司——都十分看重伊拉克。

然而，到了20世纪80年代末，萨达姆显然并不打算接受经济杀手的如意算盘。这是老布什初掌白宫的一大挫败，也令他十分难堪。和巴拿马一样，伊拉克也加强了老布什“懦弱”的形象。当老布什在寻找出路时，萨达姆的行动正中了他的下怀。1990年8月，伊拉克入侵了石油储量丰富的科威特酋长国。布什为此谴责萨达姆违反了国际法，尽管这距离老布什本人非法地单方面入侵巴拿马还不到一年的时间。

不出所料，总统先生最终下令发动全面的军事进攻。美国派出了50万人的军队加入国际联军。在1991年前几个月里，联军针对伊拉克军队和民用目标发起了连续多日的空中打击，并在接下来100小时的地面战斗中击溃了火力不足、士气极其低落的伊拉克军队。科威特得救了。一个真正的暴君受到了严惩，尽管他本人并没有被绳之以法。老布什在美国民众中的支持率飙升至90%。

在入侵伊拉克的时候，我正在波士顿参加会议——这是我需要为石伟公司所做的为数不多的事情。我清晰记得，人们拥护老布什的决定所表现出的狂热。自然，整个石伟体系的人都很亢奋，不光是因为我们旗帜鲜明地打败了一个嗜杀的暴君。对他们来说，美国在伊拉克的胜利将能提供巨额利润和升职加薪的机会。工程师、武器制造商和其他战争相关行业，还有支持它们的华尔街和保险公司，都对重返军事斗争所带来的机遇欢欣鼓舞——美国军力自越南战争结束后一直处于相对沉寂的状态。

这种兴奋感并未局限在我们这些会从战争中直接受益的企业。全体美国人似乎都迫切地希望我们的国家再次展示出强大的军事实力。我相信这种态度的出现基于很多原因，包括当里根击败卡特、伊朗人质获释以及里根宣布打算重新谈判“巴拿马运河条约”时发生的理念变化。老布什入侵巴拿马便助燃了人们心中早已蠢蠢欲动的火星。

然而，在爱国主义言论和呼吁采取行动的背后，我相信美国的商业利益集团——以及大多数为美国公司工作的人——看待世界的方式正在发生一个更加微妙的转变。跨入全球帝国已经成为一个现实，而这个国家中的大部分人都参与到了其中。全球化和私有化的双重观念正在强力地占据着我们的心灵。

归根结底，这件事不仅仅是美国的问题。全球帝国已然成型，什么样的国境线都无法阻挡它的扩张。我们之前认为的美国公司现在是真正意义上的跨国公司，即便从法律角度讲也是如此。很多公司在一大串国家中都有经营实体。它们可以从各式的规则和法律中挑中自己在开展业务时想要遵从的，而多如牛毛的全球性贸易协定和贸易组织也让实现这一点变得更加容易。像民主和资本主义这样的词汇已经过时了。公司王国已经是既成事实，它越发谋求成为世界经济和政治的单一重要影响力。它的成员会不惜一切代价来巩固这个全球帝国的权力。

伴随着时事的不寻常转向，我在1990年11月对IPS公司的出售是对公司王国的又一次屈服。对我和我的合伙人来说，这是一笔利润丰厚的交易，但我们彻底退出的主要原因是阿什兰石油公司给我们带来了巨大的压力。根据过去的经验，我清楚对抗它在很多方面都会付出高昂的代价，但出售公司则会让我们获利颇丰。然而，让我倍觉讽刺的是，一家石油公司竟然会成为我的这家可替代能源公司的新主人。我在一定程度上再一次觉得自己像个叛徒。

石伟公司的工作只占用了我极少的时间。我只会偶尔被要求飞往波士顿参加会议或帮助准备提案。我有时会被派到像里约热内卢这样的地方，与当地的风云人物谈笑风生。有一次，我还专门搭乘私人喷气飞机到了危地马拉。我经常打电话给项目经理，好心提醒他们我还领着薪水并且能够提供帮助。收了这么多钱，却做这么少的事情，着实让我良心不安。我对这个行业理解深刻，希望能贡献出一些有用的东西，但这显然不在他们的安排之内。

我始终无法摆脱进退维谷的处境。我想要用行动来证明自己存在的合理性，并希望能对过去造成的损害将功补过。我继续秘密地——但非常不规律地——写着《一个经济杀手的良知》，但我不会自欺欺人地认为它能出版。

1991年，我成立了一家非营利性组织——“梦想带来改变”，基于的理念是舒阿尔人的处世哲学“你的生活，你的世界，正如你梦中的一样”，换言之就是“只要你相信，你就能做到”。[85]我开始带领一小群人深入亚马孙地带，与舒阿尔人一起生活，向他们学习；同时，舒阿尔人也渴望分享他们关于环境治理和土著治疗手法的知识。在接下来的几年里，对于这类旅行的需求快速增长，“梦想带来改变”组织也随之迅速壮大。由于致力于改变工业化国家的人们看待地球的方式以及我们与地球的关系，“梦想带来改变”在全球收获了不少追随者，并鼓励人们在许多国家创立怀有同样使命的组织。

贯穿20世纪90年代，我越来越多地投身于非营利性的领域，帮助创建了多家机构，还在另外一些机构的董事会任职。很多这样的机构都起源于“梦想带来改变”高度敬业的成员们的付出，并涉及与拉丁美洲土著人的合作——如亚马孙河流域的舒阿尔人和阿丘阿尔人、安第斯山脉的克丘亚人、危地马拉的玛雅人等，或将他们的文化传授给美国和欧洲的人们。在阻止石油公司进入土著领地和保护雨林免受工业化的侵蚀，以及开发项目提高全球各国对此类活动重要性的认识等方面，由丹尼尔·库伯曼（Daniel Koupermann）所设想、比尔·特威斯特和琳恩·特威斯特（Billand and Lynne Twist）与我一同创建的“地球妈妈联合会”尤为成功。

石伟公司认可我的这类慈善工作，这也符合它对“联合之路”组织的投入。我还写了更多的书，并一直小心翼翼地将重点放在土著人的学说上，避免提及我的经济杀手活动。除了打发无聊之外，这些举动还帮助我一直围绕着拉丁美洲以及我很喜爱的政治话题。

但是，尽管我一心想让自己信服，我的非营利组织和写作活动能弥补我过去的行为，但我发现这样做越来越力不从心。在我的内心深处，我发觉自己正在逃避对女儿的责任。在杰西卡要接手的世界里，将有数百万的儿童一出生就背负着他们永远无法还清的债务。并且，我必须承认对此负有责任。

我写的书越来越受欢迎，尤其是《世界正如你们所梦想的》（*The World Is As You Dream It*）。它的成功为我招来了举办研讨会和演讲的更多需求。有时候，站在波士顿、纽约或米兰的听众面前，我不禁为其中蕴含的讽刺而心惊。如果这个世界真的如你们所梦想的，那么我在噩梦中的世界又是从哪里来的呢？我为何又在这样一个噩梦般的世界中曾卖力地发挥过如此积极的作用呢？

1997年，我受邀去加勒比海圣约翰岛的一个度假区，为“欧米茄学院”为期一周的研讨会讲授课程。我在深夜才抵达那里。第二天早上醒来，我走上小小的阳台，映入眼帘的是自己在17年前做出离开美因公司决定时所处的同一个海湾。我顿时激动得无法自持，瘫坐在椅子上。

整整一周，我在大部分的空闲时间里都待在那个阳台上，俯瞰着下面的伦斯特湾，尝试梳理自己的感受。我逐渐意识到，尽管我已经从美因金盆洗手，但始终没有再迈出下一步，而让自己一直处在进退维谷之间的决定正在造成难以名状的伤痛。在这一周结束的时候，我得出了结论：我周围的世界并不如我所梦想的，而且我就该做到我向学生们所传授的——想尽一切办法去改变我的梦想，以体现我在生活中的需求。

回到家后，我终止了企业咨询的业务。当初雇用我的石伟公司总裁也已经退休了。接替他的新人比我还年轻，他似乎不怎么在意我去讲述自己的故事。同时他启动了一项开支削减计划，所以也乐于无须再向我支付那笔要价过高的酬金。

我决心完成这本我长久以来一直处在写作之中的书——单是这个决定就让我倍感解脱。我将这个想法告诉了一些亲密的朋友，他们大都在涉及土著文化和雨林保护的非营利领域。出乎意料的是，他们都很担心。他们害怕将其公之于众会破坏我的教化工作，危及我所支持的非营利组织。我们之中的很多人正在帮助亚马孙地区的国家，保护这里的土地免受石油公司的侵害；有人告诉我，坦白真相可能损害我的名誉，并让整个运动受挫。有些人甚至以撤出自己的资助相胁。

与此同时，随着1991年入侵伊拉克的结束，美国的军事行动再度减少，但这标志着第二代经济杀手浪潮的深入。比尔·克林顿政府（1993—2001）成就了美国历史上最长的和平时期的经济扩张以及美国公司全球化程度的加深。美国的经济杀手们顺势而动。在他们的众多策略当中，他们游说成功并精心设计了许多国际“自由”贸易协定，包括在1994年签署实施的、具有里程碑意义的《北美自由贸易协定》。该协定让美国公司占尽优势，因为它允许美国公司获得美国纳税人的补贴，却禁止墨西哥和加拿大对从美国进口的产品施加关税和限制，从而让这两个国家的许多当地农民无力与美国企业竞争。尽管我注意到了经济杀手活动的不断加强，但我不觉得还有人会对我的故事特别有兴致。

所以，我又一次搁置了写作。相反，我专注于带人深入亚马孙雨林，向他们展示几乎未被现代世界染指的那方净土，并给他们介绍一直与自然和谐相处的人们。事实上，在 2001 年 9 月 11 日那天，我正好也在那里。

当我返回美国后，我先是飞到纽约，直接去了世贸中心遗址。当我站在那里看着如此多的人死去的地方时，我想清楚了，我还是必须把自己的经济杀手经历写出来。我越多地研究局势，就越发意识到，在小布什总统执政时期，美国经济杀手的实力正在继续壮大。除了在“9·11”事件后扩张的战争工业以外,《北美自由贸易协定》衍生出的《中美洲自由贸易协定》也于 2005 年通过了（有关这两个自贸协定的更多信息参见第 41 章）。在 20 世纪 80 年代和 90 年代开始形成的东西，于 21 世纪初的第二代经济杀手浪潮中达到顶峰。如本书第六部分所述，参与其中的人都是为特定公司的利益服务的。

既然我与石伟公司的合同已经结束，我就没有义务再私藏我的故事。然而，对我生命和家庭的威胁魅影一直笼罩着我。我决定与其讲述别人的故事，不如写下我自己的——我个人的自白。我不会再去联系任何人。我会私底下写出完整的手稿。我想通了，一旦我把手稿交到一个代理人手中，然后他再把它寄给出版商，这就相当于某种意义上的生命保障。任何想杀我的人都要想清楚，我的夭亡只会增加图书销量，而这一点恰恰是他们最不希望看到的。

第六部分

豺狼出动

（2004—2016）

34 阴谋：我被下毒了？

我本来以为《一个经济杀手的自白》定会唤醒人们，激励他们改变局面。事实是显而易见的，我与像我一样的人创建了一个支持公司王国的经济杀手体系，而辜负了其他所有人。我们大多数人也在很大程度上参与其中，我们都是帮凶——往往还毫不知情。我曾经寄希望于揭露这些事实并让人们有所觉察，以图自然而然激起一场带来新愿景的运动。

然而，我低估了经济杀手体系的力量，或者说，没有预料到它捍卫和促进死亡经济的决心。我也没有预料到会有一类全新的经济杀手和豺狼们的崛起。

这本书获得了巨大的成功，几乎立即成为《纽约时报》的畅销书，并且各种语言的译文版也陆续登上各国的畅销书榜。该书清晰地表达了一个观点，即我不相信仅凭一小撮决心控制世界的人们设计出邪恶的、非法的和秘密的计划就能驱动整个经济杀手的体系；换言之，我不相信某些大而化之的“大阴谋理论”。

接下来，奇怪的事情发生了。

2005 年 3 月下旬，距离这本书出版后还不到 5 个月，我在一个周一飞往纽约市。我的安排是在第二天到联合国演讲。在那之前，我的身体非常健康。一个自称是自由撰稿记者的男人一直缠着我的公关人员，要求对我进行采访。由于他的资历很浅，而且我当时忙于接待各路媒体，就对他的请求一拖再拖。但他这次提出到拉瓜迪亚机场接机并带我吃午饭，然后开车送我去要住的朋友公寓，我也不好再反对。

我出机场的时候，他已经在那里等着了。他带我去了一家小咖啡馆，然后告诉我，他有多喜欢看我的书，并问了一些关于我的经济杀手生涯的老套问题，最后开车将我送到了我朋友位于上西区的公寓。

之后我再也没见过那个男人，若不是几个小时后我突发了严重的内出血，我不会谨记与他的会面。我几乎流光了全身一半的血液，陷入了休克，于是我被紧急送到莱诺克斯山医院。我最终在那里待了两周，切除了大肠70% 的组织。

纽约的胃肠病专家告诉我，我遭受的是严重憩室病引起的并发症。我对此感到诧异，因为我最近刚刚做过结肠镜检查。我在佛罗里达的医生曾保证我没有癌症的迹象——这解除了我最大的担心。他还提到查出了一些憩室，但“与同年龄段的大多数人相差不大”，并建议我 5 年后再来复查。

当然，我在联合国的演讲只能取消了，同时取消的还有许多其他的媒体活动。关于我手术的消息迅速被传了出去，我很快就收到了很多电子邮件。大部分的信息都是支持我的，并表达了对我健康的关切。有些人指责我成了国家的叛徒，还有些人言之凿凿地说我被下毒了。

当我拿这种说法询问我的肠胃科医生时，他回答说，他认为我不大可能是被下毒的，但他也知道“永远不要太过于肯定”。我们想过联系那位带我去吃午饭的神秘记者，但所有尝试都失败了。我们对他的唯一联系方式就是电子邮件，但他的邮箱地址已经失效了。不管真相如何，所有这些都引发了我的思考，并阅读了更多关于阴谋论的东西。

我仍然不太相信任何的“大阴谋理论”。根据我的经验，不存在什么秘密俱乐部，即一小撮人聚在一起谋划非法统治世界的方略。然而，我清楚经济杀手体系有能力去煽动许多小阴谋。之所以我称其为“小阴谋”，是因为它们注重于特定的目标。这样的小阴谋就是为了实现特定非法目标的秘密行动，始于我刚刚开始上学的时期——比如，中央情报局在 1953 年发动政变，让伊朗国王取代了民选的首相摩萨台。在我高中期间，这样的情况还在继续——中央情报局支持了针对古巴的“猪湾入侵事件”。但在我的两位经济杀手客户——厄瓜多尔的罗尔多斯和巴拿马的托里霍斯——被杀之后，我才得以清楚地意识到它们的存在。接下来在 2002 年，美国指导了推翻委内瑞拉总统乌戈·查韦斯（Hugo Chavez）的阴谋。在那之后又出现了关于伊拉克大规模杀伤性武器的谎言。不幸的是，有些欺骗甚至无视科学证据，公然催生出危险的谎言，比如气候变化不是真实的。

当我还是一名经济杀手的时候，大多数策略的目标是在欠发达国家推进美国和公司的利益，为了让我们的公司得以夺取资源无所不用其极——包括推翻或杀害当地政府领导人。我做完结肠手术后闲在家中阅读各种报告，随之越发清晰的是，我在厄瓜多尔、印度尼西亚、巴拿马、埃及、伊朗、哥伦比亚、沙特阿拉伯和其他国家所使用的工具到现在正在被应用到欧洲和美国。得益于“9·11”事件后所谓的“全球恐怖主义”威胁，这些阴谋论将过多的权力给予了掌控全球公司的巨富之人。其中最引人注目的现状是他们能影响政客们通过法律，以便允许富人逃税、控制媒体，并利用媒体反过来影响政治；施行恐吓美国公民的公关活动，让他们卷入无休止的战争；以及签下“自由”贸易协定——如北美和中美洲的自由贸易协定，赋权公司去掌控他国政府的方方面面。

这些事情以及很多其他策略让经济杀手们远远超过了 70 年代的活跃程度。尽管我写了那么多，但我还是不得不承认，我能见识到的也许只是冰山的一角。旧的工具被磨得锋利，新的工具也渐渐成型。这个系统的核心依旧保持不变——一个基于四大支柱的经济政治意识形态，尤其是通过债务让人们受奴役，依靠恐惧让人们屈服。在我那个时候，它需要让大多数美国人和世界上许多国家相信，只要能保护我们免受敌对阵营颠覆者的破坏，一切行动都是正当的；如今，这个“恶棍”已经变成了恐怖分子、移民和任何想要遏制公司的人。基本原则还是相通的，不过现在的影响面比以前大得多。

术后的康复过程也让我陷入了无边的负罪深渊。我总是半夜惊醒，回想起曾被我贿赂过和威胁过的领导人。我还是没法与自己和解，接受不了我经济杀手的过去。

我先是质问自己，为什么把那份工作干了十年之久？然后我想起了要脱身有多么困难——不光是金钱的诱惑、头等舱的待遇、一流酒店的住宿，以及所有的其他福利，也不单纯是美因公司的老板和同事们对我施加的压力，还有这份职业本身的光环、我的头衔：很多根植于我生长的文化土壤。我从小接受的教育、听到的事迹，都教导我如此行事。我要做一个真正的美国人，我的工作就是宣扬美国，就是让自己相信并说服其他所有人——敌对阵营打算毁灭我们。

在苏联发射了第一颗人造卫星“斯普特尼克 1 号”之后，我们都开始相信核弹即将临头。在每周的演习中，让人胆寒的警报声催促我们藏到桌子下面，以躲避想象中的苏联导弹。那时候的电视剧或电影反复提醒我们要保持警惕，比如《我过上的三重生活》（*I Led 3 Lives*）就是一部扣人心弦的谍战系列剧，它改编自一名潜入美国共产党组织的联邦调查局特工的回忆录；还要警惕我们中间潜伏的“红色内奸”，就像在海报上被丑化的布尔什维克，随时防止他们开始作乱。

当我加入经济杀手时，局势已经很明朗了——我们正在失去越南这个被描绘成苏联傀儡的国家。有人告诉我们，这将会产生敌对阵营的“多米诺骨牌效应”，下一个就是印度尼西亚，接着是泰国、韩国和菲律宾，然后还有越来越多的国家；用不了多久，红潮就会席卷欧洲，最后吞没美国。除非我们能够阻止这波浪潮，否则民主和资本主义终将难逃一劫。这就意味着，我们要不惜一切代价去拔高那些将自己粉饰成反共中坚的公司。

深挖我的内疚感，有助于帮我看清这么多年来自己欺骗自己有多么容易。这让我打开了思路，让我明白了有数以百万计的人处在与我相同的境地。他们可能不再被教导害怕共产主义，但他们继续害怕某些来自被定义为危险的国家和地区的人们。[86]他们也许不会到外国旅行，也不会直接面对他们公司所造下的恶果。他们也许不必亲身站在亚马孙丛林中的石油泄漏点的旁边，或亲眼看到血汗工厂里工人睡觉的窝棚。相反，他们用电视上播出的内容麻醉自己。他们轻信了学校、银行、人际关系专家和政府官员的保证，认为他们正在为全世界的发展做出贡献。但他们其实也心知肚明，事情的真相肯定完全是另外一回事。在他们的内心深处，他们——还有我们——都认识到，这些叙事歪曲了现实。看到这里，大家该意识到我们所有人其实也是这些罪行的同谋。

我在手术后的这些天里逐渐开始想明白，自《一个经济杀手的自白》出版以后，我学到的最重要的一课就是，经济杀手体系能够发挥作用的唯一原因是我们所有人的纵容。对于别人告诉我们的谎言，我们选择了相信，或睁一只眼闭一只眼；无论怎么做，我们本质上都是在支持谎言。最让我感到苦恼的一件事是，我必须要承认，我不仅选择了忽视经济杀手的恶果，还说服了许多人大力地支持这个体系。所以为了纠正我犯下的错误，我立下志愿要更加勤勉努力；我也会更紧密地关注我的社区、我的国家和世界上正在发生的事情。

35 伊斯坦布尔：死亡经济与生命经济

痊愈之后，我又去了更多的地方。我主要想跟其他人谈论这本书，并回答一些疑问。但我也明白，我需要更深入地研究别人告诉我的东西。我还意识到，尽管经济杀手在20世纪70年代仅仅存在于少数跨国公司和咨询公司的高管与顾问当中，但全新的一代如今正在逐渐取而代之。今天的经济杀手囊括了数以千计的跨国公司、咨询公司、投资基金、行业团体和协会的高管与顾问，以及代表所有这些机构的庞大说客群体。他们一同创造了许多经济学家所称的“死亡经济”。

在新千年的最初几年里，经济杀手横行世界，主要得益于伊拉克和阿富汗战争、2008年的经济衰退、美国的多次减税和其他新自由主义政策，以及跨国公司日益的全球化。2013年，当我站在伊斯坦布尔酒店的窗前，眺望这座几个世纪以来既是帝国的所在地又是受害者的城市中的古老建筑和尖塔时，我在心中思考一个腐化的、具有破坏性的经济体系的发展模式，以及经济杀手在过去与现在的异同。在《一个经济杀手的自白》出版之后，我多次应邀去伊斯坦布尔，在企业高管会议上发言。此时，我正准备在这座如今成为国际会议中心的古老城市再做一次演讲。

我想到了经济杀手在我们那个时代所用的核心工具：虚假的经济学（包括扭曲的财务分析、夸大的预测和篡改过的账簿）、隐秘行事、欺骗、威胁、贿赂、勒索；从未打算兑现的假意承诺；债务及恐惧造成的奴役。同样的工具如今还在使用。现在与过去一样，很多工具都反复出现在经济杀手的每一次“打击”之中，尽管可能只有那些有心分析背后故事的人才能识别出它们。现在与过去一样，把这一切结合到一起的是一种信仰，即为了实现想要的目标可以不择手段。我还想到了2009年我在中国一个工商管理项目上的授课以及中国学生对学习经济杀手策略的热忱（在本书的第七部分会提到）。

如今一个重大的变化是，经济杀手的体系正在影响着美国和其他高收入国家，还有中国以及世界的方方面面。并且，每一项工具都出现了更多的变体。在世界各地，有数万甚至更多的经济杀手。他们创造了一个真正的全球帝国，一个威胁到我们已知生活的经济体系。他们既活动在公开场合，也会躲在暗处。经济杀手的体系已经变得如此普遍且根深蒂固，导致它已经被视为一种寻常的经商方式，因此大多数人并不会对它心生警惕。

新一代的经济杀手说服政府官员给予他们公司优惠的税收和监管待遇。

他们迫使各国逐底竞争，争夺承接其设施的机会。他们将生产工厂建在一个国家，将避税银行放在另一个国家，将呼叫中心置于第三个国家，将总部设在第四个国家，这一连串的操作给予了他们巨大的主动权。各个国家不得不竞相提供最宽松的经营环境和社会法规，以及最低的工资和税率。在许多国家，政府为了能将特别的好处补贴给企业，往往令自己的国家深陷债务的泥潭中。我注意到，除了早就沦落的非洲、亚洲、拉丁美洲和中东各国，近年来这种情况还发生在冰岛、西班牙、爱尔兰和希腊等国家（所谓的“欧猪五国”）。而当一些更委婉的手段行不通时，很多政府官员就会发现，他们个人生活中一些原本无人知晓的不良方面就会被公之于众，或更有甚者，丑闻被凭空捏造出来。

另一个重大变化在于让美国经济杀手策略正当化的借口：以前是保护世界免受敌对阵营、越共和其他革命性团体的掌控，以免威胁到美国的富裕生活；如今是阻止恐怖分子和移民，打击伊斯兰极端分子，促进经济增长，以及保护我们的富裕生活。

我对这类事情思考得越多，就越意识到我需要在作品和讲演中强有力地指出它们的症结。我坐在电脑前，敲入了未来可能用到的演示文稿的内容。

幻灯片 #1

死亡经济——驱动力来自 1976 年诺贝尔奖得主米尔顿·弗里德曼提出的观点：

> 企业唯一的责任就是让短期利润最大化，而不计社会和环境成本，也不考虑‘有人得利，必然会有人受损’的观念。

幻灯片 #2

经济杀手策略的四大支柱：

- 恐惧
- 债务
- 对于不足的焦虑
- 分而治之

幻灯片 #3

公司高管必须尽一切办法让利润最大化，包括利用竞选献金和离开政府后的工作机会来“腐化”官员、剥削工人和耗费资源。

幻灯片 #4

死亡经济的关键特征：

- 奖励非生产性的工作（操纵股价、金融化）
- 忽视外部性（环境成本和社会成本）
- 不将税收视为对社会服务、基础设施等的投资
- 鼓励垄断
- 将自然归类为可消耗的资源
- 让几十亿人陷入贫困
- 引发全球变暖、物种灭绝和其他多种危机

幻灯片 #5

生命经济——驱动力来自一个目标：

将人与自然的长远利益最大化，创造所有人共赢的局面。

幻灯片 #6

生命经济的关键特征：

- 奖励生产性的工作（教育、医疗保健、艺术等）
- 在金融和经济的衡量指标中纳入对外部性的考量
- 将税收看作对医疗保健、教育、可持续基础设施等的投资
- 鼓励本地企业、雇员所有制的企业（比如，合作社、共益企业等）
- 奖励人们清理污染、回收利用、开发绿色技术和再生环境
- 为全世界的人们创造经济机会
- 逆转全球变暖和其他危机，保护濒危物种

* * *

当我漫步在伊斯坦布尔的美丽街道上，与来自不同国家和各个阶层的人们聊天，与企业高管和土耳其政府官员会面，乘坐渡船穿越分隔欧亚大陆的伟大水道博斯普鲁斯海峡时，我一直在思考，为何帝国建设者控制世界的动力在几千年来一直没有变化？改变的只不过是我们对世界的观念，并且这种改变已经蔓延到了全球。与此同时，经济杀手所使用的工具变得越来越高效，它们造出了一个最终会自我毁灭的系统。

一天下午，我站在博斯普鲁斯海峡靠欧洲的一侧，望着对岸的亚洲大陆，脑海中充满了我在充当经济杀手时的所作所为。起初，我还试图为自己开脱；我告诉自己，我是教育体系的受害者，因为它告诉我，美国梦就是成为我当时的模样。我想到了伊斯坦布尔纵有千般借口，也始终无法洗脱欧洲人、亚洲人、基督徒、穆斯林和无数其他群体的剥削与殖民的烙印，因为他们所有人的作为都受到渴望权力和财富的驱使。我不得不又一次面对我在促成死亡经济上所扮演的角色。

第二天，在从伊斯坦布尔回家的飞机上，我在空中俯瞰着地中海，发觉自己除了愧疚，还滋生出了愤怒。我们的政商领袖们正在将经济杀手的体系提升到在我那个年代无法想象的高度，也超出了曾经统治着下面大地

的封建帝王在所谓黑暗时代的想象。

我不禁揣测，若让后世的历史学家回顾当今，会不会认为“9·11”事件之后是一个更加黑暗的时代？

让我更加怒火中烧的是，我意识到我们这些身处美国的人也被告知，我们必须要为不足而焦虑，我们应该购买更多的东西，更努力地工作，不断地积累，将自己埋在更多的债务之中。这种心态超越了个人，成为美式爱国主义的一个方面——我们的国家必须越来越多地积聚全球的资源。[87]有人信誓旦旦地告诉我们，为军备力量举债就是我们自身利益的需要——同样的观点也曾为封建帝王用到其臣民身上。

一想到每当指出军费开支挤占了我们的福利时，就有人跳出来告诉我们，社会福利项目鼓励懒惰，但那些支持军队、补贴暴利、奖励企业大亨拿我们纳税人的钱去投机的项目，则为经济的增长引擎注入了活力——这就尤其让人感到愤怒。更何况，自上而下的经济学早就被几十年来的大量证据表明是无效的。

当我飞过英吉利海峡的上空，俯瞰新教的英格兰和天主教的法国这对宿敌曾经的分界线时，我更是震惊，这个体系自那个时代起已然变得如此之强大，在“9·11”事件之后竟然开始扎根于本土。它利用债务和恐惧、爱国者法案、警察部队的军事化、大量的新式监控技术、对各式“占领运动”等社会活动的渗透和破坏，以及私营监狱的急剧扩张，都加强了美国政府排挤那些反对之人的能力。公司巨头们资助的“政治行动委员会”（在“联合公民案”和其他法庭判决的加强下），以及像科赫兄弟（Koch Brothers）这样的亿万富翁通过资助像“美国立法交流委员会”之流的组织，借助媒体的海量宣传，密谋颠覆民主进程并赢得选举。他们雇用的律师、说客和战略专家的大军，让腐败合法化，并影响到了各个层级的政府。

当我回到美国时发现，一个事件的出现更是让我的愤怒变得师出有名。

36　又一起经济杀手的银行丑闻

金融界又被2014年发生的另一桩重大丑闻引爆了。其中几家涉案的银行早先卷入“伦敦同业拆借利率”丑闻，还有几个新名字的加入。花旗银行、摩根大通、巴克莱和苏格兰皇家银行承认操纵外汇牌价，并被处以超过50亿美元的罚金。在一年之内，这四家银行再加上瑞士银行，又被额外处罚了16亿美元，而其中的巴克莱银行还单独多缴纳了13亿美元——都用来解决相关的索赔。

这些银行从2007年开始就一直操控着一个被其成员定性为“卡特尔”的群体。而在涉案个人的电子邮件和聊天室对话记录中，人们发现了这个群体的真正名号是“土匪俱乐部和黑手党”。[88]

美国总检察长洛蕾塔·林奇（Loretta Lynch）将这些银行的外汇骗局描绘为“串通一气和操纵外汇市场的无耻表现”。她后来还称其为一个“惊人的阴谋”。[89]从美国总检察长口中说出的“串通一气”和“阴谋”两个词充分表明了该问题的性质之恶劣，因为这些词汇被用于形容银行之间的私下勾结，而银行曾被视为世界上最值得信赖的组织。这些银行的行径表明，只要能赚到大钱，公司王国动用的一切手段——阴谋、勾结、欺诈、不公平的竞争行为——都被视为正当的。

关于这桩丑闻的文章再次激起了我的负罪感。我无法消除心中的一种怀疑，即我在40年前所做的事是否帮助打开了一个潘多拉魔盒，释放了这些似乎看不到尽头的腐败浪潮。然而，随着阅读的深入，我的感受又一次从负罪变成了愤怒。

尽管我必须承认，我所做的事为此奠定了基础，但还是惊诧于我们当年的运作方式与现代银行家的冷酷策略之间存在的巨大区别。在我那个年代，我们需要花很大力气来说明债务的合理性。我们会编造出一些花哨的计量经济学模型，以证明贷款将会促进目标国的经济增长。在说服目标国的公民之前，我们首先要说服自己。这些新一代的经济杀手认为根本没有必要粉饰自己的行为。他们胆大包天、目中无人、冷酷无情。他们享受扮作强盗和黑手党的感觉，夸耀自己能加入“卡特尔”。见识到这新的一代以剥削他人为傲，我感到无比震惊和愤怒。

后来我慢慢地意识到，我的愤怒并不只针对银行家们，还包括所谓的监管者。这样的阴谋竟然持续运行了至少5年！是谁在守护我们呢？缺乏监管证实了在政府机构中盛行着“看无过，听无过，言无过”的态度。这也是第二代经济杀手浪潮的另一个特点：掌权者自以为他们得到授权，可以不惜一切代价帮助银行以及其他公司实现利润最大化的目标，而罔顾社会和环境的后果。

最终的处罚力度也在很大程度上表明了企业与政府之间的密切关系。尽管对操纵利率和外汇价格阴谋的罚款总金额大约有100亿美元，但这个看上去很巨大的数字与这些银行的资产相比不过是九牛一毛——起码我通过深入的调查得到的是这个结论。更糟糕的是，没有一个银行家因其犯罪活动遭到起诉。连一个都没有！

令我感到不可思议的是，美国公众对于遭受剥削变得如此麻木不仁和听之任之。这种心甘情愿的视而不见，与我在20世纪70年代曾剥削过的民众的心态并无二致。除了银行家们相对隐秘的阴谋，许多措施还在光明正大地剥削着美国人——其中很多都在不知不觉中已被我们接纳为标准的做法。这些做法包括：因州政府和联邦政府的公共教育经费削减而导致的学生债台高筑，因国家医疗保健和保险政策的缺陷而导致的医疗债不断积累，以牺牲大多数人的利益为代价补贴少数最富有之人的税法，以及将工作岗位外包到海外其他国家。从银行董事会的会议室到国会大厅，有一句口头禅到处在回响：“我们将不惜一切代价……”

在2015年国际足联贪腐的丑闻中，这一点更是搞得路人皆知。第二代经济杀手们无孔不入，已经渗入了社会的方方面面，连体育界也没能幸免。

根据美国司法部对国际足球管理机构领导人的指控，作恶者用上了我当初的很多工具，包括贿赂、欺诈和洗钱，他们还与大银行合作。在近 20 年的时间里，国际足坛的腐败无人过问，让一小撮精英人士财源滚滚，而很多国家的社会和纳税人付出了巨大的代价。[90]

一开始，我还对美国司法部采取的行动感到宽慰。这似乎是朝着正确方向迈出了一步——监管者终于开始履职了。然后我发现了出乎意料的一面。

足球丑闻只不过是一个障眼法。媒体的注意力被转移到生活中一个无关紧要的方面——体育，而真正的罪犯是那些窃取全球经济成果的人。个别的国际足联官员锒铛入狱，而银行高管们继续给自己发放着数百万美元的奖金。为什么那些犯下的罪行影响了我们所有人的银行家还在逍遥法外？

显而易见的答案是，这些银行家是公司王国的一员，而国际足联的官员们则不是。真相是，司法部发现了国际足联的诸多不法行为，然后积极地发起诉讼，为的是转移公众对银行业的关注。银行业的游说集团拿捏住了司法部。银行太有钱有势了，以至于收买了当选的官员、“监管”它们的监管者，以及本应该让我们所有人知情的媒体。

我发现自己又想起了霍华德·津恩。我曾与他讨论过说客们不断增加的实力。“我们是投票了，”他说，“但我们选出的那些人不再听从你我。他们服从资助他们竞选的人——公司王国的说客们。”他指出我也曾做过类似的事。“你听命于世界银行。”他停顿了一下，接着说道，“你真心认为，世界银行想要终结全球贫困吗？”

* * *

我仿佛看到了自己当年在商学院时初次访问世界银行的模样，那是在 1967 年，我站在世界银行的入口处，口中念着“为一个没有贫困的世界而努力”（Working for a World Free of Poverty）的标语。我当时深信由这七个单词组成的口号。只不过，这份信任并没有持续很久。没过几年，我就发现这句口号所体现的欺骗，正在掩盖世界银行的工作本质。

在《一个经济杀手的自白》出版的2004年和第2版的2016年之间，第二代经济杀手大潮席卷了全球。在这期间，我参加不少专题讨论，与试图为世界银行辩护的发展专家们进行辩论。他们认为，我之前的作为以及此后世界银行所做的工作对终结贫困发挥了很大的作用。然而，事实与他们所说的截然相反。[91]

一份“乐施会”（Oxfam）的报告揭示，全球几乎一半的财富掌握在1%的人手中，每10个人当中，就有7个人所在的国家在过去30年里的经济不平等加剧了。[92]在我推动过世界银行项目的国家中，如印度尼西亚、哥伦比亚、阿根廷和埃及，贫民窟的居民现在可能拥有了手机，但他们绝没有走出贫困，而且相对来说，许多人的情况实际上比我还是经济杀手时更糟糕。根据世界银行的统计数据，2011年仍有22亿人生活在每天2美元的贫困线以下——鉴于为了“让世界摆脱贫困”，跨国公司每年会收到数十亿美元的款项，这个人数仍如此巨大是让人无法理解的。[93]有很多统计数据能够揭露世界银行和其他发展政策所具有的欺骗性，这些只不过是冰山一角。

尽管最贫困的60个国家在过去30年里为5400亿美元的贷款支付了5500亿美元的本金和利息，但它们仍旧需要还5230亿美元的巨款。这些债务的利息成本超过了这些国家在卫生和教育方面的支出，20倍于它们每年收到的海外援助金额。[94]另外，世界银行的项目给地球上一些最贫穷的人带来了难以名状的痛苦。在短短的10年里，这些项目迫使340万人离开了家园；这些国家的政府对世界银行项目的反对者施以殴打、折磨和杀害。[95]

为了扩张公司资本主义帝国，我和同行们用尽了所能想到的一切手段。而这才是真正的目标，世界银行的口号只不过是一个托词。我们说服各个国家政府的领导人，除非他们接受我们的贷款，并出钱让我们培训他们的军队、修建他们的基础设施，否则他们的国民将会被残暴的独裁者所统治。公司资本主义将推动他们走出封建主义的黑暗时代，进入美国主导的繁荣现代。

自从我的《一个经济杀手的自白》出版以来，这个体系一直在全球遍地开花。到 2016 年，除了世界银行，私营银行也在推行这个体系，甚至还有个人的参与——尽管这些人承认在自己领导的公司中从事了犯罪活动，然而他们非但没有锒铛入狱，反而收到了数百万美元的奖金。他们和自己公司中的同伙让全球各国的人们相信，成功的定义仅在于个人的财富多寡，而不是对超越个体的社群的贡献大小；相信私有化和放松管制能保护公众的利益；相信政府对穷人的援助是浪费，效果会适得其反；相信个人举债要优于政府在社会服务方面进行投资；相信住豪宅、乘私人喷气式飞机和奢侈游艇旅行的人们是值得效仿的偶像。

霍华德清楚地认识到，为什么我们大多数人会认同这样或那样的花言巧语。他说，那些拥有物质财富的中产阶级很是自鸣得意，因为他们已经得到了别人告诉他们该仰慕的东西，而且他们不想失去这些东西；那些生活在贫困中的人也感到充实，因为他们单单为了生存已经无暇他顾。所有想要改变这个体系的人只会感到有心无力。

所有这一切都被第二代经济杀手和豺狼们纯熟地玩于股掌之上——这两类人在新千年和“9·11”事件之后变得越来越常见。

37 新一代经济杀手

早在20世纪70年代,低收入国家普遍被视为腐败的温床。“香蕉共和国”的政客们收受装满美元的信封以提供便利的形象常见于媒体的报道和好莱坞的影视作品中。另一方面，人们公认美国国内没有出现这样的大规模腐败——至少在过去远远没有达到这种程度。

在写作《一个经济杀手的自白》第 2 版的过程中，我震惊于本书第 1

版自2004年发行以来的十年间发生的巨大变化。这些变化是剧烈的，它们象征着美国人的态度、法律和政治的转变，这种转变从我的经济杀手时代以来一直在不断加剧。到了2016年，曾在美国被视为不道德、不可接受和非法的行为已成了标准的做法。它们可能由委婉的辞令所文饰，但在表面之下，依然是那些针对企业和政府高层的老套工具——威胁、贿赂、伪造报告、勒索、性和暴力。

在此期间，我受邀去亚洲、欧洲、中东、拉丁美洲以及美国各地的会议和大学谈论《一个经济杀手的自白》。同时，我个人生活的变化也为我打开了新的视野。

我与温妮弗蕾德决定离婚，但我们依旧是亲密的朋友，并且都居住在距离女儿杰西卡和外孙格兰特不到10分钟车程的地方。我开始与基曼·卢卡斯（Kiman Lucas）约会，她是一名律师，还担任一家非营利组织的首席执行官。这家机构帮助阿富汗、柬埔寨、老挝、缅甸、泰国和越南的战争受害者，并与美国国务院合作密切。跟着她，我加深了对国内和海外不断演变的经济杀手策略的理解。

我发现第二代经济杀手浪潮在美国已经无孔不入：他们穿梭于白宫的走廊、美国国会、华尔街，再到各大公司的董事会。高层的腐败已经变得合法化，因为法律正是由公司派出的经济杀手起草的，并经由他们资助的政客们之手通过。他们忠于特定的公司更甚于美国。到2016年，新一代的经济杀手包括5种非常显著的典型人物。

美国参议员

最后一次见到霍华德·津恩时，我问他是从哪里得知这么多关于现代经济杀手的事情。“多研究一下像达施勒和多德这样的政客。”他建议道。

汤姆·达施勒（Tom Daschle）和克里斯·多德（Chris Dodd）在很多

方面有相似之处。他们都是长期任职于美国参议院的尊贵民主党议员——达施勒的任期是从 1987 年至 2005 年，多德是从 1981 年至 2011 年。二人都曾经是民主党内的后起之秀。达施勒担任过参议院的多数党领袖；多德曾是民主党全国委员会主席和参议院银行委员会主席，还在 2008 年作为候选人参选过美国总统。

达施勒和多德都把自己描绘成“人民的代表”，而不是华盛顿的局内人。达施勒在早年的竞选中，当众开着一辆破旧的庞蒂克牌小汽车。多德承诺过，他永远不会屈从于说客们的机会主义。

但他们都背叛了自己过去的形象，以及对选民的承诺。他们代表了这批新型的、强大的、极度危险的第二代经济杀手。

在离开参议院之后，达施勒加入了英国欧华律师事务所（DLA Piper LLP）——该律所通过为医疗保健和其他公司进行政治游说，赚到了数百万美元。据称，他个人的薪水超过 200 万美元，还有一家私募股权公司向他支付了几百万美元。顶着暧昧的“政治顾问”头衔，他尽量避免被归入“说客”一类人，但他真正的工作就是游说——为了给其客户牟利，针对利润丰厚的交易进行游说。

有一个非常真实的案例。2013 年孟加拉国的一家服装厂倒塌，造成了超过 1100 人死亡。尽管没有迹象表明达施勒本人被牵连其中，但他所供职的欧华律师事务所一直反对孟加拉国实施一项旨在保护低收入工人的安全改革计划。不但如此，欧华律师事务所游说立法，大幅削减富有的美国零售商的义务。退休的民主党参议员乔治·米切尔（George Mitchell）和前参议院助理查理·谢勒（Charlie Scheeler）也加入了欧华律师事务所，力图以牺牲孟加拉国的人民和经济为代价，保障其客户贪得无厌的利益——该所的客户名单中就有被发现卷入 2013 年孟加拉国服装厂倒塌事件的盖璞（GAP）。[96]

当参议员多德作为候选人参加美国总统大选时，他的竞选活动接受了来自金融服务行业的捐赠——该行业正好由他担任主席的参议院银行委员会监管。在2010年从参议院退休之后，尽管他一再承诺永远不会成为说客，但他还是接替了丹·格利克曼（Dan Glickman），成为美国电影协会的主席和首席说客。[97]

达施勒和多德都是民主党人。而在共和党人之中，从参议院跳槽到说客俱乐部的也大有人在。无论是共和党人还是民主党人，都有一份看不见尽头的长长名单。这还仅仅是在参议院，美国众议院还有更多的人物转型为经济杀手。[98]

公司说客

大多数这类政客以及数以千计的通过“政商旋转门”的人士，都不称自己为“说客”。他们供职于法律事务所，被委婉地冠以“律师”“法律顾问”或“政府事务参议”的头衔——正如我的正式身份是一家备受尊敬的咨询公司的“首席经济学家”。然而，他们真正的工作也和我一样，是追随公司王国、扩张企业帝国，以及将死亡经济的触手伸向全世界。他们躲在暗处，但其影响力是不可估量的。

值得注意的是，“美国说客联盟”——说客行业的职业协会——在2013年更名为“政府关系专业人士协会”。尽管那一年登记在册的说客人数下降到十多年以来的最低点，但总数仍有12 281人之多——相当于美国参众两院的每一名议员对应23名说客。这比我任经济杀手时要多上很多倍。但即便是这么惊人的数字也是被严重低估的。美利坚大学教授詹姆斯·瑟伯（James Thurber）的研究表明，在职说客的人数接近10万，并且每年用于支持游说活动的花销约为90亿美元。[99]

游说活动的透明度缺失，导致无法准确衡量这项活动的全面影响。然而，每一家在美国开展业务的大公司都有超过100名说客。这相当于代表“我们人民”的全部工会组织和公共利益团体每投资1美元用于促进工人权利、环境、保健、教育和其他社会服务，这些公司及其所在的行业协会就会花掉 30 多美元用于游说。[100]

负责执行相关法律的官员们不敢挑战说客们及其代表的公司。以下这段摘自“共同梦想新闻网”（Common Dreams nesw site）的内容谈到的是军火工业，但跨国企业的共性可以从中管窥一斑：

> 在全球十大武器生产商中，有八家是美国的。军火工业花费数百万美元游说国会和各州的立法机构，火力全开地为它们的产品总是无法适应战场环境做辩解。比如，F35 战斗轰炸机——美国历史上最昂贵的武器系统——将要耗资 1.5 万亿美元，但至今还不堪大用。它超出预算，飞行危险，而且缺陷百出。然而，很少有议员胆敢挑战那些逼迫我们强吞苦果的强大企业。[101]

选址顾问

军工生产机构波音公司在我居住的州制造了一个大新闻。作为华盛顿州的最大雇主，波音公司拥有 8 万多名员工，是位列全球前三的国防承包商（另外两家公司的总部也都位于美国，分别是洛克希德·马丁公司和诺斯罗普·格鲁曼公司）。[102] 波音公司的说客们不分昼夜地劝说华盛顿州的官员们，给予波音公司巨额的税收减免。该公司还威胁，如果政客们无法兑现，就要将 777X 飞机的生产设施搬迁到另外一个州。

最终，华盛顿州的议员们通过了一项法律，启动了对任何一个州都是前所未有的大规模企业税收减免——据估计，这些措施对波音公司的生命周期价值大约为 87 亿美元。[103] 该法案确保了这家航空巨头成为美国当时获得州和地方补贴最多的企业。[104]

波音公司操控华盛顿州官员的方式，代表了一类特殊的经济杀手所使用的手段，可称为“选址顾问”。多年来，他们一直活跃在低收入国家。然而，正如波音一案所显示的那样，他们如今已成为影响美国的一支重要力量。

商学院和规划人士可能会宣称，企业对创造就业机会设施的选址决策是基于与供应商和客户的毗邻程度、劳动力市场状况、现有基础设施条件、交通网络以及能源价格等客观因素的理性分析，但在许多情况下，最大的决定因素是与地方政府达成的交易。选址顾问就是玩弄人们的焦虑和恐惧，以便要挟当地政府提供最宽松的环境和社会法规、最低的税率以及其他可以通过当地政策改变的激励措施，否则就要将它们排除在外。虽然政府官员通常急于达成这一类的交易，但他们忽视了长期的后果——学校、道路、娱乐设施和自然资源等状况都会恶化（更具有讽刺意味的是，这些特色本该让整个社区受益，包括企业自身的员工）。[105]

税务和补贴战略专家

波音公司的交易让我想起了我曾在印度尼西亚、哥伦比亚、阿根廷、厄瓜多尔、埃及和巴拿马做过的事。波音与我的主要区别在于，美国的第二代经济杀手浪潮用到的工具是税收政策和补贴，而不是世界银行的贷款。

这类计谋甚至比贷款更管用。公司无须去记录这笔钱的用途，也不必签署合同让他们必须创设确保债务人实际用钱的项目。按照美国的这种做法，甚至不需要有人提供资金。相反，这笔钱只是从税基中移除，直接交给公司；从本质上看，这就是从美国纳税人的身上盗窃——原本要用于医疗、教育和其他社会服务的资金被送到了贪婪企业的金库。

我的研究让我把目光投向了一家名为“好工作第一”的全国性政策研究中心，该中心检查了 2000 年以来美国联邦政府发放的津贴、贷款和其他补助。根据该中心的报告，在过去 15 年的时间里，联邦政府共计向企业发放了 680 亿美元的津贴和特别税收抵扣，其中的三分之二被授予了大型公司。

“好工作第一”中心发现，其说客最容易获得补贴的大公司包括福特汽车、通用电气、通用汽车、摩根大通、陶氏化学、洛克希德·马丁、联合技术、高盛，以及全美 100 家最赚钱的联邦承包商中的近一半。总之，收到补贴金额超过 6000 万美元的公司达到了惊人的 298 家。[106] 这些公司还从港口、机场、高速公路、公用事业、学校、消防部门和其他服务性行业中攫取利益，赚取了几十亿美元的利润，但它们并没有公平地支付它们该承担的税费——反过来导致相应的政府机构得不到资金支持，来给这些公司及其员工提供公共服务。

《卫报》(*Guardian*)的一项调查揭示，煤炭、石油和天然气行业一共获得了 5500 亿美元的补贴，是可再生能源行业收到金额的 4 倍。[107]

农业综合企业的经济杀手可能是这个行当中最著名的——或者说，是最臭名昭著的。仅一个例子就能说明情况——美国众议院于 2015 年 7 月通过的“暗黑法案”(即“否认美国人的知情权”)。该法案的目的是叫停各州要求的转基因成分标签。美国食品杂货制造商协会和孟山都公司的经济杀手们为这项法案的通过投注了数千万美元。美国食品安全中心的负责人安德鲁·金布雷尔(Andrew Kimbrell)表示:“孟山都公司及其农业综合企业的死党们让这项法案通过，是碾压了数千万美国人的民主决策进程的又一次企图。”“美国环境工作组”援引了公众对转基因生物标签的广泛支持，其政府事务高级副总裁斯科特·费伯(Scott Faber)评价说:“众议院的一些立法者投票选择忽视九成美国人的意愿。这件事让人感到怒不可遏!”[108]

此类劫贫济富的方案绝非限于军工、能源和农业综合企业，它们盛行于经济的方方面面，连沃尔玛也未能免俗。

“美国税收公平组织”发布的一份报告描述了沃尔玛从美国纳税人那里吸血数十亿美元的手法。在沃尔玛的各式工具中，有一个庞大的海外避税天堂网络，其资产价值超过 760 亿美元。沃尔玛在 15 个离岸避税天堂设立了至少 78 家子公司，这些子公司以前都没有公开报告过。[109]

在公共营养、医疗保健和住房援助的项目上，沃尔玛的员工每年得到美国纳税人超过 60 亿美元的补贴。这头巨型现金奶牛的所有者沃尔顿家族是全球最富有的亿万富翁之一。他们和许多同类一样，可能会批评提供给全民的社会福利项目，但他们才是有史以来社会项目的最大受益者。[110]

秃鹫资本家

秃鹫基金（Vulture Funds）在一个国家发生违约并陷入经济混乱的境地后，用几美分的价格购买 1 美元面值的该国债务；之后，当这个国家的经济开始复苏，它们就会要求按照面值偿还本息，通常还要附加额外的费用。很多基金还会乘人之危落井下石，起诉那些试图与目标国家合作的企业，使用恫吓的方式阻止潜在投资人的资助。

26 只最大的秃鹫基金已经从世界上最贫穷的国家聚敛了 10 亿美元，另外还有 13 亿美元等待收割。这 10 亿美元比国际红十字委员会在 2011 年对整个非洲的预算的两倍还多，也足够联合国解决索马里的饥荒问题。

2008 年的全球衰退和随之而来的世界大部分地区的危机加剧了秃鹫资本家的盘剥。除了之前提到的低收入国家[111]和几个欧洲的“发达”国家，符合世界银行的“重债穷国计划”中获得债务减免条件的 39 个国家中（主要在非洲），有超过三分之一已经成了秃鹫们的目标。[112]

就像第二代经济杀手推动的很多活动一样，秃鹫基金不但摧毁了它们的目标国家，而且破坏了全球的经济稳定。正如诺贝尔经济学奖得主、世界银行前高级副行长兼首席经济学家约瑟夫·斯蒂格利茨（Joseph Stiglitz）所说：

> 在阿根廷，执政当局与少数“投资人”（所谓的秃鹫基金）的斗争危及了该国绝大多数债权人自愿同意的整体债务重组方案。在希腊……这个国家被迫实施紧缩政策，最终将会导致该国的 GDP 急剧下降 25%，让其国民生活每况愈下。在乌克兰，主权债务危机的潜在政治影响是巨大的。[113]

以上这五类典型人物表明了第二代经济杀手的浪潮对美国及全球的经济、政治、环境和社会的影响。这新的一代人已经创造出一个仅85人所拥有的资源比全球另一半人口还多的世界。[114]

同样可怕的事件也正出现在豺狼当中。

38 新千年的豺狼

以下这段话引自《一个经济杀手的自白》第2版：

> "有一天我正走在祖父母居住的（巴基斯坦）村庄的一条路上，"在伊斯坦布尔的一次商业会议上发言时，我遇到的一个学生贾法尔对我讲道，"突然，我身边的大楼爆炸了，被无人机发射的导弹击中。人们尖叫着跑了出来。一个带着孩子的女人浑身是火。我冲了过去，抱起了她的孩子，让她在地上打滚。"说到这里的时候，他的眼眶里充满了泪水，"她活了下来，但很多人死了——很多、很多人。"

那架无人机由新一代的豺狼(Jackal)所操控。那种人不用冒着生命危险，听不见伤者和垂死者的哀号，也不会目睹无辜受害者的痛苦。他们安坐在电脑的显示器前。他们的工作毫无英雄气概可言。并且，把苦难强加给他人的这个国家也毫无英雄气概可言。

尽管经常有新闻报道无人机暗杀基地组织和其他恐怖主义组织的领导人，但关于"失误"——五角大楼口中的"附带伤害"，即无辜平民的被杀——的统计数据是无法获取的。人们只能估计，但仅仅估计出来的数字都让人震惊。[115]

> "美国在阿富汗、巴基斯坦、也门、索马里、伊拉克、菲律宾、利比亚和叙利亚发动的无人机袭击，不公平地夺走了至少6000人的生命。"

几十名美国退伍军人在2015年6月公布的一封信中写道。在那封信中，他们呼吁无人机操作员“拒绝执行飞行任务”，或用其他可能的方式支持他们的活动。这些退伍军人明白，无人机对平民的无差别攻击被世界上大多数人看作是恐怖行为。[116]

许多退伍军人目睹了无人机操作员和现代豺狼们的行动——很多企业靠着战争、破坏、重建，以及油田和其他位于许多冲突中心的资源获利，豺狼们的行动正在填满这些企业大亨们的口袋。与此同时，这些行动也损害了美国的国家信誉，与美国公民的利益背道而驰，并助长了以恐惧为基础的经济的延续。

奥巴马总统的前高级军事情报官员、退休美军中将迈克尔·弗林(Michael Flynn)称，无人机的使用是一项“失败的战略”，只会鼓励暴力和恐怖分子。“当你们用无人机投下炸弹时，”他说，“你们造成的伤害比你们带来的好处要多。”弗林在2014年夏季之前一直担任五角大楼国防情报局的局长。[117]

“维基解密”和爱德华·斯诺登（Edward Snowden）公布的文件显示，中情局动用酷刑和非常规的引渡地点，政府和跨国公司雇用的准军事部队，以及中情局和特种部队的“高价值目标暗杀计划”的频率出现了惊人的增长。

与过去单打独斗的秘密特工需要依靠个体的智慧和身体素质不同，新型的“豺狼集团”有了空中打击、卫星和其他现代技术的支持。尽管美国公众对受过特殊训练的军事小队（主要是海豹突击队和三角洲部队）的行动一无所知，但对遭受过他们袭击的社区来说，这并不是什么秘密。

《纽约时报》在一篇名为《海豹六队：无声杀戮的秘史和模糊的界限》（*SEAL Team6：A Secret History of Quiet Killings and Blurred Lines*）的文章中，哀叹笼罩在这些部队周围的秘密面纱：

在世界各地，他们为了追踪美国想要杀死或逮捕的人，操作伪装成商船的间谍站，假扮成皮包公司的文职雇员，或以男女搭配的形式藏身于大使馆。

这些行动是美国海军海豹突击队第六分队（也称“海豹六队”）隐秘历史的一部分，该分队是美国最神秘、最隐蔽、受到审查最少的军事单位之一。作为一支专门执行特别任务的小部队，海豹六队以击毙本·拉登而闻名于世，但经过十多年的战斗历练，它已经转变为一台用于全球猎杀的机器。

这篇文章接着谴责了美国当前许多政策都在秘密进行的现状。《纽约时报》的调查团队得出了以下结论：

与中情局的无人机袭击行动相似，“特种作战”任务为决策者提供了一个可替代昂贵占领战争的选项。但是围绕海豹六队的讳莫如深，导致无法全面评估其行动的记录及后果，包括平民伤亡或特种行动所针对的目标国内的强烈不满。[118]

在我那个年代的豺狼们，除了参与镇压叛乱的行动或受命渗透美国境内的左派组织，大多会被派到国外。到《一个经济杀手的自白》第2版出版时，这种局面也出现了变化。在“9·11”事件之后，恐惧驱使美国人同意牺牲隐私和自由，给予国家安全局、中央情报局、联邦调查局和其他机构前所未有的权力。曾在海外得以完善的工具，包括无人机和侦察机，正在美国国内监视我们自己。

在一起根据《信息自由法》提起的诉讼后，美国联邦当局公布的文件显示，美国无人机的场地由美国士兵负责，并部署在美国境内的军事设施之内，其余部分则由执法机构和边境巡逻队操控。有些（如果不是全部的话）无人机是专门用于暗杀的。[119]

美联社报道称，联邦调查局拥有一支“小型空军，包括数十架可携带视频装置的低空飞行器，遍布在美国各地，有些情况下还配备了手机监控技术——所有这些都隐藏在为政府项目打掩护的虚构公司名下”。美联社的文章继续讲述，这些飞行计划通常在未获取法官准许的情况下进行，并且“在最近的 30 天里，该机构飞越了全国 11 个州的 30 多个城市”。[120]

尽管“9·11”事件吓得整个国家放弃了自由，但不断增多的报告——军事基地和中央情报局秘密引渡点的酷刑，对揭发暴行者的攻击，警察的野蛮执法和对私人电话的窃听——正在扭转公共舆论的走向。越来越多的媒体和博客正在指出，这样的活动与旨在保护我们隐私的法律格格不入：

> 2005 年 12 月的新闻报道首次披露，美国国家安全局一直在监听美国人的电话和互联网通讯。这些新闻报道，连同 2006 年 5 月《今日美国》的一篇报道和几位国会议员的声明，一同揭发了美国国家安全局还在大量获取美国人的电话和其他通讯记录的文本。所有这些监视活动都侵犯了国会和美国宪法对隐私的保护。[121]

这些文件披露了有关残暴的豺狼措施一个令人震惊、不安和悲伤的信息，那就是很多工具被他们用来协助第二代经济杀手的浪潮。许多美国人开始明白，本该由自己的政府保护的民主已经被同一个政府所背叛，“民治、民享、民有”的民主政治基础已经被深深地掩埋在“世贸中心遗址”的废墟之下。

当《一个经济杀手的自白》第 2 版面世之际，美国国家安全局每天监控大约 2 亿条短信，还偷偷摸摸地在大约 10 万台电脑上安装了间谍软件，以便获取这些电脑上的信息。我难免要怀疑，我自己的电脑是不是也在其中。[122]

虽然我对这些豺狼机构的不道德和犯罪行为（即使在技术上是合法的）感到厌恶，但有一件事却让我出离愤怒——当年曾招募我的机构国家安全局竟然监听了 35 位外国领导人的电话，包括窃听法国、德国、英国、巴西、阿根廷和许多其他盟国政府最高层的机密讨论。

据《卫报》的报道，“美国国家安全局鼓励其‘客户’机构的高级官员，如白宫、国务院和五角大楼，向其分享他们个人的‘通讯录’，以便该机构可以将外国政要的电话号码添加到他们的监控系统之中。”[123]

在世界上的许多地方，第二代经济杀手背后的豺狼们得到了不断壮大的雇佣兵组织的支援——这些拿钱办事的人并不如正规军事人员一般遵守同等的规则和标准。

截至2012年，仅在阿富汗就有近11万的合同雇佣兵，而美国的军事人员只有6.8万人。作为比较，美国当年在越南有7万的雇佣兵和35.9万的正规军事人员。[124]

尽管无从得知到底有多少美国纳税人的钱被用于支付给雇佣兵，但根据2014年一次对30家最具影响力的私营安保公司的排名调查，第一名的杰富仕（G4S）公司拥有超过62万名员工，2012年的收入超过120亿美元。除了提供士兵之外，杰富仕还向政府和企业出售最尖端的间谍及监控设备。有趣的是，尽管黑水公司（现更名为“ACADEMI”）因涉嫌杀害伊拉克平民而广为人知，但它仅仅排在第30位。[125]

雇佣兵的使用让美国政府得以宣称军力规模正在逐步缩减，美国士兵的死亡人数正逐渐下降，政府没有参与酷刑和其他战争罪行。雇佣兵的使用让美国政府不用像在越南战争期间一样开启不受欢迎的征兵模式，从而无须担心激起反战运动。雇佣兵的使用可以不经五角大楼、总统或国会的同意，直接支持豺狼的非法活动。雇佣兵无须对任何人承担义务。

在我为《一个经济杀手的自白》第2版做研究的时候，我发现公司王国若是认为我们做的任何事对它们贪婪的权力构成了威胁，它们监视我们的一举一动并采取行动——包括超出《人身保护法》的监禁和暗杀——的能力和意愿几乎是不受限制的，且完全是不民主的。它们的说客掌握了我们很多的民选官员。它们的特别行动小队实施非法的暗杀。它们的低空飞行器和自动化豺狼偷听我们的手机和网络对话。这全都是公司王国决心采取一切必要的措施，来维持其统治的一部分。

第七部分

崛起与复兴

（2016—2023）

39 中国撼动平衡

中国从 1978 年开始走上成为世界主要大国的道路，搁置了之前延续几十年的发展方略。[126] 中国现在所倡导的改革是促成“具有社会主义特色的市场经济”，它与我们在美国实行的截然不同。

2009 年受邀到中欧国际工商学院讲学时，我了解了很多关于中国特色市场经济的理念是如何强调社会价值超越个人主义，以及如何影响中国之后的对外战略。中欧国际工商学院的工商管理硕士（MBA）项目一直位列英国《金融时报》评选的全球十大 MBA 项目，该项目主要招收社会精英，并且这些人被视为中国未来的企业领导者，其中很多人将会有意识或无意识地加入中国对外战略执行者的行列。我还是花了一段时间才搞明白，他们急于了解和学习各色的“手段技巧”。但在传授了之后，我又后悔没有花更大的力气去劝阻他们。然而，我也开始理解，他们的想法与我们的想法之间存在着根本性的差异。

“中国人至今仍受到孔子思想的影响，”中欧工商管理学院 MBA 项目的一位学生干部张曼迪（Mandy Zhang）这样告诉我，“我们生长于斯的儒家哲学让我们懂得，我们能做的最重要的事情是‘服务于家’。从我们的‘家’外推到我们的‘社会’，再到‘国家’，甚至到‘全天下’。我们应该在这个背景下理解中国的发展理念。”

当我指出中国特色的市场经济思想体现的是米尔顿·弗里德曼所倡导

的资本主义形式——即为企业设定短期利润最大化的目标，而不计社会代价和环境代价时，有一些学生提出了异议。他们解释说，中国正努力遵循当初定下的30年“三步走”的发展战略。张曼迪评述说：“市场经济不一定要建立在个人主义的贪婪或短期目标的基础之上。那是你们的模式，不是我们的。”

学生们的评论帮助我理解到，在一个将社会集体视为比个人更重要的文化之中，市场和利润的概念会有完全不同的解释。弗里德曼教授的思想成型于美国，这个国家将个人权利赞誉为有利于个人利益的一种自由。在这样的文化中，公共利益只有在法律法规的强制之下才会被顾及——或者它恰好也有利于个人。而在遵循儒家之道的文化中，公共利益就是目的。对许多学生来说，为家庭服务意味着支持一项战略，即为子孙后代打造一个他们想要继承的世界。这些学生可能正在研究如何给经济杀手模式带来新的变化，但是他们也体验过环境的代价，也更希望为他们的子女创造一个不同的世界。这不仅仅是为了帮助自己的孩子,也是为了帮助所有的孩子。至少，这是他们表达出来的意思。

中国的改革开放只是个开端。在随后的几十年里，中国的经济发展速度超过了现代历史上的其他所有国家。中国在1989年启动了让自己位列世界强国的雄心计划，其国家主席在2005年的拉丁美洲之行便是明证。中国的领导人在那里分别会见了阿根廷、巴西、智利、古巴、墨西哥和秘鲁的首脑人物，并开辟了一条中国对外战略的新路径。随后，中国企业在美国自家的后院击败了许多美国企业。很明显，中国从此不再仅仅是一个世界强国，它快速地成为具备支配地位的世界强国。中国的战略执行者们也不无夸耀地享受着中国的经济成就。

即便是由美国指派的世界银行行长，也不得不在2018年承认：“中国的人均收入增长超过25倍，超过8亿人口摆脱了贫困——对世界减贫的贡献率超过70%。”[127]与之形成对照的是，美国似乎正朝着相反的方向行进。经通胀因素调整后的美国平均小时工资自1973年以来一直停滞，而中产阶级占美国人口的比例从60%减少到50%；与此同时，一个全新的亿万富翁阶层已经控制了商业、媒体、互联网乃至政治。[128]

美国的问题并不局限于其经济。全世界的人们都惊恐地见识到美国在越南发动的残酷战争。然后，在“9·11”事件发生之后，美国罔顾大多数盟友的反对，攻入了伊拉克——这是一个显然与“9·11”袭击毫无关联的国家。美国对军事力量的痴迷、个人的贪婪，以及少数人以多数人为代价积累财富的做法，与中国所提倡的方式形成了鲜明的对照。

中国政府利用了这一局面，将它的主张推广到全球。中国人用“如果你们想要你们的国家繁荣，那就接纳中国成为全球贸易伙伴，我们不会干涉你们的政府，你们可以利用中国的贷款雇用中国的公司，来建设为繁荣创造条件的基础设施”，取代了美国政府的“如果你们想要你们的国家繁荣，就要接受华盛顿共识以换取贷款，雇用美国公司来建设基础设施项目，并服从于新自由主义政策”。中国全新的战略执行者当中包括修改了“四大支柱”的高水平知识群体（关于这方面的内容详见后面的章节）。这些人在大学里教书并著书立说，将中国与美国新自由主义的记录做比较。

我在2017年见到了“中国团队”的一些执行者，彼时我受邀在本书前言中提到的两场会议上发言。其一是“2017年圣彼得堡国际经济论坛”，该会议吸引了来自120个国家的1.2万人参加，特邀演讲嘉宾包括俄罗斯总统弗拉基米尔·普京和联合国秘书长安东尼奥·古特雷斯，以及世界上最具影响力的一些公司的首席执行官；其二是“阿斯塔纳（哈萨克斯坦）经济论坛”高级别会议，约有4000人出席，其中包括古代丝绸之路沿线国家的领导人——这些国家如今正在与中国战略执行者密切合作，共同发展“新丝绸之路”。在这两场会议上，我有机会与很多现任和前任的国家元首、政府官员及其顾问、诺贝尔奖获得者、银行家及其他有影响力的人亲密交流。

在“2017年圣彼得堡国际经济论坛”上，我得知“新丝绸之路”的官方名称为“一带一路”倡议，其中的“一带”指的是连接中国与亚洲其他地区、俄罗斯、欧洲和非洲的陆地运输和通信系统网络，而“一路”指的是将这些连接延伸到拉丁美洲、加勒比海地区、澳大利亚、新西兰和其他岛屿国家的海洋水道、港口和基础设施。换言之，新丝绸之路连通全世界。

我还了解到中国关于建立新的银行联盟的倡议。这一类金融机构如今迅速壮大，正与围绕华盛顿共识形成的金融机构形成正面竞争。后者自二战结束以来一直支配着全世界，是我的生活和我们的经济杀手策略中必不可少的组成部分。

“金砖国家银行”成立于2014年7月，由金砖国家的成员国巴西、俄罗斯、印度、中国和南非所组建。这五个国家合计占全世界人口的40%以上，接近全球GDP的25%，全球陆地领土面积的30%，全球贸易额的大约20%。值得注意的是，该银行的总部设在上海，这体现了中国迄今仍是五国中最强大的国家。

“亚洲基础设施投资银行”（亚投行）于2014年10月在北京举行了启动仪式。至2015年初，它的57个成员国绝大多数来自亚洲。而到了2017年，全球的各大洲都有国家加入。尽管美国政府对澳大利亚、韩国和英国施以极大的压力，要求它们不得参与，但这三个国家皆早在2015年就申请了亚投行的成员资格。作为世界银行、国际货币基金组织和其他美国主导的金融机构的首选替代，亚投行和金砖国家银行在许多国家深受欢迎。

“2017年圣彼得堡国际经济论坛”上的各种发言和对话清楚地表明，金砖国家银行和亚投行正在构建全球金融业的新秩序。为此，“华盛顿共识”受到了严重的挑战。此外，我从商学院和工作培训中学到的“发展经济学”（它们构成了美国经济杀手行动的根基）也同样正在面临强烈的挑战。

在我的阿斯塔纳演讲之后，哈萨克斯坦总理巴赫特让·萨金塔耶夫（Bakhytzhan Sagintayev）邀请我到他的办公室参加一场私人会议。我问他，有没有与我有着相同使命的中国人来拜访过他。

他笑着说："当然有，与你们一样，他们也有一些花哨的头衔。并且，他们来的次数可比你们的人多得多。他们也有不一样的地方。他们喜欢谈理论和哲学。"

"谈贸易吗？新丝绸之路？"

"是的，贸易。但他们谈论的总是哈萨克斯坦在古代丝绸之路上发挥的极为重要的作用。现在是时候让我们为新丝绸之路做出同样的贡献了。"

这就是我常听到的典型评价。中国的战略执行者意识到，他们必须采取一套不同的竞争方案。这忽然让我想到，我们第一代经济杀手的伙计们都过于相信世界需要我们、我们的公司和我们的军队——第二代经济杀手也是一样。在苏联解体之后，这种高度的自信变成了狂妄。中国的战略执行者不会犯同样的错误。他们迎合其他国家的自尊心，并促进伴随贸易路线的互联互通而来的繁荣。

哈萨克斯坦总理讲述了我们所有人都要面临的众多危机，以及促进国家间合作以缓解这些危机的重要意义。"我们需要在恢复气候的制造业、交通、通信和其他技术领域适应全球的变化。"他说，"新丝绸之路鼓励各国合作，以便让每个国家都能利用自己的相对优势来帮助其他国家。"

在他的强烈要求下，我也详细阐述了我对于全球观念有必要做出改变的想法，即用提倡长期效益和打造"生命经济"，代替对短期利益最大化的一味追求以及由此导致的"死亡经济"。

他拍手笑着说道："我完全同意，这正是新丝绸之路的任务。"他还提到中国和哈萨克斯坦两国在过去经历过的许多波折。"但是，"他补充说，"自从哈萨克斯坦脱离苏联独立以来，我们已经形成了牢固的纽带。我们对中国政府具备影响力。"他还强调，由于哈萨克斯坦的地理位置——位于中国和俄罗斯之中，也位于中国与中东和欧洲之中，以及其广袤的国土面积，它能发挥出重要的作用。他还提醒我，中国国家主席 2013 年在阿斯塔纳的纳扎尔巴耶夫大学发表演讲时正式提出了"一带一路"倡议。"那很有指向性，”他又补充说，“中国在表明哈萨克斯坦对这个星球未来的重要性。”

我还在哈萨克斯坦见到了普京总统的高级经济顾问之一谢尔盖·格拉济耶夫博士（Dr. Sergey Glaszyev），他也提出了特别有意思的见解。他读过我的《一个经济杀手的自白》，并与我服务于同一个专家组。与他一起喝咖啡的时候，他称他的部分职责是帮助俄罗斯的领导人了解中国的战略。“我的结论是，”他说道，“中国从像你这样的美国经济杀手和像我这样的俄国经济杀手所用的战略中汲取经验。”谢尔盖详细分析了美俄使用过的成功和不成功的手法，这两方面的案例都已经成为中国战略执行者的教学工具。他接下来谈到了美俄两国在利用“援助”来控制主权国家的政治时所酿成的恩怨。“新丝绸之路就是中国的对策，”他继续说道，“它基于合作和协同——当然还有贸易，而非诉诸武力。它宣扬力求更加公平的财富分配。所有国家都反对外国人的剥削，反对外来者干涉本国政府，反对在自己的国土上驻扎外国军队，但谁又能拒绝商业的增长和社会的繁荣呢？”[129]

在与谢尔盖讨论之后，我意识到美国与苏联的冷战跟当前与中国的竞争之间存在区别。回顾历史，我知道苏联拥有对美国构成军事威胁的核武器，但它在经济上几乎没有竞争力。相比于当时的“华盛顿共识”或今天的中国，苏联在扩大对外投资方面的努力不值一提。苏联在贸易上也是一样。苏联的国内经济并不值得效仿。在和平队的时候，我就知道那些谈起马克思主义滔滔不绝的拉丁美洲理想主义者，从不会在自己的国家里提倡苏联的政府模式。尽管他们可能在俄国上过大学，但他们指责苏联的经济。而在最近访问拉丁美洲时，我听到的关于中国的说法则与之完全不同。

在离开哈萨克斯坦的几个月后，我去了厄瓜多尔。一位要求匿名的内阁部长告诉我说：“拉丁美洲国家坐拥许多的自然资源，但我们没有开发利用的技术或财力。中国带来了希望。我们宁愿接受中国的帮助，而不是美国的。毕竟，中国从未入侵过任何一个拉美国家，也从未支持过针对我们民选官员的政变和暗杀，而美国在这两方面都有铁证在案。”他让我回忆

2007年小布什总统要求延长美国在厄瓜多尔大型军事基地的租期时，厄瓜多尔总统拉斐尔·科雷亚的回应："如果美国想要保留在厄瓜多尔的基地，你们就必须给我们一份在佛罗里达州建立基地的租约。"于是五角大楼关闭了在厄瓜多尔的基地。"美国公民可能乐于想象其他国家喜欢在本国领土上驻有外国士兵，"这位内阁部长补充道，"但绝大多数人都对此感到厌恶，1775年的美国人也是一样。"他还说，科雷亚已经从美国转向中国，是因为他担心华盛顿共识对新自由主义经济学的利用会控制各国的政府和资源。

此外，他还说："中国距离我们很远。而美国打击过的国家，比如巴拿马和最近的洪都拉斯，都是我们的邻国。"

这位部长绝非个例，他的看法也代表了许多国家的人。不幸的事实是，美国一次又一次地利用其唯一超级大国的地位，施加威压、腐蚀、胁迫和暴力的组合手段，劝服各个国家廉价地向美国公司提供资源，将公共部门业务私有化并出售给美国的投资人，实施紧缩计划，并被迫接受其他负担沉重的条款。

中国的战略执行者们正在推行一种替代方式。他们在国内的成功故事和"新丝绸之路"的全球发展理念成为国际社会的讨论焦点。中国传达出来的信息是：它是一个贸易伙伴，能够提供贷款以增加一个国家在全球贸易中的参与程度，而不仅仅是一个利用债务操控他国资源、经济和政策的债权人。这对面临极端贫困和经济衰退的国家具有吸引力。更有说服力的是，当许多低收入国家的现任领导人早年初入职场的时候，中国还在经历着与他们的国家类似的现状。中国的策略相对容易让这些领导人相信，他们的国家借用中国的模式也能建好基础设施，连通庞大的贸易网络。

在这两场会议上，我见证了"新丝绸之路"从概念转向现实的拐点。当美国在伊拉克和阿富汗陷入泥潭的时候，中国已经建成了联盟——这个联盟让中国现如今成为世界上的另一个超级大国。一些发言者将这个新时代称为"中国世纪"，这个新时代也被一些国家盛赞为一个典范，值得它们现在就立即效仿中国自1978年以来的40年里实施的发展战略。

与这些想法相反，我经常听到美国国内的人谈到，中国现在正面临衰落，二战后美国的霸权将会取胜。他们指出中国的难题包括：中国的人口日益老龄化，这给必须赡养他们的年轻一代带来了挑战；明显低于之前几十年的经济增长率；空气、水和土地的污染；一些最大的公司和地方政府的严重债务问题；重要的房地产市场的需求下降等。

然而，正如《外交政策》(*Foreign Policy*)杂志2022年的一篇文章所述，许多中国的观察家有着不同的看法：

> 自从20世纪70年代开始经济改革以来，中国一次又一次羞辱了那些认为其很快会犯下大错或即将崩溃的预言……在某些方面，中国仍在高速发展；该国的军事实力年复一年愈加强大……
>
> 而21世纪20年代的中国，随着其经济活力有所回落，它的威慑力将比以往任何时候都更加令人生畏。
>
> 近几十年来，北京一再让那些预测它将要碰壁的人感到无法理解……[130]

全世界也看到了，美国犯下的错误触及了美国理想的核心。我常常能听到的一句评价是："如果将美国当作民主的典范，我们绝不想参与这样的民主。"其他国家的人们尤为震惊地见识到，美国某一届政府签下的盟约和承诺往往会被下一届政府推翻，美国参众两院无意达成妥协，屡屡导致政府瘫痪。

许多国家一边愈加抗拒美国政府缔结有利于美国企业的贸易协定的努力，一边用积极的回应迎合中国的提议。

在相当大程度上，这是由于中国的战略执行者付出了辛苦且具有创造性的努力。他们的团队并不像我那个年代的经济杀手那样，只限于工程师、经济学家和金融家，也不像过去几十年里的第二代经济杀手那样，只是一些忠于美国大企业的走狗，他们就如同一支组织良好的运动队一般——非常老练。

然而，中国的团队也受到了俄罗斯入侵乌克兰事件的挑战。2022 年 9 月，中国领导人在疫情后首次前往哈萨克斯坦和乌兹别克斯坦，促进了中国与中亚的关系，这是具有重要意义的。在中俄领导人会面之后，普京承认中国不但对俄罗斯的行动存在“疑问和担忧”，还向他告诫了全球稳定的重要性。

40　中国的战略执行者

中国的战略执行者如今所用的工具、手法和体系与美国曾用到的有些相似。正如本章和随后的章节所述，他们借鉴了“四大支柱”。除了反间谍的工作，中国的国家安全部也在大力宣扬恐惧美国的理由（但两国的目的不同）。国安部还经常与军方的总参情报部联手，后者为中国的战略执行者提供关于全球时政、资源和时机的宝贵信息。

“国家国际发展合作署”助推了对资金缺乏的焦虑，还鼓励各国借债。该机构于 2018 年设立，标志着中国政府的战略升级，以及有志于由单一强力机构进行全面的统筹管理。与美国国际开发署大体相似，国家国际发展合作署也要指望其他政府部门的协助：外交部负责评估、推荐和监督那些宣称能让其他国家受益的项目，商务部的任务则是具体实施这些项目。

金砖国家银行和亚投行为这些目标国提供资助和贷款。二者借鉴世界银行和国际货币基金组织的模式，也吸纳了很多国家作为成员国、出资国和借贷国。金砖国家银行和亚投行在很大程度上由中国政府管理（就像世界银行和国际货币基金组织在很大程度上接受美国政府的管理），而且它们经常求助于中国国家开发银行、中国进出口银行、中国投资有限责任公司（中投公司）和中国工商银行（就像世界银行会向美国输出入银行和华尔街寻求帮助）。

中国的战略执行者已经能够极其熟练地利用国安部、国家国际发展合作署、金砖国家银行和亚投行的资源，这方面的例证会在后面的章节中讲到。通过一个或多个上述机构实施的大多数项目有助于扩展新丝绸之路上的通信、交通和能源系统。

对中国的战略了解得越多，与中国的战略家交流得越多，我就越能理解中国吸收美国方式中最有效部分的成功之处。我也发现了两国相应团队之间的区别。如前所述，美国的第二代经济杀手侧重于看顾某些特定公司的利益，而不是美国的国家利益；但中国的战略执行者主要关注国家利益——这一点反映在中国国有企业的庞大数量上。

在 20 世纪，经济杀手的行动主要针对石油、矿产及其他以原材料为基础的资产。拥有这些资产的国家全都很容易遭到“四大支柱”的攻击，特别是债务和对不足的焦虑。随着我们越来越深入高科技、控制理论以及对环境和社会负有更多责任的时代（知识经济的时代），中国已经快速接纳了新型的战略理论。通过在 2021 年底和 2022 年初与三位代表中国现代战略家的杰出中国思想者的谈话，我得知中国的战略执行者秉承着有别于美国的哲学思维。

其中，温铁军博士拥有众多的头衔，他还被中国中央电视台评为“年度十大经济人物”；王治河博士是中美后现代发展研究院的执行院长；樊美筠博士为美国过程研究中心中国部主任、《世界文化论坛报》的主编。他们二人及其团队这些年为推动全球的生态文明建设做出了独特的贡献，产生了相当的国际影响。

当我问及美国方式和中国方式的区别时，温铁军回答道：“我从 20 世纪 80 年代初就非常熟悉世界银行的新自由主义、私有化、市场化和全球化的思想。我曾去过非洲、印度、俄罗斯和其他国家。”他评价中国与美国的不同之处在于“中国关注的是需求。我们说，‘你们的人需要教育吗？好吧，我们可以帮你建学校。你们需要医疗服务吗？好吧，我们可以帮你建医院。你需要道路吗？我们可以帮你们修路’”。

这让我回想起20世纪90年代末在厄瓜多尔安第斯山区目睹的一个事件。在一处种植土豆的社区中，人们要求厄瓜多尔政府帮助他们购买普通的金属锄头和犁，以替换木制锄头和马拉的犁。厄瓜多尔政府转而求助于美国国际开发署。随后，美国国际开发署派出了一名农业专家，他建议农民停止种植数百年来一直是他们传统作物的几十个土豆品种。他告诉他们集中精力于四个最赚钱的土豆品种，如果当地农民听从建议，他就提供一台拖拉机与机械化的土豆种植和收割设备。他还会安排贷款，用于购买草甘膦类的除草剂和其他的“神奇化学物质”，将他们带入现代科学时代。而这台拖拉机的价值就相当于整个社区十年的总收入。这是一个让他们无法拒绝的提议。于是，他们种植了那四种土豆。但没过几年，枯萎病就毁掉了他们的全部收成。我站在被那台拖拉机蹂躏过的山坡上，听着那些人讲述生活被农作物歉收、泥石流和洪水毁掉的令人心碎的故事。许多家庭不得不背井离乡，很多人最终沦落到基多的街头，以乞讨为生。

“你说得对，”我回答温博士，“我们这些美国人并不是懂得倾听的人。”随后，我又问道，“阻止中美合作的最大障碍是什么？”

“有几个很大的障碍，”温博士说，“首先，美国不再是一个团结的国家。无论是在政府层面，还是在人民中间，它都是割裂的。其次，美国看待中国的敌对态度。你如何能与一个把你当作头号敌人的国家合作呢？”

“简而言之，”王治河博士补充说，“如果美国能做到团结，下决心与中国合作，两国肯定是可以共同努力的。不幸的是，你们的政治分裂和内耗严重损害了美国为人与自然共同福祉而努力的能力，比如扭转气候变化。”他继续谈论“新丝绸之路”的重要性，以及他如何希望美国也加入这一倡议。“这是‘世界上最大的项目’，”他说，“旨在建立一个由铁路、公路、管道和公用电网组成的网络，连通中国与中亚、西亚、南亚部分地区和拉丁美洲。它旨在打造世界上最大的经济合作和互联互通平台，包括政策协调、贸易融资合作、社会文化合作。这背后的智慧就是‘通的哲学’”。

我从这样的谈话中认识到，中国的战略家们认为，将世界各国的人们凝聚在一起符合中国的国家利益。同样我也好奇，为什么我和我那个时代的美国经济杀手没能理解到这一点。

接下来的章节将要分析中国的战略如何让五大洲及中东地区的人们信服，中国的发展方式、改革开放的成就和新丝绸之路可以引领这个世界进入全球合作的新时代。最后一章将探讨我们每个人可以为扭转死亡经济模式所做的贡献，以期创造出可再生的生命经济。

41 拉丁美洲

当 2019 年 8 月，我乘坐一辆载有一群“地球妈妈联合会”支持者的大巴车，驶近厄瓜多尔的一座水电站时，我不禁想起了厄瓜多尔的前总统拉斐尔·科雷亚。我反复揣摩着科雷亚与中国达成的交易，以及中国战略执行者的得与失。

我站起身来，打开麦克风。大巴车也停了下来。我用手指着说：“这就是我担任经济杀手时协助融资的众多项目之一。”我突然回忆起与罗尔多斯总统的一次会面，当时我们正试图说服他接受另外一笔世界银行的贷款，“这座阿戈延大坝（Agoyan Dain）直到 20 世纪 80 年代才完工，但它的规划始于 70 年代。”我感到心头咯噔一下，但我强迫自己继续说下去，“美国在利用其‘经济杀手’策略建立一个帝国。”

我深深地吸了一口气，以便控制好自己的情绪。在类似的时刻，我仍为自己的所作所为而满怀愧疚。“这就是导致厄瓜多尔债务缠身并遭到美国政府和公司奴役的项目之一。”我透过车窗凝视着那座灰色的巨大混凝土坝体。我明白自己该从自责中走出来。这些人来这里并不是为了目睹我沉湎于对过去的追悔。

“情况正在发生变化。”

我再次想到了科雷亚。我想起了报纸上的一张照片，他正满面笑容地在基多机场迎接走下飞机的中国领导人。

“现在，轮到中国了。”

大巴车重新发动，继续向前行驶。

“但还是有一个巨大的区别。你们现在看到的这座大坝让这个国家负债累累，但起码它还能正常运行。”这是我常常为自己脱罪的一句话——我觉得用这种方式至少能减轻一些负罪感。

“如今在大多数拉美国家，中国比美国更受青睐。它的战略比我们的管用得多。”

在 1991 年苏联解体后，世界上唯一的超级大国采取了“自由贸易协定”的策略，比如《北美自由贸易协定》和《中美洲自由贸易协定》，以及 2019 年的《美国 – 墨西哥 – 加拿大协定》。作为美国经济杀手的工具之一，这些协定针对的是“四大支柱”中的“对不足的焦虑”。它们被宣扬能给参与国带来便宜的食品。然而，拉丁美洲和加勒比地区（以下简称“拉美和加勒比”）的许多人都认为这是一场单方面的阴谋，从中受益的主要是美国公司和本国腐败的统治精英。这些协定禁止向与拉美和加勒比的当地农民竞争的美国农产品征收关税。因此，美国公司能够以低于自己或拉美和加勒比的农民种植这些产品的成本价，向该地出售美国种植的玉米、大米、棉花和其他农产品。除了在经济上让这些国家的农民倾家荡产，还产生了一个灾难性的连锁后果——伤害了数百万拥有或受雇于那些加工、运输、销售和消费这些商品的小企业的人。一些无法养家糊口的人看到自己别无选择，只能偷渡到美国。而经济上的毁灭导致了帮派争斗、腐败、犯罪和政治动荡。[131]

一位有这样经历的移民告诉我：“离开这个我深爱的国家，离开我的妻子和孩子们是一件心碎且危险的事，但我们都快要饿死了。现在到你的家里修修草坪，给花园除除草，然后把挣到的钱寄回家里，只有这样我的孩子们才能活下去。”

另一个人说：“我们的政客们屈从于腐败，但美国公司是腐败的源头。”

还有利润惊人的毒品交易。很多在美国和拉丁美洲的人都认为，这里面腐败横生，很多政府官员和执法人员都参与其中，但他们凭借宣传将矛头指向了贩毒集团和毒枭们。[132]专家们指出，毒品走私是由美国的需求驱动的，并得到西半球流行的贿赂文化的助力。拉美人普遍认为，正是美国加剧了这些问题——这也成为他们投向中国的一个原因。

在短短几年之内，中国完成了一个看似不可能完成的壮举——苏联在40多年的冷战期间都从未看到过一点点成功的希望。中国已超越了美国，成为美国后院最大的外国投资者。

中国领导人在2013年明确表示，中国有意给美洲带来变化。《外交学者》（*The Diplomat*）杂志上写道：

> 中国主要以经济为中心的拉美战略的（一项）特点便是投资。在2015年“中国－拉美和加勒比国家共同体论坛”（简称“中拉论坛”）的首届部长级会议上，中国领导人做出了投资2500亿美元的雄心承诺。对于国内基础设施匮乏的拉丁美洲和加勒比海地区的国家，中国的直接投资有助于满足其对基础设施的需要。与贸易类似，中国的投资也主要集中在能源和自然资源开采方面。[133]

中国领导人在出访美国之前，先去了特立尼达和多巴哥、哥斯达黎加和墨西哥。对于中国这样一个在外交上十分重视象征意义的大国来说，将拉美和加勒比的国家置于美国之前是极其重要的。

但还有更多象征性的举动。在最终于2017年跟特朗普总统会面之前，中国领导人还造访了阿根廷、巴西、智利、古巴、厄瓜多尔、巴拿马、秘鲁和委内瑞拉。中国正将新丝绸之路扩展到美洲，活跃在美国的后院。它的行动方式没有流于形式，更有财务上的支持，还承诺不会复制美国的政府、企业和经济杀手做出的蛮横要求。

中国领导人强调，中国对待其他国家的方式将与美国完全不同。将美国利用的“恐惧”支柱视为前车之鉴，他们承诺中国不会干涉受援国家的内政，也不会在其国内和外交政策上强加自己的意志——这是一个微妙的暗示，即与中国合作可以受到保护，使其免于美国的干涉。在谈到“债务”和“不足”的支柱时，他们向各国保证，在帮助它们繁荣的过程中，不会在援助项目中附加政治议程，也不会利用中国的投资获取战略利益。美国“分而治之”的谋略也被新丝绸之路上呼吁“联合”的声音所替代。

对于一个已经厌倦美国政府和华尔街霸凌的地区来说，不干涉的理念正中下怀。

中国领导人的访问引发拉美和加勒比的政府首脑们回想起他们国家利用与苏联的谈判迫使美国软化其强硬要求的时光。在苏联倒下之后，美国的经济杀手再无忌惮，他们胁迫拉美和加勒比的政府首脑们做出的事情，正是中国领导人如今正向他们保证要远离的。并且，用中国贷款建设的基础设施让这些国家与整个世界连为一体。中国政府的行动所受到的欢迎预示着美国在后苏联时代主宰地位的终结。它还重新点燃了拉美人对美国的怨气——从我在“和平队”的时候算起，这种怨恨到如今已经暗潮涌动了几十年。

在我结束了“和平队”之旅、加入经济杀手之列的 1971 年，美国很明显正在失去越南。厄瓜多尔人和其他拉美人庆祝美国这一不光彩的失败。美国政府的舆论机器声称，这些反美态度证明了共产主义正在崛起。我们被告知，苏联利用古巴向西半球派出恐怖分子。而事实是，古巴绝无可能采取这样的行动。即便苏联有过一个宏大的计划，那么它的实施也仅仅止步于古巴导弹危机和格瓦拉被处决。然而，有鉴于“二战”后的核恐慌、麦卡锡的听证会以及涉及敌对阵营间谍的电视节目和电影，让整个美国对红潮的歇斯底里情绪不断升级。

里根政府通过“恐惧”的支柱说服了人们，整个美洲都在受到威胁。我和其他的“发展专家”与中央情报局一道被派去加强右翼活动。长期接受法西斯主义的智利和阿根廷也被纳入其列。在美国政府的支持之下，智利的将军奥古斯托·皮诺切特（Augusto Pinochet）和阿根廷的军政府各自推翻了民选的智利总统萨尔瓦多·阿连德（1973 年）和阿根廷总统伊莎贝尔·庇隆（1976 年）。两国的独裁政府折磨和暗杀了数以万计的民众。美国可以谴责纳粹德国，但它却在行动上支持效仿希特勒的人。

这些残暴的独裁者们是中情局“秃鹫计划”（CIA's Plan Condor）的急先锋。中情局将拉美和加勒比最有权势的首脑们组成了一个镇压民主运动（被描绘成涉及社会主义）的联盟，并利用当地的自然资源为美国公司牟利。正如《卫报》对时任美国国务卿的报道：

> 基辛格支持皮诺切特的同时，数百名政治犯仍在遭受监禁和折磨。
>
> 这位当时的美国国务卿向皮诺切特保证，福特总统的政府不会因为他侵犯人权而惩罚他，他无须太在意美国的批评。[134]

到 1975 年，“秃鹫计划”已经演变成一项多国参与的军事行动，也被称为“秃鹫行动”。阿根廷、玻利维亚、巴西、智利、巴拉圭和乌拉圭六个独裁政权决心与美国政府合作。[135]“分而治之”出现了峰回路转。独裁者们扼杀了拥护社会服务、公平工资和人权的运动，让大众敌视他们自身最需要的制度，并将多数派领袖污蔑为苏联间谍。

我正是被指派协助这六国政府执行“四大支柱”的经济杀手之一。我们还联合了中情局的行动人员和美军特种部队，由他们提供训练、武器和其他装备，用于绑架、杀害和“人间蒸发”任何被怀疑威胁到美国霸权的人。臭名昭著的“美洲学校”便是右翼民兵的训练场——这处被大多数拉美人所深恶痛绝的设施就位于美国控制的巴拿马运河区内，指挥官则由阿根廷军政府委派。秃鹫行动在整片大陆上制造恐惧，令大约 6 万人遭到谋杀。

美国做到了在表面上置身事外。暗杀和其他的豺狼行动主要由阿根廷和智利独裁者手下的特务们完成，但通常由美国中情局下达指示。更有甚者，中情局将之视为一次增加其“黑色预算”的机遇——黑色预算是由国会批准的支出科目，可以免于披露其详细的用途。由于中情局认为这些资金不足以维持其在全球的行动，像秃鹫行动这样的秘密活动就为它提供了获取额外资金的机会——手段包括出售武器、药品和非法毒品，并向出价最高者提供隐秘的运输、保护和通信服务。

尽管舆论机器极其有效地掩盖了这一切（或者为其涂抹了支持民主、反共的倾向性），但在我经济杀手职业生涯的最后几年中，也就是 70 年代末，我对此变得越来越怀疑。由于我所发挥的作用而在心中滋生的羞愧、愤怒和内疚是说服我辞职的主因。

直到发生在 1985 年至 1987 年间的“伊朗门事件”在美国国会的听证会上被曝光，真相才开始浮出水面——里根政府当时正在实施一项中情局的秘密计划，向处于美国武器禁运下的伊朗伊斯兰共和国出售武器，由此产生的收入被用于资助反对尼加拉瓜社会主义政府的右翼游击队。尽管这是非法的，也与里根的说辞相悖，但这是中情局与经济杀手合谋的典型案例。这些听证会让人们得以一窥秃鹫行动和美国策划的别的隐秘活动。拉美人不会原谅美国的压迫和不民主行径。

美国及其盟友赢得了冷战，柏林墙被推倒了，苏联也于 1991 年解体了。由于缺乏另一个超级大国的制衡，拉美和加勒比的领导人更易受到经济杀手策略的左右。新自由主义快速扩散。随着拉美人感到被美国政府的鹰派政治和企业贪婪所利用，且自己无力对抗时，他们的怨恨情绪就越来越强烈。

2002 年美国中情局支持的针对委内瑞拉总统乌戈·查韦斯的军事政变失败后，反美的情绪愈演愈烈。当时我就在厄瓜多尔，那次失败让我大开眼界。这让许多国家相信，美国是只纸老虎，他们可以让更开明的领导人取代华盛顿的右翼密友。

在2002年到2018年的这段时间里，许多拉美国家——包括阿根廷、玻利维亚、巴西、智利、哥斯达黎加、厄瓜多尔、萨尔瓦多、墨西哥、尼加拉瓜、巴拉圭、秘鲁和乌拉圭——都选举出了左翼的国家领导人。这一趋势在美国国内被称作“粉红浪潮”。美国曾支持的、未经选举的右翼政府所犯下的罪行最终被公之于世。各个国家的新选首脑们强调国家自决、更平等的社会体制和经济上的自治。他们转向北京来制衡华盛顿。

中国对此迅速做出了反应，承诺不干涉各国的内政，并帮助拉美和加勒比的国家连通彼此，乃至连接到全世界——这个策略非常成功。中国与拉美和加勒比国家之间的贸易额从2002年的170亿美元跃升至2019年的接近3150亿美元。在不到20年的时间里，中国成了巴西、智利、秘鲁和乌拉圭的第一大贸易伙伴，以及许多拉美国家的第二大贸易伙伴。[136]

厄瓜多尔仍处在前总统拉斐尔·科雷亚的影响之下，后者现滞留在比利时。在2021年的选举中，右翼的、重商的前银行家和财政部长吉列尔莫·拉索（Guillermo Lasso）大力主张削减税收和社会项目，并抨击科雷亚的社会政策。尽管他击败了亲近科雷亚的安德烈斯·阿劳斯（Andrés Arauz），赢得了总统大选，但他的胜利似乎更多地归功于他的个性，而不是哲学倾向。据《外交政策》杂志报道称：

> 作为民粹主义的前领导人科雷亚精心挑选的继任者，阿劳斯在参选时承诺将厄瓜多尔带回科雷亚的“公民革命”时代——这段从2007年到2017年的时期，经济高速增长，新的中产阶级出现……
>
> 考虑到近期选举产生的立法机构中各个党派势均力敌，拉索上任后将是一位孤立无援的弱势总统。三大左翼的政党和联盟拥有近70%的国民议会席位。[137]

然而，尽管拉索具有右翼倾向，他继续向中国示好。在2022年，他飞往北京出席了冬季奥运会，并发推文称："在中国，我们与中国领导人进行了富有成效的会面。我们在商业开放、卫生合作、债务再磋商等方面取得了巨大成果。"两国签署了一项贸易协议，将会增加厄瓜多尔的虾、香蕉、可可、各种水果和各类矿产的出口。[138]

我作为经济杀手工作过的另外两个重要拉美国家的状况，也加深了我对中国当前战略的理解。

阿根廷：徒劳无功的债务

2004年，时任阿根廷总统的内斯托尔·基什内尔（Néstor Kirchner）签署了一项协议，正式让阿根廷和中国结为"战略贸易伙伴"。基什内尔不无夸耀地称："阿根廷完成了本国历史上最重要的贸易任务。"[139]

至2020年，中国已成为阿根廷最大的贸易伙伴。国有的中国工商银行成为阿根廷重要的金融机构之一。中国最大的食品公司中粮集团在阿根廷建立了一家加工厂，并成为阿根廷第一大谷物出口商——谷物是阿根廷对外贸易的关键货物。阿根廷85%的肉类出口、63%的对外贸易硬通货以及45%的中央银行储备要依赖于中国。中国石化是仅次于阿根廷YPF公司的当地第二大石油公司。中国正在接管能源领域。中国公司在阿根廷开发了两处水力发电设施和拉丁美洲最大的光伏发电站之一。[140]

对美国更雪上加霜的是，"华盛顿共识"的债务幽灵继续困扰着阿根廷。《纽约时报》2020年1月的报道说：

> 费尔南德斯（Fernández）总统继承的庞大比例债务是一场经济灾难……最紧迫的问题是该国欠国际货币基金组织的570亿美元债务，延长债务的偿还期限对这家机构来说可能是不负责任的。这笔钱在很大程

度上被前任总统毛里西奥·马克里（Mauricio Macri）任性地花掉了。[141]

在2020年，我有机会与布宜诺斯艾利斯大学的经济学教授卢卡斯·佩德罗（Lucas Pedró）以及国立科尔多瓦大学的社会传播和研究与规划专家安娜·阿基多·纳赛尔（Ana Argento Nasser）讨论了这些问题。“关键要注意到，”卢卡斯说，“阿根廷欠国际货币基金组织的570亿美元债务大部分被用于投机，而非产业的发展。所以，如今我们背负了一大笔债务，却没有任何值得展示的实际好处。”

“这笔贷款，”安娜补充道，“并没有公开，也没得到我们人民的批准。媒体也沆瀣一气，为美国大使馆的意愿及其新自由主义政策撑腰。”

“从经济上讲，”卢卡斯继续说道，“每次美国通过国际货币基金组织干预我们国家的经济，结果都是灾难性的。从20世纪70年代到现在，每次我们的政府顺应美国的经济政策，就只会给少数人带来利益，给大多数人带来危机和痛苦。美国和国际货币基金组织历来都要求我们实施调整政策。我们相信，中国贷款的条件没有那么苛刻。”

巴拿马：通往世界的大门

在美国1989年入侵巴拿马后，历任美国总统都在努力改善与该国的关系，特别是考虑到巴拿马运河对美国海军的战略价值，以及大西洋和太平洋上前往美国的所有货船中有70%以上要通过这条运河。

起码到2017年之前，每一任的美国总统都是如此。《圣路易斯邮报》（*St. Louis Post-Dispatch*）的一篇社论归结道：

> 在唐纳德·特朗普总统的眼皮底下，美国政府对中国大摇大摆地进入巴拿马，并在对美国商业和国家安全至关重要的水道旁建立一个重要的西半球据点视而不见……

使用巴拿马运河对包括核潜艇在内的美国海军至关重要。没有其他水道对美国具有更重要的战略价值，这就是美军占据巴拿马近一个世纪的原因。[142]

《外交学者》上写道：

在中国领导人于2018年12月对巴拿马进行国事访问期间，这种日益增长的影响力得到了确认，（双方）在贸易、基础设施和其他领域达成了19项合作协议。

在经济上，中国争取到了一些重大基础设施项目，比如修建一条高速铁路，并锁定了确保这些项目拟定融资的银行机构间的金融服务交易。[143]

在中国领导人2018年到访的第二天，中国政府投资14亿美元为巴拿马建造一座横跨运河的新桥。巴拿马总统胡安·卡洛斯·瓦雷拉（Juan Carlos Varela）兴高采烈地宣布："巴拿马与中国的关系正在向前发展，毫无疑问，今天开始建设的这个项目是两国之间交流和互信的组成部分。"[144]

在劳伦蒂诺·科尔蒂索（Laurentino Cortizo）赢得2019年的巴拿马总统大选后，中国的影响力继续增长。中国公司签署的协议让中国控制了运河两端的大部分港口活动。《外交政策》从巴拿马发来的报道称：

来自中国的一波投资浪潮正在袭来。大型基建工程和即将落地的自由贸易协定将使巴拿马这个拥有400万人口的国家最大限度地发挥其作为区域贸易、制造业和物流中心的潜力，并为遭到"巴拿马文件"损害的金融服务业缓解了压力。作为回报，中国以相对适度的花费，将成为这个控制着世界贸易关键咽喉的国家最重要的商业伙伴。[145]

巴拿马的情况提供了一个特别确凿的例子，表明美国的经济杀手策略在拉美和加勒比国家的失败。当我们一一回想里根总统对巴拿马的奥马尔·托里霍斯将军的公开仇恨，美国坚决要控制这条明显象征殖民主义的运河，导致托里霍斯丧命的高度可疑的飞机坠毁事故，以及造成数千无辜平民丧生的美军入侵，也就无怪乎巴拿马人对美国政策怀恨在心，并越来越多地倒向中国。更难让人理解的是，美国的政府、人民，尤其是现任的经济杀手团队不愿意承认我们铸下的大错，也不愿意采取行动加以修正。

我的见解

拉美人和他们的北方邻居存在着紧密的联系，许多人在美国都有家人和朋友。尽管拉美人对美国政府和美国公司的行径有着这样或那样的看法，但在难以计数的场合里，我听到过他们表达对我们普通美国人的深深敬意，甚至是热爱。

2019 年 12 月，我在哥伦比亚的卡塔赫纳时与一群大学生进行的讨论就非常具有代表性。在环绕着这座殖民城市的 17 世纪高墙顶上的酒吧里，我们一同观看加勒比海的日落。

“我们的政府在与中国套近乎，”其中一名年轻人说，“但我们已经和美国约会很多年了。”

“我们热爱你们美国人，也喜欢去你们美国旅游甚至定居。”一位女士补充说，“但讨厌你们的政府对待我们的方式。”她停顿了一下，“最重要的是，我们都知道，除非我们能共同努力，否则我以后的孩子就不会有什么未来。”

42 动荡的亚洲

不同于在拉丁美洲如流星般的快速进展，中国屹立于亚洲有几千年的历史。自从第二次世界大战结束之后，它再一次开始了主导亚洲大陆的行动。

印度尼西亚和印尼共产党快速崛起，但在美国的支持下，印尼军方于1965年至1966年对此进行了镇压。在这场大清洗中，印尼有50万至300万人遭到了屠杀（在第7章中讲过）。1971年，当我第一次执行经济杀手任务来到雅加达时，暴力活动已经基本结束了。美国，特别是中央情报局，因让右翼的苏哈托将军掌权而备受赞扬。

印尼只是亚洲动荡的一个例子。

美国的经济杀手瞅准时机将美国塑造成守护者。然而，“越南战争”导致美国的经济杀手策略在亚洲实施起来举步维艰。因打败日本而被整个亚洲誉为二战英雄的美国，现在成了一个向无辜平民投放燃烧弹的国家，因而丧失了全体亚洲国家的信任。并且随着世界上技术最先进、资金最充足的美国军队越来越明显地走向失败，美国被视作战争能力低下、人民分裂，民主制度日渐失灵。

随着中国步入改革开放，后来的中国领导人进而找出了从美国的错误中获益的方法。中国的策略注重获取其他国家的信任，并利用海外华人企业的金融资源。北京明确希望华人忠于自己所生活的国家，而不是充当中国政府的代理人。换言之，现在的中国政府鼓励海外华人与中国进行投资和贸易。

当我在20世纪90年代末开始写《一个经济杀手的自白》的时候，有一点已经变得很清晰了——我们在越南的遗留问题和经济杀手的策略已经严重损害了美国的信誉。然后就到了2001年9月11日，席卷全美的反伊斯兰示威和暴力事件，进一步抹黑了美利坚将自己标榜为种族大熔炉的国家形象。美国政府减少了除阿富汗以外的亚洲事务，并将越来越多的资源投入在伊拉克、叙利亚和中东其他地区的战争之中——这一举动后来被证明是一场战略灾难。

在我访问越南期间，我对美国的失败战略和中国的成功形成了更深刻的认识。

越南：深深的伤口

早在我与基曼相识的很久之前，她就经常往来于一些亚洲国家。在那里，她的非营利组织资助了学校、职业培训中心和企业，并帮助受到地雷和其他战争武器伤害的人们。在我加入了该组织的顾问委员会之后，她邀请我陪同她前往缅甸、泰国和越南。越南这个在我符合征兵年龄时曾努力逃避的国家，此时却让我大开眼界。

当我坐在河内的一家越南政府机构里时，有人递给我一本相册，翻开便是一张尼克松总统对着镜头挥手的照片，同时用越南语和英语两种文字注释道："在美军从越南撤离之前，尼克松宣布'胜利前的最后一击将把他们炸回石器时代'。美国飞机在北越投下了 2 万吨炸药，杀死了超过 1000 名越南人。"[146]

我一边浏览着相册中的照片，一边与坐在对面的政府官员交谈。"当然，"我说，"尼克松此时很清楚他即将要撤出美国军队，他明白美国已经输掉了战争。"

这位官员严肃地点了点头。

我感觉如鲠在喉。一想到美国的肆意破坏、冷血残忍和不人道的行径，我就心生难过和愤怒。尼克松和他的将军们在想什么？即便对儿童和平民毫无同情，难道他们没有意识到自己的行为会让人们反对我们吗？

那本相册里还有橙剂和地雷受害者的最新照片——很多男人、女人和孩子们令人心碎的影像，他们在原本该是胳膊和大腿的部位装着各式的假肢。最后，我记录下一组数据：

- 美军在越南投下了大约 1400 万吨的炸弹（1959—1975），是盟军在第二次世界大战中使用弹药量的三倍。
- 其中约 30% 的炸弹未能引爆，至今威胁着平民。
- 自战争结束以来，埋在地下的炸弹和地雷夺去了 100 多人的生命。

- 在北越和南越之间的前非军事区附近，现在80%的土地仍受到未爆弹药[147]的威胁。
- 超过300万越南人受到橙剂的影响。[148]

我心中有很多疑问。这样的行径什么时候才能结束？如何才能让我们认识到这样的行动既毁掉了受害者，也毁掉了施恶者，认识到如今我们竟然大言不惭地扬言要毁灭这个星球上的生命？当然，此刻接下来的问题是：中国是如何做的呢？

尽管中国在战争期间援助了北越，但在1975年越南统一后，两国关系恶化。越南将中国支持的西哈努克赶出了柬埔寨，加之对中国边境的袭扰，迫使中国对越南发动了自卫反击。双方的敌对行动一直持续到1990年。在那之后，中国的战略执行者在越南一直很活跃，开办了许多工厂和其他企业，并达成了很多贸易和投资的交易。同为社会主义特色的市场经济让两国的外交关系不断升温，两国也相向而行，致力于解决争端，特别是围绕中国南海的行动。中国官员提醒越南对美国入侵的记忆——恐惧和分而治之。他们声称，中国的军事力量可以保护越南免遭再一次的入侵。

近年来，中国的新型战略执行者是卓有成效的。中国政府的影响力一直在持续增长，而美国的影响力则大不如前。到了2021年，双方的差距变得更大了：

> 3月2日发布的“亚洲民主动态调查”越南部分的最新数据显示，超过50%的越南受访者认为，中国在亚洲具有最大的影响力，而选择美国的比例仅为14.67%……中国最近15年以来一直是越南最大的贸易伙伴，越南从中获益非常大。[149]

中国成为第一个与越南双边贸易额达到千亿美元级别的国家；2020年是中国超越这一里程碑的连续第三个年份。越南对中国的出口接近800亿美元，其中包括电脑、智能手机、服装、鞋类和机械。中国对越南的投资也超过了美国。[150]

东盟和《区域全面经济伙伴关系协定》：世界上最大的贸易联盟

在文莱、柬埔寨、老挝、马来西亚、缅甸、菲律宾、印度尼西亚、新加坡和泰国这9个“东南亚国家联盟”（简称“东盟”）的国家（不包括越南）里，中国的战略也在不断取得更大的优势。

中国的战略执行者总是郑重其事地参加东盟的各项会议，并在会上宣传新丝绸之路及附带的基础设施投资的好处。从1991年到2020年，东盟十国与中国的贸易额以年均17%的增速飞涨。据2021年9月的中国国际出口博览会报道：

> 中国连续12年保持东盟第一大贸易伙伴的地位。在今年的前八个月中，中国对东盟的进出口金额为5539.2亿美元，同比增长33.3%……[151]

中国的战略执行者也鼓励东盟国家投资于中国企业。中国驻菲律宾大使黄溪连在2021年的一次演讲中总结道：

> 我们的双边投资正在蓬勃发展……截至今年6月，中国与东盟累计双向投资总额超过3100亿美元，在制造业、农业、基础设施、高科技、数字经济、绿色经济等领域的合作非常活跃。[152]

接着，中国牵头组建了世界上最大的贸易联盟。2020年的《区域全面经济伙伴关系协定》将中国、东盟国家与澳大利亚、日本、新西兰、韩国联合到一起。这是中国的战略执行者为“一带一路”倡议中的“一路”部分精心安排的关键一环。这15个国家合起来的人口和GDP都占全球大约30%。通过让长久以来互为仇雠的国家联合起来，《区域全面经济伙伴关系协定》还触及另外一层信息，即中国正在终结“分而治之”的战略。

而我的第一个经济杀手目标国——印度尼西亚（以下简称“印尼”），又提供了一个权力平衡发生变化的明显例子。

印度尼西亚：通往《区域全面经济伙伴关系协定》的门户

1971年，在即将把我派去印尼之前，克劳狄娜给我恶补了关于印尼大清洗的历史，以及美国在将苏哈托推上台的过程中所扮演的角色。然而，尽管他的成功全靠美国政府，苏哈托却公开与中国眉来眼去。克劳狄娜说，我的任务是确保这个国家成为美国的盟友。

在20世纪70年代，我无数次前往印度尼西亚，参观了从雅加达、万隆和其他城市中心到苏拉威西岛等偏远岛屿的现有工厂和可能的项目选址。我会见了数不清的官员、公司高管和企业家。借用“四大支柱”，我尽可能地向他们灌输对“敌对阵营入侵”的恐惧——既有来自中国和苏联的，也有来自二者在柬埔寨、老挝和越南的盟友。对于后者的渲染显然是分而治之策略的一部分。我推高当地人的期望，让他们认为通过大量借贷在这片群岛上建设基础设施能够快速增进繁荣。

由于盛产石油、天然气、锡、金、煤、镍、铜、银和铝土矿等多种资源，印尼在当时和如今都非常重要。它现在已成为全球第十大制造国，其产品包括电器、橡胶制品和服装等。它还因为能控制航运繁忙的马六甲海峡，而对国际运输极其关键。

近50年来，从我那个时代启动的美国经济杀手策略算是比较成功的。印尼政客经常称美国为他们国家“最好的朋友”——直到特朗普当选总统之前都是如此。导致两国关系恶化的是特朗普的民族主义、种族主义和有关“粪坑国家”的言论，以及他废除现有协议的行事风格，特别是美国国务卿迈克·蓬佩奥（Mike Pompeo）试图逼迫雅加达反对中国在南海的主权声明。

不结盟是印尼最重要的外交政策，因为印尼毗邻中国并与中国有着数百年的交往历史，同时中国的军事和经济实力也在不断增强。蓬佩奥的施压是一个巨大的错误。分而治之在这个问题上是行不通的。美国对中国在南海的军事存在会胁迫印尼的断言，在中国政府承诺保护印尼不受所有潜在敌人威胁之前不攻自破。

中国的战略利用了美国政府的重大过失。援引总部在纽约的一家新媒体的评论：

> 今年（2021年）4月，印度尼西亚总统佐科·维多多对中国国家主席表示，中国是（印尼的）“好朋友、好兄弟”。之后，中国与印尼在贸易、一带一路沿线的工业园、风险投资等领域的合作蒸蒸日上……印尼与中国的关系改善可能会对美国在印太地区的领导地位构成重大挑战，也给美国的外交政策一个重大的教训：其他国家不希望只被利用来对抗中国。[153]

中国的战略执行者同样也调用了“四大支柱”。他们灌输对“不稳定的美国”的恐惧，强调了中国军队提供的保护，提倡用债务来资助基建项目以终结极端贫困，并促成把对“分而治之”的担忧——美国政府为此散布柬埔寨、老挝、越南和中国本身的威胁——转变为期许一个由新丝绸之路团结起来的世界。最后一招很管用！

在2020年，中国与印度尼西亚的贸易总额达到785亿美元，连续第七年成为印尼最大的贸易伙伴，远远超过了与美国的276亿美元。中国公司大量投资于印尼的钢铁项目、工业园区、硫酸镍和铜加工设施及锂加工厂，并在新成立的科技巨头GoTo上投入重金——这是印尼有史以来最大的一笔融资，估值约285亿美元。因在很大程度上受益于中国投资的推动，印尼现在是东南亚拥有十亿美元级别的初创企业最多的国家。

中国也成为印尼最大的基础设施开发商。其战略执行者安排贷款，雇用中国公司为印尼建设高速公路、港口、发电厂和其他项目。2019年，印尼对中国的债务增加到170多亿美元，相较2017年增长了11%。[154]

也许最重要的行动是雅加达与北京签署的本币互换协议，这扩展了人民币在该地区的使用，进而威胁到美元作为世界主要货币的地位。美元的主导地位使得美国能够通过印钞来摆脱外债，也是美国政府有能力对其他国家实施经济制裁的根本所在。中国政府的一项长期战略是用人民币替代美元，使其成为最受青睐的全球货币。

亚洲其他地区

同等重要的是，一直正在东南亚发生的事件也出现在亚洲的其他地方，特别是如今构成中国和欧亚大陆之间重要连接纽带的那些中亚国家。印度的“观察家研究基金会”报告称：

> 自 1991 年中亚独立以来，中国与中亚五国——哈萨克斯坦、吉尔吉斯斯坦、塔吉克斯坦、土库曼斯坦和乌兹别克斯坦——的关系在 30 年里取得了令人瞩目的进展……一带一路倡议将中亚连接到欧洲和中东，进一步提升了中亚对中国的重要性……[155]

我在 2017 年的哈萨克斯坦之行提供了一个机会，让我可以亲身了解这片地区。尽管中亚五国将会对塑造未来产生影响，但它们很少进入美国新闻的头条。除了在“阿斯塔纳经济论坛”上听取内容丰富的演讲并与其他参会者见面外，我和几个经过挑选的发言者还一同受邀与哈萨克斯坦总统纳扎尔巴耶夫共进晚餐。能收到这样的邀请让我倍感荣幸，直到我想起一些让我感到不安的细节。

纳扎尔巴耶夫曾在苏联担任要职。他被美国媒体描绘成一个邪恶的冷战斗士。记者格雷格・帕拉斯特（Greg Palast）写道：“纳扎尔巴耶夫，这位曾经的克格勃头目，他手下的宪兵会逮捕任何敢向他出言（反对）的人。”[156]

纳扎尔巴耶夫反对我作为经济杀手的一切作为。这引发了一个担忧：他为什么邀请我去他的总统府？

基曼试图消除我的紧张。“他不太可能伤害一个在他主持的重要国际会议上发言的美国人。”她停顿了一下。“当然，他可能想羞辱你。”她腼腆地笑了笑。“但你无法真的拒绝，对吧？”

在晚宴的那一天，我们这一小群人急匆匆地穿行在空旷的阿克奥尔达总统府。警卫们没收了我们的手机、相机、钥匙和其他任何引起他们怀疑的东西，并护送我们以极快的步伐从一个巨大的大厅走进又一个大厅。到处是闪闪发光的金饰、耀眼夺目的水晶吊灯、大理石的立柱和布满复杂图案的地板，这一切让我们有些目不暇接。

我的手臂突然被人紧紧抓住。我退后一步，看向拉着我胳膊的警卫，他指着桌子上的一面小旗子，上面写有我的名字。我就走了过去。

在不绝于耳的椅子摩擦地板的声音中，我们纷纷就座。

纳扎尔巴耶夫坐在餐桌的上首。他扫视我们每一个人，频频点头表示欢迎，然后开口将他的国家描述为做生意的理想之所。他说，哈萨克斯坦是唯一与俄罗斯、美国和欧盟都保持良好关系的前苏联加盟国，也是中国在新丝绸之路上的重要合作伙伴。根据我草草写下的记录，他将自己的国家定义为“新丝绸之路‘一带’上的扣环”，连接中国与中东、俄罗斯、欧洲和非洲。他总结了“这个改变世界的项目”将给“整个星球”带来的好处。然后，他邀请我们按照自己的座位顺序，依次自我介绍，并解释各自参加此次峰会的原委。

在我前面的几位发言者都与纳扎尔巴耶夫有私人关系。他对这些人有着诸如“我从……来的朋友”“我的老战友”之类的称呼。有鉴于预期轮到我的时候会遭到羞辱，我感到有些反胃。我一直在精心准备一些能够转移批评的辞令，以图回答时表现得幽默又不失礼貌。因此，在宾客们一个接一个地称赞总统，以及随后纳扎尔巴耶夫发表了简短的讲话，谈到自己国家在新丝绸之路上的作用的同时，我几乎没有在听他们说些什么。

这时，坐在我右首的那个人讲完了，然后他转头看向我。

“现在，”纳扎尔巴耶夫说，“我们的美国客人来了。”

他笑着说："这是位经济杀手。"

我注视着他，等待他继续说下去，但他张开了双手，做出让我发言的手势。

这就完了？我舒了一口气。"谢谢你，总统先生。"除了这句话，我已经不记得其他细节了。我太过震惊了，以致我只模糊记得那些我重复过很多次的老生常谈——即简要讲述我们这些经济杀手如何创造了死亡经济，以及将之转变为生命经济的重要意义。我记得，我在发言结束时还能镇定地想起礼节性地赞扬哈萨克斯坦，因为我确信该国将会发挥作用促成这样的转变。

当纳扎尔巴耶夫向我表示了感谢并转向下一个人时，我坐回了椅子上，感到如释重负。

在离开哈萨克斯坦之后，我明白美国政府和媒体对这个国家及其邻国的看法非但极不完整，更有相当多的偏见。

在那次晚宴之后的几年里，我目睹了中国继续成为哈萨克斯坦增长最快的市场：从 2016 年到 2019 年，哈萨克斯坦对华的出口额增长了 90%，进口额增长了 55% 以上。纳扎尔巴耶夫关于他的国家对新丝绸之路的重要性的说法，已被证实是对的。据观察家研究基金会的报告：

> 哈萨克斯坦，这个中亚最大、最繁荣的经济体，已然兴高采烈地拥抱与中国的伙伴关系，将自身定位为一带一路项目当中的"扣环"，以便从北京提供的投资和连通的新机会中获得经济与金融的好处。[157]

中国是中亚的头号贸易伙伴。从 2015 年至 2019 年，中亚对华的货物出口增长了 35%，而中国对中亚的出口增长了 49%。[158]

近期，我会经常想起 2013 年的越南之行。我在越南战争期间被美国人称为"河内希尔顿"的地方待了几个小时。这座地牢般的监狱曾是关押被俘美国士兵的设施，如今成了一座博物馆，阴森森地提醒着人们那场战争的悲剧、死亡、破坏、痛苦，以及它对越南、美国和世界大部分地区产生的影响。

越南战争标志着经济杀手策略开始发生巨大的转变。随着“二战”结束时人类历史上最强大军队的出现，“对美国恐惧”的支柱主导着当时的经济杀手策略：在冷战期间，美国军队施加了足够的威慑，阻止了苏联海军在60年代初将导弹基地建在古巴。然而，越南战争为这一切的努力画上了一个句号。到70年代，五角大楼已经显露出，美军竟无力击败一个武器装备远远落后于美国的小国。也许更为雪上加霜的是，全世界都看到，美国士兵的士气低落，美国人员当中毒品泛滥，美国民众当中极度分裂。这场战争是终结约翰逊总统任期的主要原因之一，并让之后近20年里的继任总统们引以为戒——战争并不是一个行得通的选择。最终,“恐惧”的支柱被“债务”的支柱所替代；自1953年克米特·罗斯福在伊朗取得成功之后，第一代经济杀手在70年代开始盛极而衰。

徘徊在“河内希尔顿”的阴森牢房里，我一直在思考自己在经济杀手策略成形的过程中所扮演的角色。我忍不住扪心自问：若是我在那场战争中应征入伍，最后进了战俘营或者死在战场上，现在的世界会有所改观吗？

43 非洲转投东方

1972年，在美因公司董事长兼首席执行官麦克·霍尔的安排下，我开始了对非洲的职业初体验。

我起初还以为他会祝贺我最近升任公司的首席经济学家，却没想到他对此事只字未提，反而向我讲述起自己在20世纪初作为一名年轻工程师沿着刚果河逆流而上的冒险经历。那时他在探索当地的水电开发潜力。

据他的评估，那个地方的发电潜力是巨大的。“然而，我们并没有继续推进，”他说，“那时候当地的电力需求不足，也没有办法将电力输送到非洲大陆的其他地区。但现在……”他接着解释说，像电解铝这样的产业需要消耗大量的能源，而水电是解决这个问题唯一经济的能源供应方式，还可以利用附近几内亚的铝土矿并沿河修建氧化铝工厂。他把扎伊尔（如今的刚果民主共和国，简称“刚果（金）”）称为“未来的藏宝箱”，强调那里及周边国家拥有丰富的矿藏，包括铜、钴和铀——这些矿物将对整个世界变得越来越重要。他也提到，该地区在二战结束时还为美国制造的原子弹供应了铀，而且美国政府为保护美国在那里的矿山进行了大量投资。接下来就是分配我的任务：说服世界银行聘请美因公司在刚果河上开发一座大型的水电项目。

我整理了有关扎伊尔及其邻国的统计数据，尤其是矿产丰富的安哥拉，还为世界银行撰写了一份详尽的报告，其中强调了在刚果河上修建水坝和发电厂并在该地区架设输电网的好处。这份报告的结尾处建议让美因公司负责，不光是因为我们能设计和策划整个项目，还因为我们有能力牵头铝业和矿业公司一同促成该项目的落地。

在完成那份报告后不久，我又被召唤到美因公司总裁杰克·道伯的办公室，他是霍尔的副手。在让我确信他和霍尔对我的刚果报告印象深刻之后，他又安排我在非洲做另一项研究：力挺美因公司在利比里亚开发一个大型的工业园区，其中包括一条来自拟建的刚果河大坝的高压输电线路，该线路可以为十几个西非国家供电。

我的研究会得出结论，扎伊尔、利比里亚、安哥拉及其邻国都将从美因公司精心规划的设施中获得显著的经济增长——这就是完美的经济杀手策略。霍尔和道伯都对我们能获得许可表示出了信心。

然而，世界银行对此一直含糊其词。有传言，世界银行的管理层不愿意为非洲的项目提供资金。非洲大陆被越来越多的人认为在政治上不够稳定，在那里投资风险极高。

在那之后，我参加了美因公司的高层会议，讨论公司对世界不同地区的取舍问题。最终，霍尔赞同了世界银行的观点：非洲的风险太高了。我被指派为拉美的项目争取世界银行的资金，同时负责由石油资源丰富的伊朗和沙特阿拉伯资助的项目。

尽管未能接着推动下去，但我关于扎伊尔、利比里亚和安哥拉的报告为我揭示了两个重要的事实：非洲拥有极其丰富的自然资源，而非洲人民却在遭受着极度的贫困。两个因素结合在一起，让非洲大陆成为各国政府和公司的剥削目标。

非洲从西方转投了东方

非洲人长期受到殖民主义、贪婪的企业和腐败的当地领袖的荼毒，后者非但没有利用手中的资源造福人民，反而与外国人狼狈为奸、中饱私囊。

尽管非洲前后经历了埃及人、罗马人和阿拉伯人各几个世纪的入侵，但永久地改变了整个大陆地缘政治的是直至16世纪才开始涌入的欧洲殖民帝国所带来的经济和文化冲击。在奴役并摧毁土著文化的同时，欧洲人随意地划定国界，将非洲的居民纳入他们所定义的不同国家实体之中，并强制推行各自的语言、教育体系和制度，以支持自身商业利益及便于开发非洲的资源。

经济杀手的“四大支柱”在非洲又一次支撑起了统治者所需的上层建筑。欧洲的军事力量结合了各式的债务以及对繁荣的许诺。分而治之策略上升到了新的高度,并滋生了跨大西洋的奴隶贸易。部落首领们很快就学到，为了生存和利益，他们必须与入侵者合作，不断侵占邻近部落。来自外国的剥削一直存在，直到20世纪50年代至60年代的独立运动才终结了直接的殖民统治。然而，非洲的首脑们已经学会了这一套。他们利用文化和部族的差异来维系残暴的专制政府。对矿产权和其他问题的长期仇视及争执在非洲大陆的大部分地区导致了意见分歧、武装冲突甚至全面战争。美国的经济杀手们一边口口声声地念叨着“我们不是欧洲殖民者”，一边不分青红皂白地帮助屈从于美国企业的独裁者们巩固手中的权力。

“今日全球正义组织”的一份报告揭露，那些声称要“支持改善非洲农业和粮食安全的资金……在现实中是如何被用于帮助跨国公司获取自然资源，并促成有利于这些公司在非洲扩张的政策改变。”这份报告还显示，“这类举措对于企业纵容的方面……很可能会加剧饥饿和贫困，究其原因应归结于越来越严重的土地掠夺、收入低且不稳定的工作岗位、种子行业的私营化，以及偏重出口市场而非供养当地人口的生产行为。”[159]

美国军事力量及其训练的部队的存在加剧了许多非洲人之间的不信任情绪。许多广为流传的报告中称，美国的武力介入在40多个非洲国家造成了平民的死亡，并且美国向沙特阿拉伯等国家提供的武器装备，在也门、苏丹和其他非洲国家杀害了许多平民。非洲记者经常对美国政府明显缺少对非洲的认知表达了无法置信，因为不同于残忍独裁者的欣然接受，非洲人民极其憎恨来自外国的军事援助。

中国政府迅速抓住了非洲大陆对美国和欧洲日渐严重的失望情绪。中非之间的贸易额在20世纪90年代增长了700%。[160]中国的战略执行者懂得，美国和欧洲的对手们似乎没有抓住非洲的关键——这片土地上的回报其实远超过风险。据《外交学者》杂志报道，中国在非洲的直接投资额急剧飙升：

> 中国在非洲直接投资的存量在17年的时间里近乎增长了100倍——从2003年的4.9亿美元增长到2020年的434亿美元，其中在2018年达到461亿美元的峰值……从2014年到现在，中国一直都领先于美国。[161]

在2018年中非合作论坛北京峰会上，中国承诺向非洲大陆上所有要加入“一带一路”倡议的“新兴市场国家”提供资金支持。非洲国家与中国签署了协议，“共同维护彼此的国家核心利益以及全体发展中国家的共同利益”。布鲁金斯学会的研究员、史汀生中心中国项目主任孙韵写道：

长期以来，“新型国际关系”或“国际关系民主化”一直是中国努力改革国际体系的重心，为的是给予中国及其发展中国家伙伴以更大的话语权和更多的权力。通过将非洲国家纳入这一叙事，中国正在巩固其塑造新国际秩序的基础。中非合作论坛本次峰会通过的“中非联合声明”向美方传递了一条明确的政治信号：中国和非洲都反对保护主义和单边主义，承诺支持开放的世界经济和多边的贸易体系。

美国的经济杀手策略暴露出其单边性且自私自利的一面，中国则声明它的基础设施项目要让全部非洲国家相互连通，并接入一条惠及所有人的新丝绸之路。“分而治之”被“合而富之”所取代。孙韵接着解释了中国在外交政策上的“五不”方针。中国专为非洲做出承诺：

不干预非洲国家探索符合国情的发展道路，不干涉非洲内政，不把中国的意志强加于人，不在对非援助中附加任何政治条件，以及不在对非投资融资中谋取政治私利。[162]

尽管并没有声称我们不会寻求政治利益，但我们确实用了“通过采纳我们的民主政府体制，你们的国家将会受益”的说法来表达期冀。一想到我曾如此频繁地说出这样的言论，而且这些话语是多么不真诚，我就感到浑身发冷，因为只要那些残暴的独裁政权能接受我们的贷款，并将其资源廉价地提供给我们的公司，我们就一定会支持他们。

中国的“如果你们希望自己的国家繁荣，就接受中国作为一个不会干涉你们政府的全球贸易伙伴”，听上去要比美国的“如果你们希望自己的国家繁荣，就接受来自华盛顿共识的贷款……并顺从于新自由主义政策”要好得多。中国的战略执行者明白，在当今的世界里，贸易远比胁迫更为有效。

到 2021 年，中国已成为非洲的主导力量——非洲最大的双边贸易伙伴、最大的双边贷款人和最具影响力的外国投资者之一。观察家研究基金会指出：

中国公司已进入几乎全部的非洲市场。如今（2021 年）有 1000 多个这样的公司在非洲经营；有大约 100 万华裔人士居住在非洲大陆。在非洲的这些中国公司中，有许多是私营企业，还有一些是由中国全部或部分控股的国有企业。在这一框架下，中国公司除了能以优惠条款获得中国投资资本的支持外，还有很大的自由度可以依靠市场化的条款在非洲经营。[163]

安哥拉：非洲的风向标

安哥拉被美国国务院、中央情报局和世界银行内部专注于非洲的人士称为风向标，指安哥拉对非洲的趋势具有很强的指向性。

这个国家在我于 20 世纪 70 年代初为霍尔和道伯完成的研究中相当重要。它毗邻扎伊尔，是世界上自然资源最丰富的国家之一，并且它自身也需要廉价的水电来开发这些资源。按照生活标准来衡量，它还是最穷困的国家之一。该国的预期寿命曾经是全世界最低的——现在依旧还是，婴儿死亡率也是最高的。由于石油、钻石和重要矿产的储量巨大，安哥拉在 70 年代便成为美苏冷战的角逐场。

安哥拉有一个鲜为人知的事实：尽管它地处非洲，却对拉丁美洲产生了十分巨大的影响。这实际上强化了“秃鹫行动”对美国的正当性。

在 1975 年底，安哥拉摆脱葡萄牙获得了独立。一场毁灭性的内战在苏联支持的执政派系“安哥拉人民解放运动”（简称“安人运”）和亲美的“争取安哥拉彻底独立全国联盟”（简称“安盟”）之间爆发。南非和扎伊尔同美国一道支持安盟。为了避免与美国直接对抗，苏联招募了古巴的部队，并出钱让他们与安人运的武装并肩作战。苏联从五角大楼使用外国军队的做法中汲取经验（对美国来说，“秃鹫行动”的前身“秃鹫计划”利用的是阿根廷和智利的右翼独裁政权)。到1976年,在安哥拉的古巴“顾问”超过了3万人。

美国政府散布消息说，苏联愿意雇用古巴人作为在安哥拉的代理人，就是为了检验它的拉美战略。我清楚地记得，世界银行的行长、美国前国防部长罗伯特·麦克纳马拉在1976年华盛顿特区的一次会议上警告我们这些人，尽管在1962年肯尼迪与赫鲁晓夫的对峙中，苏联未能如愿在古巴部署导弹，但他们还是决心统治西半球。他说，古巴训练的安哥拉军队要将革命传播到整个非洲，古巴人则会利用他们在安哥拉的经验在美洲掀起一股红潮。经济杀手和豺狼活动在安哥拉及拉丁美洲都更加活跃了。

回想起来，很难理解为什么会有人相信像古巴这样一个人口约900万的小小岛国能谋划出这样的战略。事实上，我们现在清楚卡斯特罗总统从未考虑过这样做。他乐意接受苏联的援助，并将受美国抵制的古巴糖卖给俄罗斯人，但对整个西半球没有野心。尽管如此，麦克纳马拉的警告还是得到了重视。我加入了由豺狼精英、特种部队、中情局特工和其他经济杀手组成的队伍，被派去阻止臆想中的红潮。到1975年，秃鹫行动已经用恐怖震慑了任何胆敢反对反共的右翼拉美独裁者的人。之后，秃鹫行动时强时弱地持续了近15年。

在今天,我们可以从将安哥拉比喻成“风向标”和将厄瓜多尔比作“笼中金丝雀”找到许多相似之处。这两个国家都被选中作为警示信号，代表苏美决心统治的两块大陆。这两个国家都拥有丰富的石油和其他资源，但两国人民却因几十年的外国剥削而深陷贫困。美国的石油公司在这两个国家里都有大量的开采作业。在厄瓜多尔的是德士古公司，而在安哥拉的是卡宾达海湾石油公司——现在它们都成了雪佛龙石油公司的子公司。苏美的两股经济杀手出现了一次有趣的“交集”——古巴的军队保护了卡宾达公司的开采，所以安人运能够证实苏联援助的正当性；而厄瓜多尔的右翼独裁者保护德士古公司，从而可以为美国支持的秃鹫行动做辩护。

在安人运的统治下,安哥拉的工业在20世纪80年代得到了一定的发展。

美国和苏联的经济杀手、豺狼们和企业雇佣兵在这里争夺资源，腐败和暴力问题横生。随着苏联的解体，美国的经济杀手劝服安人运宣布该国为民主国家，并加入国际货币基金组织。

尽管安哥拉与美国和欧洲重新修好，并多次实现停火，但其内战一直肆虐到21世纪初，据估计总共有150万人被杀，400万人流离失所，50多万人逃离了这个国度。安哥拉的基础设施和农业都遭到了毁坏，教育、医疗卫生和其他社会服务陷入混乱。所有这些似乎都为美国的经济杀手们提供了绝佳的舞台。

到2002年内战结束之际，华盛顿共识为安哥拉提供了自70年代以来屡试不爽的各种交易和新自由主义的经济要求。但是美国的经济杀手遭到了安哥拉新一代领导人的阻击。其中的一位就是若昂·洛伦索（João Lourenço），他与厄瓜多尔总统科雷亚有很多相似之处。与科雷亚一样，洛伦索也目睹了父亲被外国殖民势力所囚禁——只不过，在安哥拉掌权的是葡萄牙人；与科雷亚一样，洛伦索也在国外（俄罗斯）获得了硕士学位，并熟悉全球经济，还反对新自由主义。

与国际货币基金组织的谈判失败是因为洛伦索和他的安人运与科雷亚一样，不愿意接受紧缩措施、新的税收结构、政治要求和其他条件。接下来，与厄瓜多尔一样，安哥拉也投向了中国。最终还是与厄瓜多尔一样，中国的战略执行者抓住了这个机会。他们在2004年为安哥拉安排了一笔20亿美元的石油担保贷款，并协商了基础设施开发的交易，接着慷慨地投入了一笔接一笔的贷款。[164]

刚果：“世界上最惨烈的战争”

麦克·霍尔对刚果地区重要性的认识确实有先见之明。在进入21世纪之后，刚果（金）的许多矿产（包括锂和钴）成了现代技术的关键原材料。

美国的军队、计算机、互联网、汽车、医疗以及世界各国的大多数企业都以这样或那样的方式受制于它们。美因公司的高管团队也判断正确：在该地区工作是极度危险的，而且可能会变得愈加危险。刚果（金）近年来的历史以暴力著称，而暴力往往困扰着资源丰富的国家。

扎伊尔（后来的刚果（金））与美国结盟反对安哥拉的解放运动，其中的一个原因是，扎伊尔的陆军参谋长蒙博托·塞塞·塞科（Mobutu SeSe Seko）将军对美国政府心怀感恩。在1960年该国从比利时独立后，蒙博托请求美国和比利时帮助推翻民选总理帕特里斯·卢蒙巴（Patrice Lumumba）。于是，华盛顿的舆论机器给卢蒙巴贴上了苏联间谍的标签。在中央情报局和比利时军方的帮助下，蒙博托推翻并暗杀了卢蒙巴，宣布自己为国家元首。蒙博托成了“美国派来的总统”，而苏联支持他的反对者。莫斯科和华盛顿的经济杀手及豺狼们竞相争抢该国大部分资源的控制权。分而治之、恐惧、持续的战争和饥饿让这个国家陷入了长期的混乱。

“刚果（金）比狂野的美国西部还要狂野1000倍，”一家私人“保安”公司的负责人这样说。读过《一名经济杀手的自白》之后，他很乐意与我交谈，但他还是希望隐去他的姓名。“在那里，人命不值钱，”他继续说，“但胆儿大的容易撑死。你那类举债大兴土木的策略在很多国家行得通，但在刚果靠的是野蛮暴力。”

当蒙博托在20世纪70年代开始了一场“反资本主义”的运动时，中国称赞他为“泛非－中国联盟”的领袖。蒙博托接受了中国的援助，拒绝了国际货币基金组织。美国政客谴责他与中国结盟。在1994年的卢旺达内战期间，美国政府拒绝支持蒙博托——这场内战最后蔓延到了扎伊尔、乌干达和苏丹，造成大约100万人死亡。1997年扎伊尔陷入了可怕的经济困境，蒙博托被洛朗·德西雷·卡比拉（Laurent-Désiré Kabila）推翻。共有9个非洲国家卷入了这场全面战争，一直持续到2003年才结束，被世人称为“二战后世界上最惨烈的战争”，造成500多万人死亡。卡比拉后来被暗杀，他的儿子约瑟夫继而掌权。

在“阿拉伯之春”的怂恿下，一场号称支持民主的运动导致费利克斯·齐塞克迪（Felix Tshisekedi）在2018年当选为总统。他承诺将会带来和平，引入环境保护法，并利用刚果（金）的资源造福人民。他开始与中国矿业公司谈判，以消除双方在经营方式上的分歧。

以上只是对一系列极端复杂事件的简要描述，概括了从我担任经济杀手到现在席卷了整个地区的、极端的政治和社会动荡、暴力、人类苦难和环境破坏，但它确实提供了一个被经济杀手策略的“四大支柱”所撕裂的国家的剪影——无论是由美国、俄罗斯还是其他国家推行的。刚果（金）及其邻国的人民一直生活在对死亡、酷刑、强奸和几乎难以想象暴行的恐惧之中。围绕着保护、饥饿和忠诚形成的更多欠款加重了债务上的负担。营养缺乏明显刻在了饥饿的男人、女人和孩子们的脸上和身体上，还有堆积如山的尸体和被夷为平地的村庄。分而治之策略不仅是国与国之间的冷战的关键点，也是当地领袖们让胡图人、图西人以及其他种族群体彼此仇视的核心伎俩。

美因公司的结论是，刚果地区的风险太高了。但石油公司和矿业公司对此的看法则大相径庭。资源采掘企业往往越是危险越能蓬勃兴旺，并且越有机会调用它们专有的经济杀手和自己专属的四大支柱。债务打开了开发作为抵押品的石油、铜、锂和其他矿产的大门，恐惧、政治不稳定、暴力冲突和贫困让他们得以雇用到廉价的劳动力，招募准军事部队来恐吓反对者，聘请唯利是从的“保安公司”来“保护他们的设施”（这通常指恐吓当地社区，使其丧失土地的所有权）。社会和环境的法律被无视，贿赂是公认的行事准则。

美国人可能会批评低收入国家的腐败，但他们忘记了自己的经济杀手们才是腐败的始作俑者。

最近在刚果（金），一系列的事件表明中国的战略执行者战胜了美国同行。这一点在采矿业表现得最为明显。2016年，美国矿业集团自由港麦克莫兰（Freeport-McMoRan）将位于刚果（金）的一处巨大钴矿的股权出售给了中国洛阳钼业公司。《纽约时报》报道说：

> 时任美国驻非洲首席外交官的佩里略（Perriello）向国务院发出了警告。当时这处钴矿的刚果总经理卡潘加（Kapanga）几乎是在恳求美国驻刚果大使插手此事。
>
> "这是一个错误，"卡潘加回忆说，他曾警告过美国大使，暗示美国人这是在糟蹋几代人在刚果建立起来的关系——刚果的钴储量占世界钴储量的三分之二以上……

2020年，自由港麦克莫兰继续出售手中的资产。这一次，它把更大的一个钴矿项目卖给了中国洛阳钼业公司。《纽约时报》称：

> 中国对刚果钴矿财富的追逐是其有组织的战术的一部分，这使得中国在与美国的竞争中占据了巨大的优势……美国几乎是把资源拱手让给了中国，没能保住几十年来在刚果的外交成果和金融投资。这两座钴矿还蕴含着丰富的铜资源，这样的交易凸显清洁能源革命正在导致地缘和政治格局发生变化，钴、锂和其他电池所需的原材料储量丰富的国家突然扮演起了产油国曾经的角色。[165]

国际特赦组织的一份报告说，中国公司"正在成为刚果（金）的采掘行业中最具影响力和最强大的外国经济参与者——这个国家拥有世界上最重要的矿藏"。[166]

到2020年，刚果（金）的大多数大型钴矿都由中国公司运营或资助。中国的国有金融机构已经提供或承诺1000多亿美元来资助中国公司的经营。在2021年初，齐塞克迪总统会见了来访的中国外交部长，并于2022年夏天宣布矿业谈判接近完成。

刚果（金）本可以为美国政府和媒体提供一个绝佳的机会来强硬地攻

讦中国，并将美国描绘成人权的捍卫者。但美国又一次失败了，它在这个问题上背弃了刚果（金）。

在刚果（金）和安哥拉发生的事在非洲大陆上极具代表性。当美国在中东陷入困境时，中国的战略执行者收获了许多资源丰富的非洲国家，通过协商得到了许多港口、公路、铁路、体育场馆和购物中心的融资及建设合同。

中国企业执掌大局

在经历了21世纪初的快速增长之后，中国对非洲的官方借款在2018年有所减少。与此同时，中国的企业加大了投资力度，特别是那些对阻止全球变暖至关重要的资源——钴、铌钽铁矿（Coltan）、铜、锂、铀、铝土矿以及其他电池技术和能减少污染的高科技产品所需的原材料。这是中国从计划经济转变为市场经济的努力的一部分，也是提升其私营企业在全球竞争力战略的一部分。中国的对非投资从2003年的不足1亿美元增加到2020年的40多亿美元。美国已经被远远地甩在了后面。[167]

中国的另一个成功之处在于贸易。到2017年，非洲与中国的贸易额几乎是与美国的四倍，达到1480亿美元——美国仅为390亿美元。此外，中国与非洲签署了具有里程碑意义的《非洲大陆自由贸易区协定》，这份协定将“非洲联盟”的55个成员国团结为世界上最强大的贸易联盟之一，该联盟拥有对生命经济至关重要的丰富矿产资源。[168]

2021年底在第八届中非合作论坛峰会上，中国派员加入各国的政府高级谈判代表之列，在塞内加尔的达喀尔与非洲的领导人进行会谈。为了彰显团结，参加那次会议的非洲领导人比参加联合国大会的还多。《外交政策》的一篇评论说：

长期以来，美国对非洲国家传达的主要信息是“我们不是欧洲”，但至少从21世纪初开始，中国对非洲传达的信息一直是“我们不是美国”。中国通过大声喊话和略施小惩的方式，在非洲大陆上取得了重大进展。中国公开的外交活动着重于同非洲国家建立关系，广泛地报道各种形式的合作，同时最大程度地减少制裁和安全摩擦。[169]

麦克·霍尔慧眼识珠地将非洲视作未来的藏宝箱。但无论是他，还是我们中的任何人都没能预料到，最终会是中国掌握了打开这个箱子的钥匙。之所以会发生这种情况，不仅是因为中国对非洲大陆资源价值的理解，还要归结于美国的恐怖行动在非洲大陆上滋生的不信任，归结于美国的金融机构只愿意在高回报有保证的情况下才会投资于非洲，归结于“9·11”事件后美国从战略上基本放弃了非洲，转而把目光聚焦于中东，归结于中国致力于团结（而非美国的“分而治之”）并提供了不附带政治条件的贷款。

2021年12月，《外交政策》上一篇关于2021年中非合作论坛峰会的报道总结了中美在非洲战略上的差异：

中国领导人承诺，鼓励中国公司在未来三年内至少在非洲投资100亿美元，并鼎力支持更环保的交易方向……美国与非洲的关系主要是受安全问题而不是经济问题驱动……美国可能会提供军事装备和地面部队，但在非洲人的日常生活中，他们使用的手机、观看的电视和行驶的道路都是由中国提供的。[170]

在非洲与全球其他地区，最重要的结论是经济杀手策略对它们都有害。当地工人、社会项目和环境都会受到影响，而债务、建造欠佳的基础设施项目和腐败都在日益加剧，越来越多的资源被挖走了。

有时，我会回忆起为麦克·霍尔和杰克·道伯撰写报告的那段时光——那些报告不过是为了说服世界银行出钱让美因公司开发非洲项目。我现在会好奇：如果我早早洞悉这一切的发展方向，那时候的我是会继续做下去，还是会离开美因公司和经济杀手的世界？

44　中东地区：未来看东方

在我从事经济杀手的那个年代，没有人能猜到，中东将成为中国战略执行者给美利坚帝国最后的致命一击。

我们确实知道，几个世纪以来，直至追溯到古代丝绸之路的岁月，中东地区一直是连接非洲、亚洲和欧洲的关键节点。第二次世界大战后，鉴于国际贸易的重要性和石油在现代世界中的用途，中东地区对全球争霸变得愈加重要。我们这些美国的经济杀手对这片区域信心满满。伊朗国王是一位忠实的朋友，他的政权似乎是夹在苏联和中东之间的坚韧缓冲。我们与石油资源丰富的科威特和沙特阿拉伯达成了重要的交易。而美国的盟友以色列，在20世纪60年代末到70年代初，在对抗威胁到美国霸权的众多国家上取得了很多重大的胜利。

对当时的我们来说，对美国全球主导地位构成威胁的是苏联，而大多数中东国家对这二者都抱有敌意。国王和独裁者们不会接受苏联，穆斯林们也反对无神论。苏联入侵阿富汗进一步促成了中东领袖与美国的合作。当苏联军队在1988年被美国支持的圣战者打败时，美国的地位似乎永远稳固了。

往来此地的征服者有来自波斯、土耳其的，也有来自亚洲、欧洲和北非的。这些外来人主要仰仗经济杀手的两大支柱：军事入侵的恐惧（或真实的入侵）和分而治之。这种情况在第一次世界大战期间出现了变化，英国的战略家们借鉴了一个人的经验，他就是如今经济杀手的先驱——托马斯·爱德华·劳伦斯（T. E. Lawrence），人称“阿拉伯的劳伦斯”。他的功绩是让一盘散沙的阿拉伯人团结起来对抗奥斯曼帝国残酷的分而治之。

这种变化是短暂的。第一次世界大战过后，英国恢复了旧时的政策。在法国和其他国际联盟成员国的协助下，劳伦斯的继任者也精心定下了分而治之的策略，永远地改变了中东的地缘政治。当土耳其共和国于 1923 年成立时，无视于文化、种族、宗教信仰或历史的因素，英国和法国将过去的奥斯曼帝国划分成了许多国家。这样做就是刻意制造冲突、动乱和腐败，从而让英法能继续控制该地区。[171]

纳粹德国、法西斯意大利和日本军国主义的崛起给中东地区平添了新的紧张局势。在二战中击败轴心国势力之后，苏联迫于对石油的需求，并受制于美国和北约控制了关键的航道（如苏伊士运河和巴拿马运河）及陆上运输线（如印度和伊朗），就威胁要引爆一场新的世界大战。因此，对于核灾难的恐惧催生了新的经济杀手策略。

“未来要看东方”

当伊朗首相摩萨台威胁要将外国石油公司收归国有时，艾森豪威尔总统主张重新采取劳伦斯的做法。正如在第 6 章中讲述的，中央情报局派遣克米特·罗斯福推翻了摩萨台，让亲美的国王重新掌权。武力支配让位于风险更低、成本更低的经济杀手战术，集中力量于债务和不足。

土耳其驻欧盟和经合组织的前任代表乌卢奇·奥祖尔克（Uluç Özülker）向我指出了这一变化的重要意义。我在 2013 年去伊斯坦布尔的一次访问中遇到了他。我们坐在一家小酒馆的室外露台上，一边观赏连接地中海和黑海、分隔亚洲和欧洲的博斯普鲁斯海峡的壮观景色，一边品尝着土耳其咖啡。

“恐惧和债务，”乌卢奇浅呷了一口浓浓的咖啡，然后说道，“任何一个帝国最强大的两大工具。”接着，他将杯子放到桌子上。“大多数人都认为军事力量是帝国的基础，但战争之所以重要，是因为战争本身以及战争的威胁都会灌输恐惧。人们害怕没有足够的食物抚养和照顾他们的家人，所以他们会更多地举债，”他笑了笑，“购买更多的东西。无论我们欠下的是金钱还是人情，都会成为束缚我们的债务。这就是为什么经济杀手的方法如此奏效。这比战争还可怕！”

我又提到了挑拨邻里间的拔刀相向。

“是的，”他说，“这就是另一个非常重要的策略：分而治之。”接着他谈到了两伊战争，逊尼派和什叶派之间的裂痕，以及内战和部落纷争如何造成了权力真空，如何为剥削打开了门户。“交战双方都需要借更多的债，购买更多的武器，破坏对方的资源和基础设施，然后再接受更多的债务用于资助重建。我们在整个中东地区，在叙利亚、伊拉克、埃及、阿富汗都见识过这类场面……”他停顿了一下，皱起眉头。“遗憾的是，入侵伊拉克和阿富汗是美国犯下的严重错误。”他很好奇，美国人为什么没有从越南战争和苏联在阿富汗战争的失败上吸取教训。然后他又笑了，“你们本应该坚持使用经济杀手的手段。”

“那中国又是如何因势利导的呢？”

“中国啊！”他指着一艘装载着中国货物和中国远洋运输集团（中远集团）集装箱的轮船。“这就说明了一切。”他接着总结了中东在历史上的重要地位。“控制这一地区的战役就发生在我们的脚下，就在伊斯坦布尔。表面上看，很多战争都是因为宗教问题，但核心是由经济和贸易的问题驱动的。”他又瞥了一眼那艘集装箱轮船。“古代的中国就是一个全球经济大国。”他盯着我的眼睛说道：“历史重演了。现在它又是一个全球经济大国。未来要看东方。”

这让我回想起了我在1977年参加过的几次会面，当时的伊朗首相阿米尔－阿巴斯·胡韦达（Amir-Abbas Hoveyda）利用伊朗与中国日益加深的关系，谋求对他的老板伊朗国王的更多支持。当首相大人走进房间时，他看上去颇具威严。尽管身形短小精悍，但他谈吐文雅、见多识广，而且思维特别敏锐。他曾经在布鲁塞尔、伦敦和巴黎求学，研究过经济学，讲话能够旁征博引；除了母语波斯语外，他还会讲法语、英语、意大利语和德语。他是一位完美的外交家。他指出，中东与中国几千年的交往都是围绕丝绸之路上的贸易路线展开的。他说，伊朗一直是座“连通的桥梁”。

我震惊于1979年4月，胡韦达在伊朗国王被推翻后遭到了处决。就在法哈德匆忙地带我离开德黑兰的几个月后，胡韦达就被逮捕、审判和枪杀了。这才让我意识到自己生命的岌岌可危。我觉得我对此应负有责任，就好似我没有做好自己的工作。我怎么会没料到伊朗国王的倒台呢？胡韦达只是众多与我一起工作、一起喝过咖啡或吃过饭的人之一——他们当中很多人都遭遇了类似的命运。直到意识到这是因为我们所有人都失败了，我才得以从长久的内疚中获得一点点的解脱。美因公司和中情局怎么就没有人预见到这一点呢？一个我们所有人都认为是安全的、并被视为朋友的盟国政府在电光石火之间就迅速垮台了，这为经济杀手策略投下了巨大的阴影。此外，这还助长了我对自己职业的一切怀疑。几个月来，我一直被胡韦达浑身是血的噩梦所困扰。

这位才华横溢的外交官被处决只是伊朗随后动荡的一个象征。

伊朗：倒向中国的一个关键国家

在胡韦达死后不到7个月，全副武装的伊朗学生袭击了美国驻德黑兰大使馆，52名美国公民被劫持为人质。1979年11月4日，这一天标志着美国和伊朗伊斯兰共和国彼此敌视的开端，最终造成了双方不可调和的裂痕。与此同时，两伊战争和中国不断演化的外交政策这两件大事也开始从根本上改变了整个中东地区。

多年以来，伊拉克一直对伊朗在波斯湾的主导地位心怀不满。现在，萨达姆·侯赛因由于担心伊朗人试图将其革命扩散到伊拉克并终结他的统治，就发动了对伊朗的全面入侵。

对中国来说，这正是一个实施分而治之的绝佳局面。中国巧妙地制定了同时向这两个国家出售武器并维持外交关系的策略。在1985年伊朗议会议长哈什米·拉夫桑贾尼（Hashemi Rafsanjani，不久成为伊朗总统）访华后，中国看到了让自己充当和平斡旋者的途径。中国政府接待了两国的高级代表团。这些会谈促成了1988年的两国和平协议，提高了中国政府在整个中东地区的声望。中国颠覆了分而治之的支柱，反而拿来为己所用，促成了两伊的和平。

从20世纪90年代到21世纪初，中国继续发展与这两个国家的关系。2003年，中国公开反对美国入侵伊拉克。中国在伊朗的战略执行者也实现了卓绝的成就。尽管有美国的制裁，中国还是购买了伊朗的石油。到2010年，中国近10%的进口石油来自伊朗。

德黑兰在2016年之前就接受了新丝绸之路的构想，但特朗普政府退出伊核谈判，并对伊朗实施更严格的制裁，进一步拉近了伊朗与中国的关系。中国公司继续无视制裁，令两国之间的贸易蓬勃发展。

五角大楼和华尔街最担心的是，中国政府会通过谈判达成一项控制霍尔木兹海峡的协议。作为世界上最重要的国际水道之一，这条狭窄的咽喉要道是液化天然气和石油油轮从巴林、伊拉克、科威特、阿曼、卡塔尔、沙特阿拉伯、阿拉伯联合酋长国和伊朗的港口驶向公海的唯一出口。

在我充当经济杀手期间，我目睹了一个对美国中东战略至关重要的地区局面的成形。

20世纪70年代初，五角大楼、美国国务院和伊朗王国的臣民联手在霍尔木兹海峡深水区的阿巴斯港建立了一个大型的军事基地。我们这些经济杀手和华盛顿的舆论机器宣扬苏联即将入侵中东，以便发挥恐惧的力量。美因公司受雇制定一项计划，将一个渔村改造成一个高度复杂的、由美国管理的、具有重要战略意义的综合设施，用于监视和管理这条影响全球经济的航道。我被派往阿巴斯港准备一些报告，用于说服伊朗政府和美国国会大力投资这座军事基地。

这项计划被批准了，基地的建设全速推进；然而，情况很快发生了变化。在伊朗国王被推翻后不到五年，伊朗伊斯兰共和国就转而利用我们建造的设施来对付我们。

“反恐战争”

除了伊朗，美国的战略在中东大部分地区也失败了。尽管美国人可能理直气壮地认为军事干预是“反恐战争”的一部分，但许多中东人将其视为对他们生命的直接威胁，是对主权国家的敌对行为。《纽约时报》的一篇文章写道：

> 来自无人机或有人驾驶飞机的空中打击一直是美国在伊拉克、阿富汗、叙利亚和近期其他冲突中使用的核心军事战术。美国官员经常鼓吹他们的优势……
>
> 但同样明显的是，美国官员夸大了空袭的优点，却大大低估了空袭的不利之处，首当其冲的便是恐怖的平民伤亡……

《纽约时报》的结论是，“美国的空袭手段存在极大的缺陷，它所造成的伤亡代价可能会损害美国的安全，而不是保护美国的安全。”[172]

美国的“华盛顿特区阿拉伯中心”与卡塔尔的“阿拉伯政策与研究中心”合作进行了一项民意调查。该调查于 2017 年 9 月中旬至 10 月中旬在埃及、约旦、科威特、黎巴嫩、摩洛哥、巴勒斯坦、沙特阿拉伯和突尼斯对当地人进行随机抽样问卷调查。结果发现，“与类似的民意调查结论一致，人们对美国的外交政策抱有强烈的负面感受。总体而言，61% 的受访阿拉伯人对美国在阿拉伯世界的政策持负面或一定程度负面的态度。”[173]

中国小心地不让自己卷入任何军事行动，尽管其战略执行者同情当地民兵。他们与伊朗、伊拉克、黎巴嫩和叙利亚支持的反美什叶派武装分子建立了良好的关系，比如黎巴嫩真主党旅和伊拉克“正义联盟”。他们还加大了与逊尼派政权的联系。根据《外交政策》的文章：

> 令人惊讶的是，这种做法（对什叶派的支持）并没有在该地区的主要逊尼派国家激起反对中国的反应。沙特阿拉伯启动了一项在所有学校和大学教授汉语为第三语言的计划。沙特阿拉伯、阿拉伯联合酋长国和科威特都不顾美国的压力，聘请华为公司为其建设5G电信的基础设施……
>
> 中国是后美国时代中东的最大赢家。中国政府已经是该地区最大的石油买家。如今（2021年）在不知不觉间，中国已经成为唯一与那里的每个主要国家都有强大政治和贸易联系的区域外大国。[174]

伊拉克：中国赢得了战争

美国用“震慑行动”命名2003年对巴格达的轰炸，这场大轰炸启动了“第二次海湾战争”。这样的用词本意是传达美国为“9·11”事件复仇的决心，并让任何威胁美国的人相信，五角大楼将以压倒性的力量进行报复。但回想起来，这样的用词或许更恰当地定义了美国在那场战争中的失败。这场轰炸标志着美国在中东及西亚的主导地位开始终结。尽管美国在金钱和生命方面投入巨大，但当美国在2021年从阿富汗撤军时，中国成了赢家。

在战争刚开始时，中国便公开反对美国的入侵，还帮助伊拉克的国防筹措资金。中国人购买了伊拉克的石油，并商议打破制裁以销售军事装备给伊拉克。2008年，中国石油天然气集团公司（中石油）与伊拉克签署了一项石油生产协议，这是伊战开始以来与外国公司签署的首个同类协议。到2013年，中国购买了伊拉克产出石油的大约一半，并向伊拉克出售军用物资。[175]与经济杀手的“债务”支柱形成鲜明对照的是，中国政府免除了85亿美元对伊贷款中的80%。中国外交部发言人马朝旭兴致勃勃地说："中国和伊拉克达成了一项协议……大幅度削减了伊拉克欠中国公司的债务。"[176]中国的战略执行者已经认识到，比持有债务更重要的是免除债务，而且中国有能力用自己的资本聘请自己的公司来建设伊拉克的经济。当然，它保留了开采伊拉克资源的权利。

中国的战术并没有到此为止。中国公司聚焦于教育、医疗卫生和其他社会服务，[177]以及为新丝绸之路建造通信和运输系统。中国的战略是帮助伊拉克重建国家，并使其进入全球贸易市场。

一边是中国在结交朋友，一边是美国在失去朋友。2022年，在美国暗杀伊朗高级将领、伊拉克民兵领袖卡西姆·苏莱曼尼（Qassem Soleimani）两周年之际，数千名伊拉克人抗议美国。华盛顿曾夸口说，此次刺杀是对恐怖主义的胜利，但伊拉克人谴责这样的行为是对主权国家的犯罪。许多中东人将其视为不要信任美国、转向中国的又一个理由。[178]

中国的新策略越来越精于通过改进四大支柱来适应不断变化的世界。伊拉克就是一个典型。在整个中东地区，中国的战略执行者加深了人们对美帝国主义的恐惧。他们利用当地对不足的焦虑来达成石油交易，以便为基础设施的建设提供资金——通过抵押借款的方式，但债务往往会在之后被免除。在对"分而治之"的运用上，他们把伊拉克战争作为分化阿拉伯国家和美国关系的抓手，同时鼓励中东国家沿着新丝绸之路团结起来。也许同样重要的是中国策略所展现的效果——正如温铁军教授描述的，"给予一个国家它想要的，而不是由它的债权人命令这个国家它该干什么"。根据《外交政策》的一位中东分析员的说法：

> （2022年）1月中旬，北京释放了它的软实力，宣布在伊拉克建造数千所学校、医疗中心和在持续的冲突中被毁的房屋。据伊拉克官员称，伊拉克总共需要8000所学校来"弥补教育方面的缺口"。中国已决定建

设其中的绝大部分——7000 所学校——以帮助数百万儿童接受教育。它还将在萨德尔城建造近 9 万所房屋——这座城市是伊拉克最强硬的政治领袖和神职人员穆克塔达·萨德尔（Muqtada al-Sadr）的堡垒；改善巴格达的下水道系统；在伊拉克的纳西里耶修建一座机场；并在全伊各地建立 1000 个医疗诊所——所有这些都是为了支付伊拉克的石油。[179]

中国的战略取得了成效。2019 年，伊拉克连同 37 个国家共同签署了致联合国人权委员会的联名信——与伊拉克一样，大多数以伊斯兰教为主的中东国家都联署了。

一个客观的观察者有充分的理由感到“震慑”。美国的入侵造成了难以想象的人员伤亡、苦难、环境破坏以及政府和文化机构的瓦解。少数美国军工企业家通过支持鹰派的政策发了财，美国政客赢得了选举，但美国纳税人和作为世界领袖的美国所付出的代价是无法估量的。客观的观察者很可能会得出这样的结论：在竞争对手筋疲力尽之时，还保存体力的队伍（中国）才是胜利者。

美国给中国的礼物

美国中东战略的腐败、低效和名存实亡，以及 21 世纪初策动的“阿拉伯之春”等行动的失败，对美国政策的打击是毁灭性的，也是给中国的礼物。根据中东研究所一份 2020 年的报告：

毫无疑问，中东和北非国家与中国的关系在 21 世纪出现了重大转折。中国经济的快速增长使其有必要采取积极的方式来获取急需的自然资源。中东和北非地区在很大程度上曾被排除在中国转向亚洲和非洲的战略之外，直到 2011 年的阿拉伯之春，中国才对该地区的关键国家采取更加主动的接触政策……

对许多中东和北非国家来说，结合美国从该地区撤离的政策，它们张开双臂欢迎中国及其融资模式。[180]

由于美国从投资和贸易中抽身，当地留下了一个亟须填补的真空。中国的战略执行者敏锐地把握住了稍纵即逝的时机。如今，中国成了中东和北非国家最大的投资人，2019 年的投资总额超过 1770 亿美元[181]（美国的投资约为 900 亿美元[182]）。这一对比让人感到难以置信，特别考虑到美国在其军事行动中投入了近 8 万亿美元——这些钱本可以用于资助非洲、亚洲、拉丁美洲和美国本土的项目。

中国也成为中东和北非地区最大的贸易伙伴——美国在二战后的绝大部分时间里一直保持着这一地位。2018 年，中东和北非地区与中国的贸易额比与美国的贸易额高出约 1330 亿美元。到 2021 年，19 个中东和北非国家中有 17 个承诺加入新丝绸之路。[183]

就连美国的长期盟友以色列也转向东方。中国土木工程集团有限公司参与了以色列隧道和特拉维夫轻轨的建设。中国公司目前管理着以色列的三个港口。2020 年，中国取代美国成为以色列第一大进口来源国。

中国对中东的开拓并非不存在问题。美国外交关系委员会的一份报告分析了中国在中东和北非地区的投资情况：

对一些大量举债投资于基础设施升级的国家来说，使用“一带一路”（新丝绸之路）的资金被视为潜在的饮鸩止渴……某些“一带一路”的投资涉及不透明的招标过程，并且需要由中国公司承建。因此，承包商抬高了报价，招致项目被取消和政治上的反弹。[184]

需要再次强调的是，写一本关于两个超级大国之间的竞争且篇幅合理的书，迫使我必须概括出其中最突出的要点。我一直关注几个典型或特别的国家。在与了解美国和中国战略的人士进行研究、交谈时，我的收获往往会令我感到惊讶。我从来没有想到，我们的经济杀手策略会成为送给中国的礼物。这在中东尤其让人感到震惊——我们在那里投入了如此多的精力和金钱。我也从未想到经济杀手策略会造成全球变暖和其他危及生命的危机——这些都是死亡经济的症状。

我的内疚感从未消失过。尽管在我退出经济杀手之列后的几十年里，我一直在努力为自己在中东所扮演的角色赎罪，但我总是被一种认知所困扰，即我对自那以后一直影响该地区的长期动荡负有责任。我是第二次世界大战后第一代经济杀手的一员，我们为第二代和第三代的经济杀手搭建了舞台。

45　欧洲：美国鹰与中国龙

“欧洲被夹在了美国鹰和中国龙的利爪之间。”捷克经济学家、哲学家、前总统瓦茨拉夫·哈维尔（Václav Havel）的顾问、著名电视人托马斯·赛德拉切克（Tomáš Sedláček）是这样对我说的。在 2018 年和 2019 年的某次音乐节上，我与他公开进行了对话。他的这句话总结了我在欧洲国家旅行时经常听到的一个担忧：整个地区被两个不同竞争体制之间的生存性冲突所撕裂——一方是欧洲二战以来最强大的盟友，另一方则是自身当前最重要的贸易伙伴。

中美两国在欧洲的战略存在根本性的差异。与前几章中描述的其他地区不同，美国的经济杀手在欧洲的大部分地区，并没有普遍依靠“债务”或“不足”。相反，他们重视的是“恐惧”——先是苏联，然后是俄罗斯，现在还有伊斯兰的恐怖分子。俄罗斯试图在克里米亚、乌克兰和其他前苏联加盟国中恢复自己曾经的地位，这是美国得以在欧洲实施“分而治之”支柱的基础。另一方面，中国的战略执行者则通过新丝绸之路和中国脱颖而出的经济领导地位，专注于实现全球繁荣与和平。

新世纪的第二个十年非常关键。在2009年至2010年间，欧洲联盟（欧盟）对华出口增长38%，中国对欧盟的出口增长31%。[185]这才仅仅是个开始。欧洲对中国产生了严重的依赖，特别是具有重要战略意义的化学品、金属、矿物、电子器件、药品及医疗设备和用品。中国的战略执行者也认识到，他们对欧洲的依赖同样日益加深。欧盟的成员国是中国最大的外国投资者和就业创造者之一员，也是中国极其重要的市场和专业技术的来源地。到2020年，中国已超过了美国，成为欧盟最大的贸易伙伴。[186]

中国的战略执行者双手捧着投资的提案赢得了欧洲。2020年，欧盟和中国就《中欧全面投资协定》达成一致。这份协议被赞誉为史无前例的国际条约，为投资者建立了一个公平的竞争环境，确保了金融交易的透明度，并增加了总体上的外国直接投资和贸易。

然而问题出在一些欧洲国家领导人横加指责中国的内政。在2021年3月，欧盟批准了对几家中国企业的制裁。作为报复，中国对一些欧盟议会成员、学者和政府官员实施了反制裁。欧洲议会的反应则是冻结了对《中欧全面投资协定》的批准。

欧洲对美国也不再抱有幻想。法国财政部长布鲁诺·勒梅尔（Bruno Le Maire）在2021年总结道："美国想要（我们）对抗中国。欧洲联盟希望与中国接触。"[187]

就中国的战略而言，巴尔干的位置尤为重要。阿尔巴尼亚、波黑、保加利亚、克罗地亚、希腊、黑山、北马其顿、罗马尼亚、塞尔维亚和斯洛文尼亚这些位于土耳其以北的国家，占据了一个连接欧洲、中东和亚洲的重要半岛；这是发展新丝绸之路的重要地区。其中，三个前社会主义国家对中国政府来说极为重要，因为它们共同横跨这座半岛，就像一个巨大的屏障或者说门户。

塞尔维亚：进口污染

在2008年的全球经济衰退、2015年开始的移民危机以及英国脱欧引发的动荡之中，欧盟似乎抛弃了塞尔维亚，几乎没有为其提供任何援助。欧洲复兴开发银行拒绝了帮助塞尔维亚建设现代化电网的融资请求。塞尔维亚总统亚历山大·武契奇公开声明："欧洲的团结是不存在的。"这句话也反映了很多人的观点。基于塞尔维亚需要保持不结盟的立场且不能激怒俄罗斯的前提，他还拒绝让塞尔维亚加入北约。

与北约国家的做法不同，中国的战略执行者提议为塞尔维亚升级基础设施，并收购没有盈利能力的工厂。中国领导人在2016年访问了塞尔维亚，推动该国融入新丝绸之路。作为一次聊胜于无的"追赶"式的尝试，特朗普总统在白宫让塞尔维亚和科索沃握手言和并合影留念，而这两个国家的政治/经济争端早已无法调和。特朗普将达成的一份协议归功于自己。然而，路透社报道：

> 塞尔维亚总统亚历山大·武契奇对记者说，塞尔维亚与这个在2008年宣布独立的前省份之间仍然存在许多分歧……他后来告诉塞尔维亚的媒体，塞尔维亚的协议是与美国达成的，而不是与科索沃……
>
> 政治分析人士也称该协议的内容平淡，措辞含糊……

据路透社分析，特朗普的真正积极性在于"塞尔维亚还承诺将其大使馆迁往耶路撒冷，而科索沃同意与以色列关系正常化并建立外交关系"。[188] 对许多塞尔维亚人来说，这看上去更像是美国急于控制他们国家的政治，并取悦于以色列，而不是解决地区的争端或促进经济的发展。

中国又一次迅速出手。在2010年至2019年期间，中国的战略执行者安排中国公司和政府向塞尔维亚投资了19亿美元，主要集中在钢铁厂、采矿业和燃煤发电厂。此外，中国还向该国提供了超过70亿美元的贷款，用于雇用中国公司开发基础设施项目。除了投资，塞尔维亚从中国的进口远远超过了从美国的进口。

如今中国在塞尔维亚的影响力很大，而美国的经济杀手似乎没有任何存在感。

罗马尼亚

亚历珊德拉·波斯泰尔尼库（Alexandra Postelnicu）是“地球妈妈联合会”罗马尼亚分部的创始人。

2014年，她邀请基曼和我一起去她的国家旅行。我在罗马尼亚的大学、环保组织和其他场合举办了关于将死亡经济转变为生命经济的讲座、研讨会，还会见了一些政府官员和学者。

一天，亚历珊德拉驾车带我们来到风景如画的罗西亚蒙大拿山区，那里的居民反对将当地开发为欧洲最大的露天金矿的提议。我和一群罗马尼亚环保人士一起登顶了计划爆破的四座山峰之一。我恐惧地俯视着之前挖矿留下的巨大地表疤痕——临近的一座大山被完全削平了。我被告知，这座金矿将会重新开工，如果这个项目得以推进，对地势如此可怕的破坏将是整片地区在未来的缩影。

附近还有一大片浑浊不堪的湖泊。“那是一座氰化物的废液池，”有人告诉我，“如果采矿作业继续进行，这座废液池还要再扩大许多倍。”我想起了曾在罗马尼亚另一个金矿发生的事故，当时有一座大坝破裂，泄露的氰化物流入了多瑙河，造成了欧洲最严重的环境灾难之一。当我后来获知中国在厄瓜多尔亚马孙地区开采矿山时，罗西亚蒙大拿的景象一下子就涌上了心头。我不得不承认，我是在全球范围内导致死亡经济体制的始作俑者。

尤其令人沮丧的是，我还听说罗西亚蒙大拿也被认为与“美国的操纵”有关。一份经翻译的报告称，总部位于科罗拉多州的 Pincock Allen & Holt

公司在2000年收取2000万美元完成了一项初步可行性研究，“证明”这座金矿将给罗马尼亚人民带来巨大的好处。我反应过来这不过是效仿我在担任经济杀手期间所写的那些骗人报告。这样的金矿可能会为少数富有的罗马尼亚家庭锦上添花，但需要大多数罗马尼亚人承担代价。该矿的“美国”因素在于，有人揭露罗西亚蒙大拿金矿的80%股权由加拿大的Gabriel资源公司持有（剩余20%归罗马尼亚政府）。我在罗马尼亚也听到了一些类似于我在拉丁美洲听过的故事——在这里，美国和加拿大的工程与矿业公司经常被相提并论，因为它们频频合作，共同攫取低收入国家的金、银、铜和其他矿物。

在结束了对那片山区的访问之后，我又见到了颇具影响力的罗马尼亚记者米哈伊·戈迪乌（Mihai Gotiu，他后来当选了参议员），他是阻止开采罗西亚蒙大拿金矿的带头积极分子。坐在巴比什－波雅依大学的一间办公室里，米哈伊告诉我，北美的公司被视为为了给公司的所有者创造利润而愿意做任何事，由此产生的怨恨为中国打开了大门。

当我小心地提到中国人可能也会这样做时，他回答说：“谁又能预测未来呢？我们只能知道曾经发生过的事。”北美的公司为了利润而牺牲环境的历史由来已久。这又是一个相同的警告：不管哪个国家的经济杀手策略都会导致同样灾难性的死亡经济——经济杀手策略必须彻底终结。

尽管罗马尼亚在2004年加入了北约，并宣称自己是美国的坚定盟友，但当地人围绕罗西亚蒙大拿项目的争议和失望促使中国加快了行动。

中国于2012年发起了“中国－中东欧国家领导人会晤”，当时又称“16+1合作”，将11个欧盟国家和5个巴尔干国家（阿尔巴尼亚、波斯尼亚和黑塞哥维那、保加利亚、克罗地亚、捷克、爱沙尼亚、匈牙利、拉脱维亚、立陶宛、北马其顿、黑山、波兰、罗马尼亚、塞尔维亚、斯洛伐克和斯洛文尼亚）纳入新丝绸之路。这是一种为推翻“分而治之”策略的尝试；然而，这一举措还面临着许多后续问题。

罗马尼亚的亚太研究所副所长安德里娅·布林扎博士（Dr. Andreea

Brinza）将这种情况总结为：

几乎每一个“16+1”国家都有太多的承诺、谈判和会议，而最终达成的项目却少之又少……中国在欧洲的许多正在谈判的项目要么被取消，要么被推迟。

罗马尼亚是这16个国家中人口第二多的国家，它就是一个很好的例子。布林扎列举了在罗维纳里和Tarnita–Lapustesti的发电厂、切尔纳沃德核电站和Tarnita–Lapustesti的抽水蓄能电站等谈判失败的项目，她总结道：

这种承诺与兑现之间的差距，影响了“16+1”的可信程度，也影响了中国在一些中东欧国家作为值得信赖的投资者的地位……一些国家的总理，如16国中最大的罗马尼亚和波兰，已经开始从他们的日程中剔除这些不成功的项目。

最终，“16+1”项目可能会被更大的担忧所掩盖。随着美国和中国之间的竞争升温，世界正再次形成分裂的阵营。[189]

俄罗斯：与乌克兰的战争

从15世纪开始，欧洲人成为世界大部分地区的殖民者。在两次世界大战之后，欧洲的各大帝国纷纷倒台——除了一直延续到1991年的苏联。现在，夹在两个超级大国的竞争之间，欧洲发现自己的处境与它曾经殖民过的非洲、亚洲、拉丁美洲和中东国家没有什么两样。与此同时，从苏联解体中诞生的强国又重新走上了世界舞台。

一只脚在欧洲、另一只脚在亚洲的俄罗斯，多年来一直退居美国和中国之后。然而，俄罗斯对乌克兰的战争改变了这一点。

战争让普京总统登上了世界各大媒体的头条。俄罗斯的经济规模可能不及加利福尼亚州和得克萨斯州，与纽约州的经济体量大致相当，而且该国的经济杀手在世界上大多数地方也许无足轻重，但它的总统已经成为一个搅动世界的破局者——至少让世界的目光从最大的政治经济事件（美中竞争）上转移出来。

然而，俄乌战争造成了意想不到的后果，似乎与普京所希望的相反：它导致了美国和大多数欧洲国家更大的合作；它巩固了北约；它鼓励了能满足欧洲需求的能源开发，最终要替代俄罗斯的石油和天然气；它在非洲和中东造成了严重的粮食短缺；它展示了乌克兰人非凡的勇气和军事技能，也暴露了俄罗斯军队的不足。

这场战争对中国有负面的影响。它中断了许多对新丝绸之路发展不可或缺的通信和运输网络，阻塞了对中国商业至关重要的供应链——中国的供应链已经受到新冠大流行的伤害。然而，它对中国也有好处。在谈到中俄两国元首时，《外交政策》上的一篇文章总结道：

> 他们希望一同打破他们所认为的、美国对国际体系的霸权，削弱这个世界是由一套共同价值观所约束的观念——这套价值观体现在现行的国际法中，并得到联合国等机构的支持。
>
> 他们试图建立一个世界新秩序——每个文明都控制各自所在的地缘政治空间。[190]

因这场战争而对俄罗斯实施的制裁表明，美国当前至少回归了“9·11”事件前的经济杀手策略。美国战略家们的应对之策并不是派遣军队，而是转向了其他三个支柱——逼迫俄罗斯政府面对日益增长的债务，甚至有可能造成其海外借款违约；在俄罗斯人当中加重对不足的焦虑；助推俄罗斯与其贸易国之间的分歧，并在俄罗斯国内引发部分民众的不满。美国政府如今的做法显示，美国的经济杀手策略并不单纯依赖军事力量，但有可能在极端危险的情况下应用。然而，这可能无意中又为中国创造了一个机会。《外交政策》上的一篇文章推测：

（制裁）似乎将加速美中之间正在进行的经济脱钩，特别是中国政府能抓住其中的机遇，提高其货币和金融架构的全球吸引力。

如果各国不想将自己的金融和经济命运与西方捆绑在一起，也不想坚持使用美元，那么它们只有一个现实的选择：中国和人民币。对美国不再抱有幻想的沙特阿拉伯，过去近50年的原油交易全部以美元结算，现在已经开始考虑接受人民币支付向中国出售的石油。[191]

从长远来看，俄乌战争可能会加强中国的领导地位。在2022年9月的中俄领导人会晤之后，普京罕见地以谦卑的姿态承认中国对这场战争抱有“疑问和担忧”。中国领导人也公开表示，俄罗斯要体现大国担当，“为变乱交织的世界注入稳定性”。这些会议突出了中国想要斡旋和平的努力，并让中国吸引全世界因乌克兰战争而遭受严重经济损失的国家。与此同时，中国的战略执行者在与俄罗斯达成油气交易并让其替代失去的欧洲市场方面处于绝佳的地位。乌克兰战争再次转移了美国的重心，导致其无法继续加强与非洲、亚洲、拉丁美洲和中东的关系。这让美国及其北约盟国在金钱和政治上付出了巨大成本。尽管中国经济也连带遭受了短期的损失，但只要中国领导人处理得当，中国很可能会把这场用核浩劫威胁世界灾难性战争转化成该国的又一笔财富。

46 依存与厮杀的美国

本书提供了中国和美国之间竞争的很多剪影，以及各自的战略在世界诸多地区的作用。然而，如果不重点突出中国直接对美国产生的一些非常重要的影响，这本书中的讨论就是不完整的。

布鲁金斯学会在2021年发布的一项研究发现，中国作为美国最大的贸易伙伴，为美国直接提供了约120万个就业岗位，此外还有更多的美国岗位依赖于中国的产品和融资。美国从中国的采购超过了从全部欧盟国家采购的总和，也超过了全部东盟国家的总和。布鲁金斯学会的研究还发现，大多数在中国开展业务的美国公司都致力于长期在华发展。它继续写道：

> 跟随全球的趋势,美国投资公司也一直在增加在中国的头寸。贝莱德、摩根大通、高盛和摩根士丹利都提高了在中国的敞口，而瑞士银行、野村控股、瑞士信贷和法国安盛也采取了类似行动。据荣鼎咨询估计，截至2020年底，美国投资人持有1.1万亿美元中国公司发行的股票，而中美双向持有的股票和债券价值高达3.3万亿美元。

一个无可辩驳的事实是，中美两国互相高度依存。二者经济联系如此紧密，以至于很难想象一个国家离开另一个国家会是什么样子。两国不仅在贸易和投资等“硬”领域如此，在教育、信息和技术等“软”领域也是如此。在美国的大学和学院就读的国际学生当中，在2019-2020学年有超过三分之一来自中国。美国新英格兰地区的一所著名私立学校的校长最近告诉我，来自中国富裕家庭的学生支付的学费让他能够为大约6名美国学生提供奖学金。近年来，知识领域的交流大大促进了技术革命。布鲁金斯学会的研究指出：

> 两国的主要科技公司一直在对方国家建立研发中心。阿里巴巴、百度和腾讯都在美国设立了研发中心，就像苹果、微软、特斯拉和其他主要的美国科技公司也要依赖中国的工程人才一样。
>
> 在科学合作方面，“自然指数”排名将两国间的联合研究列为世界上最具学术成果的研究。[192]

在1979年中美刚刚恢复外交关系并签署双边贸易协定之后，中国的机会就深深地吸引了美国的投资者。这样的投资有助于支撑美国经济，还能提高美国企业的竞争力。成千上万的美国人为中国企业工作，美国企业家也争先恐后地加入这场热潮。其中的许多人预计，这场热潮将很快让中国成为世界头号经济体。[193]

中国的战略执行者在行动时顶着各式各样的头衔，比如与我一样的首席经济学家。他们以学生的身份来到美国，学习美国文化和美国经济杀手的成败；他们为跨国公司工作，在美国大学任教，在许多机构里担任顾问；还有些人甚至进行着更传统的秘密行动，表面上担任“商务参赞”，或者在中国驻华盛顿的大使馆或其他五个领事馆中负责某个看似无足轻重的岗位。然后，还有在本书第37章中描述的那些新型经济杀手，他们把自己推销给了中国。这些人往往就是在任期间大力抨击中国的前民选官员，但现在是手拿高额报酬并拥护中国及其企业的人。这些人都属于美国的第二代和第三代经济杀手。

中国本土培养的战略执行者认识到，如果能收买并为己所用，那些原本对中国持强硬态度的美国人才是他们最大的盟友。正如克劳狄娜曾经告诉我的那样：“你最大的财富是那些曾强烈反对你、然后又加入你的政客们。”

2021年“海外游说报告”网站指出：

> 前议员埃德·罗伊斯（Ed Royce）和特伦特·洛特（Trent Lott）在国会任职期间都以对华强硬而闻名。
>
> 如今，他们有了一个与之前完全不同的喜好：这三人都在为中国公司进行游说，而这些中国公司被指控对美国的国家安全构成了威胁……
>
> 连同他们，一共有12名前国会议员目前登记为中国公司的外籍代理人或其在美分支机构的说客……[194]

“每日野兽”网站确认了“一些更知名的前美国政客和政府官员，他们为中国或者与中国有密切商业利益的人进行游说”。这篇文章披露了曾担任美中工作组主席的路易斯安那州众议员查尔斯·布斯塔尼（Charles

Boustany），前众议院议长约翰·博纳（John Boehner），曾任职于美国国务院亚太经济合作组织办公室和美国外交服务协会理事会的戴维·法尔斯坦（David Firestein，中文名：方大为），以及分别在比尔·克林顿担任总统时和科林·鲍威尔担任国务卿时受聘为美国贸易代表特别顾问的迈克·霍兹曼（Mike Holtzman）。为一些特定的中国公司服务的有影响力的美国人还包括安迪·珀迪（Andy Purdy），他是小布什总统时期的白宫工作人员，曾帮助起草美国国家网络安全战略，担任过国土安全部的首席网络官员，并当上了华为美国业务的首席安全官；克拉克·兰特（Clark Randt，中文名：雷德），他是前驻华大使、厚朴京华（北京）投资咨询有限公司的特别顾问，任职于许多与中国关系密切企业的顾问委员会；詹姆斯·沃尔芬森（James Wolfensohn），前世界银行行长，“华盛顿共识”和新自由主义的拥护者，他也成了中国主权财富基金——中投公司——的国际咨询委员会成员。[195]

“政客”网站还报道称，前美国财政部官员彼得·库西克（Peter Kucik）、前众议员托比·莫菲特（Toby Moffett）以及前参议员戴维·维特（David Vitter）所加入的公司都服务于视频监控公司海康威视的子公司。前众议员李·特里（Lee Terry）的咨询公司也受雇于华为公司，而华为公司被五角大楼列入黑名单。[196]

现在这个时代与我在冷战期间充当经济杀手时有一个有趣的区别。不同于中国，苏联与美国的经济互动很少，两国之间的商贸往来平均只占各自国内贸易总额的大约1%，故美苏的关系与“相互依赖”毫不沾边。担任了34年美国国会议员的弗兰克·沃尔夫（Frank Wolf）指出了另一个区别，他哀叹道：“在20世纪80年代，（在美国）没有人会代表俄国政府。现在你竟发现有这么多人在为中国政府说好话……我感到很震惊。”[197]

今天，苏联已经没有了，冷战也结束了。尽管俄罗斯还在试图运用武力震慑，但历史上同样的威胁迟早会烟消云散；无论如何，这只不过是明日黄花。即便这次俄乌战争的结局依旧跳不出旧有的模式，我们仍发现自己正坐在一颗经济的定时炸弹之上——这颗经济炸弹正在用彻底毁灭的方式威胁着我们所知道的世界。我就是参与制造这颗炸弹的人，而今天世上的所有人几乎多多少少也成了帮凶。我们所相信的观念导致了死亡经济，并让两种战略之间产生了破坏性的冲突。许多美国人想把中国定义为“问题”，甚至是“敌人”，但事实是，两国有着相似的目标和紧密联系的经济，进而正在引发当今世界面临的严重危机。

那么，最后只剩下一个结论。

结论

终结经济杀手策略

现在是时候终结经济杀手策略了。

我们该从此一劳永逸地解决它。

尽管存在文化上的差异，但现在是时候让中国人民和美国人民——还有全世界的人民——接纳一种支持长期发展的新观念：“如果我们想要我们的国家繁荣，我们就要将繁荣定义为造福于整个世界的全体生命，要把我们自己视为自然的一分子——而不是超越自然的存在，承认我们每个人都是地球这艘‘宇宙飞船’的领航员，共同引导我们从死亡经济进入生命经济。”

在这件事上，我们每个人都有各自的责任。我们有义务改变自己的观念，帮助改变我们家庭、社区、国家和世界的目标。是时候改变经济杀手策略的四大支柱了！

是时候下决心用合作共赢替代对“他人”的恐惧了！不要因为我们远离曾经养育自己的环境，就把自身定义为外来者。这一刻我们应该携手合作，就仿佛有来自太阳系外的外星人正在威胁我们所有人的生存。我们的敌人其实正是我们自己的观念，即把短期、过度的物质主义和利润最大化视为成功的标志。我们的愚蠢之处在于我们将一切“其他人”视作敌人的仇外症。

当务之急是应该恐惧我们如今那个迫在眉睫的真正敌人——一个正在推动我们走向濒临自我毁灭的体系。

是时候终结将债务当作控制他人的工具了！若我们将繁荣定性为造福生命并确保所有人的富足与和平，我们就应该懂得，我们的子女能享受繁荣生活的唯一途径就是让全世界的所有孩子都能健康成长。经济债务就是一种奴役的手段。如同所有的奴隶制一样，它早晚要自掘坟墓。我们真正亏欠的是空气、水、土壤、植物、动物，以及那些为我们提供物质和精神支持的人。只有努力实现生命经济才能够补偿他们，也才能补偿我们自己。

对不足的焦虑源于“资源有限”的认知，即为了“获胜”，我们必须使用经济杀手策略来剥削他人与整个自然。是时候淘汰这样的认知了！取而代之的理念是，现在和未来的资源上限只取决于一点，即我们是否有足够的创造力与意愿去改变那些推行不平等和稀缺性的观念、制度。

在一个核武器威胁毁灭所有生命的世界里，“分而治之”是没有任何用处的。我们的希望在于全世界携起手来，彻底终止这种敌人存在于外部的原始观念。现在反而是时候面对存在于内心的敌人，是它正在把我们推往相互毁灭的绝地。

中美相加对全球经济的贡献为43%（2021年，美国的贡献占比约为25%，中国占18%，而第三名的日本仅有5%）。[198]两国都是气候变化的主要原因，合计贡献了全球近40%的化石能源二氧化碳排放（2019年，美国的排放占比为11%，而中国是27%，第三位的印度为7%）。[199]美国和中国可以在很多问题上存在分歧，但至关重要的是，两国必须合作才可能创造一个生机勃勃的未来，一种生命经济。很多不切实际的、自恋的神话——有些人有权征服他人，人类凌驾于自然之上，少数精英拥有特权，军事和经济实力即正义，等等——都该结束了。是时候认识到，我们正生活在一个历史的关键时刻。

如果你们容易感到绝望，那就要四处多看看，还是有很多希望的征兆。

首先就是全世界的年轻人，就像在中欧国际工商学院、在哥伦比亚卡塔赫纳的那间酒吧里、遍布美国以及在全世界各种聚会上的那些青年。我在 2018 年和 2019 年为“俄斯特拉发色彩音乐节”演讲时就认识了许多。而这座位于捷克共和国的城市就是一个值得我们效仿的榜样。“俄斯特拉发”（Ostrava）在冷战时期被称为“共和国钢都”，这里有一座煤矿，直接向当地的巨大钢铁厂供煤。随着煤炭资源的枯竭，整个钢铁生产体系都倒闭了。面对经济的崩溃，市民们将荒废的巨大建筑改造成了宏伟的舞台和礼堂。他们邀请音乐家来演奏乐曲，艺术家来展示作品，讲演者来讨论全球问题。每年当我去那里的时候，都有 5 万多人欢聚在这个代表着从死亡经济向生命经济转变的地方。

其他的例证包括像“绿色新政”那样的政治倡议，“自觉资本主义”，共益企业、合作社和其他创新商业方式，能源生产的替代技术和有机农业，以及美国加州的“长期股票交易所”等。2019 年在美国的“商业圆桌会”上，来自全球 192 家最大公司的首席执行官们承诺，将要以满足客户、员工、供应商和当地社区的需求作为目标，取代过去利润最大化的目标——要将死亡经济转变为生命经济。

中国气候变化事务特使解振华与美国总统气候问题特使约翰·克里（John Kerry）于 2021 年 4 月 15–16 日在上海举行了会谈。在会谈结束后，双方发表的声明中包含：

> 中美致力于相互合作并与其他国家一道解决气候危机，按其严峻性、紧迫性的要求加以应对。这既包括强化各自行动，也包括在联合国气候变化框架公约和巴黎协定等多边进程中开展合作。[200]

这同样也是充满希望的征兆。

约翰·柯布博士（Dr. John Cobb）是一位精力充沛的 97 岁老人，他一生中的大部分时间都在推动中国的环境问题，并与许多中国现任领导人成了朋友。他指出，从死亡经济到生命经济的转变将成就一种生态文明（参见附录），而中国的《宪法》也明确将生态文明定义为社会主义现代化强国的主要标志之一。[201]2021年10月，他写信给中国领导人和拜登，恳请双方携手合作。“我建议中国领导人留意任何友好的姿态，为了我们的子孙，接受合作的邀请。我向双方强调，世界两个超级大国之间的合作是我们未来的唯一希望。”

这封信被亲手交给了熟悉拜登和中国领导人的“信使”。2021年11月15日，两位领导人进行了视频会晤。“我不清楚，他们是否读过我写的信，但他们能够直接交谈就让我很开心了。”无论这封信是否交到了两位首脑的手中，在互联网上，它还是用团结的重要意义鼓舞了很多人。

192位首席执行官在商业圆桌会上做出的承诺，也证实了人们的态度正在发生变化。许多公司的高管告诉我，他们也有子女和孙辈，他们希望自己的公司能够对社会和环境更负责任。然而，他们正在面对一项挑战。由于公司的所有者是投资人，高管们（包括参加商业圆桌会的首席执行官们）都清楚，他们必须听命于那些热衷利润最大化的股东们。这些高管还告诉我，转机在于公司的客户们可以传达一条信息，除非公司能做出正确的行为，否则他们就转投其竞争对手，让公司失去市场份额和利润。

这也取决于我们每一个人利用社交媒体和任何其他可用的手段，去鼓励和授权高管们采取行动，成为向生命经济转型的领导者。在我们的工作、购物、投资和选举中，我们有机会发出这样的信号，支持关于成功的新观念和新故事。我们有得天独厚的优势，能采取必要的行动推动实现这一目标。

你们能做到的一件事

你们都可以加入或发起一项社交媒体活动，选择一家你们希望看到改变的公司，并写下一条简单的信息，比如：

亲爱XXX总，xx公司

我喜欢贵公司销售的产品。我希望贵公司可以取得巨大的成功，并为其他公司树立标杆。我希望您能够成为未来商业领袖的杰出榜样。为此，我决定不再购买你们的产品，除非你们能做到……（停止污染大气，向海外工人支付合理的工资，等等）。一旦这一切发生，我和成千上万的人将确保你的故事能够成为商界传奇。你的竞争对手将不得不效仿你，但他们永远难望项背。最终，你的销售、市场份额和股价都会增长。

此致

<署名>

你们将这封邮件发送给首席执行官、你们的电子邮件联系人和其他社交网络账户。若是有 10 个人将它发送给首席执行官和其公司的社交网络账户，而且每个人的收件人当中至少有 10 个人也同样转发，那么首席执行官将会收到 110 条信息。然后这 100 个收件人每人再得到 10 个以上的回应，首席执行官就会得到不少于 1110 条信息。再继续下去就是 11 110 条。如此反复，直到达到一个临界值，导致首席执行官最终有意愿和底气向上面的投资人解释：为什么他们必须听取客户的建议。

你们能做的另一件事

因为你们生活的时代拥有高效的连接技术，每个人都有能力激励他人共同推动政策和行动的改变。你们可以通过讲故事，推广“成功是共同努力的结果”的观念，将繁荣定义为“造福所有的生命”，将我们自己视为“自然的一部分”，而不是超越自然的存在，认识到我们是地球这艘大宇宙飞船的领航员；并且我们有幸获得了所有人一起努力的机会，引导自己走出死亡经济，进入生命经济。

以下是逐个解决四大支柱的方法，实现它们需要用到各式的手段——从使用社交媒体到在当地城市的规划会和家长会上发表看法，从组织抗议运动到竞选公职。这只是举例说明你们可以采取的一些行动。找一些能让你们发出最大声音、感受到最多快乐的事情吧，然后享受创造的乐趣！

恐惧

- 利用社交媒体与你的家人和邻居交流，在你们的各种集会场合，而政治家们则需要克服对来自其他文化、种族和国籍的人的恐惧。
- 谈论特蕾莎修女（Mother Teresa）、罗莎·帕克斯（Rosa Parks）、马丁·路德·金（Martin Luther King），以及你们心目中的其他英雄，他们用积极的行动克服了恐惧。然后指出，即便是英雄们在刚起步的时候，也只是和我们一样的普通人，并没有考虑过自己会成功或出名。
- 让人们明白，唯一值得恐惧的是死亡经济和宣扬暴力的思想。

债务

- 鼓励学生们和其他人不要举债。
- 给政治家写文章、博客和邮件，要求免除过多的学生债务，降低信用卡、发薪日贷款之类借贷的高利率。
- 要求停止利用债务奴役其他国家的政府、银行和秃鹫基金的政策；提倡对负债累累的国家减免债务，并阐明从长远来看，减免债务符合我们自己的利益，有利于创造生命经济。

对不足的焦虑

- 要承认一个观念，你们对“不足”的定义可能更多地基于身份地位而不是实际需求——想要终止那些真正因缺乏必需品而遭受困厄之人的不足，就需要全球转向生命经济。
- 通过以下方式，支持向生命经济的转变：
    - 开发生态花园，从当地的有机农场和市场购买食品；

- 推广以新能源取代化石燃料的技术；
- 倡导和参与“零废物”的回收计划；
- 接受削减物质消费的生活方式；
- 步行或骑自行车，节约用电，更多地转向植物性饮食。

分而治之

- 无视乃至谴责（如果条件允许）旨在分离我们与其他国家、种族和文化的宣传及阴谋论。
- 坚持让你们的当地学校讲授其他种族、文化和国家的特点与重要历史。
- 阅读、观看并讲述那些赞扬合作、同情以及和平而非征服的故事。

小结

- 不断传播一个理念，即走向和平的、可再生的和可持续的生命经济是令人兴奋和有趣的。
- 支持本地的企业、合作社、农场和保护大自然的努力。
- 制定改变观念、将死亡经济转化为生命经济的个人计划——这样的计划可以给自己带来快乐，但注意不要带来过多的负担，也不要定下那些会让自己或其他人精疲力竭的任务（参考下文的五个问题）。

我曾经问过我的祖母，她在“一战”“二战”、1918 年流感大流行和大萧条期间是如何应对恐惧的。“希望、信念、勇气和行动”——她毫不犹豫地给出了这样的答案。

现在正是我们该拥抱希望的时刻。我们应当明白，要通过改变观念来改变现实，应当像前人一样满怀信心——我们定能克服眼前的障碍，应当鼓起勇气将我们的恐惧转化为带来积极行动的信念。

决定个人责任的最简单方式之一可能就是回答以下五个问题：

1. 我的使命是什么？我最强烈的愿望是什么？什么东西能给我带来最大的满足感和快乐感？

作为抛砖引玉，我会回答：“我想继续写书。”

一位做木匠的答案是：“我想用我的双手与木材打交道。”

2. 第1项的答案如何能改变我们的想法，并有助于将死亡经济转化为生命经济呢？

我的答案：“我会在我的书中阐述这些理念，并激励人们采取行动。”

我的木匠朋友：“我将使用可持续材料，向我的客户推广明智使用这些材料的新观念。”

3. 是什么样的想法阻碍（或将会阻碍）我在未来去做第1项和第2项？

我：“我感到没有足够多的时间用于写作；另外，我的积极性遭受了打击，因为上一部书的手稿遭到出版商的拒绝。”

我的木匠朋友：“我的客户们不希望多花钱在可持续材料上。”

4. 若是面对思想障碍，在认识和接受它们之后，我的想法又发生了怎样的变化？

我：“我每周将少看四小时的电视，把挤出来的时间用到写作上；我将不再认为出版商总是对的，相反视他们为也会犯错的平常人；我会继续沟通不同的出版商，甚至尝试自出版。”

我的木匠朋友：“我会向客户指明，额外的支出并不是成本，而是对未来生活的投资。”

5. 一旦你的想法发生了变化，为了实现自己的使命会采取什么行动呢？

我：“我将立即开始每周额外四个小时的写作。我再不会因为拒绝而却步；我要马上动手，将我的手稿寄给尽可能多的出版商，或者去学习自己出版。”

我的木匠朋友：“我要用可持续材料打造房屋和柜橱，向我的客户强调这样做是在投资未来。”

我发现，随着时间的变化，我对这些问题的回答——尤其是后三个问题——会有所变化。每当我决心每周花一定的小时数用于写作，就需要清楚每天写些什么内容。所以说，反复回顾这些问题是有益的。做这件事其实花不了10分钟，但在重复几次之后，你们会发现做起来越来越轻松。而且，这一过程本身是有创造性的，也很有趣。

有趣是非常重要的，无论是回答这些问题，还是将之付诸行动，但要避免强迫自己做那些劳而无功的事。当然，每件事总会有一些方面不尽如人意，比如一顿美美的大餐后的洗碗工作。但是，这应当不会有损于美食带来的享受。就我个人而言，编辑工作的某些方面总是不如打造故事的创意来得有趣。然而，我逐渐不再将编辑的工作当作一种负担，而视为一个可以回味令人兴奋细节的机会。

尊重你们的梦想、你们的使命、那些给你们带来快乐的事情，并采取行动让世界变得更美好。要知道，现在是时候在所有地方结束经济杀手策略了；现在是时候接受一种拥护长期发展的观念——“如果我们希望我们的国家繁荣，我们将把繁荣定义为造福全世界的所有生命，把我们自己视为自然的一部分，而不是超越自然的存在；承认自己是地球这艘宇宙飞船的领航员，共同携手引导我们自己走出死亡经济，进入生命经济。”

我们——全世界的人们——将共同创造一个全球性的生态文明。

有关的时事进展和与本书有关的照片集，请参阅 economichitmanbook.com。

死亡经济与生命经济

“资本主义”与许多经济学家所说的“掠夺性资本主义”（predatory capitalism）有着重大的区别，后者离经叛道，与最初的资本主义几乎没有共通之处。根据《韦氏词典》，“资本主义”的释义是：

> 资本主义是一种由私人或公司拥有资本货物的经济制度，其中投资是由私人决定的，而商品的价格、生产和分配主要由自由市场的竞争决定。[202]

《牛津词典》将其定义为：

> 一种经济和政治制度。在这种制度下，私人所有者而不是国家为了赚取利润而控制一国的贸易和产业。[203]

如今的死亡经济与上述任何一种定义都相去甚远，其特点是企业破坏或兼并竞争者，对抗自由市场政策。国家非但不拥有企业，反而会被企业及其亿万身家的股东们所控制。这是一种掠夺性的反常现象，本质上不应当被视为资本主义。

死亡经济的驱动力来源于一群经济学家——包括诺贝尔奖得主弗里德里希·冯·哈耶克（1974年）和米尔顿·弗里德曼（1976年）——在20世纪70年代至80年代推行的目标。该目标可以概括为“企业的唯一责任是最大化所有者的短期利润，而不考虑社会和环境成本”。

伴随这种观念而来的诸多事例赋予企业高管们以权利——甚至是强制力——去做任何他们认为可以实现利润最大化的事，包括利用竞选资助收买政府官员，并许以从政府退休后的高薪咨询职位或大笔的贿赂；剥削工人；消灭或收购竞争对手；破坏环境；降低税收和工资；游说阻止有利于工人、消费者和生态的法规；通过将设施迁入（或迁出）某些城市和国家，以期望（也有可能是威胁）影响经济；耗尽其所在行业长期生存所依赖的资源。如此行事要求在政府和企业中实行自上而下的、专制的指挥链条和独断的管理风格。

死亡经济的关键特征为：

- 其目标是让相对少数人实现短期利润的最大化。
- 它利用恐惧和债务来获取市场份额和政治操控。
- 它宣扬“一方要赢，另一方必须输”的零和观点。
- 它提倡“弱肉强食”，鼓励企业之间相互掠夺，也掠夺人民和环境。
- 它破坏自身赖以长期生存的资源。
- 它看重“可索取”的、物质主义的商品和服务，更甚于可以提高生活质量的（比如养育子女、艺术）。
- 它受非生产性的金融交易（股票操纵、金融化、赌博）的影响极重。
- 在衡量利润、GDP和其他指标时，它忽视外部性，比如对环境的破坏和对工人的剥削。
- 它在军事上投入了大量资金——杀害或威胁杀害人类和其他生命形式，摧毁基础设施。

- 它造成污染、环境崩溃、收入和社会的急剧不平等，并可能引发政治的不稳定。
- 它贬低税收的作用，不将其定性为投资（在社会服务、基础设施、军事等方面）。
- 它是不民主的，鼓励由少数人控制的大公司的增长，而后者的资金对政治有很大的影响力（导致寡头的垄断）。
- 它依靠自上而下的、专制的指挥链条，支持企业和政府的独断管理风格。
- 它认为非生产性岗位（风险资本家、投资银行家）比生产性岗位（体力劳动者、工厂的工人）及能充实生活的工作（教师、音乐家、艺术家）更具有价值。
- 它让几十亿人陷入贫困。
- 它将植物、动物和整个自然世界归为可消耗的资源，不尊重和保护自然，并造成大规模的物种灭绝和其他无法逆转的问题。
- 它已成为自己所谓的“资本主义”形式在全球的绝对倡导者。

未来要靠将“死亡经济”变为“生命经济”，即清理污染、再生被破坏的生态系统、循环利用、开发用于恢复资源且有利于环境而非破坏环境的技术。投资人若是投资于本身就是可再生资源的经济，当企业给这些投资人支付回报时，就成就了新的成功故事。

生命经济的目标是最大化人类和环境的长期利益。

生命经济的关键特征为：

- 其目标是服务于公共利益（最大化人类和自然的长期利益）。
- 它的法律基础支持公平的竞争环境，从而鼓励健康的非垄断竞争、创新的想法和可持续的产品。

- 它包含了合作意识，即我们为所有人设定长期的利益目标，以实现所有人的共赢。
- 它看重生活质量和精神上的提升活动，更甚于仅基于物质主义的和可索取的。
- 它依靠有益的生产性活动，如资源再生、教育、医疗保健和艺术，而不是非生产性活动，如股票操纵、金融化和赌博。
- 它清除污染。
- 它令被破坏的环境重生。
- 它受到同情心和规避举债的驱动。
- 它帮助饥饿的人们养活自己。
- 它在其金融和经济的衡量指标中纳入外部性的考量。
- 它具有创新性，即发展和拥抱新的、可再生的、可持续的技术。
- 它循环利用。
- 它将税收定义为投资（你们上交的税款应该投资于医疗保健，还是增强军力）。
- 它是民主的，鼓励本地为主的商业以及雇员或社区所有的企业（如合作社、共益企业），从而让很多人受益。
- 它增强在企业和政府之中民主的决策过程和管理方式。
- 它更看重能够使生活丰富的工作（音乐家、社会和医疗工作者、养育子女）。
- 它基于一个基本认知，即人类与地球之间是共生的关系，我们必须尊重、敬畏和保护自然世界。
- 它奖励支持生命经济的上述所有特征的投资人。
- 在20万年人类历史的大部分时间里，它是经济进化的主要形式。

这种转变是通过改变价值观和驱动行动的观念以及我们围绕它们讲述

的故事而发生的。“为少数人谋求短期利润最大化，而不计社会和环境代价”变成了“谋求所有人和自然的长期利益最大化”。当消费者、工人和投资者群体接受这些价值观并采取行动支持（促成这些价值观的）企业和（赞成这些价值观的）政府时，其结果就自然形成了人们所讲的“生态文明”。福特和洛克菲勒基金会、美国国际开发署代表团以及亚洲、拉丁美洲和非洲商学院的顾问，前哈佛商学院教师大卫·科滕在2021年“罗马俱乐部”的一篇文章中写道，生态文明将“改变我们与自然的关系，恢复并增强自然可再生的健康和美丽……”，并且要确保每家企业都致力于履行对其开展业务所在社区有益的公共目标。[204] 在最近的一次交流中，大卫补充道：

> 这一切都取决于我们如何定义自己。我们这些金融生命都住在漂浮在太空中的一块死岩石上吗？还是说，我们是由一个地球所生、所养的血肉生命？只有我们纯粹是依赖金钱生活的金融生命，那么从逻辑上讲，钱才是越多越好，企业的正确功能才是最大化短期利润，而不考虑社会或环境的后果。
>
> 然而，我们是有血有肉的，我们的幸福取决于清洁的空气和水、肥沃的土壤、稳定的气候，还有你我与地球的幸福。我们的未来有赖于人类向生态文明的转变，而在生态文明中，企业的公认目的就是确保我们的幸福。金钱有时会是一个有用的工具。但对私营企业来说，正当的利润只是必要的手段。金钱永远不该成为决定性的目标。

中国共产党已经把建设生态文明的目标写入了党章和五年计划之中。

补充资料

以下是一些未包含在注释部分中的额外资源，除非名称不言自明，我都加上了简短的说明。

影片

“An American Coup”（《一场美国人的政变》），一部关于美国中情局在伊朗发动政变的 98 分钟纪录片。

“An Economic Hit Man Confesses and Calls to Action”（《一名经济杀手的自白并呼吁行动》），约翰·珀金斯的 TEDx 演讲。

“Apology of an Economic Hit Man”（《一名经济杀手的道歉》），由一家希腊制片公司创作的 90 分钟纪录片，聚焦于珀金斯在厄瓜多尔的一次演讲，其间穿插回顾他充当经济杀手的日子，包括美国宣传的文件片段，以及厄瓜多尔和巴拿马国家元首的死亡。

“Economic Hitmen Cartoon”（《经济杀手卡通片》），由约翰·珀金斯制作的两分半钟的卡通动画，解释了公司王国如何用债务、战争和掠夺性资本主义摧毁国家。

“Life and Debt”（《命与债》），2001 年由 Stephanie Black 执导的长篇电影，关注国际货币基金组织和世界银行在牙买加的失败贷款和政策，由此产生的债务和对国家的影响，以及牙买加前总理迈克尔·曼利（Michael Manley）对这些机构的批评。

“The Big Short”（《大空头》），2015 年由亚当·麦凯（Adam McKay）执导的电影，以 2007–2008 年的全球经济衰退为背景，其中解释了投机者和富人操纵金融市场的许多工具。

“The Panama Deception”（《巴拿马诡计》），1992 年由芭芭拉·特伦特（Barbara Trent）执导的一部电影，讲述了美国对巴拿马的入侵，提供了对美国军队所犯下暴行的深刻见解，认为入侵的真正目的是维持美国对巴拿马运河的控制权，并建立一个亲美的政府，

“The Wolf of Wall Street”（《华尔街之狼》，2013 年由马丁·斯科塞斯（Martin Scorsese）执导的一部电影，讲述了一名华尔街经纪人的真实故事，他卷入了猖獗的腐败和欺诈。

书籍和报告

大卫·科滕（David Korten）：“Ecological Civilization: From Emergency to Emergence”（《生态文明：从初现到紧迫》），“罗马俱乐部”，2021 年。

大卫·科滕：“*The Great Turning: From Empire to Earth Community*”（《大转向：从帝国到地球村》），Berrett-Koehler 出版社，旧金山，2007 年。

大卫·科滕：“*When Corporations Rule the World*”（《当企业统治全世界（第 3 版）》），Berrett-Koehler 出版社，旧金山，2015 年。

维杰·普拉萨德（Vijay Prashad）：“*The Darker Nations: A People's History of the Third World*”（《暗黑国度：第三世界人民的历史》），New Press，2008 年。该书分析了第三世界国家中存在的“乌托邦理想”，及其在经济与政治秩序上如何被征服。

沃尔特·罗德尼（Walter Rodney）：“*How Europe Underdeveloped*

Africa”(《欧洲如何令非洲欠发达》), Bogle-L’Ouverture 出版社，伦敦，1972 年。该书详细讲述了欧洲人在非洲的殖民主义以及由此带来的资源掠夺和政治结构，从而导致了世界上资源最丰富的大陆的长期欠发达。

Isaac Stone：“*America Second: How America's Elites Are Making China Stronger*”。(《美国第二：美国精英如何让中国变得更强大》),Knopf 出版社，纽约，2022 年。

王治河和樊美筠：“Tong: What the West Can Learn from China”(《通：西方从中国能学什么》),《国际日报》，2018 年 6 月 2 日。

Janine R. Wedel：“*Shadow Elite: How the World's New Power Brokers Undermine Democracy, Government, and the Free Market*”(《影子精英：世界上的新生一代权力掮客如何破坏民主、政府和自由市场》), Basic Books 出版社，纽约，2009 年。

霍华德·津恩：“*A People's History of the United States*”(《美国人民史》), Harper Perennial Modern Classics，纽约，2005 年。

约翰·珀金斯大事记

1963 年　从预科学校毕业，进入明德学院。

1964 年　结交伊朗将军的儿子法哈德。从明德学院辍学。

1965 年　在波士顿供职于赫斯特集团旗下的报社。

1966 年　进入波士顿大学商学院。

1967 年　与之前在明德学院的同学安成婚。安的“弗兰克叔叔”是美国国家安全局的高层执行人员。

1968 年　通过国家安全局的审查，被认定为经济杀手的理想人选。在弗兰克叔叔的帮助下，加入了和平队并被派往厄瓜多尔的亚马孙地区。在那里，古老的土著民族在对抗美国石油公司。

1969 年　在雨林地区和安第斯山区亲身经历了石油公司和政府机构的欺骗性及破坏性做法，见识了它们对当地文化和环境的负面影响。

1970 年　在厄瓜多尔结识了国际咨询企业美因公司的副总裁，他同时也是国家安全局的联络官。

1971 年　加入美因公司，在波士顿接受充当经济杀手的秘密训练，并随一支 11 人的小组前往印度尼西亚的爪哇岛。因经济研究造假而遭受良心的谴责。

1972 年 凭借“合作”的态度被提升为首席经济学家,并被视为“神奇小子”。认识了很多重要的领导人，包括世界银行行长罗伯特·麦克纳马拉。被派往巴拿马执行特别任务。结识巴拿马富有魅力的领袖奥马尔·托里霍斯，了解到美帝国主义的历史，以及托里霍斯将运河的所有权收回的决心。

1973 年 职业生涯平步青云。在美因公司内部建立了自己的王国；继续巴拿马的工作，在亚洲、拉丁美洲和中东进行大量的旅行和研究。

1974 年 为在沙特阿拉伯施展经济杀手的巨大成功发挥了关键作用。沙特王室同意将几十亿美元的石油收入投资于美国证券，并允许美国财政部使用这些投资产生的利息，聘请美国公司在沙特修建电力和供水系统、高速公路、港口和城市。作为交换，美国保证沙特王室继续掌权。这成了未来经济杀手交易的范本，包括最终在伊拉克失败的那一次。

1975 年 再次获得晋升——成为美因公司百年历史上最年轻的合伙人，并被任命为经济与地区规划部门的经理。发表了一系列有影响力的论文，在哈佛大学及其他机构举办讲座。

1976 年 领导遍布全球的重大项目，涵盖非洲、亚洲、拉丁美洲、北美和中东地区。从伊朗国王的身上悟到了经济杀手打造帝国的一种革命性方法。

1977 年 由于在哥伦比亚的私人关系，接触到了一些农民的困境，他们被贴上了敌对者和毒贩子的标签，但实际上只不过是想要保护自己的家庭和住所。

1978 年 在法哈德的帮助下狼狈逃出伊朗，与他一同飞往罗马，拜访了他的父亲。那位伊朗将军预测伊朗国王即将被赶下台，并谴责美国的政策、腐败的领导人和专制的政府造成了席卷中东的仇恨。他还提出警告，如果美国无法做到手下留情，事态将会更加恶化。

1979 年　内心反复挣扎，当时伊朗国王逃往他国，伊朗人袭击美国大使馆并劫持了 52 名人质。认识到美国是一个竭力否认其在全球的帝国主义本质的国家。经历多年的紧张关系和频繁分居，与第一任妻子离婚。

1980 年　深受压抑和愧疚的困扰，并认识到是金钱和权力让自己无法逃离美因公司。下决心从美国辞职。

1981 年　对厄瓜多尔总统罗尔多斯和巴拿马总统托尔霍斯死于惨烈的飞机失事而深感不安。前者发动了反抗石油公司的运动，后者因在巴拿马运河和美国军事基地问题上的立场，激起了华盛顿强大利益集团的愤怒。二人的死亡都充斥着美国中情局暗杀的痕迹。第二次结婚，新婚妻子的父亲是柏克德集团的首席建筑师，并掌管沙特阿拉伯的城市设计和建造——从 1974 年的经济杀手交易中获得资助的工程。

1982 年　创立了“独立电力系统公司”（IPS），致力于环境友好地生产电力。女儿杰西卡出生。

1983—1989 年　获益匪浅——包括位高权重的朋友、特别的税收优惠等。作为父亲，对世界危机和自己之前的经济杀手角色感到忧心忡忡。开始着手写一本揭露真相的书，但后来接受了条件，用不写这本书换取丰厚的顾问报酬。

1990—1991 年　在美国入侵巴拿马和监禁诺列加之后卖掉了 IPS 公司，并于 45 岁退休。酝酿写一本关于自己经济杀手生涯的书，却被说服把精力投入创建一家非营利组织。但也有人告知，写这样一本书会对我在非营利领域的努力产生不利影响。

1992—2000 年　看到经济杀手在伊拉克的失败并导致了第一次海湾战争。第三次动笔写关于经济杀手的书，但再次屈服于威胁和贿赂。为了安抚内心，写了一本关于土著居民的书，支持非营利组织，在“新世纪”论坛上讲学，去亚马孙和喜马拉雅山旅行，拜访宗教人士等。

2001—2002年 带领一群北美人深入亚马孙地区，“9·11”事件发生时正与土著居民在一起。在世贸大厦遗址驻留一日，再次下决心写一本书，以图治愈内心的痛苦和揭露经济杀手背后的真相。

2003—2004年 回到厄瓜多尔的亚马孙地区，会见那些威胁要对石油公司发动战争的土著民族；完成《一个经济杀手的自白》。

2005—2016年 在全球畅销书《一个经济杀手的自白》出版之后，在全球巡回演讲中提出了用生命经济取代死亡经济的必要性——演讲的场合包括企业峰会、消费者会议、音乐节以及五十多所大学。致力于更深刻的行动主义；在美国广播公司（ABC）、美国全国广播公司（NBC）、美国有线电视新闻网（CNN）、美国消费者新闻与商业频道（CNBC）、美国全国公共广播电台（NPR）、美国有线电视和卫星电视网络（A&E）和历史频道的电视节目上出镜；在《时代周刊》《纽约时报》《华盛顿邮报》《大都会》《ELLE》《明镜周刊》和其他的许多出版物上发表文章；参与包括《一个经济杀手的道歉》等诸多纪录片的拍摄。完成《一个经济杀手的自白》（第2版）。

2017—2022年 凭借《一个经济杀手的自白》（第2版）的全球影响力，被邀请参加媒体事件和演讲活动，并与许多国家的现任和前任国家元首、政治家、政府官员、企业高管、学生、环境和社会正义团体以及其他人士会面。对中国崛起的力量以及中国战略执行者从经济杀手策略的成功和失败中借鉴的方式印象深刻。在《一个经济杀手的自白》（第3版）中，我深信将死亡经济转化为生命经济需要中美的携手合作。